LA THÉORIE DES DOMINOS

Alex Scarrow

LA THÉORIE DES DOMINOS

Traduit de l'anglais
par Laura Derajinski

Collection
Ailleurs

le
cherche
midi

Direction éditoriale : Arnaud Hofmarcher
Coordination éditoriale : Roland Brénin

Titre original : *Last Light*
Éditeur original : Orion

23, rue du Cherche-Midi, 75006 Paris
Vous pouvez consulter notre catalogue général et l'annonce
de nos prochaines parutions sur notre site Internet :
cherche-midi.com

Pour mon fils Jacob, intelligent et imaginatif...
Et peut-être un jour, rival. Je t'aime, mon pote.

Pour Jacob uniquement :
VQ BMJJN RJXB GR ZWB BDWCB RNBADC
FADNSRMPR
OQXL CGN JRMP NO RWZTDUZWC

DÉCEMBRE 1999

Chambre 204

Elle gardait les yeux rivés sur la porte de la chambre 204.

Comme toutes les autres portes du couloir, elle était taillée dans un bois somptueux, ornée d'une poignée et d'un numéro en métal doré.

Un hôtel *sacrément* cher, c'est ce qu'avait dit papa.

« Profitez-en bien, les enfants... on ne dormira probablement jamais plus dans une chambre aussi chère. »

En riant, il avait suggéré à maman de piquer les peignoirs et de les revendre dans un endroit qu'il appelait *iii-bay*.

Le couloir était plongé dans le silence et la moquette avait étouffé le bruit de ses pas lorsqu'elle était sortie de l'ascenseur : les portes étaient si lourdes et si épaisses qu'aucune des chambres ne laissait s'échapper le son lointain d'une conversation ou d'une télé.

Le moment de prendre une décision était venu... elle s'y préparait depuis son entrée dans le hall, où maman l'attendait avec impatience. Elle savait qu'elle oublierait le numéro de la chambre pendant le trajet en ascenseur – elle était bien trop occupée à penser à ce qu'elle allait s'acheter avec l'argent de poche offert par papa pour leur voyage.

204 ? C'est 204, non ?... Ou plutôt 202 ?

Leona se demandait si les affaires de papa étaient terminées, ou s'il attendait encore son invité mystérieux. Il était un peu nerveux quand il les avait chassées, maman et elle, leur suggérant d'aller faire du lèche-vitrine ; sec et tendu, exactement comme elle l'avait été pour son premier jour à la grande école au début de l'année, elle s'en souvenait.

Nerveux – c'était le mot.

Maman était certaine qu'il avait dû terminer son entretien. Depuis qu'il les avait mises dehors quelques heures plus tôt, elles avaient arpenté un grand magasin scintillant sous les décorations de Noël, et elles avaient pris un café et un gâteau aux amandes dans un salon de thé animé qui donnait sur les rues fréquentées de Times Square. Et papa leur avait assuré que son rendez-vous *très important* serait vite terminé.

Leona espérait qu'il pourrait se joindre à elles, une fois que la partie « travail » de leur voyage à New York serait terminée. Ce n'était pas pareil sans lui. Quoi qu'il en soit, il lui fallait *vraiment* récupérer son petit porte-monnaie contenant ses économies. Au cours des deux dernières heures, elle avait vu tant de choses qu'elle voulait *absolument* s'acheter.

Après réflexion, elle se persuada qu'ils occupaient la chambre 204, et non la 202. Elle posa la main sur le laiton de la poignée à l'ancienne. Juste au-dessous, elle remarqua un rai de lumière qui filtrait par le trou de la serrure.

Verrait-elle papa faisant les cent pas dans la chambre, nerveux ? Ou bien son rendez-vous avait-il déjà commencé ? Elle s'apprêtait à se pencher pour espionner, afin de s'assurer qu'elle n'interromprait pas l'entretien, mais la pression de sa main sur la poignée fut suffisante pour que, avec un cliquetis, la clenche se libère et la porte pivote lourdement.

Trois hommes la dévisagèrent, leur conversation gelée en plein vol. Ils étaient figés au pied de l'immense lit ; trois hommes, chic et âgés, qui baissaient les yeux vers elle. Elle en aperçut un quatrième, plus jeune, brun, qui se tenait à distance respectueuse des autres. Il s'avança d'un pas leste dans sa direction, une main dans la poche, brisant l'instant muet.

« Non », murmura l'un des trois hommes. La voix interrompit net la progression du plus jeune qui garda la main dans la poche de sa belle veste.

Celui qui avait pris la parole se tourna vers Leona et se pencha légèrement. « Je crois que tu t'es trompée de chambre, ma chérie », lui fit-il d'une voix plaisante et désarmante, comme celle d'un papy gâteau.

Il lui adressa un sourire doux.

« Je pense que tu occupes la chambre voisine.

– Je suis vraiment dé... désolée », répondit Leona d'un ton gêné en reculant pour sortir de la pièce et tirer la porte derrière elle.

Elle se referma doucement, la clenche cliqueta et un long silence enveloppa les hommes avant que l'un d'entre eux, resté jusque-là immobile, se tourne vers les autres.

« Elle nous a vus tous les trois. Nous avons été repérés ensemble. »

Une pause.

« Est-ce que cela pose un problème ?

- Ne vous inquiétez pas. Elle ne nous connaît pas. Elle ignore la raison de notre présence ici.

– Notre anonymat est la clé de notre réussite... il l'a toujours été, depuis...

– Ce n'est qu'une fillette. D'ici quelques années, elle ne se souviendra que des cadeaux qu'elle aura eus à Noël ou du feu d'artifice du nouveau millénaire. Et non de trois vieux raseurs dans une chambre d'hôtel. »

DE NOS JOURS

LUNDI

1

8h05 GMT

Locaux de la BBC, Shepherd's Bush, Londres

« Il a perdu du poids, commenta Cameron.

– Tu crois ? Je dirais plutôt qu'il en a pris. »

Cameron observa les écrans alignés au-dessus de la table de mixage. Sean Tillman et sa coprésentatrice, Nanette Madeley, y apparaissaient, échangeant quelques bons mots improvisés entre deux interventions.

« Non, ça se voit à son visage. Il a moins de bajoues. »

Sa productrice adjointe, Sally, plissa le nez pour accompagner son jugement.

« Je ne crois pas qu'il ait perdu du poids. Tu penses qu'il se sent menacé par la jeune équipe qui vient de débarquer sur Sky ?

– Bien sûr que oui, répliqua Cameron. Je me mets à sa place. Honnêtement, tu viens de te réveiller, tu allumes la télé et tu zappes : quel visage tu préférerais voir te balancer les infos ? Une ruine comme Sean Tillman ou un gars qui ressemble au petit frère de Robbie Williams en plus sexy ?

– Hum... dur à dire », répliqua Sally en jetant un œil désinvolte à leur moniteur réservé aux infos de dernière minute.

Les informations locales s'affichaient sur la bande déroulante et évoquaient une dispute entre fermiers du Norfolk tandis que le programme international de l'agence de presse Reuters annonçait les résultats d'une élection en Indonésie. Des trucs plutôt inintéressants, dans l'ensemble.

Cameron posa le regard sur l'écran et aperçut Sean Tillman qui étudiait son reflet dans un miroir de poche. « Je sais que Sean se sent aussi menacé par le *syndrome menton.* »

Sally émit un reniflement amusé.

« Ouais, c'est comme ça qu'il l'appelle. Il est furieux que le sol du studio ait été recouvert d'un lino plus clair le mois dernier. Je l'ai entendu geindre auprès de Karl, au maquillage, et se plaindre que le sol renvoie la lumière des projecteurs. Qu'il se retrouve maintenant éclairé par le bas. »

Cameron se pencha pour étudier l'écran et observer Sean et Nanette qui se préparaient à recevoir les instructions de Diarmid.

« Il n'a pas tort. Il a encore moins bonne mine, comme ça. Nanette semble en meilleure forme, bien plus radieuse depuis qu'ils ont changé le...

– Cameron ! murmura Sally.

– ... revêtement du sol pour du lino. Pauvre Sean, quand même. On dirait que la chair de son menton brille. Et qu'elle tremblote sous son...

– Cam... ! répéta Sally d'un ton plus insistant.

– Quoi ? »

Elle pointa le doigt vers la bande Reuters.

À mesure que les mots défilaient lentement en bas du moniteur, il parcourut le texte qui prenait forme peu à peu.

« Merde ! lança-t-il en se tournant vers Sally. Il va nous falloir beaucoup d'images. Ça va monopoliser l'actualité de la journée.

– C'est si important que ça ?

– Tu déconnes ? »

Sally haussa les épaules.

« Une nouvelle bombe. Enfin quoi, on en a une bonne douzaine par jour, en Ir...

– Mais là, c'est pas en Irak », lâcha Cameron d'un ton tranchant qui la fit tressaillir.

Malgré le sentiment grandissant d'urgence et les premiers symptômes d'une migraine, il sentait qu'elle avait besoin d'un mot ou deux d'explication. « Crois-moi, cette histoire va grossir à vue d'œil et faut pas qu'on soit les derniers à monter dans le wagon. Prenons un train d'avance et récupérons toutes les données nécessaires. D'accord ? »

Sally acquiesça.

« Bien sûr, je m'y mets tout de suite.

– Merci », marmonna-t-il en la regardant sortir de la régie finale.

Il jeta un œil aux annonces Reuters, de nouveaux détails apparaissaient déjà.

Deux autres employés étaient restés auprès de lui dans la pièce et l'observaient en silence, attendant ses ordres. Il briefait généralement Sally qui les prenait alors en charge. Mais comme elle était partie en quête d'éléments indispensables, il allait devoir s'en occuper lui-même.

« Allez, Tim, passe-moi Sean et Nanette. Je pense qu'il faut que je les mette au courant de cette histoire. »

2

8 h 19 GMT

Shepherd's Bush, Londres

Jennifer Sutherland traversa d'un pas leste le carrelage froid de la cuisine, s'escrimant à remonter la fermeture Éclair de sa jupe et à discipliner ses cheveux au fer à lisser. Trop de choses à faire, pas assez de mains, pas assez de temps. Et cette saleté de petit réveil de voyage qui lui avait encore fait faux bond !

Jenny regarda sa montre. Il lui restait dix minutes avant l'arrivée du taxi. Ce serait suffisant pour avaler un café. Elle mit la bouilloire en marche d'une tape violente.

Si tout se passait bien, cette journée marquerait le début d'un nouveau chapitre. Le début d'un chapitre totalement inédit qui enchaînerait sur le précédent : une longue et triste peine de cœur, un chapitre qui s'achevait au bout de vingt ans. Elle devait prendre le train à la gare de Euston, direction Manchester où elle avait un entretien professionnel pour un poste qu'elle convoitait. Un poste dont elle avait besoin, surtout.

Eh bien, voilà.

S'ils lui proposaient le poste, elle pourrait enfin s'extraire de cet affreux bourbier qu'était devenue sa relation avec Andy. La situation était bien plus douloureuse pour lui que pour elle. C'était elle qui partait, elle savait que les jeux étaient faits, que leurs parents s'accordaient déjà pour lire la nécrologie de leur mariage, et que la faute retomberait de tout son poids sur ses épaules à elle.

« Jenny a fini par s'ennuyer. Elle faisait toujours passer son bonheur avant celui des enfants, avant celui d'Andy. »

Et tout le reste...

« Vous saviez qu'elle avait eu une aventure, pas vrai ? Un petit flirt au travail. Il l'a appris et lui a pardonné. Voilà comment elle le remercie. »

L'eau bouillait déjà et elle sortit le dernier mug d'un placard au-dessus de la bouilloire. Les autres tasses avaient été rangées dans l'un des nombreux cartons qui jonchaient le sol de la maison et qui portaient, selon le cas, le nom de Jenny ou celui d'Andy. Depuis le début de la semaine, une fois Andy parti pour une nouvelle mission, Jenny s'était employée à trier les affaires accumulées pendant deux décennies et à les séparer en deux piles.

La maison était en vente, ils s'étaient mis d'accord là-dessus, estimant qu'ils pouvaient bien le faire puisqu'ils partaient chacun de son côté. Vivre ensemble sous le même toit, après s'être avoué que tout était fini, avait été horrible : se croiser dans le couloir sans mot dire, attendre que l'autre quitte une pièce avant de se sentir suffisamment à l'aise pour y entrer à son tour, préparer des repas pour une personne, les manger en solitaire.

Pas très marrant.

Le professeur Andy Sutherland, l'étudiant en géologie qu'elle avait rencontré vingt ans plus tôt, le *geek* débarqué de Nouvelle-Zélande qui aimait The Smiths et The Cure, qui pouvait réciter une réplique de n'importe quel épisode original de *Star Trek*, qui imitait Ben Elton à la perfection, celui qu'elle avait aimé, celui qu'elle avait épousé à 19 ans à peine. Ce même Andy qui lui était devenu un étranger indésirable et gênant.

Elle versa dans son mug une cuillère de déca soluble qu'elle noya d'eau bouillante.

Elle n'était pas entièrement coupable. Andy portait une partie de la responsabilité.

Son travail, son travail... toujours son foutu travail.

Sauf que ce n'était pas vraiment du travail. C'était autre chose. C'était une obsession qui l'avait peu à peu gagnée, une obsession qui avait débuté avec le rapport qu'il avait été payé pour rédiger, ce document secret dont il ne pouvait pas parler, ce gros contrat qui lui avait permis d'acheter la maison et tant d'autres à-côtés. Sans oublier, bien sûr, l'agréable voyage en famille à New York pour remettre son travail en main propre. Il avait gagné beaucoup d'argent mais, au final, cette mission lui avait coûté leur mariage.

Les murs de son bureau étaient couverts de schémas, de graphiques, de cartes géologiques. Cette saloperie d'idée fixe lui avait fait perdre toute profondeur. Elle était venue à bout de l'homme drôle, complexe et charmant qu'il avait été jadis.

À présent, tout ce qu'il daignait lui dire semblait lié, d'une étrange manière, à cette fascination autodestructrice et alarmiste pour l'apocalypse.

Elle s'en souvenait, tout avait commencé avec ce rapport qu'on lui avait demandé de rédiger.

Lorsqu'il avait découvert... *cette chose*... par hasard... et lui avait expliqué d'une voix haletante ce qu'ils devraient faire pour s'y préparer lorsque *ces événements* viendraient à se produire, elle avait été terrifiée et morte d'inquiétude pour ses enfants. Ils avaient analysé leur train de vie de citadins pour se rendre compte qu'ils étaient fichus, comme tous ceux qui habitaient en ville. À moins qu'ils ne se préparent. Dans les premiers jours, ils avaient cherché une maison éloignée, entourée d'hectares de forêts ou perdue au beau milieu d'une vallée galloise. Il avait même évoqué un éventuel déménagement en Nouvelle-Zélande ; n'importe quoi, pourvu qu'ils s'éloignent des mégalopoles, des humains. Mais la vie avait repris son cours inévitable – gagner sa croûte, payer les factures, inscrire les enfants dans une *bonne* école – et s'était immiscée entre eux et leur projet. Pour Jenny, la menace fantomatique d'un désastre imminent avait fini par s'estomper.

Chez Andy, elle avait grossi comme une tumeur.

Jenny avala son café, luttant toujours contre sa chevelure fauve et drue, puis éteignit le fer.

Et puis merde. Ça ira bien comme ça. Elle se maquillerait dans le train.

Son rendez-vous était à 13 heures. Elle fut surprise de ressentir des tressaillements d'appréhension à l'idée d'être assise, d'ici quelques heures, face à des inconnus qui l'écouteraient se vendre. S'ils l'embauchaient, elle devrait retirer Jacob de son école privée. Cette même école où elle l'avait fait entrer au terme d'une lutte acharnée. Jake la suivrait à Manchester. Leona, elle, venait d'entrer à l'université d'East Anglia. Le campus était désormais son chez-elle et le resterait pendant les deux années suivantes.

Jenny détestait devoir se montrer aussi calculatrice dans la préparation de leur séparation familiale, mais elle ne pouvait plus continuer ainsi avec Andy. Elle fonderait un nouveau foyer pour elle et Jake, et il y aurait toujours un lit disponible pour Leona. Peu importait la région, elle finirait par trouver une nouvelle maison.

Le pire restait encore à venir, bien sûr. Aucun des enfants n'avait conscience de l'ampleur qu'avaient pris leurs problèmes de couple, ni qu'elle et Andy avaient décidé de se séparer. Leona avait peut-être deviné l'avenir qu'annonçaient les cartes, mais pour le petit Jake qui, à 8 ans, se concentrait sur des cartes bien plus importantes comme celles de Yu-Gi-Oh, la nouvelle le prendrait par surprise.

Elle entendit un coup de klaxon dans la rue. Le taxi. Elle termina son café et attrapa son sac à main pour passer dans le hall d'entrée. Elle ouvrit la porte, puis hésita, jetant un regard dans la maison tandis que le chauffeur patientait.

Elle comptait revenir d'ici quelques jours pour régler les derniers détails en suspens. Mais elle eut la sensation de s'éloigner pour la dernière fois, de dire adieu au foyer familial.

Et de dire adieu à Andy.

3

8h31 GMT

Université d'East Anglia, Norwich

Leona remua, se réveillant en douceur. Encore à moitié engluée de sommeil, elle se souvint qui partageait son lit. Elle frissonna d'un plaisir secret et satisfait, comme si elle détenait un billet de loto d'un million de livres, mais qu'elle ne l'avait encore dit à personne.

À ses côtés, Danny se retourna dans son sommeil. Elle s'assit pour l'observer. Sa respiration était régulière et profonde, encore perdue dans les contrées de Morphée, les lèvres étirées en un demi-sourire comblé.

Daniel Boynan.

Il était encore plus beau les yeux fermés, la bouche boudeuse, sans toutes ces grimaces qu'il inventait pour la faire rire. Angélique. Son épaisse chevelure noire était étalée sur l'oreiller, ses sourcils momentanément froncés tandis que son esprit traversait un rêve quelconque. Leona l'avait remarqué dès le premier jour, pendant la journée d'inscription dans la file d'attente pour récupérer sa carte d'étudiant et son identification pour l'accès au campus.

Donnie Darko, avait-elle pensé. Voilà à qui il lui avait fait penser, le personnage du film.

Et Leona l'avait suivi pendant tout le premier trimestre, en toute discrétion bien sûr. Sans jamais paraître intéressée, juste assez pour qu'il finisse par comprendre le message.

C'est fou ce que les mecs peuvent être aveugles. Il n'avait pas remarqué que Leona l'avait reluqué pendant huit semaines.

Et les choses s'étaient débloquées la nuit précédente. Ce qui aurait dû être l'étape 5 de son « Projet en 10 étapes » pour conquérir le cœur de Dan Boynan s'était changé en un rapide passage aux étapes 6, 7, 8, 9...

Et l'étape 10 avait été proche de la perfection.

Elle le regarda respirer doucement et repoussa une mèche de son visage de porcelaine. Il était là, Daniel, toujours beau, magnifique dans son sommeil. Un pendentif en cuivre ornait son cou, la fine cordelette de cuir reposant sur la clavicule, le petit ankh logé dans le creux de sa gorge. C'est ce qu'elle aimait chez lui : n'importe quel autre mec aurait porté un gros bijou bling-bling accroché à une chaîne en argent.

Au-delà du couloir, elle entendait les autres remuer dans la cuisine. La petite télé portable pourrie était allumée, les cuillères tintaient dans les mugs tandis qu'on préparait le thé.

À côté d'elle, le radio-réveil se déclencha à bas volume et la voix bien trop enjouée de Larry Ferdinand s'éleva tandis qu'il bavardait en studio avec un de ses acolytes. Leona sourit, sa mère l'écoutait, elle aussi. Si on lui demandait, elle jurerait que c'était *elle* qui avait commencé à l'écouter, avant de brancher Leona sur cette station, ce qui était totalement faux, évidemment.

Elle baissa encore un peu le volume, ne voulant pas réveiller Daniel, enfin, du moins pas dans l'immédiat, puis elle se glissa au bas du lit. Elle ramassa le sweat à capuche FCUK bordeaux qu'il avait abandonné à côté du matelas et le revêtit. Il était bien trop large pour elle et lui descendait presque jusqu'aux genoux.

Daniel adorait son accent néo-zélandais. Elle n'avait pas l'impression de raccourcir les voyelles autant que son père. Elle pensait parler comme tous les autres : avec cette fadeur de la bonne vieille banlieue londonienne. Apparemment, non.

C'était étrange, elle n'avait pas été très proche de son père, du moins pas au cours des quatre ou cinq dernières années. Elle ne le voyait d'ailleurs presque jamais. Il était toujours en déplacement à l'étranger pour honorer un contrat quelconque, ou isolé dans son bureau pour terminer un travail en *free lance*. Peut-être était-ce au cours de ses premières années, quand il avait eu du temps à leur consacrer, à elle, à Jake et à sa mère, qu'était née cette légère touche d'accent néo-zélandais.

Mais bon, on s'en fout, Danny l'adore. Un bon point.

À la radio, Larry Ferdinand céda le micro au présentateur des informations.

Daniel s'agita dans son sommeil et marmonna quelque chose qui ressembla à « Prenez mon autre ch... ch... chien... »

Il était affecté d'un infime bégaiement, presque imperceptible. Leona le trouvait charmant. Ça le rendait un peu plus vulnérable et quand il racontait une blague, cette petite difficulté à articuler rendait la chute encore plus amusante.

Elle sourit en baissant les yeux vers lui. Le mot *amour* semblait un peu trop fort pour l'instant. Trop tôt. Mais elle avait l'impression que son attirance pour lui allait au-delà du physique. Elle n'allait tout de même pas partager son petit secret avec Daniel.

Joue-la cool, Lee.

Ouais, c'était exactement ce qu'elle allait faire, surtout après lui avoir donné ce qu'il voulait la nuit précédente.

«... ce qui pourrait entraîner une pénurie majeure des ressources pétrolières...»

Leona tendit l'oreille et écouta la voix émergeant faiblement de la radio.

«... si la situation venait à dégénérer. Il est encore trop tôt et il est difficile de déterminer ce qui s'est exactement passé là-bas. Mais à n'en pas douter, les conséquences se feront ressentir immédiatement sur le prix de l'essence...»

Elle soupira. Le pétrole... les terroristes... les bombes: les journalistes ne semblaient pas vouloir parler d'autre chose, ces derniers temps; des foules en colère, des rafales tirées vers le ciel, des visages haineux. Les infos lui rappelaient le radotage pessimiste et fataliste que son père finissait toujours par réciter après un ou deux verres de vin rouge.

«Tout s'enchaînera rapidement... une chose après l'autre, comme des dominos. Personne ne s'y attendra, pas même nous, et pourtant, Seigneur, on appartient à la minorité qui est au courant...»

Merde. Son père pouvait être épuisant quand il se lançait dans son discours favori: à rabâcher ses histoires de pic de Hubbert, de pétrodollars, d'empreinte carbone... c'était son bouquet final, le sujet de discussion qui revenait lorsqu'il ne savait pas de quoi parler. Ce qui, pour être honnête, arrivait tout le temps. Mon Dieu, il ne s'arrêtait plus, une fois lancé, surtout s'il pensait avoir attiré l'attention.

Leona tendit la main et coupa la radio.

Elle savait que sa mère était arrivée à saturation, pour dire les choses comme elles étaient. Elle se demandait si elle s'était lassée de son père. À la maison, elle sentait quelque chose planer dans l'air. Leona était contente d'être loin, à la fac, et contente aussi que son petit frère, Jacob, soit dans son école privée. Cela donnait à ses parents suffisamment d'espace pour résoudre ce qu'il y avait à résoudre.

Elle traversa la chambre à pas de loup, enjambant la longue traînée de vêtements qu'ils avaient laissée derrière eux la veille au soir, dans leur hâte de brûler les étapes.

Elle ouvrit la porte de sa chambre et se dirigea vers la cuisine, où une pile de casseroles, d'assiettes et de poêles incrustées de haricots et de raviolis attendaient en vain d'être lavées. À travers un rideau de fumée de cigarette, deux colocs regardaient *Big Brother* sur l'écran de la télé logée sur le frigo.

4

11 h 44, heure locale

Station de pompage IT-1B, 150 km au nord-est de Baïji, Irak

Andy Sutherland tendit la main vers la banquette arrière de la Toyota Land Cruiser pour attraper une grande bouteille d'eau. Elle était restée au soleil et bien qu'il l'ait sortie du congélateur le matin même, véritable glaçon en forme de bouteille, elle était désormais aussi bouillante qu'une tasse de thé. Il avala quelques gorgées puis s'aspergea le visage pour nettoyer la poussière et la piqûre salée de sa propre transpiration.

Il se tourna vers Farid, à quelques pas de lui.

« Tu en veux ? »

Farid sourit et acquiesça : « Merci. »

Il lui passa la bouteille et jeta un œil en direction des restes calcinés de la station de pompage IT-1B.

Il n'y avait plus rien à récupérer, à part quelques morceaux de parpaing et des tuyaux tordus, il faudrait l'abattre complètement avant de pouvoir la reconstruire. IT-1B, ainsi que trois autres stations voisines, desservaient les pipelines traversant le pays du sud au nord en direction de la Turquie. L'ensemble de l'installation en divers endroits, pipelines, embranchements, tout était détruit.

Complètement foutu.

Farid lui rendit la bouteille. Andy remarqua que l'homme n'avait bu qu'une petite quantité, à peine quelques gorgées.

« Tu peux en prendre plus, si tu veux », lui dit-il en faisant mine de se nettoyer le visage. Après tout, le vieil interprète était couvert de poussière et de sueur séchée autant que les autres passagers.

Farid fit non de la tête. « On ne sait pas quand trouver de l'eau pour boire », répondit-il avec la voix cassée et aiguë d'un homme âgé. Sa maîtrise de l'anglais était assez bonne, bien meilleure que celle de leur dernier interprète, celui qui avait décidé de disparaître dans la nature sans prévenir, quelques jours plus tôt.

« D'accord », dit Andy. C'était un bon argument. Trouver de l'eau potable faisait encore partie des principales préoccupations des citoyens irakiens. Ils avaient fini par s'habituer au manque d'eau, pendant ces dernières semaines.

Non loin de là, une autre Land Cruiser remplie d'ingénieurs civils s'était garée en une vague tentative de positionnement défensif, ainsi que trois camionnettes Nissan aménagées où se dressaient des policiers irakiens scrutant le paysage irrégulier des bâtiments détruits autour d'eux.

La méfiance était de mise ; la milice était passée ici quelques jours plus tôt, non pas pour détruire la station – elle l'avait été bien longtemps auparavant – mais pour capturer plusieurs policiers et en faire des exemples pour la population. L'avant-veille, quatre hommes avaient été traînés hors du bureau de police, tandis qu'amis et collègues montaient la garde. Leurs cadavres n'avaient pas encore été retrouvés, mais ils devaient sans aucun doute rôtir sous le soleil de l'après-midi, quelque part en bord de route, en attendant d'être repérés.

D'après Farid, ils étaient relativement en sécurité, du moins pour l'instant. La milice était venue et avait fait son œuvre pour repartir aussitôt. Elle reviendrait, bien sûr, mais pas avant longtemps. Quantité d'endroits nécessitaient son attention.

Andy ramassa son couvre-chef, une casquette de pêche bleu turquoise usée et décolorée par le soleil, qu'il n'aurait jamais osé arborer en public en Angleterre mais qui offrait dans cette région une ombre salutaire sur son visage, son crâne et sa nuque. Son cuir chevelu pâle mal protégé par une touffe de cheveux couleur sable commençait à brûler tandis que d'un geste ferme il enfonça la casquette sur sa tête.

Il s'aventura sur le sol tassé et argileux baigné de soleil en direction des autres ingénieurs qui examinaient les restes de l'IT-1B. Il s'approcha de l'homme qui avait partagé l'habitacle de la Land Cruiser avec lui pendant le trajet aller, Mike, un grand Américain aux épaules rondes et à la barbe noire épaisse. Il lui faisait penser à Bob Hoskins, en plus massif et moins mignon.

« Tout est foutu », commenta Mike avec force analyse tandis qu'Andrew se rangeait à son côté.

Andy acquiesça. «J'imagine que personne ne va plus tirer grand-chose des champs pétrolifères de Kirkouk tant que ce bordel ne se sera pas calmé.»

Mike haussa les épaules. «C'est pas demain la veille.»

Pas faux.

Ils le savaient tous, ce n'était pas compliqué de détruire un pipeline installé en plein air. Des centaines de kilomètres de métal fin courant sur le sol... Il suffisait d'un petit détonateur artisanal placé à n'importe quel niveau du conduit et l'affaire était réglée jusqu'à ce que les dégâts soient réparés. Dans un pays comme l'Irak, autant oublier l'idée des pipelines hors-sol, surtout dans la région de Salah ad Din où chaque kilomètre devrait être gardé jour et nuit. Le contexte avait été différent, trente ou quarante ans plus tôt, à l'époque où la plupart des installations avaient été construites. L'Irak était alors un pays prospère et policé.

Tu travailles pour qui ? demanda Mike.

- Un petit cabinet de conseil en gestion des risques, au Royaume-Uni. Mais ils sont commissionnés par Chevroil-Exxo. Et toi ?

– Je travaille en *free lance* pour Texana-Amocon.»

Andy sourit. Toutes les compagnies pétrolières semblaient porter des noms composés et un tiret, à présent. C'était dans l'air du temps : des entreprises battant de l'aile qui mettaient en commun leurs ressources amoindries dans le but de consolider leurs actifs en attendant le dernier round.

«Ils veulent savoir dans combien de temps on pourra obtenir quelque chose de ce satané pays, ajouta l'Américain. Enfin quoi, qu'est-ce que je suis censé leur dire, moi ?»

Andy afficha un demi-sourire et jeta un coup d'œil vers la carcasse noire du bâtiment devant eux.

«Pas avant plusieurs années.»

Mike acquiesça. «Ça m'en a tout l'air, à moi aussi. Bon, enchaîna-t-il en se tournant vers Andy, on n'a même pas eu le temps de se présenter. Je m'appelle Mike Kenrick.»

Ils avaient discuté quelques instants à peine ce matin-là, quand leur convoi avait mis plusieurs heures à se frayer un chemin vers le nord-est, le long d'une route aux abords d'Haditha. Ils avaient évoqué l'hôtel merdique où ils avaient dormi tous les deux, un labyrinthe sombre de chambres vides et glaciales, de plafonds hauts d'où pendaient des câbles électriques. Sans parler des coupures de courant et d'eau.

« Professeur Sutherland, mais appelle-moi Andy, répondit-il, la main tendue vers l'Américain.

– Dis-moi, Andy, tu viens d'où ?

– Je suis néo-zélandais d'origine. Mais je dirais que l'Angleterre est devenue mon chez-moi. J'y vis par intermittence depuis dix-neuf ans. Enfin, c'est pas vraiment accueillant, en ce moment », ajouta-t-il après réflexion.

« Des soucis ?

– Ouais... des soucis. »

L'Américain comprit qu'Andy n'irait pas plus loin.

« Merde, c'est notre boulot qui veut ça, commenta-t-il d'un ton grincheux au bout de quelques instants. Le temps passé loin de la maison, ça te bousille le plus solide des mariages.

– Et toi ?

– Je viens d'Austin, au Texas. »

Andy se souvint l'avoir vu se balader dans l'hôtel la veille, arborant un slip blanc et un T-shirt où l'on pouvait lire PERSONNE NE DÉCONNE AVEC LE TEXAS.

Sympa.

Deux autres ingénieurs civils arpentaient les ruines et prenaient des photos avec leur appareil numérique. Andy les avait aperçus mais n'avait pas encore engagé la conversation. L'un d'eux était hollandais ou français, l'autre, ukrainien, du moins c'est ce qu'il avait entendu dire. Ils étaient restés repliés sur eux-mêmes, tout comme Andy.

La seule personne avec qui il avait parlé cette semaine, depuis leur sortie, était Farid, leur nouvel interprète. On avait assigné à l'équipe de quatre hommes un traducteur ainsi que deux Toyota Land Cruiser et deux chauffeurs. Ils n'avaient pas été en mesure de les choisir eux-mêmes, ni de les refuser, et ils s'étaient contentés d'en hériter du groupe précédent.

« T'es déjà venu ici ? demanda Mike.

– Ouais, plusieurs fois, mais plus au sud, vers Majnoun, Halfaya. C'est pas la même histoire, là-bas. »

L'Américain hocha la tête. « Mais c'est aussi en train de changer. »

Ils entendirent un brouhaha provenant des camionnettes de la police irakienne. Andy se retourna. L'un des policiers parlait au téléphone et se tourna soudain vers les autres pour relayer l'information. Ils parurent tous sceptiques au premier abord, mais en quelques secondes, plusieurs voix s'élevèrent en même temps. Le policier au téléphone leva la main pour les faire taire et ils se calmèrent.

Andy fit signe à Farid d'approcher.

« Qu'est-ce que c'est que cette affaire ? demanda Mike.

– Je vais me renseigner », répondit l'interprète avant de s'avancer vers les policiers.

Andy observa le vieil homme qui leur parlait d'une voix calme, puis écouta celui qui téléphonait. Il prononça quelques mots en montrant l'habitacle de la camionnette. L'un des hommes cogna du poing contre le toit et hurla quelque chose au conducteur endormi au volant. Il bondit sur son siège et sortit la tête par la vitre, certainement pour demander quel était le connard qui l'avait réveillé.

Le gars au téléphone lui répéta ce qu'il avait entendu, Farid ajouta quelques mots et l'expression du conducteur changea brusquement. Il rentra dans l'habitacle, se jeta sur le tableau de bord et alluma la radio. Un morceau de musique s'éleva, qu'il changea aussitôt pour trouver, après quelques parasites et quelques grésillements, une station claire d'où s'échappait la voix autoritaire d'un présentateur.

« Quelque chose de grave vient de se passer », marmonna Andy.

Les policiers s'étaient tus, Farid aussi. Ils tendaient tous une oreille attentive. Quand soudain, au milieu de nulle part, un téléphone satellite de l'Americain Inmarsat sonna. Mike sursauta et regarda Andy, un sourcil arqué de surprise tandis qu'il ouvrait une petite sacoche fixée à sa hanche. Il fit quelques pas afin de répondre sans crainte d'être écouté.

Andy vérifia instinctivement que son téléphone privé était bien allumé. Il l'était, mais personne n'avait essayé de le joindre.

Andy, de plus en plus impatient, croisa le regard de Farid et étendit les mains : *Qu'est-ce qui se passe ?*

L'interprète hocha la tête et leva le doigt pour lui demander d'attendre encore un peu, et il tendit le cou pour écouter la radio qui crachotait les informations.

Il se tourna vers Mike qui fronçait les sourcils, concentré sur son interlocuteur à l'autre bout du fil.

« Mais putain, est-ce qu'on peut m'expliquer ? » demanda Andy, exaspéré d'être la seule personne laissée pour compte.

Un instant plus tard, Farid s'éloignait de la camionnette et s'approchait d'Andy, le visage indéchiffrable... comme s'il essayait encore de comprendre ce qu'il venait d'entendre.

« Farid ? »

Mike referma le clapet de son téléphone à l'instant où l'interprète s'arrêtait devant eux. L'Américain et l'Arabe se dévisagèrent un moment.

Andy craqua. « Est-ce que quelqu'un va enfin me dire ce qui se passe, bordel ? »

5

8 h 45 GMT

New York

Il décolla de l'aéroport JFK juste après 22 heures ce soir-là. Ce n'était pas une heure d'affluence, nombre de sièges étaient vides en première classe. Il avait embarqué sans encombre sous sa fausse identité de M. Ash. Le passeport était de qualité, impeccable. Comme toujours.

Ash. Cendre.

Un nom plutôt bien trouvé pour cette mission. C'était drôle d'emprunter une autre identité, d'imaginer comment avait dû être le véritable M. G. J. Ash, de se mettre dans la peau de la personne qui avait vécu sous ce nom pendant trente-sept ans. Non pas que cela importât vraiment.

Pour la durée de sa tâche, c'était lui, M. Ash, et personne d'autre, pas même le vrai M. G. J. Ash dont les coordonnées avaient temporairement été clonées pour ce travail. Ash était le nom qu'il avait imprimé dans son esprit. Jusqu'à ce que la mission soit terminée, il ne répondrait qu'au nom de Ash.

C'était une affaire plutôt pressante : le temps jouerait contre lui, cette fois-ci. Tout irait vite, maintenant. À moins que tout n'ait déjà commencé. Quand la loi et l'ordre finiraient par flancher, et cela arriverait rapidement, il lui deviendrait difficile de mettre la main sur sa cible. Alors il allait devoir agir vite.

Par le hublot, Ash regarda l'Atlantique grisâtre en contrebas.

Leona Sutherland. 18 ans. Profession : étudiante. Résidence actuelle : campus de l'université d'East Anglia.

Sa cible ne lui posait aucun problème. C'était une jeune fille, une gamine. Mais surtout, elle représentait un risque pour la sécurité. Un très gros risque, encore plus en ce moment, compte tenu de la situation.

Entrer en un clin d'œil, ressortir en un clin d'œil.

Il s'assurerait qu'elle meure vite et sans douleur, il pouvait au moins lui accorder cette faveur. Après tout, ce n'était pas de sa faute si elle était aujourd'hui un facteur à risque. Leona Sutherland avait fait une seule erreur, celle d'ajouter un P.-S. à un de ses e-mails – à peine une dizaine de mots accrochés à un message bavard adressé à son père... des mots qu'elle ne semblait pas avoir prémédités, mais qui lui étaient venus à l'esprit à la dernière minute.

Malheureusement, avec ce P.-S., elle avait signé son arrêt de mort.

Ash soupira.

Comme les gens pouvaient être imprudents lorsqu'ils parlaient, laissant échapper – intentionnellement ou non – des détails qu'il vaudrait mieux passer sous silence ! Il pensait souvent que la plus grande part de la souffrance, de la misère et de la mort sur cette planète était due à ceux qui ne savaient pas tenir leur langue.

Ce ne serait pas son heure de gloire non plus, tuer ainsi une enfant innocente. C'était pourtant nécessaire. Un mal pour un bien.

Il rectifiait quelques erreurs qui, pour être franc, auraient dû être corrigées des années plus tôt. Ces vieux fous avaient laissé sortir cette petite fille vivante de la chambre d'hôtel.

Voilà pourquoi ils avaient besoin de gens comme lui : pour faire le ménage derrière eux.

6

12h35 GMT

Manchester

Jenny franchit les portes battantes donnant sur le trottoir de Deansgate et respira profondément.

«J'ai réussi!» murmura-t-elle en serrant le poing et cognant discrètement dans le vide lorsqu'elle fut certaine que personne ne la regardait.

L'entretien avait été bien plus simple qu'elle l'avait pensé. Elle les avait fait rire plusieurs fois, leur langage corporel était détendu et ouvert. Elle avait eu le sentiment d'avoir un ticket gagnant à la seconde où elle était entrée dans le bureau. Ç'avait été un de ces instants magiques, ils avaient tous craqué.

Elle s'était doutée qu'elle avait eu le poste, ou du moins l'avait senti, vers la fin de l'entrevue quand un des gars lui avait demandé quelle durée son employeur actuel exigeait pour son préavis.

«J'ai réussi», marmonna-t-elle encore en descendant Deansgate vers un café qu'elle avait repéré avant son rendez-vous.

Bien sûr, ils ne pouvaient pas lui dire tout simplement «on vous embauche». Ils devaient recevoir encore quelques candidats l'après-midi même. Agir ainsi aurait été maladroit, voire peu professionnel. Mais d'un autre côté – la manière dont ils lui avaient dit au revoir, leurs poignées de main, leurs hochements de tête et leurs regards soutenus lui hurlaient «on reprend contact».

Elle afficha un sourire comme elle ne l'avait pas fait depuis longtemps. Cela ressemblait à un grand pas en avant, loin de la situation inextricable à Londres. Il y aurait beaucoup à faire, bien sûr, et la première chose sur la liste serait de faire sortir Jake de son école. Son pauvre petit gars allait être déconcerté par tous ces événements. Mais une fois tous deux installés à Manchester, Jenny le gâterait sans vergogne pendant un moment. Elle le chouchouterait. Et surtout, elle l'inscrirait à toutes sortes de clubs et d'activités extrascolaires. Elle savait qu'il adorait les petites figurines de Warhammer. Il passait un temps fou à les peindre et à jouer avec. Eh bien, ils avaient une boutique qui en vendait, et ils organisaient des réunions le samedi et le dimanche ; elle l'y emmènerait, persuadée qu'il s'y ferait des amis en un clin d'œil.

Jenny arriva devant le café, ouvrit la porte et entra.

Elle commanda un chocolat chaud accompagné d'une petite montagne de crème – celle qu'Andy appelait la mousse à raser – et une pâtisserie, puis elle s'installa à une table près de la fenêtre. Le contenu de l'assiette et de la tasse équivalait à environ mille calories, mais flûte, elle avait fait des étincelles pendant son entretien et avait, pour ainsi dire, collé le ballon au fond des filets.

Elle méritait bien de se faire un petit cadeau.

Elle s'assit à la table, son esprit parcourant la liste des choses qu'il lui restait à faire. En arrière-fond, la télé au-dessus du comptoir radotait toute seule.

« ... répandant le chaos dans la région. On apprend à l'instant que les membres les plus âgés de la famille royale saoudienne ont été transportés à l'aéroport international King Khaled de Riyad pour être évacués. Aucune confirmation officielle n'a été donnée, mais il est clair que les troubles se sont propagés jusque dans la capitale, et ont été considérés comme une menace contre... »

Elle allait devoir donner son préavis d'un mois à Londres. Mais Jenny savait qu'ils lui devaient deux semaines de congés, alors elle travaillerait encore quinze jours et prendrait ses deux dernières semaines. Andy devrait se charger de vendre la maison. Enfin, il n'allait pas devoir faire grand-chose, à part être présent pour laisser entrer l'agent immobilier.

« ... il est désormais évident que l'escalade de violence en Arabie saoudite a été déclenchée par l'attentat contre les mosquées sunnites de La Mecque et Médine. Si les attaques n'ont pas encore été revendiquées, les chiites et leurs mosquées ont été la cible de représailles par la majorité sunnite et wahhabite, dans ce qui s'annonce comme le début d'un conflit civil dangereux et meurtrier... »

Et il y aurait tous les meubles, le bric-à-brac de vingt ans dont il faudrait se débarrasser. Jenny n'avait aucune envie de tout embarquer avec elle. Ils pourraient en refourguer un peu sur eBay, peut-être aussi tenter d'organiser une vente devant chez eux. Elle refusait en revanche d'avoir recours à un brocanteur, leurs biens valaient plus que les quelques pennies qu'ils en tireraient.

«... à Wall Street ce matin, la valeur des actions a subi un sérieux choc tandis que le prix du baril est monté en flèche jusqu'à cent dollars. On murmure que la situation de plus en plus alarmante en Arabie saoudite risquerait de déclencher ce que l'on surnomme, dans les couloirs obscurs de l'industrie pétrolifère, un scénario artificiel de *pic pétrolier...*»

Jenny tourna son attention vers l'écran de télé.

La phrase interrompit brutalement le cours de ses pensées erratiques, comme la lame chaude d'un couteau dans une motte de beurre.

«Pic pétrolier.» L'une des phrases fétiches d'Andy ; deux mots qui, dans leur foyer, avaient fini par s'accoler comme deux frères siamois. Une expression qu'elle avait prise en horreur au cours des dernières années. Et voilà qu'elle s'imposait à la télé, dans le journal quotidien, et qu'elle l'entendait pour la première fois dans la bouche de quelqu'un d'autre. Les mots lui semblèrent étranges et un peu déconcertants, venant d'un autre qu'Andy. Et pas seulement un collègue pétro-géologue, ou un quelconque obsédé de conspiration, la bave aux lèvres, ces gens avec qui Andy s'était lié, *via* son site Internet. Non... Un journaliste de la BBC venait d'employer ces termes. À l'heure du déjeuner.

Derrière le comptoir, le barman qui venait de servir un client attrapa la télécommande et zappa sur plusieurs chaînes avant de jeter son dévolu sur un match de foot. Manchester City contre une équipe quelconque.

Jenny manqua lui crier de remettre les infos. Elle regarda autour d'elle, s'attendant à moitié à voir les autres clients se joindre à elle pour exiger de voir les infos, mais personne parmi les étudiants ni parmi les autres clients installés là pour manger leur sandwich à la hâte n'avait prêté attention à la télé. Tous semblaient bien trop occupés pour se sentir concernés.

Comme elle, bien trop préoccupés par les détails de leur vie : gagner sa croûte, payer les factures, envoyer leurs enfants à l'école... trouver un nouveau boulot.

Son esprit se concentra à nouveau sur les informations. Quelqu'un d'autre qu'Andy venait de prononcer l'expression « pic pétrolier ».

Le sentiment d'euphorie qui l'avait envahie en sortant de son entretien s'évapora soudain.

7

3 h 37, heure locale

Désert, région de Salah ad Din, Irak

« Mais où est-ce qu'on va, putain ! » hurla Mike.

Le véhicule de la police irakienne devant eux avait pris un brusque virage à droite pour emprunter une route cabossée en direction du sud-ouest. Retour vers Baïji.

Andy regarda le véhicule avancer à grand bruit sur le terrain accidenté, puis s'engager sur une petite voie adjacente. Les deux autres fourgons de la police la suivirent, sortant du convoi pour s'éloigner d'eux derrière la voiture de tête.

« Merde. Qu'est-ce qu'on fait ? On les suit ? » demanda Mike.

Andy haussa les épaules. « Je ne sais pas, ils ne partent pas dans la bonne direction. » Il observa les véhicules qui disparaissaient peu à peu dans un nuage de poussière.

« Ils ont autre affaire à régler », commenta Farid depuis le siège passager. Le vieil homme montra du doigt la radio calée dans le tableau de bord. « Al-Tariq, la station de radio, dit que les troubles entre sunnites et chiites en Arabie saoudite sont arrivés ici. Beaucoup d'explosions, beaucoup de combats à Bagdad. »

Mike décocha un coup d'œil à Andy. « Super. »

Farid fronça les sourcils avec incertitude, ne saisissant pas l'ironie du propos.

« La police part pour se battre de leur côté.

– Du côté des sunnites ? »

Le vieil homme acquiesça.

Andy se mordit la lèvre et inspira profondément. Ils étaient désormais à découvert. Sans escorte, ils faisaient une cible de choix. Il y avait leur chauffeur, bien sûr, un jeune homme du nom d'Amal, et dans l'autre Land Cruiser se trouvait Salim, l'autre conducteur. Tous deux possédaient un fusil d'assaut

AK47. Dans quelle mesure seraient-ils prêts à s'en servir dans un combat au corps à corps ? Il ne savait pas. À dire vrai, il ne pouvait pas attendre de Farid, d'Amal ou de Salim qu'ils mettent leur vie en danger pour les protéger, lui et trois autres Occidentaux. Merde, si les rôles étaient inversés et qu'ils croisaient une patrouille américaine à l'affût d'un enturbanné quelconque à tourmenter, ni Mike, ni Andy ni les deux autres ingénieurs ne lèveraient leur fusil contre les Américains pour les protéger.

Leur dernier espoir : que la route jusqu'à la ville soit ouverte, et que tous les hommes armés d'un fusil et d'une forte envie de querelle soient trop occupés à se battre entre eux pour leur tendre une embuscade.

Par la fenêtre, il regarda les broussailles et le sol poussiéreux, les bosquets occasionnels de dattiers, et il se demanda ce qui pouvait bien être en train de se passer. Mike avait dit que le coup de téléphone venait de sa direction à Austin, au Texas, qui lui répétait ce qu'elle apprenait de Reuters : l'Arabie saoudite était en proie à un véritable enfer après que des mosquées eurent été la cible d'attaques meurtrières. Le pays était mûr pour de tels événements : une bombe prête à exploser. Compte tenu de la situation plus qu'instable en Irak, les habitants s'enflammeraient pour prouver leur soutien à leurs voisins, et pareille réaction se déclencherait dans les autres nations arabes vulnérables : au Koweït, dans les Émirats arabes unis, dans le sultanat d'Oman.

Andy imaginait que les informations mondiales se concentraient sur les événements à Riyad, les suivant heure par heure, et il se disait que les experts des questions islamiques et des cultures arabes devaient être invités à la va-vite sur les plateaux de télévision à travers le monde pour pontifier sur l'actualité. Il se demanda qui tenterait de prendre un peu de recul pour voir le tableau dans son intégralité.

Ce matin-là, tandis que les troubles déstabilisaient l'Arabie saoudite à la vitesse de l'éclair, la planète venait de perdre la source régulière de pétrole qui lui fournissait entre un quart et un tiers de ses besoins quotidiens.

Il glissa la main dans sa poche et en sortit son téléphone.

« T'appelles qui ? demanda Mike.

– J'appelle chez moi », répondit Andy en ouvrant le clapet pour appuyer sur la touche du répertoire.

Un long silence précéda une tonalité monotone.

« Et merde, je n'ai pas de réseau.

– C'est quitte ou double, par ici, certains portables passent mieux que d'autres, fit Mike. On avance vite, tu pourras essayer d'ici une minute. »

Farid se retourna sur son siège pour s'adresser à eux.

« Peut-être que c'est mauvaise idée de rouler à Baïji. Émeutes, combats. »

– Merde, qu'est-ce que tu veux qu'on fasse d'autre ? lâcha Mike. On va pas rester ici, quand même. »

Andy leva les yeux. « Je crois qu'on pourrait essayer de contourner la ville et prendre la direction du K-2. Ça ferait un voyage d'environ une heure. »

Le K-2 était une piste d'aviation améliorée par les Américains, pivot central de l'approvisionnement et point d'évacuation des forces déployées au nord du pays.

« Tu veux quitter l'Irak ? demanda Mike.

– Ouais, je veux partir d'ici. C'est en train de dégénérer, c'est évident. »

Andy essaya à nouveau d'appeler chez lui et obtint enfin une tonalité d'attente. Plusieurs sonneries plus tard, le répondeur se déclencha et il entendit sa propre voix. « Merde. »

Est-ce que je tente sur son portable ?

Elle allait sûrement lui raccrocher au nez. Il voulait que les enfants reviennent à la maison, qu'ils quittent l'école ou l'université, et il voulait que Jenny aille au magasin du coin pour acheter suffisamment de nourriture et d'eau afin de tenir quelques semaines.

Bon sang, est-ce que je suis pas un peu parano ?

Peut-être. Enfin bon, s'il se révélait plus tard qu'il avait réagi de façon excessive, quelles en seraient les conséquences ? Ce n'était que de la nourriture, on finirait bien par la manger. Mais à présent, il craignait que Jenny lui suggère plutôt d'aller se faire foutre, qu'elle ne ferait pas tourner les enfants en bourrique pour la simple raison qu'il subissait une crise d'angoisse.

Ou alors peut-être serait-elle inquiète pour lui, qui se trouvait dans une région en train d'exploser. Sans penser une seule minute que les événements en Arabie saoudite puissent avoir la moindre incidence sur sa vie douillette dans son quartier londonien de Shepherd's Bush.

Il composa tout de même son numéro pour tomber sur un message lui annonçant : « Le numéro que vous essayez de joindre est actuellement indisponible. »

« Alors, pas de veine ? demanda Mike.

– Non. »

Andy se demanda s'il devait ignorer Jenny un moment. Il voyait à quel point les choses allaient s'envenimer. S'il avait raison, ils l'apprendraient d'ici deux, trois, voire quatre jours. Pour lui, l'impact d'un étranglement soudain de la production pétrolière se ferait ressentir aussi vite que cela. Même en cet instant, il savait que des mesures pour conserver les réserves d'essence étaient déjà en projet au bureau du Premier ministre à Downing Street, et ce dernier les annoncerait aux citoyens d'ici la fin de la journée. Et lorsque la nouvelle se répandrait, ce serait chacun pour soi et l'enfer sur Terre.

Bon, tant pis. J'essaie de l'appeler.

Andy composa le dernier numéro qu'il avait mis en mémoire.

8

12 h 38 GMT

Université d'East Anglia, Norwich

Leona sortait d'un amphi après un cours magistral et se dirigeait vers le bar du club étudiant de l'autre côté de la cour où circulait une foule émergeant des diverses boutiques du campus lorsque son portable vibra.

Elle s'en saisit pensant que Daniel s'inquiétait de savoir ce qu'elle fichait. Les choses s'étaient un peu précipitées, mais elle n'était pas contre. Elle ne voulait simplement pas arriver à leur rendez-vous avant lui, ou pire, pile à l'heure. Leona était toujours dans la phase faisons-comme-si-de-rien-n'était.

Elle regarda l'écran pour voir qui l'appelait. Au premier coup d'œil, c'était un numéro inconnu, mais elle répondit tout de même.

« Ouais ?

– Leona ? C'est papa.

– Papa ! » fit-elle d'une voix rendue aiguë par la surprise.

Il l'appelait rarement. Si le coup de fil venait de la maison, c'était sa mère, et son père décrochait l'autre combiné de temps en temps pour dire « Salut » et lui demander comment ça allait ou si elle avait besoin de quelque chose. Mais ça n'allait jamais plus loin. Sa mère était la seule à obtenir tous les détails croustillants. Elle se demanda s'il lui était arrivé malheur.

« Maman va bien ?

– Quoi ? Ah, ouais, elle va bien. »

La connexion était horrible, la voix de son père crachotait et s'évanouissait.

« Tout va bien, papa ? »

Un bref écho lui laissait deviner qu'il était à l'étranger.

« Ouais, ouais, je vais bien, ma chérie.

– Tu es encore en déplacement ?

– Ouais, je suis encore là-bas. Mais je rentre bientôt.

– Ah, d'accord. Cool. »

Mais ce n'était pas la raison de son appel, elle l'entendait très bien à sa voix.

« Alors, c'est pour me dire ça que tu m'appelles ?

– Non. Dis-moi, Leona, tu as regardé les infos ce matin ?

– Non, pas vraiment.

– Il y a de graves problèmes par ici. Il y a eu un attentat en Arabie...

– Ah, oui, ça, je l'ai entendu à la radio. Des émeutes ou je ne sais quoi. »

Une pause, ou peut-être un sursaut de la connexion, difficile à dire.

« Ça m'inquiète beaucoup, Leona. Je crois que ça risque de nous toucher tous. »

Oh, non, pas encore. Pas le sermon sur le pétrole. Pourquoi justement maintenant ?

« Papa, écoute, si c'était aussi sérieux, il y aurait eu une annonce publique sur le campus. Ne t'inquiète pas pour nous », répondit-elle avec un soupir las. Puis elle se rendit compte que c'était peut-être lui qui courait un danger.

« Comment ça va, de ton côté ?

– Pour l'instant, je vais bien. Mais je prévois de prendre un avion ce soir, si j'y arrive, ma chérie. Je crois que ça va mal se passer, par ici. Mais écoute-moi, c'est très important. »

Elle avait atteint le bar et ouvert la porte. Elle aperçut Daniel installé à une table près de la fenêtre, les yeux rivés sur elle. Il lui fit signe.

« Papa, il faut que j'y aille.

– Non ! Écoute-moi. Leona ? »

Elle fit une pause, hocha la tête à l'attention de Daniel et fit un geste du doigt pour lui expliquer qu'elle le rejoindrait dans une minute. Elle lâcha la porte qui se referma et assourdit les bruits de la salle.

« Qu'est-ce qu'il y a ?

– Où est ta mère ?

– Elle a parlé d'aller à Manchester pour un truc... pour voir des amis, je crois. Elle y reste jusqu'à la fin de la semaine. »

Leona entendit son père jurer dans sa barbe.

« Écoute-moi, ma chérie. Je veux que tu rentres à Londres. Maintenant.

– Quoi ?

– Je veux aussi que tu récupères Jake à son école, que tu ailles au supermarché et que tu dépenses tout ce que tu peux en nourriture, en eau et...

– Papa ! Je ne peux pas faire ça !

– Leona... Je te le demande, s'il te plaît ! répliqua-t-il d'une voix qui commençait à avoir cette fameuse intonation, celle qui menait invariablement à une engueulade si on le poussait trop loin.

– Non, tu n'as pas le droit de me demander un truc pareil. Je ne peux pas quitter la fac en plein milieu du trimestre... »

Il la prit par surprise lorsque sa voix se radoucit.

« Je t'en prie, Leona. Je sais que tu en as marre d'entendre ces conneries. Je ne suis pas débile. Je sais que je t'ai ennuyée avec mes histoires de pétrole. Mais je crois que la situation va être terrible et il nous faut anticiper. Je veux être sûr que vous allez bien, tous.

– On va bien ! T'es content ? On va très bien.

– Leona, tu sais très bien que je ne vais pas... »

L'appel coupa soudainement et la laissa en compagnie du ronronnement d'une tonalité lointaine. Elle écarta le téléphone de son oreille et le regarda comme s'il s'agissait d'un objet venu de l'espace.

Mon Dieu, c'était bizarre. Vraiment bizarre.

Elle attendit un instant que le téléphone vibre à nouveau, et après avoir patienté une minute, elle le rangea dans sa veste, ouvrit la porte et entra dans le bar. Daniel était toujours assis à la table, dans la même position, mais son visage affichait un air interrogateur.

Elle s'assit près de lui et dit :

« Ne pose pas de question. C'était mon père et ses trucs bizarres.

– Qu'est-ce qui ne va pas chez lui ?

– Oh, mon Dieu, ça prendrait trop de temps à t'expliquer. »

Il sourit et haussa les épaules.

« Ça me va. Qu'est-ce que tu bois ?

– Un demi. »

Daniel se leva, se glissa devant elle en posant une main sur sa cuisse qu'il pinça doucement – un petit geste lui prouvant qu'il n'avait pas oublié la nuit dernière – et il se dirigea vers le bar.

Mais l'esprit de Leona était ailleurs. Concentré sur l'appel de son père, et aussi sur les brèves infos qu'elle avait entendues à la radio ce matin-là, à peine... quatre ou cinq heures plus tôt. Les choses n'avaient pas pu évoluer si vite.

9

18 h 42, heure locale

Route menant à Baïji, Irak

« Je ne suis pas sûr. On dirait qu'ils sont des nôtres. »

Andy plissa les yeux en direction de la colonne de véhicules qui avançait dans la lumière faiblissante du crépuscule. Ils étaient tous immobiles, phares éteints. La seule lueur vacillante et dissimulée venait d'une lampe torche sous le capot de la voiture de tête. Elles ressemblaient à des Land Rover. D'après lui, du moins, elles en avaient la forme.

« Des Anglais, murmura Farid.

– Des Rosbifs ? fit Mike. Ouais, peut-être. C'est pas un de nos camions. »

Andy regarda le faisceau de la lampe bouger et éclairer les mouvements de plusieurs hommes, debout devant le véhicule.

Alors pourquoi est-ce qu'ils restent comme ça, dans l'obscurité ?

« Sacrément suspects, ceux-là, commenta Andy au bout d'un moment.

– Un peu comme nous, non ? »

Quand le jour avait commencé à tomber, ils avaient décidé de rouler sans allumer leurs phares. Après le départ de leur escorte policière, ils s'étaient sentis dangereusement à découvert et, tandis que les ombres de cette fin d'après-midi s'étendaient et laissaient place à la nuit, ils avaient préféré ne pas signaler leur présence plus que nécessaire.

Le moteur de leur Land Cruiser ronronnait et Andy descendit pour faire quelques pas et scruter la petite colonne à trois cents ou quatre cents mètres d'eux.

Mike mit pied à terre à son tour et le rejoignit.

« Si nous, on arrive à les voir, tu sais qu'eux...

– Ils peuvent nous voir aussi. Je sais. »

Et on est à l'arrêt, toutes lumières éteintes.

Andy en vint à espérer que la colonne était anglaise, pas une de ces patrouilles américaines rapides de la gâchette. Au cours de l'année passée, les Américains avaient été chargés de maintenir l'ordre au beau milieu de ce chaos grandissant que le gouvernement irakien refusait encore d'appeler « guerre civile ». On comptait un bon nombre de jeunes soldats de l'infanterie, effrayés et las des combats, qui portaient néanmoins des armes puissantes et étaient prêts à faire feu sur n'importe quel véhicule en mouvement. Surtout de nuit, et surtout s'il avançait sans phares allumés.

« Je crois que tu as raison », dit Mike en lisant dans les pensées d'Andy. Il fit un geste du menton dans leur direction.

« Je sais que nos hommes sont un peu sur les nerfs, et ils sont capables de tirer d'abord pour s'excuser ensuite. Peut-être qu'on ferait mieux d'allumer nos phares en espérant qu'ils sont anglais.

– Ouais. On allume nos phares », dit-il à Farid.

Et on croise les doigts.

Farid acquiesça en silence puis chuchota quelques mots à Amal en arabe. Quelques secondes plus tard, leurs phares s'allumaient faiblement et dispensaient deux faisceaux jumeaux sur l'asphalte grêlé en direction du convoi à l'arrêt.

Andy vit sur-le-champ que les engins appartenaient bien à l'armée. Pas aux forces américaines, ni aux troupes irakiennes en déroute, mais bien à l'armée britannique, comme ils l'avaient deviné.

Un détachement reçut un ordre aboyé et se mit en route vers eux d'un pas méfiant, en deux groupes de quatre hommes – s'écartant les uns des autres à mesure qu'ils approchaient, leurs armes en joue, prêts à faire feu.

Andy mit ses mains en porte-voix et cria : « On est des civils, des ingénieurs ! »

Une réponse leur parvint à travers l'obscurité. « On s'en tape ! Que tout le monde sorte des voitures, qu'on puisse vous voir ! »

Andy se retourna pour adresser un signe de tête à Farid, Amal et aux deux autres civils qui commençaient à sortir de la seconde voiture. Il voulait assurer à son vieil interprète que le pire était passé pour la journée et qu'ils étaient en sécurité. Mais en regardant les huit jeunes hommes approcher, pris dans le faisceau de leurs phares, rencontrant leurs regards par-dessus les canons de leurs fusils et de leurs viseurs, Andy se demanda avec quelle pression ils appuyaient sur la détente de leur SA80.

« Allez. Dehors, tout le monde ! » cria l'un d'eux.

Andy gardait les yeux rivés sur le soldat le plus proche de lui. Le gamin combla les quelques mètres qui le séparaient de lui tandis que le reste de sa section maintenait leur position en un demi-cercle étendu. Le jeune soldat – un première classe, remarqua Andy en apercevant les bandes, le nom et le grade inscrit sur le devant de son gilet de combat – baissa légèrement son arme et, après les avoir observés en silence, leur offrit un sourire soulagé.

« Désolé, messieurs, on a eu une journée de merde. »

« C'est devenu complètement fou, lança le lieutenant Robin Carter en secouant la tête. Je me suis réveillé ce matin en m'attendant à une journée normale, autant que possible dans cette région, eh ben... depuis, la situation est partie un peu en vrille. »

Éric, l'ingénieur français, parla pour la première fois de la journée avec un accent prononcé. « Qu'est-ce qui se passe ? »

Le lieutenant Carter sembla surpris.

« Vous n'êtes pas au courant ?

– On a entendu parler d'attentats à la bombe en Arabie saoudite, et de quelques émeutes, fit Mike.

– Oh, la vache, on peut dire qu'il y a des émeutes. Ça a commencé avec les attaques à La Mecque, Médine et Riyad ce matin. Quelqu'un a fait sauter la Kaaba ou, du moins, a déclenché une explosion dans les environs. S'ils voulaient provoquer une guerre civile, ils ne pouvaient pas trouver mieux. Ça s'est répandu comme une traînée de poudre à travers l'Arabie saoudite, un conflit civil à grande échelle : wahhabites, sunnites et chiites. Et ça se répand aussi vite que la grippe aviaire. Il y a déjà des émeutes au Koweït, en Oman et dans les Émirats.

– Tout ça pour un attentat ? fit Mike.

– La Grande Mosquée de La Mecque ? On ne peut pas faire pire au monde, comme cible. C'est le centre de l'univers, pour les musulmans. Il paraît qu'un groupe de chiites radicaux a revendiqué l'attentat immédiatement après les faits. »

L'officier hocha la tête. « Si on veut déclencher une guerre massive entre les sunnites et les chiites... j'imagine que c'est comme ça qu'il faut s'y prendre. D'après ce que j'ai pu entendre, Riyad est un véritable abattoir, c'est le bordel en Arabie saoudite, il y a des explosions, des batailles, des émeutes, et ça se répand comme un feu de forêt à travers tout le Moyen-Orient. »

Andy acquiesça. Il en avait parlé dans son rapport, huit ans plus tôt. Un court chapitre sur les sensibilités religieuses qui pourraient être utilisées pour déstabiliser la région tout entière ; un petit coup de pouce, comme endommager ou détruire un lieu sacré comme la Grande Mosquée, la Kaaba, aurait un impact maximum et engendrerait sans aucun doute une guerre civile.

« Seigneur, marmonna Mike.

– Ouais. Et évidemment, l'Irak a été dans les premiers pays à s'enflammer. C'est vraiment le bordel, par ici, répondit le lieutenant. Il y a eu des échauffourées dans presque toutes les villes et tous les villages du pays. La police irakienne et l'armée se sont bien sûr jointes au bain de sang. Dieu sait combien de morts on a eus dans notre bataillon. Nos gars ont été assaillis de tous les côtés. »

Andy fit un geste du menton en direction de la Rover à la tête du convoi de six véhicules.

« Vous avez un problème ?

– Ouais, confirma Carter. On dirait bien que notre boîte de vitesses est foutue. »

L'officier jeta un coup d'œil sur la plaine aride parsemée çà et là des formes sombres des dattiers en bosquets de deux ou trois. « On a lancé un appel il y a quelques heures pour qu'une équipe de secours vienne nous récupérer. Mais aucune nouvelle. » Il regarda Andy. « Et pour être honnête, je ne pense pas qu'ils l'enverront ce soir. Pas avec la situation merdique ambiante. »

Le lieutenant Robin Carter devait avoir un peu plus de 20 ans.

Bon sang, il n'a que cinq ou six ans de plus que Leona.

« Regardez là-bas. » Robin Carter désignait l'horizon au sud-ouest. Le ciel, une fois les derniers rayons de soleil disparus, conservait tout de même une faible teinte orangée.

« Baïji. Je dirais que des immeubles sont en feu. Je suis sûr que les habitants s'entre-déchirent. Nos hommes sont réfugiés dans le QG du bataillon, sur l'autre rive du Tigre. La seule route qui y mène passe par le pont de Baïji. Alors je pense que personne ne viendra nous chercher ce soir. »

Mike regarda Andy. « Super.

– Vous restez ici cette nuit ? » demanda Andy.

Il scrutait l'officier qui se mordait la lèvre en imaginant Dieu sait quels dangers.

« La Rover n'ira nulle part sans être tractée. Et pour tout dire, ça ne me branche pas trop de traverser Baïji, ou n'importe quelle autre ville, cette nuit. Je crois qu'on ferait mieux de rester ici jusqu'à l'aube, puis de tenter le coup au petit matin. Avec un peu de chance, les esprits se seront calmés et on pourra se frayer un chemin discrètement dans l'obscurité pour rentrer à la base.

– Ça vous dérange si on vous suit ? demanda Mike. Notre putain d'escorte nous a lâchés en route.

– Ça serait bête de votre part de ne pas venir avec nous. »

Le lieutenant Carter afficha un sourire en coin. « Bref, plus on a d'yeux et de mains, mieux c'est. » Il jeta un œil vers Farid et les deux jeunes Irakiens. « Est-ce que je dois charger mes hommes de les surveiller ? »

Andy hocha la tête. Ce n'était pas nécessaire d'après lui. Après tout, ils étaient restés avec eux quand la police avait décidé de mettre les voiles et de les abandonner sur place. Mais son geste se perdit dans l'obscurité. Mike répondit de vive voix.

« Il va peut-être falloir leur confisquer leurs fusils, lieutenant. Ils ont des AK dans les voitures. »

Carter réfléchit un instant et acquiesça. « Oui, c'est peut-être une mesure prudente pour le moment. »

Andy se tourna vers Farid qui secoua la tête en un geste quasi imperceptible avant d'expliquer en arabe aux deux jeunes chauffeurs qu'ils allaient devoir rendre leurs armes.

Le lieutenant Carter appela un première classe et lui ordonna d'aller chercher les fusils d'assaut des deux conducteurs.

Andy étudia la réaction des trois Irakiens. Les chauffeurs, tous deux plus jeunes, répondirent à Farid d'un ton animé et méfiant. Ils étaient mécontents de devoir renoncer à leur fusil, adressant des regards fréquents et anxieux aux soldats anglais massés en bord de route près de leur convoi à l'arrêt. Farid affichait une expression et des manières prudentes, s'exprimant lentement et cherchant à apporter un peu de réconfort à ses acolytes.

« Très bien, fit le lieutenant Carter en se raclant la gorge avant d'élever la voix pour s'adresser à sa troupe et aux quatre ingénieurs devant lui. On va placer les Rover en un cercle défensif, avec les deux Cruiser. Sergent Bolton ? »

Une voix rauque – teintée d'un accent du Nord qu'Andy n'arrivait pas à identifier – aboya sa réponse à travers la nuit.

« Mon lieutenant ?

– Occupez-vous-en, d'accord ? Placez des hommes de garde et établissez un point de contrôle pour les véhicules en amont de la route. Les autres, vous pouvez vous reposer. On repart à 5 heures. Il nous reste deux heures de route. On devrait arriver au QG juste à temps pour profiter du premier plateau d'œufs brouillés. »

Personne ne rit, Andy le remarqua.

Il est nouveau à la tête de ses hommes. Il sentait que la période d'essai n'était pas terminée pour Carter, au sein de sa troupe.

10

21 h 21, heure locale

Route menant à Baïji, Irak

Andy pressa le reste de son repas hors de la poche en aluminium. Au bout de quelques bouchées d'un poulet tiède et de pâtes aux champignons, il décida qu'il était rassasié. Tout comme dans les baraques à frites des bords de route, le fumet des rations bouillant dans l'eau chaude au-dessus des petits réchauds à gaz avait été bien plus appétissant que leur goût.

Dans l'habitacle sombre de la Land Cruiser, Andy, Mike et Éric, l'ingénieur français, mangeaient en silence, avec pour seul bruit celui de leurs poches en aluminium. Dehors, la pleine lune répandait sur la route déserte et les plateaux environnants une lueur à l'éclat inquiétant. Au cours des trois dernières heures, ils n'avaient pas vu passer plus d'une douzaine de véhicules. Chacun avait été arrêté par le point de contrôle installé à la hâte, puis autorisé à repartir après une fouille sommaire à la lumière d'une lampe torche. Toutes les voitures étaient chargées de biens matériels et d'habitants en exil, fuyant certainement les conflits grandissants dans les villes. Ici, avec pour seule compagnie la lune, les étoiles et le léger sifflement de la brise, Andy admit qu'on pouvait considérer la soirée comme calme et monotone. À part le rayonnement orangé et inquiétant de Baïji à l'horizon, on pouvait vraiment dire cela.

D'après les bribes d'information qu'ils captaient sur le service international de la BBC et sur les reportages plus détaillés des stations locales traduits par Farid, il semblait que les troubles nés dans la matinée à Riyad s'étaient étendus comme un raz-de-marée à travers toute la péninsule arabe.

« Ils sont devenus fous », commenta Mike en brisant le silence.

Dans l'obscurité, Andy acquiesça, bien que l'Américain ne soit pas en mesure de voir ce geste d'approbation.

« J'arrive pas à croire à quelle vitesse ça se répand, répondit-il au bout d'un moment.

– Aucun moyen de comprendre ces connards de fous furieux. D'abord, ils se retournent contre nous parce qu'on a foutu dehors leur dictateur de pacotille, et puis tout à coup, ils s'en prennent les uns aux autres. Tu crois qu'ils se sont lassés de faire sauter les étrangers ? »

Andy aspira une bouffée d'air et expira lentement. Il avait vécu tant de conversations à Londres qui commençaient ainsi, autour d'un dîner avec les amies de Jenny et leurs maris. Les hommes parlaient presque invariablement de l'émission de télé *Top Gear*, de foot, des prix de l'immobilier et parfois, très rarement, de politique. Même s'ils s'en tenaient à un discours très superficiel du genre : « C'est comme ça que j'arrangerais la situation, moi. »

Éric resta un instant silencieux avant de marmonner quelque chose en français qui semblait marquer son accord avec le Texan. Il termina sa phrase par un unique mot anglais qu'ils purent comprendre tous les deux, « sauvages ».

La portière côté passager s'ouvrit et une rafale de vent froid fit entrer un nuage de poussière et de sable dans la voiture. Farid grimpa, son keffieh voletant autour de son visage. Il referma rapidement la porte.

« Les autres vont bien ? demanda Andy.

– Amal et Salim dorment. L'autre ingénieur, U... Us...

– Ustov », compléta Éric.

Farid acquiesça poliment. « Ustov dort aussi. »

Un silence gênant s'installa jusqu'à ce que Mike décide de le briser à sa manière peu amène.

« Alors, pourquoi est-ce que vous autres, il faut que vous vous tapiez sur la gueule, maintenant ? »

Le vieil Irakien se tourna vers Mike.

« Ce n'est pas nous autres, tous. Beaucoup, comme moi, on veut la paix.

– Ah, ouais ? Mais à chaque fois qu'une mine saute sur un bas-côté de route et perce un trou dans un de nos convois, vous êtes plutôt nombreux à sauter de joie dans les rues en brandissant vos flingues vers le ciel.

– Pas tout le monde.

– Et maintenant, vous vous tirez dessus, continua Mike en riant presque d'exaspération. Enfin quoi... je pige pas... Pourquoi ?

– Je m'attends pas à ce que vous compreniez.

– Mais vous êtes tous frères, non ? Tous les musulmans ? C'est nous, normalement, les grands méchants, non ?

– Tu me demandes pas de comprendre pourquoi tant de tes frères chrétiens sont morts pendant ta guerre de Sécession ? »

Une pause dans l'habitacle annonça à Andy un éventuel éclat enragé de Mike. Mais tout à son honneur, celui-ci répondit d'un ton mesuré. « Non, j'imagine que tu ne pourrais pas comprendre si tu n'étais pas né dans un État du Sud. Merde, bien sûr que non, tu pourrais pas comprendre. »

Andy se retourna sur son siège pour leur faire face.

« Pourquoi ne pas mettre la politique de côté, hein ?

– Je voudrais juste comprendre ce qui motive ces gens, dit Mike. On est venus, on a viré Saddam, on a essayé de reconstruire le pays, de réparer les centrales électriques, les systèmes d'égout, l'approvisionnement en eau, les hôpitaux. On a rebâti les écoles pour que les petits garçons et les petites filles...

– Vous avez reconstruit notre pays, oui... mais à votre image ! » répliqua Farid.

Sa voix douce était montée d'un cran dans les aigus. C'était la première fois qu'Andy entendait le vieil homme habituellement placide élever le ton sous l'emprise de la colère. Tandis qu'il cédait à l'énervement, son bon anglais se fracturait peu à peu.

« On veut pas nos filles dans les écoles, d'apprendre comment devenir femmes des affaires, de danser moitié nues dans salles de gym devant d'autres hommes, de faire des déjeuners de business, de conclure des gros contrats. On veut pas d'acheter des hamburgers McDonald, pas de Coca, pas de Pepsi, pas de santiags. »

Farid s'interrompit brusquement, grinça des dents en silence et scruta le désert éclairé par les rayons de lune. « C'est notre pays. Les Irakiens peuvent réparer à nouveau, comme puzzle. On sait comment est... sont toutes les pièces, et où elles se rangent. Vous les Américains, vous savez même pas à quoi ressemble l'ensemble ! »

Mike éclata de rire. « Bon Dieu, quel tas de conneries. Je vais te dire, moi, je sais que t'as pas réussi à refaire ton puzzle quand des femmes et des enfants explosent tous les jours en mille morceaux sur les places des marchés. La meilleure occasion que vous ayez eue de reconstruire cette parcelle merdique de désert que t'appelles ton pays, c'est quand on est arrivés pour faire tomber la statue de Saddam. Et vous nous avez jeté cette chance à la figure. Alors que, franchement, le seul truc qu'on voulait, nous, c'était repartir d'ici vite fait bien fait. »

Farid hocha la tête.

« Tout le monde sait pourquoi l'Amérique vient ici.

– On a qu'à s'en tenir là, dit Andy aux deux hommes. On n'a pas besoin de...

– Merde, à la fin ! T'es qui, toi ? Ma mère ? cracha Mike.

– Je dis juste qu'on pourrait se passer de ça, en ce moment.

– Bien sûr, ouais, n'importe quoi », marmonna-t-il d'une voix grave.

Il ouvrit la portière à l'arrière de la voiture, sortit et la claqua derrière lui.

Ils observèrent sa grande silhouette noire qui se détachait sur le sol d'un bleu pâle et brillant éclairé par la lune, et qui disparut rapidement dans la nuit. Un instant plus tard, ils distinguèrent l'éclat d'une allumette, puis un point orange faisant à intervalles réguliers des allers-retours de haut en bas.

« Il est comme tous les Américains, grommela Farid.

– Farid, ça suffit pour ce soir, d'accord ? déclara Andy d'une voix douce en décochant un regard sévère au vieil homme. Eux, là, dit-il en désignant Mike du menton, ils ont envie de déguerpir d'ici autant que vous avez envie de les voir partir. Ils ne sont pas là pour votre pétrole. »

L'interprète sembla peu convaincu par son assertion, mais n'offrit aucun contre-argument. Au bout d'un moment à écouter en silence le sable soufflé par une brise régulière tinter contre les vitres, il remua.

« Je vais me reposer », dit-il avant de souhaiter bonne nuit à Andy et Éric, et de quitter leur Land Cruiser pour rejoindre l'autre.

Andy hocha la tête à ces mots.

Ils ne sont pas là pour votre pétrole.

Si seulement cela pouvait être aussi simple. Quiconque connaissait l'incapacité totale de l'Irak à pomper et à exporter seul son pétrole devait savoir cela. Quiconque avait pris le temps de regarder la situation dans son ensemble devait savoir cela. Quiconque prendrait le temps de faire des recherches sur les projets à long terme devait savoir cela. Et si on demandait à Andy pourquoi les Américains étaient venus là, et s'il devait donner une seule et unique raison, afin de simplifier au mieux le scénario pour le rendre digeste, il savait très bien quelle réponse il formulerait.

Ils sont ici pour garder un œil sur les Saoudiens.

La guerre du Golfe, du moins la seconde, n'avait pas pour but de traquer les membres d'al-Qaida, ni de trouver des armes de destruction massive, encore moins de détrôner un dictateur. Elle avait été menée dans l'espoir d'installer une présence militaire visible et permanente au beau milieu de toutes ces nations productrices de pétrole. Un avertissement clair à tous, en particulier aux Saoudiens, pour les prévenir de continuer à bien jouer le jeu selon les règles.

Mais la situation semblait avoir pris une très mauvaise tournure.

Il soupçonnait les forces américaines de vouloir limiter les dégâts dans une tentative désespérée de surveiller et de préserver les installations pétrolières en Arabie saoudite, ainsi qu'au Koweït, en Oman et dans les autres pays producteurs. Il se demandait cependant s'ils seraient capables d'enrayer l'engrenage avant que les autres raffineries et stations de pompage de cette région du monde finissent comme IT-1B, la carcasse calcinée qu'ils avaient traversée ce matin-là.

Seigneur, si tous les pays producteurs sont sur cette voie...

C'était un scénario, parmi tant d'autres, qu'il avait envisagé. Et c'est tout ce qu'il faudrait pour que l'effet boule de neige se déclenche, à peine quelques mois, putain... quelques semaines, même peut-être sept jours sans un flot régulier d'essence, et c'était plié.

Il avait imaginé qu'une telle éventualité finirait par se produire. On aurait même pu dire qu'il l'avait... prédit.

Andy sortit son portable une fois encore, chercha le réseau et jura.

11

20h33 GMT

Université d'East Anglia, Norwich

Ash observa la chambre autour de lui. Elle était aussi désordonnée qu'il l'avait imaginée : des vêtements sales en pile au pied du lit, une petite montagne de chaussures à côté du sommier. Sous la petite fenêtre à guillotine logeait un bureau de taille modeste encombré de produits de beauté bon marché, de livres et de classeurs. À première vue, elle étudiait quelque chose en rapport avec les films.

Les nouvelles s'annonçaient bonnes. Leona Sutherland avait peut-être décidé de sortir ce soir-là, mais ses livres et ses cahiers étaient tous restés dans la chambre. Elle allait revenir, et si ce n'était pas aujourd'hui, ce serait forcément à la première heure le lendemain, pour venir chercher ses affaires avant d'aller en cours.

Il remarqua un tas de photos sur la table et les parcourut des yeux. Un groupe de gamins au teint frais massés sous une tente et grimaçant devant l'objectif. Il ne repéra Leona que sur une seule, elle avait dû prendre les autres.

Ses cheveux étaient plus sombres sur le cliché, plus sombres que sur celui qu'on lui avait donné, et un peu plus longs aussi. Elle avait l'air plus âgée. La photo qu'ils lui avaient transmise n'était pas aussi récente qu'ils l'avaient dit. Peu importait, il la reconnaîtrait sans mal. Ash était doué.

Il sourit... *Aussi doué que notre jeune Leona.*

Elle avait été idiote, avec ce mail. Mais c'était peut-être un jugement un peu dur ; elle n'avait aucune raison de penser que c'était idiot. Et elle n'avait pas pour habitude de vivre dans l'ombre, sous de fausses identités. Son esprit n'était pas, par défaut, habitué à inspecter chaque pièce où elle entrait à l'affût du moindre micro, à regarder par les fenêtres pour identifier une éventuelle trajectoire depuis un immeuble d'en face.

Elle ne pouvait pas être accusée d'avoir attiré sur elle sa propre condamnation à mort.

Rien d'autre ne pouvait l'aider à deviner où elle se trouvait en cet instant précis : pas de répertoire, aucun message écrit à la hâte, aucun mémo « Ne pas oublier ». Il convint qu'il était temps d'aller discuter avec la colocataire.

Il sortit de la chambre pour entrer dans la cuisine commune, où il s'accroupit à côté de la fille ligotée à l'un des tabourets et bâillonnée par un ruban de gros scotch.

« Je vais retirer le scotch, dit-il d'une voix douce. Ne crispe pas les lèvres, sinon je risque de t'arracher la peau. Prête ? »

Elle acquiesça.

Ash pinça un coin de l'adhésif et tira d'un seul coup. La fille grimaça.

« Très bien, au travail, annonça-t-il avec un haussement d'épaules fatigué. Commençons par une question facile. Comment tu t'appelles ?

– A... Alison... Alison Derby.

– Alison, ça suffit pour l'instant. Merci. Tu peux m'appeler Ash. Alors, encore une facile. Tu sais où Leona est allée, ce soir ? »

Alison fit non de la tête. « Non... n... non, je sais pas. Elle... elle me l'a p... pas dit », répondit-elle, la voix agitée d'un tremblement incontrôlable.

Ash lui posa une main délicate sur l'épaule. « D'accord, fit-il avec un rire gentil. D'accord, je te crois. Je sais comment vous êtes, vous autres les gamins. L'impulsion du moment, ce genre de truc. »

Alison acquiesça encore.

Il observa la cuisine autour de lui, le salon adjacent qui composait clairement leur espace commun.

« Vous êtes combien à partager l'appartement ?

– S... six.

– Et où sont tous les autres ?

– Ils... ils sont partis, c'est la semaine de révision.

– Ils sèchent ? » fit Ash dans un sourire.

Elle hocha la tête.

« Bon, très bien. Personne ne risque d'entrer sans prévenir. Très bien. »

Alison leva les yeux vers lui. Premier contact visuel direct.

« Je... je vous en prie, ne me violez pas... Je...

– Te violer ? »

Ses sourcils s'arquèrent en une expression incrédule.

« Je ne vais pas te violer, Alison. Pour quel genre d'animal me prends-tu ?

– Je... je suis désolée, je... mais... je...

– Ne t'inquiète pas, murmura-t-il d'une voix proche de celle que prendrait un père réconfortant. Pas de viol, Alison. Juste quelques questions, rien de plus.

– D'a... D'accord.

– Alors, voyons voir, avec qui est-elle ?

– Dan. C'est... son copain.

– Dan, hein. Tu sais où il habite ? »

Elle fit non de la tête.

« Hum... Tu crois qu'ils vont revenir ici ce soir ? »

Elle secoua la tête à nouveau.

« Je ne p... pense pas.

– Et pourquoi ?

– Elle a dit qu'elle p... passerait la nuit chez lui. »

Ash se frotta le menton.

« Hum. J'aimerais vraiment qu'elle rentre ce soir. Appelle-la.

– Je ne p... peux pas.

– Et pourquoi ?

– Je nc co... connais pas son numéro.

– Tu vis avec elle et tu ne connais pas son numéro ? Tu ne mens pas très bien, Alison.

– Je ne mens pas ! gémit-elle. Elle s'est racheté un portable il y a deux semaines.

– Mais tu devrais connaître son numéro, depuis le temps.

– N... Non ! Je vous le jure ! J'ai... Je l'appelle jamais, je n'ai pas besoin de le faire, on se voit tout le temps. »

Il baissa les yeux, posa un doigt sur son menton et releva son visage pour croiser son regard. Elle semblait dire la vérité. Son expression ne trahissait pas le moindre tic de malhonnêteté. Aucun mouvement des yeux laissant penser que son esprit fabriquait à la hâte un scénario fictif.

« Dis-moi, qu'est-ce qui pourrait la faire rentrer ce soir ?

– Je... Je ne sais... pas. »

Il afficha un sourire joyeux. « Tu sais quoi ? Je crois que j'ai une idée. Et tu vas pouvoir m'aider. »

12

23h55 GMT
Whitehall, Londres

« Ces chiffres sont forcément faux, non ? fit-il en regardant les hommes et les femmes assis à la table autour de lui. Non ?

– Je suis désolé, ce sont les chiffres exacts, notre meilleure approximation. »

Le Premier ministre baissa les yeux vers son bloc. Il y avait griffonné quelques notes hâtives et les derniers mots qu'il y avait inscrits étaient les plus dérangeants.

Réserves pour deux semaines.

« Deux semaines ? C'est tout ce qu'on a dans nos réserves stratégiques ?

– Nos réserves stratégiques ne contiennent en réalité qu'une quantité d'essence suffisante pour une semaine seulement, au rythme de la consommation quotidienne actuelle, répondit Malcolm Jones, le conseiller stratégique du Premier ministre, et son confident. En revanche, au sein de la chaîne de distribution nationale, entre les terminaux, les dépôts, les stations-service, il reste peut-être encore une semaine de réserve, pour un rythme normal de consommation. Si on interdit la vente d'essence à travers tout le pays, on aurait un stock pour nos véhicules armés et pour nos installations gouvernementales clés d'environ six à neuf mois. »

Le Premier ministre le dévisagea en silence avant de répliquer enfin :

« Tu essaies de me dire que pour fournir l'armée et le gouvernement en essence, afin de nous permettre de continuer à opérer pendant les prochains mois, il faut qu'on vide chaque petite station-service ?

– Jusqu'à ce que, bien sûr, les choses reviennent à la normale et que l'acheminement du pétrole brut reprenne depuis le Golfe.

– Et l'essence de nos réserves stratégiques ?

– Si on la restreint uniquement à nos forces armées et au gouvernement, on pourra peut-être la faire durer pendant trois ou quatre mois. »

Le Premier ministre jeta ces informations sur le papier, puis leva les yeux sur les membres de son équipe personnelle rassemblés devant lui : son secrétaire privé, son directeur de communication, Malcolm, son conseiller stratégique en chef, et l'assistante de Malcolm. Il travaillait avec eux au quotidien, ils formaient un petit groupe de collègues en qui il plaçait une confiance absolue. Aucun d'eux n'appartenait à un parti, aucun n'était politicien, aucun ne convoitait son poste en secret. Il savait depuis longtemps que les décisions les plus intelligentes et les plus efficaces étaient prises là, dans ce bureau, avec ces gens, et non pas autour de la table en acajou de son cabinet. Les réunions du cabinet servaient à annoncer les mesures, pas à les prendre.

« Alors, qu'est-ce qu'on a foutu pour se retrouver à poil comme ça ? » Il posa son regard sur Malcolm. « Comment est-ce qu'on a pu laisser une telle chose se produire ? »

Malcolm remua, gêné, mais conserva ce calme digne dont il ne semblait jamais se départir. « Nous n'avons pas été en mesure d'acheter suffisamment de surplus pétrolier pour maintenir nos réserves, sans parler de les pérenniser. Cela fait d'ailleurs plusieurs années que c'est le cas. Ça a été un processus graduel d'érosion, Charles. Ce n'est pas qu'on l'a laissé se produire, c'est que nous n'avons pas eu le choix. »

Charles acquiesça.

« Et on n'est pas les seuls, continua Malcolm. La demande grandissante de pétrole de la part de la Chine et de l'Inde, ajoutée à la situation complètement folle en Irak et à l'embargo continu de l'Iran : tout ça, ça n'aide pas à développer des réserves. On est à un baril près.

– Et les Américains ? Ils ne peuvent pas nous aider ? »

Malcolm haussa les épaules. « Leurs réserves sont importantes, mais voudront-ils les partager avec nous, ça, je n'en suis pas certain. »

Le Premier ministre tourna son regard vers son secrétaire personnel. « Eh bien, on va leur demander. C'est la moindre des choses, après toute l'aide qu'on leur a apportée depuis... eh bien, depuis le 11 Septembre. »

Son secrétaire prit note.

« Alors, qu'est-ce qu'on fait à la minute ? »

Malcolm fit un signe de la tête à l'attention de son assistante, Jane. Elle consulta des documents qu'elle avait apportés pour la réunion.

« Il y a quelques gouttes de pétrole disponibles auprès de producteurs mineurs : le Nigeria, le Qatar, le Mexique, la Norvège...

– Et le Venezuela ? demanda le Premier ministre. Je sais que leur client préféré, c'est la Chine, mais en ces temps de crise, ils vont bien accepter de négocier un arrangement à court terme avec nous ? Enfin, ils nous arnaqueront sur les prix, mais bon...

– Monsieur le Premier ministre, cette info nous est parvenue il y a une heure », dit Jane.

Elle lut un bulletin du service des renseignements.

« Explosion à la raffinerie Paraguaná, au Venezuela. Incendies encore non maîtrisés, dégâts à évaluer, nombre de victimes inconnu.

– Le Venezuela possède beaucoup de pétrole brut, fit Charles. Vraiment beaucoup. Et, oui... ils auraient pu être contents de couvrir notre demande à court terme, mais leur produit est brut. Il n'est pas adapté à nos besoins tant qu'il n'est pas passé par une raffinerie spécialement conçue pour cette sorte de pétrole. Et cette raffinerie, c'était Paraguaná.

– Combien de temps restera-t-elle hors service, cette Paraguaná ?

– Qui sait ? répondit Malcolm avec un haussement d'épaules. On n'a pas plus d'information pour l'instant.

– Bon, et les gisements de Tengiz au bord de la mer Caspienne ? Une grande quantité du pétrole mondial vient de cette région, non ?

– Oui, monsieur le Premier ministre, acquiesça Jane. On espère pouvoir partager les flux en provenance de Géorgie, mais le reste de l'Europe fera la même chose. Une fois la majeure partie des plus gros producteurs hors circuit, c'est environ 60 ou 70 % de la chaîne d'approvisionnement qui disparaît. On puise tous dans les 30 % restants. Avec le pétrole de Tengiz, on arrive à la fin de cette chaîne.

– Et on peut être sûrs que nos cousins européens voudront leur part », ajouta Malcolm.

Le Premier ministre regarda les gens assemblés autour de lui dans la salle de conférences. « Alors, quoi ? Qu'est-ce que vous essayez de me dire ? Qu'on est foutus ? Que le seul pétrole qu'il nous reste, c'est celui de nos réserves, nos dépôts et nos stations-service à travers le pays, c'est tout ? »

Jane baissa les yeux vers ses documents.

« Il y a aussi un petit résidu de pétrole qui tombe au compte-gouttes dans la mer du Nord.

– Mais pas en quantité suffisante pour nous sortir de l'impasse, c'est ça ?

– On en est même très loin. »

Il regarda une fois encore son bloc-notes. Il n'y avait rien inscrit d'utile. La seule information qui en ressortait se résumait en quatre mots : *réserves pour deux semaines.*

« Très bien, donc on a un gros problème au niveau du pétrole. Ce qui implique que pendant les deux prochaines semaines, personne ne prendra sa voiture. Et pour la production d'énergie ? On n'a pas de problème de ce côté, n'est-ce pas ?

– La bonne nouvelle, Charles, c'est qu'on ne produit pas beaucoup d'énergie à base de pétrole. On a surtout besoin de gaz et de charbon, comme tu le sais. La mauvaise nouvelle, c'est qu'on importe une grosse partie de notre gaz et de notre charbon », expliqua Malcolm.

Jane consulta ses notes. « 36 % de la production d'énergie nécessite du gaz, 38 %, du charbon. »

Charles les regarda, les uns après et les autres, et comprit où ils voulaient en venir.

« Et nos fournisseurs habituels ? La Russie pour le gaz... ?

– L'Australie, la Colombie, l'Afrique du Sud, l'Indonésie pour le charbon », répondit Jane.

Malcolm observa Charles.

« J'imagine qu'ils vont vouloir limiter leurs exportations pour couvrir leur propre déficit en énergie.

– Merde. Et le nucléaire ?

– Le nucléaire produit moins de 5 % de nos besoins. Vous le savez sûrement, les vieilles stations sont miteuses et les nouvelles... eh bien, on vient juste d'en entreprendre la construction. Si on avait pu attendre quelques années avant que tout ça arrive... »

Malcolm fit signe à Jane de se taire.

« Charles, on a vraiment été pris de court.

– Et puis quoi ? Si nos fournisseurs réguliers en gaz et en charbon décident de faire les difficiles, il nous reste donc 5 % de notre capacité habituelle ?

– 8 %, en comptant les énergies renouvelables, ajouta Jane.

– Seigneur. »

Charles desserra sa cravate. Il commençait à faire lourd dans la salle de conférences.

« Il va falloir mettre en place un rationnement immédiat en énergie. Soit on le partage en un système de rotation, soit on le concentre sur certaines régions en particulier.

– Fantastique, putain, grogna-t-il en baissant les yeux vers son bloc-notes.

– Charles ? fit Malcolm d'une voix douce.

– Quoi ?

– Nous avons une autre décision critique à prendre. Nos hommes, en Irak. »

Il avait raison.

Les Américains retiraient en quelques jours la plupart de leurs troupes, si ce n'était la totalité, pour les déployer en Arabie saoudite, au Koweït et en Oman. Les événements s'étaient déjà déclenchés. Pendant la journée, le réseau de pipelines saoudien avait subi d'importants dégâts, et de nombreuses installations avaient été endommagées, voire détruites au cours des émeutes. Certains territoires pétrolifères pouvaient encore être protégés s'ils y arrivaient à temps. Mais cela impliquait une diminution drastique de la présence militaire en Irak où les soldats restants seraient dangereusement exposés.

« Il faut qu'on décide ce qu'on fait de nos troupes, conseilla Malcolm. Et très vite.

– Qu'est-ce que tu proposes ?

– Qu'on les retire tous. On ne peut pas les laisser seuls en Irak. Dès que les insurgés se seront rendu compte que les Américains sont partis... »

Il n'avait pas besoin de continuer. Si les forces américaines se concentraient sur une autre région, les sept ou huit mille hommes qu'ils avaient envoyés au nord et au sud de l'Irak, certains en petites garnisons à peine plus grandes que des bataillons, seraient débordés en quelques jours.

« La décision à prendre, c'est soit d'aider les Américains à protéger les sites encore intacts, soit de faire rentrer tous nos hommes au pays, expliqua Malcolm. Si on les laisse là-bas et que la crise dure longtemps... »

Ils pourraient s'y retrouver complètement isolés.

Charles scruta ses interlocuteurs. « On veut les voir rentrer au bercail, pas vrai ? »

Malcolm et Jane échangèrent un regard et acquiescèrent.

« La décision va être difficile. Avant la fin de la semaine, je pense qu'on va avoir besoin d'hommes dans nos rues, monsieur le Premier ministre, dit Jane.

– Mon Dieu, c'est arrivé si vite, marmonna Charles en déboutonnant malgré lui le col de sa chemise. Quand je me suis levé ce matin, je m'inquiétais seulement de choisir les bons vêtements pour une séance informelle de questions-réponses dans une fac. »

Le petit groupe de confiance étouffa un rire nerveux.

« Et voilà que je suis face à un scénario apocalyptique. Merde. »

Malcolm se pencha pour lui tapoter l'épaule. « On va s'en sortir. »

Il se tourna vers Jane et hocha la tête. La jeune femme produisit une fine chemise de dessous ses documents. « Monsieur le Premier ministre, si je peux me permettre, nous avons une liste de protocoles d'urgence dans le rapport Cassandra, pour ce genre de situation », fit-elle en ouvrant le dossier pour sauter les premières pages de textes et de graphiques.

Charles acquiesça. Il se rappelait vaguement d'une approbation, par le gouvernement précédent, d'un comité d'experts chargés d'enquêter en toute discrétion sur les éventuels scénarios d'urgence et de coucher leurs conclusions par écrit.

« Ce rapport a été mis en forme il y a trois ans, après la grève des chauffeurs routiers en 2004. Si vous vous en souvenez, une poignée de dépôts avaient été bloqués par une centaine de camionneurs qui avaient presque immobilisé le pays en trois jours.

– Je sais, poursuivez.

– Ils ont établi certaines recommandations pour gérer un scénario de pénurie intermédiaire.

– Intermédiaire ?

– Intermédiaire... soit entre deux et huit semaines. »

Jane se racla la gorge avant de poursuivre. « Je vous lis directement les recommandations. Première action : la vente de tout produit nécessitant du pétrole ou de l'essence devrait être suspendue. L'essence devrait être rationnée au personnel civil clé, tels les docteurs ou les techniciens. Deuxième action: la nourriture devrait être rationnée. Les vendeurs et les distributeurs devraient être obligés de limiter leurs ventes à un niveau minimal de survie pour chaque client jusqu'à ce que l'établissement de cartes de rationnement ou d'un système de comptage puisse être mis en place...

– Mon Dieu ! Rationner la nourriture ? Si tôt ?

– Oui, monsieur, répondit Jane en levant les yeux du rapport. Plus tôt nous le mettrons en place, et mieux ce sera.

– Dire aux gens qu'ils ne peuvent plus faire de plein d'essence, je le conçois... mais...

– Charles, réfléchis, interrompit Malcolm. La majeure partie de la nourriture que nous consommons est importée. En fait, on ne doit produire qu'une infime fraction de ce qu'on mange, et même ça, c'est sûrement des produits de niche. Comme... je ne sais pas... de la merde, type mayonnaise ou pâte à tartiner. Les stocks d'aliments basiques, le blé, les céréales, les racines comestibles, la viande, tout ça vient de l'étranger. On ne produit plus ce genre de chose ici, de nos jours. Avec une suspension mondiale de la distribution de pétrole, le premier service interrompu sera celui des transports de marchandises... et d'aliments. »

Le Premier ministre se cacha le visage entre les mains et tenta, par un massage, de retarder la migraine qui allait apparaître bientôt suite au stress.

« Donc il faut aussi qu'on se préoccupe de notre réserve stratégique de nourriture ?

– Nous n'avons pas de réserve stratégique de nourriture, monsieur le Premier ministre. Tout ce que nous avons est déjà dans la chaîne de distribution.

– En d'autres termes, ce qui est actuellement sur les étagères de mon supermarché local ? »

Jane haussa les épaules d'un air d'excuse. « On peut dire ça comme ça... oui. »

Malcolm fit un geste en direction du rapport.

« Continuez, Jane.

– Troisième action : application immédiate de la loi martiale, d'un couvre-feu, d'une présence renforcée de la police et de l'armée déployée dans les grandes agglomérations du territoire.

Quatrième action : cessation des transports en commun entre les villes... »

Charles leva la main pour l'interrompre. « C'est trop. Si je passe à la télé demain à l'heure du petit déjeuner pour annoncer ce genre de mesure, il y aura des émeutes dans les rues avant même le déjeuner ! »

Il se leva et s'avança vers la baie vitrée pour l'entrouvrir et laisser entrer une douce brise dans la pièce. La fenêtre donnait sur le modeste jardin du numéro 10.

« C'est le premier jour de crise... *le premier jour !* Je ne peux pas me résoudre à toutes ces mesures. Elles causeront plus de tort que de bien. Et la situation dans le Golfe pourrait très bien se tasser d'ici quelques semaines. Bien, on va devoir se serrer la ceinture jusque-là, mais en attendant, ces décisions risquent de passer pour une réaction de panique. »

Malcolm se leva à son tour et s'approcha du Premier ministre, les yeux rivés sur le jardin illuminé par des lampes de sécurité.

« Et si la situation ne se tassait pas ? Et si la situation ne faisait qu'empirer ? Si la Chine et la Russie luttaient soudain pour les ressources de Tengiz ? fit Malcolm en gesticulant vers le rapport. Charles, il faut absolument que tu lises ce truc. Je l'ai parcouru tout l'après-midi. Ils emploient une image pour décrire le phénomène. » Malcolm ferma les yeux quelques secondes pour retrouver les mots exacts. « Le monde est un vieil homme au cœur fragile, et le pétrole est le sang qui coule dans ses veines. »

Il rouvrit les yeux et baissa le regard vers le jardin. « Il ne suffit que d'un seul caillot pour provoquer une attaque, et si la situation dure trop longtemps, les organes meurent peu à peu, Charles, l'un après l'autre. »

Malcolm se tourna face au Premier ministre et le dévisagea. « Même si le caillot se dissout et que le sang circule à nouveau, une fois les organes touchés, il est impossible de revenir en arrière. »

Il regarda encore une fois le jardin. « Notre monde est fragile, Charles, très fragile, il est bâti sur un ensemble d'interdépendances vulnérables. Et un événement tel que celui-ci... Ce qui se passe aujourd'hui pourrait vraiment tout faire basculer. »

MARDI

13

5 h 00, heure locale

Route menant à Baïji, Irak

Andy avait conscience d'être en train de rêver, non, pas de rêver, de rejouer des épisodes de sa mémoire tandis qu'il sommeillait sur le siège passager.

Un petit coup à la porte. Qui s'ouvre. Un homme entre dans la chambre d'hôtel. Andy ne voit que sa silhouette. D'après les instructions qu'ils lui ont envoyées, la lumière principale est éteinte, les lourds rideaux de velours sont tirés. L'homme referme la porte, et la pièce n'est éclairée que par la lumière du jour étouffée par les rideaux.

« Je vous conseille de détourner le regard, professeur Sutherland. Nous serions heureux de savoir que vous ne serez pas en mesure de nous identifier. »

Andy s'exécute et se tourne dans le fauteuil pour être dos à l'homme.

« Le rapport est au pied du lit, dit-il.

– Une seule et unique copie ? Écrite à la main ?

– Oui. »

Andy entend un bruit de mouvement et de papier froissé tandis que l'homme récupère son rapport. Le cliquetis d'une lampe torche. Quelques secondes de silence alors qu'il parcourt les premières pages.

« Si je ne suis pas en mesure de vous dire qui a commandé cette étude, je peux néanmoins préciser que votre travail contribuera à sécuriser cette planète. Ils en sont contents.

– Je ne me rendais pas compte à quel point... le monde est fragile, jusqu'à ce que je travaille sur ce sujet, dit Andy.

– Oui, il est fragile.

– J'espère que le contenu du dossier convaincra quelqu'un en haut de l'échelle – peu importe sa fonction – qu'il nous faut absolument pallier notre dépendance en pétrole avant qu'il soit trop tard. Un tel phénomène va finir par arriver, tôt ou tard. »

L'homme resta silencieux un instant. « Peut-être que oui. »

Andy s'interroge sur cette réponse. Peut-être que quelqu'un sera convaincu ? Ou peut-être qu'un tel phénomène se produira ?

Il entend l'homme reculer vers la porte et s'arrêter avant de l'ouvrir.

« Le solde vous sera transféré ce matin sur le compte bancaire spécifié.

– Merci.

– Dernière chose. Vous ne devez en aucun cas parler de ce rapport. À personne. Jamais. Nous vous faisons confiance sur ce point, mais sachez aussi... que nous serons à l'écoute.

– N'ayez aucune inquiétude, dit Andy avec un sourire. Vous m'avez fait suffisamment peur comme ça. »

Il entend un rire léger. « Parfait. »

Une pause. L'homme est encore là.

« Vous savez, j'avais accepté pour des questions d'argent, au départ, lâche Andy. Mais après l'avoir écrit... vous savez, c'est effrayant. J'espère vraiment qu'il aura un impact positif.

– N'en doutez pas. »

Une nouvelle pause, quelques secondes à peine.

« Je vous demanderai de rester dans cette chambre dix minutes encore. Compris ?

– Oui.

– Au revoir. »

Andy entend la porte s'ouvrir, la lumière du couloir pénètre dans la pièce, puis l'obscurité revient et il entend le clapet de la serrure cliqueter derrière l'homme.

Le silence règne, à peine brisé par le brouhaha étouffé de la circulation et des passants en contrebas. Plusieurs minutes s'écoulent, il regrette de ne pas avoir mis le compte à rebours sur sa montre, juste pour être sûr de ne pas se tromper.

Puis on frappe à la porte...

Le martèlement persista et ramena Andy dans le présent.

Il ouvrit les yeux pour voir le sergent Bolton écraser ses articulations contre la fenêtre du siège passager. Andy baissa la vitre, laissant entrer un courant d'air froid.

« Debout, debout, mes petits agneaux, on se tire dans cinq minutes », marmonna le sous-officier en relâchant une petite vapeur de respiration qui se dissipa dans l'air glacial de l'aube. Il frappa encore un coup sur le toit du Cruiser avant de se diriger vers le second véhicule pour réveiller Farid et les deux chauffeurs.

Andy chassa le sommeil d'un clignement de paupières et observa l'éclair occasionnel d'une lampe torche illuminant les soldats qui grimpaient à bord des cinq Land Rover. La sixième, en panne, avait été vidée de tous les équipements utiles.

Il faisait encore sombre dehors, bien que le ciel commençât tout juste à s'embraser. Il se demanda si le lieutenant Carter n'avait pas donné le signal du départ un peu trop tard. Ils avaient encore deux heures de route devant eux avant d'atteindre le QG de l'autre côté de Baïji. Il serait presque 7 heures du matin lorsqu'ils parcourraient à grand bruit les ruelles de la ville. Le jour se serait levé, impossible de savoir si les rues n'auraient pas été bloquées à la suite de l'anarchie de la veille. Carter devait miser sur le fait que les habitants se lèveraient plus tard, fatigués après une nuit si active.

Andy se pencha vers la banquette arrière pour secouer les autres. « Réveillez-vous, les gars, on part. »

Mike, Éric et Ustov remuèrent en silence tandis qu'Andy ouvrait la portière et sortait se dégourdir les jambes dans l'aube fraîche. Il se rendit compte pour la première fois de sa nervosité. Ce n'était pas naturel, cette méfiance constante qu'on éprouvait dans l'ouest de l'Irak, cette obsession de toujours vouloir regarder par-dessus son épaule.

C'était une peur très différente et inédite.

Le seul chemin possible pour atteindre la sécurité de la base alliée passait par un pont et une ville qui, quelques heures plus tôt, s'était entredéchirée : une majorité de sunnites contre une minorité de chiites. Si les affrontements avaient encore lieu, n'importe quel visage blanc ferait une cible parfaite pour les deux camps. Il espérait de tout cœur que les esprits s'étaient calmés et que les habitants étaient chez eux pour passer une bonne nuit de sommeil, tandis que la troupe de Carter traversait le village en toute discrétion.

Le plus frustrant à son goût était de ne pas savoir ce qui se passait à une plus grande échelle. La situation en Arabie saoudite avait eu des conséquences en Irak, mais pour être honnête, il en fallait peu pour attiser les velléités de guerre civile dans ce pays. Mais le phénomène s'était-il propagé ? Ou s'était-il dissous ?

Le lieutenant Carter s'approcha d'Andy et lui adressa un hochement de tête amical.

« Deux de mes hommes vont avoir besoin de grimper dans vos véhicules. On a une Rover en moins, vous savez.

– Pas de problème. On a suffisamment de place pour deux autres personnes dans chaque voiture.

– Bien. J'aimerais qu'il y ait au moins un homme armé dans chaque véhicule. Ça pourrait être utile, aussi, que vous et vos collègues ayez un des AK à portée de main, ceux de vos chauffeurs.

– Je, euh... je n'ai jamais tenu d'arme. Je serais fichu de me tirer dans le pied. »

Carter eut l'air surpris.

« Votre employeur ne vous a pas fait subir un entraînement minimal dans le maniement des armes ?

– Non.

– Super. Et les autres ?

– Aucune idée. Mais je dirais que Mike doit savoir tirer.

– L'Américain ? »

Andy acquiesça.

« D'accord, on va lui donner un des fusils, et vous déciderez entre vous qui portera le deuxième.

– Entendu. »

Andy remarqua que les poings serrés du jeune officier tremblaient. « Vous êtes sur le terrain depuis combien de temps ? »

Carter lui sourit.

« Ça se voit tant que ça, hein ?

– Juste un peu, mentit Andy.

– J'ai été engagé cette année et ils m'ont envoyé ici le mois dernier. Les gars ont perdu leur commandant de section il y a quelques semaines. Je crois qu'il est mort pendant une attaque au mortier. Ces connards sont de plus en plus précis avec leurs merdes. »

Le lieutenant resserra les sangles de son casque pour occuper ses mains. « Bref, ça fait de moi leur nouveau *boss*, je dirais. »

Andy lui adressa un sourire blême.

Merveilleux.

Le convoi s'engagea sur la route en direction du sud-ouest. Ils traversèrent un village dans l'obscurité, sans incident. Ils progressaient à bonne vitesse et atteignirent les faubourgs de Baïji vers 6 h 45. Le lieutenant Carter était dans la première Rover, debout à l'arrière du véhicule, derrière les arceaux de sécurité grillagés en compagnie d'un autre soldat, leurs fusils d'assaut armés et prêts à faire feu. Le soldat de surveillance sur le toit de la deuxième Rover s'était abrité derrière sa Minimi, une petite mitrailleuse à chargeur à bande, montée sur un bipied amovible. Ils étaient suivis de près par les deux Toyota Land Cruiser.

Andy était dans la première avec Mike, Farid et le jeune chauffeur, Amal, ainsi qu'un première classe originaire de Newcastle, Tim Westley, qui refusait de se taire. Mike portait l'AK d'Amal. Andy vit le jeune Irakien jeter des coups d'œil mécontents par-dessus son épaule en direction de l'Américain. Les fusils appartenaient visiblement aux deux Irakiens. Farid expliqua que posséder son propre fusil d'assaut avait été l'une des exigences pour obtenir le poste : il était aussi important que de savoir conduire. Andy comprenait la rancœur du garçon, un AK coûtait un mois de salaire.

Dans la Cruiser suivante, Éric portait le deuxième AK et s'était assis avec Ustov, Salim et deux autres hommes de Carter. Les trois autres Rover fermaient la marche, le sergent Bolton installé sur le toit de la dernière.

Le première classe Westley était lancé dans son monologue, et ce depuis leur départ à 5 heures.

« ... et les autres nazes du deuxième groupe, genre, qui portaient leurs keffiehs en pensant que c'était classe et tout... » continua Tim Westley dans son soliloque. Mike l'écoutait et acquiesçait poliment aux moments adéquats, mais d'après son expression, Andy voyait bien que le Texan ne comprenait pas grand-chose à l'accent épais du soldat.

« ... et ça, ça craint pas trop, quoi. D'ac', ça collait bien au début, genre, Opé Tempête du désert et tout, mais putain, ça colle carrément plus, maintenant. Y a que les Talis qui les portent. On les repère de sacrément loin... »

Le convoi s'immobilisa, obligeant le première classe Westley à se taire enfin tandis qu'il baissait la vitre et sortait la tête pour regarder.

À l'avant, Andy apercevait le lieutenant Carter qui levait la main ; un geste pour ordonner à la troupe de s'arrêter un instant. Devant la Rover de tête, il devinait une bande de terre recouverte d'herbe et de roseaux menant le long d'une pente douce jusqu'aux berges du Tigre. Un pont à une voie enjambait la rivière et permettait de passer de la petite vallée fertile à la ville de Baïji. De l'autre côté du pont, à quelque cinq cents mètres de là, il voyait les bâtiments poussiéreux blanchis à la chaux, surmontés de toits en tôle ondulée ; au-delà, des immeubles de deux ou trois étages à toit plat étaient hérissés d'antennes télé, de satellites et de poteaux téléphoniques.

À l'œil nu, il ne percevait aucun mouvement, à part celui d'un chien galeux qui errait sur le pont en direction de la ville, et de plusieurs chèvres qui broutaient sur les petites collines de déchets amoncelées en tas désordonnés sur un versant éloigné de la vallée plongeant vers la rivière. Il repéra quelques nuages de fumée qui ponctuaient l'air au-dessus de la ville et serpentaient paresseusement dans le ciel pâle du matin. Les colonnes de fumée semblaient plus denses au-dessus des habitations centrales.

« On dirait qu'ils se sont bien amusés hier soir », marmonna Mike.

Andy vit que le lieutenant Carter avait sorti ses jumelles et scrutait le paysage.

« On devrait tenter le coup, dit Mike en regardant sa montre. Il est déjà presque 7 heures. »

Andy acquiesça. Le seul passage possible se faisait par cette ville, entourée de champs et de profonds fossés d'irrigation infranchissables.

S'ils appuyaient sur l'accélérateur et roulaient à toute vitesse, ils atteindraient l'autre bout de Baïji et la route vers le campement britannique sans que personne n'ait eu le temps de réagir.

Allez, allez.

Mais que feraient-ils s'ils rencontraient un obstacle, une voiture brûlée ou un barrage ? Ils se retrouveraient coincés. Andy se dit, réflexion faite, que la prudence du jeune officier était justifiée. Le temps jouait néanmoins contre eux, le soleil apparaissait déjà à l'horizon, et bien qu'il fût de ce côté du pont, Andy sentait les habitants de Baïji s'éveiller lentement, se préparant peut-être à affronter une deuxième journée de carnage.

Le lieutenant Carter leva à nouveau la main, referma le poing et dressa le pouce vers le ciel.

« La voie est libre », traduisit Westley.

L'officier tapota le haut de son casque de la paume de sa main gantée.

« Suivez-moi. »

Le véhicule de Carter s'élança dans un nuage de gaz d'échappement et roula le long de la route goudronnée en direction du pont. L'une après l'autre, les voitures du convoi enclenchèrent une vitesse et se mirent en mouvement.

« C'est parti », lança Mike en baissant sa vitre avant de sortir le canon de son AK, prêt à en découdre. L'Américain semblait à l'aise, le fusil d'assaut entre les mains. Mike était peut-être le genre de gars à avoir un râtelier garni d'armes à feu dans sa maison texane, se dit Andy.

Il remarqua l'expression de gêne sur le visage d'Amal, peut-être même de colère, ainsi que le geste d'apaisement de Farid qui posa une main rassurante sur son bras.

14

6 h 57, heure locale

Baïji, Irak

La Land Rover du lieutenant Carter roula jusqu'au bout du pont, puis entra dans la ville, suivie par le reste du convoi.

De près, les indices du cataclysme de la veille étaient évidents. Sur le bas-côté de la route, Andy remarqua une mare sombre, presque noire, de sang coagulé et une traînée qui s'en éloignait pour se diriger vers la porte d'un bâtiment proche ; le cadavre d'un malchanceux avait sans aucun doute été transporté chez lui pour être pleuré en privé.

La Rover de tête prit de la vitesse tandis qu'elle cahotait sur la route relativement large mais abîmée, flanquée de bâtiments de plain-pied. Ils s'approchèrent d'un secteur à découvert qu'Andy se rappelait avoir traversé la veille, à la même heure, une place de marché pleine de vendeurs préparant leurs étals pour la journée à venir. Ce matin, elle était déserte.

À l'idée de franchir ce quartier ouvert et exposé, il se sentait vulnérable. Les portes, les fenêtres, les toits en terrasse pouvaient être le point de départ idéal pour une embuscade, ils étaient suffisamment éloignés de la place pour que la plupart des tirs atteignent leur cible sans que les militaires aient le temps de réagir. La route qu'ils parcouraient à une vitesse raisonnable, martyrisant les amortisseurs à chaque nid-de-poule, menait vers le centre-ville et ses bâtiments à un ou deux étages aux teintes vanillées. Même aux yeux encore inexpérimentés d'Andy, le paysage qui s'ouvrait devant eux semblait dangereusement exposé et étroit.

« Gardez les yeux ouverts, les mecs », dit Westley. Son insolence avait laissé place à une prudence intransigeante.

Mike échangea un regard avec Andy.

« Les toits et les murs des jardins, ajouta-t-il. Y z'aiment pas tirer depuis l'intérieur des bâtiments, comme si... y s'sentaient vulnérables au canardage massif. »

Mike parut comprendre cette phrase. « Pigé. »

La Rover du lieutenant Carter les mena jusqu'à une allée ombragée. Les rayons du soleil tremblotaient et disparaissaient derrière les toits qui les surplombaient, donnant l'impression qu'ils s'enfonçaient entre les mâchoires béantes d'un monstre menaçant.

« Merde », marmonna Andy.

Faisons vite.

La route tournait à droite en un angle droit qui les obligea à ralentir au maximum alors qu'ils longeaient une camionnette mal garée après le virage.

Puis la Rover de Carter s'immobilisa brutalement.

Amal réagit au quart de tour et ils dérapèrent pour s'arrêter à quelques centimètres du véhicule devant eux.

« Qu'est-ce qui se passe ? » demanda Mike. La camionnette et l'angle de la rue leur dissimulaient le véhicule de Carter.

Westley porta la main à son oreille pour écouter sa RPM – radio personnelle de mission. « Le commandant dit que la rue derrière ce virage est bloquée. Il faut qu'on fasse marche arrière et qu'on se trouve un autre itinéraire. »

Andy se retourna sur la banquette et vit derrière lui la Rover la plus proche, celle où se juchait le sergent Bolton, passer la marche arrière.

Et ce fut à cet instant qu'il entendit le premier coup de feu.

« Ah, et merde, quelqu'un s'est déjà mis à tirer », gronda Mike.

Andy se tourna vers l'avant et devina un mouvement furtif sur l'un des balcons du bâtiment devant eux. Le soldat en couverture sur le toit de la Rover devant eux remarqua le même mouvement et fit pivoter d'un geste leste la petite mitrailleuse, visant la paroi du balcon lézardé et effrité qui s'élevait à hauteur de ceinture.

Un nuage de poussière de plâtre s'éleva aussitôt sur toute la longueur du balcon et l'homme disparut.

« Eh merde ! Ça va tous les réveiller ! » cria Westley.

Pendant ce temps, Amal faisait reculer le Cruiser pour suivre les autres véhicules en marche arrière dans la rue étroite.

Quelques instants plus tôt, ils avaient pris un virage à droite à cinquante mètres de là, ce qui leur avait permis de s'engager plus ou moins dans la direction qu'ils souhaitaient. Cette nouvelle rue était aussi étroite que la précédente, surplombée par d'autres immeubles à balcons, mais elle ne serait peut-être pas barricadée.

Andy repérait à présent des mouvements aux fenêtres de plusieurs bâtiments : les visages entraperçus de quelques enfants et de leur mère, un vieil homme qui portait une *dishdasha* blanche et qui leur jetait un regard curieux depuis l'intérieur sombre de son appartement.

L'arrière du véhicule du lieutenant Carter apparaissait à présent à l'angle de la rue tandis que le jeune officier et le soldat effectuaient un tir de couverture – deux ou trois rafales – en direction du balcon pour maintenir l'homme à terre et l'empêcher de riposter.

Le convoi recula lentement sans essuyer aucun autre tir. Le premier coup de feu semblait être le seul et unique à retentir ; et encore, Andy n'était pas certain que cela ait été un coup de fusil. Ç'aurait très bien pu être un bruit de pot d'échappement dans une rue voisine.

Pourtant, le mal était fait. Les aboiements saccadés de la mitrailleuse et les tirs effectués depuis la Rover du lieutenant Carter avaient dû réveiller les habitants.

Ils passèrent le virage à droite, reculèrent encore de plusieurs mètres pour permettre aux deux voitures devant eux de faire marche arrière à leur tour. Puis, dans un crissement de pneus et un giclement de gravier, la Rover de Carter bifurqua dans la rue étroite. Le reste du convoi s'engagea à sa suite.

« Allez, on y va ! » ordonna Mike à Amal en martelant du poing le siège conducteur.

Le bref échange de tirs avait mis les villageois sur le qui-vive. Ils repérèrent de nombreux visages derrière les fenêtres sombres, sous les porches de maisons dans la rue étroite et aux balcons au-dessus d'eux. En levant les yeux, Andy apercevait une petite bande de ciel bleu quadrillé de câbles électriques et de linge séchant sur des cordes. La rue était bien plus étroite que la précédente, dont ils venaient de sortir à reculons.

On va se faire piéger.

Cela lui semblait sacrément évident : la conclusion logique des événements qui les avaient menés jusque-là. Ils se faisaient joliment enfermer. S'il y avait une autre obstruction de ce côté, les choses pourraient mal tourner.

Devant, le convoi approcha d'un autre tournant mais cette fois-ci, il tourna à gauche. La Rover de tête bifurqua à toute vitesse, soulevant un nuage de poussière dans son sillage, et les autres véhicules suivirent.

Au grand soulagement de tous, la rue s'élargissait et s'ouvrait sur une portion bien plus dégagée : une rue à deux voies avec un semblant de revêtement asphalté, coupée en deux par un îlot d'herbe. Seules quelques voitures étaient garées sur les côtés et dans la parcelle de végétation centrale se dressaient de vieux palmiers flétris qui laissaient penser que cette rue, désormais à l'abandon, avait jadis été un agréable boulevard. Andy remarqua un certain nombre de piétons qui allaient et venaient, et se massaient en petits groupes. Il ne savait pas s'ils vaquaient à leurs occupations habituelles ou s'ils avaient été inquiétés par les tirs et se rassemblaient par curiosité.

La Rover du lieutenant Carter fit une halte, suivie de tous les autres véhicules.

« Pourquoi il s'arrête ? » demanda Mike.

Andy sortit la tête par la fenêtre pour avoir une meilleure vision de ce qui se déroulait devant eux, et il vit l'extrémité du boulevard envahie d'hommes ; une sorte de réunion de village dans un bâtiment venait de se terminer et les gens s'éparpillaient jusque sur la rue. Ils bloquaient le passage.

« Merde, on ne peut pas passer, la route est bloquée. C'est pour ça qu'il s'est arrêté. »

Westley jura dans sa barbe. « Merde. On pourrait, genre, forcer le passage. Tu vois ? »

Farid jeta un coup d'œil par-dessus son épaule en direction du soldat sur la banquette arrière.

« Vous voulez qu'on les écrase ?

– Ouais, m'en fous. S'ils veulent pas s'écarter de notre chemin.

– Je suis d'accord, dit Mike au jeune soldat. Mais bon, si on tire en l'air, ils s'écarteront. Sinon... Eh bien, c'est leur problème.

– Je pense qu'ils ne bougeront pas, déclara Farid d'un ton grave.

– Et alors ? On va rester assis là à attendre qu'ils se jettent sur nous et nous submergent ? lança Mike au vieil homme.

– C'est *haram* de leur foncer dessus. C'est crime. C'est mal.

– C'est eux ou nous, ajouta Westley. Merde, hein, moi, je dis que c'est nous. »

Farid se tourna vers Amal et s'adressa à lui en arabe à toute vitesse.

« Hé, qu'est-ce que t'es en train de lui dire ? » cria Mike avec colère.

Farid se retourna sur son siège pour lui faire face. « Je lui demande s'il connaît un autre passage. Amal a famille à Al-Baïji. Il connaît la ville. »

Ignorant le débat, Andy observait la foule qui patientait au loin. De nombreux visages se tournaient vers eux, des index pointaient dans leur direction. Le convoi de véhicules évoluant discrètement à l'ombre d'une rue parallèle avait enfin été remarqué par la population.

« Ah, merde ! lâcha Westley en écoutant sa RPM. Le commandant dit qu'il voit des RPG et d'autres armes parmi eux. »

Andy s'apprêta à demander ce qu'était une RPG, mais il se retint. Et pourtant, même son petit Jacob connaissait ces trois lettres : *rocket-propelled grenade.* Un lance-roquettes. La foule se mit en mouvement dans leur direction. Tandis que les gens s'écartaient peu à peu, Andy put voir par lui-même qu'ils portaient des armes de toutes sortes.

Quoi qu'on fasse, il faut qu'on le fasse maintenant.

Comme pour répondre à ses pensées, il vit un homme dans la foule s'arrêter net et s'accroupir en faisant pivoter un long tube qu'il plaça en position de tir.

Une seconde plus tard, il aperçut un flash de lumière et un nuage de poussière, puis un petit projectile noir qui volait vers eux en zigzaguant.

« Une roquette ! Merde ! » cria Westley.

Elle siffla à côté du convoi, le manquant de quelques mètres, mais passant suffisamment près pour que les hommes entendent le bourdonnement furieux d'un déplacement d'air. Elle s'écrasa contre le mur du bâtiment cinquante mètres derrière eux, décrocha une grosse plaque de plâtre, mais n'explosa pas.

Le lieutenant Carter avait apparemment décidé que les choses avaient été assez loin et il fit signe au soldat maniant la mitrailleuse dans la Rover de tirer dans la foule.

L'arme claqua violemment et Andy regarda avec horreur une demi-douzaine d'hommes disparaître derrière un nuage rose de sang et de chair jaillissant de leurs torses et de leurs têtes. En réponse, chaque homme armé de la foule décida d'ouvrir le feu au même moment et l'air chaud autour de leur Land Cruiser sembla soudain vibrer dans le sifflement des balles.

Le véhicule de Carter vira vers la gauche en un mouvement erratique et Andy vit l'officier agiter une main en direction d'un immeuble rose à deux étages entouré d'un haut mur. Un grand portail en acier au milieu de l'enceinte était fermé et semblait cadenassé. Le véhicule fonça dans sa direction, bondissant sur le trottoir pour s'écraser un instant plus tard dans le portail qui vibra avec violence sur ses gonds en cédant.

« Allez-y ! » cria Westley. Amal braqua le volant et appuya sur l'accélérateur, doublant la Rover surmontée de la mitrailleuse pour aller vers le bâtiment. L'autre Rover resta immobile, la mitrailleuse arrosant toujours la foule et l'empêchant ainsi d'avancer davantage.

Andy comprit qu'il avait dû se produire quelque chose car, à l'instant où ils passaient devant et tournaient à gauche, il vit que le pare-brise avait disparu et que le chauffeur était prostré sur le tableau de bord. Il y avait trois autres hommes dans la Rover ; deux étaient descendus par l'arrière et s'agenouillaient à présent en utilisant la voiture comme couverture. Le troisième était encore debout derrière les arceaux de sécurité et tirait des longues décharges qui avalaient rapidement les munitions dans le chargeur à bande de la mitrailleuse. Tous trois risquaient de ne pas s'en sortir.

Amal roula vers l'immeuble rose, grimpa brutalement sur le trottoir comme l'avait fait la Rover et tous les passagers se cognèrent la tête au plafond. Ils passèrent le portail ouvert et entrèrent dans l'enceinte derrière le mur.

Leur Cruiser s'arrêta en dérapant dans un nuage de poussière puis, juste derrière eux, le deuxième Cruiser arriva, suivi des trois dernières Rover.

À travers un rideau de poussière, Andy vit le lieutenant Carter mettre pied à terre et courir jusqu'au portail ouvert, hurlant des ordres à ses hommes qui sautaient au bas des véhicules. Carter se mit à l'abri derrière le mur à proximité du portail et se pencha rapidement à plusieurs reprises pour observer ses trois hommes coincés au milieu de la rue.

15

7 h 21, heure locale

Baïji, Irak

« C'est de la folie furieuse », murmura le lieutenant Carter pour lui-même, hors d'haleine.

Le sergent Bolton s'approcha de lui au pas de course et s'adossa à son côté contre le mur près du portail, reprenant son souffle en de courtes inspirations avant de resserrer les sangles de son casque.

« Tout va bien, mon lieutenant ? » grogna-t-il.

Carter acquiesça. « Je vais bien. Je m'inquiète plutôt pour ces pauvres couillons dehors. »

Ils entendaient la mitrailleuse qui tirait des décharges disciplinées et régulières. Mais elles se faisaient plus courtes, et les pauses entre deux tirs, plus longues.

« Quoi qu'on décide de faire, mon lieutenant, il faut le faire vite. »

Carter acquiesça de nouveau.

« Sergent, je ne connais pas leur signe de reconnaissance, je n'ai pas encore eu le temps d'apprendre qui...

– Ces gars font partie du Yankee-two-two, mon lieutenant. »

Le jeune officier hocha la tête. « OK, OK, d'accord. » Il regarda la cour autour de lui avec inquiétude et se mordilla la lèvre inférieure, perdu dans ses pensées.

« Mon lieutenant, il faut faire quelque chose maintenant », aboya le sergent Bolton avec impatience.

Carter regarda une fois encore les trois hommes de l'autre côté du mur. Le soldat à l'abri en haut du véhicule tirait toujours. Les deux autres mitraillaient sporadiquement depuis l'arrière de la Rover tandis que sur le sol autour d'eux dansaient des nuages de poussière et que des étincelles ricochaient de la carrosserie métallique du véhicule déjà criblé d'impacts.

Il appuya sur le bouton de sa radio et fit de son mieux pour parler d'une voix calme dans son micro.

« Yankee-two-two... Ici Yankee-two-zero. Il faut que vous tentiez une échappée, les gars. On vous couvre depuis le mur et le portail.

– Putain, faites vite mon lieutenant ! » répondit l'un des trois hommes dans un crachotement de parasites.

Carter se tourna vers Bolton. « Sergent, positionnez quelques-uns de nos hommes sur le mur. » Il regarda autour de lui et vit une pile de palettes en bois dans un coin de la cour. « Grimpez là-dessus. Et rassemblez une section là-bas, près du portail. On y concentrera une partie de notre puissance de feu, entendu ? »

Le sergent Bolton acquiesça et lança ses ordres sur une autre fréquence radio.

« Et sergent, je veux qu'un de nos gars surveille les trois Irakiens qui nous accompagnent. »

Bolton prit en compte la demande et s'élança en courant avec une assurance et une aura d'invincibilité dont Carter aurait aimé faire preuve.

Quelques instants plus tard, huit soldats de sa section – dont un Fidjien solidement charpenté – déplaçaient les palettes jusqu'à la base du mur en parpaing et en plâtre de deux mètres de haut où ils les empilèrent afin de pouvoir observer de l'autre côté.

Westley, le première classe bavard, se précipita contre le mur où il s'adossa au côté de Carter, suivi par douze hommes qui s'affalèrent à leur tour contre la paroi verticale en parpaing. Carter se tourna. De jeunes visages inquiets l'observaient. Ces hommes attendaient de leur officier qu'il trouve une issue à cette situation désastreuse.

« Bon, les gars, la première chose à faire, c'est de sortir Yankee-two-two de là et de les ramener avec nous. Et puis... et puis après, on résoudra le problème suivant sur la liste. D'accord ? »

Merde, Robin... tu ne leur demandes jamais s'ils sont d'accord avec les ordres que tu leur donnes.

« Bon, voilà ce qu'on va faire les gars, ajouta-t-il à la hâte en s'adressant à Westley. À mon commandement, vous faites sortir la moitié de la section par le portail et vous prenez à droite. Il y a un camion derrière lequel vous pourrez vous cacher. Je prends l'autre moitié des hommes et on vous couvre depuis le portail. Quand vous êtes arrivés, on sort et on prend à gauche pour protéger les gars en tirant. En espérant que ça leur donne assez de temps pour revenir jusqu'ici. Pigé ?

– Ouais, mon lieutenant.

– Très bien, prenez position de l'autre côté du portail. Tenez-vous prêts. »

Carter entendait les tirs de la mitrailleuse qui diminuaient encore en fréquence et en longueur. L'homme qui l'actionnait – putain, il aurait tellement voulu avoir plus de temps pour connaître leurs noms – faisait de son mieux pour économiser ses dernières munitions tout en maintenant la foule à distance.

Westley frappa sur l'épaule de ses six compagnons d'armes et, avec eux, il passa en sprint devant le portail ouvert et ils se retrouvèrent de l'autre côté de l'entrée et s'accroupirent, prêts à s'élancer.

Pas de temps à perdre. Vas-y.

« Yankee-two-two, annonça Carter à la radio. On sort vous donner un coup de main. À mon commandement, vous vous barrez de là et ramenez vos fesses par ici. »

Il jeta un œil par-dessus son épaule pour voir que le sergent Bolton avait fait monter quelques hommes au sommet des palettes et qu'ils étaient prêts à les couvrir depuis le haut du mur. Il fit un signe de tête à Bolton, puis se tourna vers le première classe Westley qui attendait de l'autre côté du portail.

Il leva la main pour que Bolton et Westley puissent la voir, puis il fit un compte à rebours.

Trois... deux... un.

Il replia ses doigts, serra le poing et, se redressant d'un bond, il mena ses hommes à découvert sous le portail en métal. Les sept hommes mirent un genou à terre et lâchèrent un rideau de feu sur la foule qui avait déjà presque atteint la Rover immobilisée. Pendant ce temps, Westley conduisit ses hommes sous le porche, puis à droite sur quelques mètres le long de l'asphalte irrégulier en direction d'un camion rouillé, à cheval sur le trottoir. Ils se mirent en position de couverture et tirèrent à leur tour une salve dissuasive vers l'extrémité du boulevard. La foule en mouvement se coucha au sol comme un seul homme pour éviter les balles.

« Yankee-two-two... Go ! » cria Carter dans son émetteur.

Le soldat qui avait mitraillé la foule se baissa aussitôt pour redescendre vers le fond de la Rover. Les deux autres sortirent de leur abri de fortune à l'arrière du véhicule en rampant. Puis, slalomant dans l'espoir de déstabiliser quiconque tenterait de les prendre pour cible, ils s'élancèrent sur les dix mètres de terrain à découvert en direction des murs roses de la cour.

Le troisième soldat, encore dans la Rover, s'arrêta soudainement et sembla hésiter, comme un ivrogne qui se demanderait s'il n'aurait pas laissé son portefeuille au pub. Puis Carter le vit remonter dans le véhicule pour en extraire la mitrailleuse.

Il fut tenté de crier à l'homme de laisser tomber. Mais c'était une arme de soutien si efficace... L'avoir avec eux pourrait avoir un réel impact dans leurs chances de tenir leur position. Il leur restait beaucoup de munitions dans les autres Rover.

« Allez, allez ! » se surprit-il à marmonner tandis que, avec ses hommes, il continuait à sécuriser la zone de repli. Dans la rue, la plupart des villageois restaient allongés, face contre terre.

Le soldat dans le véhicule parvint à tirer l'arme difficilement maniable du fait de son trépied, il la fit descendre de son socle puis la sortit de la Rover, la faisant chuter à terre.

« Putain, mais bouge-toi, Shirley ! Grosse feignasse ! » cria le première classe Westley sur la fréquence radio de leur section, oubliant complètement le protocole officiel d'appel.

Sur cette même fréquence, il percevait la respiration laborieuse du soldat qui luttait pour traîner la mitrailleuse et s'apprêtait à traverser la zone à découvert.

« Va te faire foutre, Westley, pauvre tantouse, entendit-il l'homme répondre.

– Yankee-two-two... Putain !... *Shirley !* cria Carter en se disant qu'il lui faudrait demander d'où il avait tiré son surnom. Ramène-toi, plus vite que ça. »

Le soldat chargea l'arme sur son épaule, s'accorda quelques secondes pour se calmer, puis s'élança à découvert, adoptant la même course zigzaguante que ses deux compagnons d'armes. Mais il était dangereusement ralenti par le poids de la mitrailleuse.

Les tirs dissuasifs des hommes de Carter, ceux du sergent Bolton en haut du mur, et ceux du première classe Westley commençaient à faiblir à mesure que les chargeurs se vidaient. La moitié des soldats dans les trois sections étaient en train d'éjecter leur chargeur vide, d'en extraire un nouveau de leur poche avant de le remettre en position.

Plusieurs hommes de la milice armée profitèrent de ce moment d'accalmie pour se relever et tirer quelques coups disparates en direction du soldat isolé qui s'efforçait de traverser la rue.

Inévitablement, une balle finit par atteindre sa cible.

Un nuage écarlate jaillit de la jambe du soldat qui s'effondra à quelques mètres du trottoir.

« Putain, bouge ton cul, pauvre tache ! » beugla Bolton du haut de son mur, sa voix puissante résonnant par-dessus le raffut des détonations.

Les tirs se firent alors plus intenses tandis que la foule, menée par la milice, sentait qu'elle prenait le dessus. Le mur en parpaing derrière Carter et ses hommes explosa soudain sous l'impact de balles, les éclaboussant tous d'une pluie de poussière de plâtre et d'éclats de ciment.

Carter entendit un impact humide et jeta un coup d'œil à sa gauche. Le soldat agenouillé près de lui venait d'être rejeté en arrière par une balle en plein visage. Il ne reconnaissait plus rien entre son menton et ses sourcils roux. Rien qu'un cratère de chair déchiquetée.

Merde, merde, merde.

L'homme était déjà mort, malgré le tressautement de ses bottes sur le trottoir.

Le soldat blessé à la jambe, au milieu de la chaussée, hurlait de douleur et se roulait à terre en tenant sa cuisse.

Carter savait qu'il lui fallait faire reculer ses hommes avant d'en perdre davantage.

« Tout le monde rentre au bercail, exécution ! » cria-t-il dans sa radio.

Par paires et dans un mouvement bien coordonné, les hommes du première classe Westley battirent en retraite vers le portail. Mais Westley demeura derrière le camion qu'il utilisait comme couverture.

Carter croisa son regard tandis qu'il faisait signe à sa section de reculer jusque dans la cour. « Rentre ! Exécution ! » hurla-t-il. Le première classe hésita un instant encore avant de sprinter à contrecœur en direction du portail.

Carter fit une grimace. *On laisse ce pauvre con tout seul, encore en vie.*

Il ferma la marche, vidant son chargeur en une dernière longue décharge dans un mouvement circulaire, puis il fit demi-tour et plongea dans la cour.

Lorsqu'ils furent tous rentrés, ils refermèrent le portail métallique qui claqua violemment. Les hommes du sergent Bolton entassèrent des palettes et d'autres déchets récoltés dans la cour derrière la porte.

Carter grimpa sur les autres palettes empilées derrière le mur puis, attendant une courte accalmie, risqua un œil par-dessus la paroi.

À en croire son uniforme déchiré et assombri par le sang de ses diverses blessures, le soldat à la mitrailleuse, Shirley, avait été touché plusieurs fois. C'en était bientôt fini de lui. Puis, peut-être avec compassion, une balle le heurta en pleine tête, faisant voler son casque.

Il était mort.

Shirley... Carter voulait savoir d'où venait ce putain de surnom idiot... mais il ne risquait plus de le découvrir, à présent.

16

8 heures GMT

Manchester

« Oh, allez ! » s'écria Jenny avec impatience.

La musique qui passait en boucle tandis qu'elle patientait à l'autre bout du fil commençait à la rendre folle. La mélodie était interrompue de temps à autre par un message enregistré lui précisant qu'elle patientait sur un service client des chemins de fer et qu'un interlocuteur lui répondrait bientôt.

Jenny était encore au lit, dans sa chambre d'hôtel au Piccadilly Marriott. Elle avait prévu de faire un petit détour par Leeds pour voir quelques vieux amis, puis de rentrer chez elle pour mettre de l'ordre dans sa vie.

Mais avec tous les événements inquiétants qui se déroulaient à des milliers de kilomètres d'elle, cela ne lui semblait plus être une si bonne idée. Tout à coup, une cuite avec ses vieux, vieux camarades de classe – dont elle avait retrouvé la trace grâce au site Internet Amis réunis – venait de perdre tout son intérêt. Elle suivrait sûrement le mouvement, elle paierait des tournées, elle se saoulerait et repenserait aux jours passés, mais son esprit serait accaparé par d'autres choses : notamment par Andy, qui se retrouvait coincé là-bas dans une situation plutôt dangereuse si elle en croyait les informations.

Jenny n'était pas une grande adepte des informations. Elle passait plus de temps à regarder les séries et les émissions de téléréalité qu'à garder un œil sur les actualités. Mais hier, dans ce café, elle avait entendu deux ou trois phrases – à peine quelques mots – qui l'avaient fait frémir jusqu'aux os.

Dans sa période la plus obsessionnelle, un an plus tôt, Andy l'avait prévenue que seuls les auditeurs qui tendaient l'oreille, qui attendaient le « Grand Effondrement », seuls ceux qui sauraient repérer les signes avant-coureurs auraient une petite longueur d'avance. Les premiers avertissements transpireraient par les informations télé à travers des phrases cryptées à l'attention des rares spectateurs capables d'entendre ce qu'il fallait entendre. Seuls ceux-là auraient le temps de se préparer avant qu'un vent de panique générale s'abatte.

Hier, devant la télé, elle avait cru entendre quelque chose de très semblable à ce langage codé.

Pic pétrolier.

Elle s'était d'abord sentie idiote, bien sûr. Elle était sortie après avoir terminé son café, elle avait fait un peu de shopping dans le centre commercial d'Arndale, elle avait dîné avant de rentrer à son hôtel, et elle avait presque réussi à effacer l'idée tenace qu'il valait peut-être mieux rentrer à Londres pour faire d'énormes courses au supermarché.

Mais ce matin, la nuit avait porté conseil : elle avait ressassé toutes les prédictions fatalistes et lugubres d'Andy qui l'avaient tant épuisée au cours de ces dernières années, mais elle se rendit compte qu'elle avait entendu l'avertissement.

Elle sortit de son lit.

Ses amis attendraient bien sa prochaine visite.

Et si jamais elle paniquait et réagissait de façon trop excessive ? Et alors ? Il valait mieux rentrer à la maison et s'asseoir sur une pile de boîtes de conserve un peu plus importante que d'habitude, plutôt que d'être prise au dépourvu. Ils finiraient par les manger, de toute façon.

Mais Leona et Jacob ?

Au moins, si elle rentrait à Londres et que la situation menaçait d'empirer, elle pourrait aller chercher Jacob facilement. Aller à Leeds pour retrouver ses amis et se bourrer ?... Eh bien, elle risquait de ne pas en profiter si ses pensées étaient parasitées par des préoccupations tenaces.

La musique électronique fut interrompue par la voix d'une *vraie* personne.

« Service clients des chemins de fer On Track Rail, répondit un homme.

– Ah, enfin ! J'ai acheté un billet pour Londres, en fin de semaine dernière. J'aurais voulu le changer pour un retour aujourd'hui, en partance de Manchester.

– Je suis désolé, tout le trafic sur les lignes nationales a été interrompu ce matin.

– Quoi ? Pour combien de temps ?

– On ne me l'a pas précisé. Tout ce que l'on sait actuellement, c'est que le trafic est interrompu.

– Pourquoi ?

– Je suis désolé, nous n'en savons pas plus... Les trains ne circulent plus jusqu'à nouvel ordre.

– Mais, comment est-ce que je suis censée rentrer chez moi ? demanda-t-elle avec colère.

– Je... euh... je suis désolé, madame, répondit l'homme d'une voix gênée avant de raccrocher.

– Génial, siffla-t-elle. Franchement génial. »

Elle ramassa la télécommande sur sa table de chevet et alluma la petite télé accrochée à un support dans le coin de la chambre. Elle zappa sur la maigre sélection de cinq chaînes qui diffusaient toutes un programme d'informations, et chacune d'elles évoquait les troubles actuels et leurs développements. Elle monta le son.

« ... l'incident en Géorgie. Des rapports récents porteraient à croire que les explosions dans les raffineries de Bakou près des champs pétrolifères de Tengiz pourraient être accidentelles et liées à une demande aussi soudaine qu'importante, ainsi qu'aux infrastructures et aux outils de production obsolètes, datant de l'ère soviétique. Il existe cependant des rapports divergents, insinuant que les explosions pourraient être dues à des actes de sabotage... »

Jenny changea de chaîne.

« ... les sources du Pentagone annoncent que des troupes supplémentaires pourraient être déployées de la région du Golfe pour protéger les autres raffineries et pipelines en bordure de la mer Caspienne. Il est cependant clair que les forces américaines déjà présentes sur le terrain sont réparties toujours plus loin dans les terres, créant un réel danger pour les hommes. Dans ces conditions, la circulation des ordres et des fournitures risquerait de poser de sérieux problèmes. Tout laisse à penser, à Washington, que le Président sera obligé d'annoncer une mobilisation générale afin de combler les besoins militaires dans un futur immédiat. Même dans cette éventualité, à la vitesse où se déroulent les événements, les troupes nécessaires à ce jour... »

Une autre chaîne.

« ... incertain en ce qui concerne l'*Amoco Dahlia*, ce matin. L'explosion a arraché la coque du superpétrolier à l'instant où le vaisseau pénétrait dans le couloir de navigation principal dans le détroit d'Ormuz. L'*Amoco Dahlia* a déversé plusieurs millions de litres de pétrole dans la mer et se trouve, encore à cet instant, en proie aux flammes. Il n'a pas encore été déterminé si le navire a heurté une mine ou, plus probablement, s'il a été la cible d'un bateau terroriste chargé d'explosifs... »

Puis une autre.

« ... ce matin. Le secrétaire du Premier ministre a fait savoir qu'un discours était prévu pour aujourd'hui. Les *traders* de la City à Londres essaieront bien entendu d'anticiper les mesures qu'il annoncera. Ils s'attendront sans aucun doute à un assouplissement temporaire des taxes sur le pétrole et le diesel. Le prix du baril ce matin atteignait la barrière des 100 dollars et il monte encore. Son discours se concentrera certainement sur les mesures prévues à court terme pour contrer un dommage immédiat à notre économie déjà fragilisée... »

Jenny regarda le téléphone portable dans sa main et se rendit compte que, pour la première fois depuis bien longtemps, elle aurait voulu qu'Andy soit à ses côtés pour lui dire quoi faire.

17

11 h 00, heure locale

Baïji, Irak

Andy recula à nouveau dans l'enceinte des murs roses tandis que le sergent Bolton hurlait un avertissement. Quelques secondes plus tard, un obus de mortier qu'ils avaient entendu partir non loin d'eux vint s'écraser dans la cour avec un bruit mat, mais il n'explosa pas. Encore un missile défectueux.

Andy lâcha un soupir de soulagement. Les insurgés armés parmi la foule massée devant le portail venaient de lancer une demi-douzaine d'obus en direction de la cour, seuls deux avaient atteint leur cible et aucun n'avait explosé.

Les tirs sporadiques faiblissaient à nouveau.

Toute la matinée, la routine avait été la même : des périodes intenses de tirs nourris depuis la rue et les toits avoisinants le long du boulevard, ponctuées de moments de calme.

La foule avait grossi à mesure qu'elle avait appris qu'une petite patrouille des forces de la coalition avait été acculée.

Andy était surpris de les voir si audacieux. Les habitants devaient bien savoir que la relève allait passer la zone au peigne fin pour retrouver la patrouille de Carter. Le QG n'était qu'à une demi-heure de route, ils allaient leur envoyer du monde.

Ou bien savent-ils quelque chose qu'on ignore ?

Le système de communication installé dans la Rover du lieutenant Carter avait été endommagé par une série de tirs lorsque le véhicule avait bifurqué en travers de la rue pour atteindre le bâtiment rose. Ils n'avaient plus aucun moyen sûr d'entrer en contact avec le reste du bataillon.

La seule façon qu'il leur restait d'appeler le QG était, incroyable mais vrai, par téléphone portable. En pleine nature, ils auraient été obligés de s'en remettre à la chance mais dans le centre de Baïji, le réseau était plutôt bon.

Dans l'heure qui avait précédé, il était devenu évident qu'ils ne risquaient pas d'être dépassés par la foule dans l'immédiat et qu'ils pouvaient rester dans la cour. Le lieutenant Carter s'efforçait d'appeler quelqu'un, n'importe qui, au QG. Il finit par avoir un sergent quartier-maître à l'autre bout du fil, un ami de Bolton qui lui passa ensuite le major Henmarsh.

Carter avait passé son appel à distance raisonnable de ses hommes afin qu'ils ne l'entendent pas, mais pour une raison inconnue, il avait permis à Andy de rester à portée de voix. Andy avait donc appris la nouvelle, et elle n'était pas bonne.

Le bataillon avait abandonné son campement permanent au sud-est de la ville et se repliait au K-2, la piste d'aviation principale de la région, où ils maintenaient un périmètre de sécurité tandis qu'un flot régulier d'Hercules C130 atterrissait pour évacuer l'armée britannique de cette région irakienne, une compagnie après l'autre.

Carter avait affirmé que le major prévoyait d'envoyer des renforts pour les sortir de là, mais à voir l'expression sombre sur le visage du jeune homme, Andy en conclut que l'officier s'était entendu dire que la mission serait périlleuse.

« Tout va bien ? demanda Andy.

– Mais pourquoi est-ce qu'ils s'en vont, putain ? »

Andy hocha la tête. « La situation a dû empirer. »

Et empirer de beaucoup, pour obliger ainsi l'armée britannique à lever le camp.

« Je ne pige pas. Ils devraient envoyer d'autres troupes pour calmer le jeu ici. » À l'aide de son keffieh, le lieutenant Carter essuya la poussière, la sueur et la saleté de son visage.

« Les choses ont pris un tournant incontrôlable.

– J'ai le sentiment qu'il se passe bien plus de choses que ce que l'on sait, répliqua Andy à voix basse. Tout a commencé par une série d'explosions en Arabie saoudite programmées par quelqu'un qui voulait provoquer une colère à grande échelle.

– Quelqu'un ? Vous voulez dire al-Qaida ? »

Andy haussa les épaules. « C'est possible, ils font des suspects tout désignés. Mais ça semble un peu trop... orchestré, pas vrai ? »

Carter acquiesça d'un air absent, distrait par des préoccupations plus immédiates.

« Écoutez, finit-il par déclarer. Je ne suis pas sûr qu'ils puissent se permettre de détacher des hommes pour venir nous chercher. J'ai cru comprendre qu'ils s'étaient répartis plus loin encore sur le terrain et qu'ils avaient du fil à retordre autour du K-2. » Il se mordit la lèvre et ajouta :

« On va peut-être devoir se sortir de là tout seuls.

– Et merde, lâcha Andy.

– Mais ne le dites à personne. Ne le dites pas à mes hommes, d'accord ?

– Bien sûr. »

Carter s'accroupit et s'adossa au mur rose, dissimulant son visage entre ses mains.

« Merde, je ne sais plus quoi faire », marmonna-t-il.

Andy observa autour de lui et remarqua qu'une partie des hommes regardaient leur officier d'un œil incertain depuis leur position autour du mur d'enceinte. Il s'agenouilla près de Carter.

« Vos hommes vous regardent. »

Le jeune officier se redressa aussitôt et inspira brièvement. « Vous avez raison, répliqua-t-il avec un hochement de tête et un sourire triste. Je vais trouver une solution. »

Andy acquiesça. « J'en suis sûr. » Il aurait voulu lui coller une petite claque rassurante sur l'épaule mais les soldats scrutaient leur supérieur et il ne fallait pas qu'ils soient témoins d'un tel geste. Le jeune lieutenant avait beau juger la situation désespérée, ses soldats devaient percevoir cet instant comme un problème technique momentané et penser que les choses étaient sous contrôle, que la relève était déjà en chemin. Le lieutenant Carter devait afficher un air optimiste.

Andy ne l'enviait pas d'être ainsi obligé de jouer un rôle. Il se leva et traversa la cour vers Mike, Éric et Ustov qui s'étaient assis à l'ombre des véhicules et, quelques mètres plus loin, Farid et les deux jeunes chauffeurs qu'un soldat surveillait.

Mike fit un signe du menton en direction du lieutenant.

« Quelles sont les nouvelles ?

– On n'est pas les seuls à avoir des problèmes.

– Putain ! Et ça veut dire quoi ? » lança Éric.

Andy estima qu'il se devait de soutenir Carter et présenter les choses avec un peu d'optimisme, mais il se sentit gêné de devoir leur mentir ainsi. « Ça veut dire qu'il va leur falloir un peu plus de temps que prévu avant de recevoir de l'aide. Mais ils viendront. »

Mike afficha un sourire narquois. « C'est ça, oui. »

Le portable d'Andy se mit à sonner. Il baissa les yeux avec surprise et regarda le numéro qui s'affichait.

« C'est ma femme, marmonna-t-il avec un air perplexe qui provoqua un ricanement de Mike et d'Éric tandis qu'Ustov les observait sans comprendre.

– Je te l'ai déjà dit cent fois, chérie, ne m'appelle pas au travail », plaisanta Mike.

Andy sourit et décrocha.

« Jenny ?

– Andy ? »

Le réseau était étonnamment bon. « Oh, mon Dieu. Tout va bien pour toi, là-bas ? »

Andy fut tenté de répondre avec un sarcasme brutal ; après tout, la dernière fois qu'ils s'étaient parlé, il préparait ses bagages pour ce boulot, cinq jours plus tôt, et l'échange avait été moins que cordial.

« Je vais bien.

– J'étais inquiète. Ils disent aux infos que c'est un vrai désastre au Moyen-Orient.

– Mais qu'est-ce qui se passe, Jenny ? Qu'est-ce que tu sais exactement ?

– Je ne sais pas trop, on dirait qu'une série d'événements se déroulent un peu partout. Il y a eu des bombes et des explosions en... quelque part en Asie centrale.

– En Géorgie, près des champs pétrolifères de Tengiz ?

– Oui, c'est ça. Ils ont mentionné ce nom aux infos... Tengiz. Ils parlent de pénurie de pétrole, Andy... Exactement comme, tu sais...

– Oui, l'interrompit-il. Je sais.

– Et ce matin, un de ces énormes pétroliers a explosé dans...

– Le détroit d'Ormuz ?

– Oui. Tu en as entendu parler ? Apparemment, il a bloqué le passage à tous les autres navires qui auraient pu livrer du pétrole. »

Andy sentit une vague glacée lui parcourir la colonne vertébrale. « Oui... oui, j'ai entendu ça quelque part. »

Les raffineries de Tengiz touchées, le détroit d'Ormuz bloqué, les conflits panarabes déclenchés par une attaque contre un monument capital comme la Kaaba – tous ces événements en moins de vingt-quatre heures. Exactement comme ça avait été décrit.

« Andy, j'ai peur. La circulation des trains a été interrompue et il va y avoir un discours du Premier ministre. La radio, la télé... ils parlent tous des problèmes qui se déclenchent partout dans le monde. »

La seule chance que Jenny et les enfants avaient, c'était qu'il pouvait les aider à anticiper les réactions des autres. Il fallait qu'elle se reprenne en main sur-le-champ.

«Jenny, écoute-moi bien. S'ils annoncent le genre de mesures auxquelles je m'attends d'ici midi, les magasins seront vidés en quelques heures. Ça va être un sacré bordel. Il faut que tu fasses rentrer les enfants à la maison et que tu achètes autant de provisions que...

– Je ne peux pas ! Je suis coincée à Manchester ! »

Putain ! Il se souvint qu'elle devait s'y rendre pour un entretien d'embauche. Ça faisait partie de sa stratégie je-t'emmerde-je-peux-très-bien-m'en-sortir-toute-seule.

« Tu n'as aucun autre moyen de rentrer ?

– Non. Plus aucun train, plus aucun bus. On dirait bien qu'ils ont tout bloqué.

– Alors demande à Leona de quitter Norwich, de récupérer Jake au passage pour le ramener à la maison, et d'acheter tout ce qu'elle peut trouver ! »

Une pause.

«Jenny, reprit Andy. Elle ne m'écoutera pas. Je lui ai parlé hier, elle pense que je suis une fiotte un peu trop inquiète, ou je ne sais quoi. Mais toi, elle t'écoutera. Après tout, tu as toujours été la grande sceptique. »

Il entendit sa respiration difficile. Jenny pleurait.

« Oui, oui, d'accord. Oh, mon Dieu, c'est grave, hein ?

– Oui, je crois que ça va l'être. Mais écoute-moi, il faut que tu fasses ce que je te demande. Tu m'as bien compris ? Ne la laisse pas te dire non. »

Elle peut se montrer si volontaire et obstinée, parfois.

« Bien sûr que non, répondit-elle d'une voix étouffée.

– Et puis il faut que tu trouves un moyen de regagner Londres pour être à leur côté.

– Je sais... Je sais.

– Peu importe comment, il faut que tu arrives aussi vite que possible. »

Jenny ne répondit pas mais il l'entendait à l'autre bout du fil.

« Andy, dit-elle enfin. C'est arrivé, pas vrai ? Tu sais... tout ce que tu as...

– Jenny, s'il te plaît. Va mettre nos enfants en sécurité. »

18

11 h 18, heure locale

Baïji, Irak

Le sergent Bolton rejoignit le deuxième classe Tajican, juché sur une pile de palettes, qui gardait un œil sur la situation dans la rue.

« Qu'est-ce qui se passe ? demanda-t-il au Fidjien.

– Il y a du mouvement, mon sergent. Ils préparent quelque chose. »

Bolton observa le soldat qui le surpassait autant en taille qu'en carrure. Tajican lui montra la foule qui s'agitait vers l'extrémité du boulevard. « Là-bas, sergent. »

Il plissa les yeux dans la lumière matinale aveuglante ; si le ciel habituellement bleu était voilé de nuages blancs informes, les rayons qui les transperçaient l'obligeaient à fermer les paupières à demi. Un groupe d'hommes s'était massé autour d'un camion garé à l'entrée d'une ruelle perpendiculaire. Ils y trafiquaient quelque chose, mais difficile de dire quoi.

« Qu'est-ce que vous mijotez, bande de cons ? murmura le sergent Bolton.

– Des conneries. »

Bolton sourit et acquiesça. « T'as raison, gars, des putain de conneries. » Il parla à voix basse dans son émetteur sur la fréquence des officiers. « Mon lieutenant ? Je crois qu'il va falloir se préparer pour un nouvel assaut. »

De l'autre côté de la cour, Carter sembla s'éveiller et marcha d'un pas leste dans la poussière, s'efforçant de paraître décontracté et maître de lui. Il slaloma entre les véhicules garés au milieu de l'enceinte jusqu'à Bolton et Tajican sur leurs palettes.

« Que se passe-t-il, sergent ? »

Bolton se baissa derrière le mur et pivota pour faire face à l'officier.

« Eh bien, mon lieutenant, on dirait bien qu'ils accrochent un truc sur un camion.

– Soyez plus précis. »

Bolton jeta un regard au grand Fidjien. « Je crois qu'ils installent une sorte de charge explosive improvisée. »

Tajican observa le sergent puis acquiesça. « Je confirme, mon lieutenant. Une charge explosive. »

Carter soupira. Il grimpa à son tour pour les rejoindre en haut du mur, étudia l'activité dans la rue un instant, puis il se baissa à son tour et se tourna vers les deux hommes.

« Bon, ça semble évident, pas vrai ? Ils vont faire rouler cette merde jusqu'ici, ils vont la garer devant le portail et la faire péter. »

Le sergent Bolton acquiesça.

« Ouais.

– Alors il faut qu'on les empêche d'approcher. Qu'est-ce qu'on pourrait avoir dans la section qui soit assez efficace pour désamorcer ce truc ?

– La mitrailleuse aurait pu faire l'affaire, répondit Bolton. On a deux SA80 avec des lance-grenades... des USG.

– Est-ce qu'on a quelqu'un d'assez précis pour balancer une grenade à l'arrière du camion ?

– Le première classe Westley, celui qui vient de Newcastle. Il est pas mal, mais pas à cette distance, mon lieutenant. Il va falloir qu'on le laisse approcher. Peut-être qu'on pourra l'avoir pendant l'approche du camion.

– Attendre que la cible commence à bouger ? C'est une idée un peu merdique, sergent.

– Ou on peut essayer d'envoyer quelques-uns de nos gars pour la désamorcer avant qu'ils partent, mon lieutenant ? »

Carter réfléchit un moment puis secoua la tête. « Non, ils seront morts avant même d'avoir parcouru cinquante mètres. Ils ont des fusils postés sur tous ces putain de toits. »

Il serra les poings et les cogna l'un contre l'autre en soupesant les deux tactiques.

« Bon, on va partir sur votre idée merdique, sergent. On va rassembler tous nos fusils, et les deux USG. Si... quand le camion commencera à avancer vers nous, peut-être qu'avec un peu de chance, une balle touchera les explosifs installés à l'arrière. »

Carter jeta encore un regard de l'autre côté du mur. Ils semblaient avoir terminé de hisser leur chargement et la foule commençait à s'agiter à l'avant du camion.

Vous cherchez un volontaire pour conduire le véhicule, hein ? Dans ces terres de martyrs, il existait une réserve bel et bien inépuisable : les jeunes hommes prêts à mourir.

Andy regarda Mike se lever et s'approcher des trois Irakiens qui s'étaient blottis ensemble à l'ombre d'un véhicule, surveillés par un soldat posté à quelques mètres de là. Mike s'accroupit devant eux et les observa un moment en tenant l'AK47 d'une main nonchalante – sans les prendre pour cible, mais sans pour autant abaisser le canon.

« Qu'est-ce que vous faites ici ? »

Farid haussa les épaules.

« Comprends pas.

– C'est simple. Qu'est-ce que vous foutez ici, pourquoi vous n'êtes pas avec vos copains ? Enfin quoi, si t'es un frère si bon que tu le prétends, et si tu trouves que nos pratiques occidentales sont merdiques, alors pourquoi t'es pas avec eux à nous canarder depuis la rue ?

– Je suis musulman, c'est mal de prendre la vie de quelqu'un, même si vous êtes des infidèles... même si vous êtes des moins-que-rien. »

Mike afficha une grimace de dégoût.

« Ah, ouais, on est des moins-que-rien ? On a sacrifié plusieurs milliers de jeunes Américains pour que vous autres, bande de sauvages, vous puissiez vivre en démocratie. Pour que vous puissiez enfin voter, putain.

– Et nous, on la remplacera par la charia dès que vous serez partis, répondit Farid d'un ton de défi. Vos pratiques sont pas les nôtres. »

Andy comprit que l'échange entre les deux hommes allait dégénérer, d'autant plus rapidement que tout le monde était à cran. Il se leva et s'approcha d'eux, gêné, ne sachant trop comment apaiser les tensions.

« Mike, l'interrompit-il d'une voix tranquille. Calme-toi. Je ne crois pas qu'il veuille dire *moins-que-rien* comme on le dit, nous. C'est un problème de traduction.

– C'est ça, ouais. Alors pourquoi ne pas lui donner mon fusil, à lui ou à un de ses petits copains ? Tu l'as entendu... on est rien, on est de la vermine. Tu crois que c'est une bonne idée ? Tu crois que ton vieux pote se tiendra à ton côté dans la bataille ?

– Écoute, répliqua Andy. Tu n'aides personne en disant ça, Mike. Que ça te plaise ou non, Farid et les deux chauffeurs sont dans le même pétrin que nous. Ils sont ici parce qu'ils font d'aussi bonnes cibles que nous. Réfléchis ! Ce sont des CET, des citoyens employés sur le terrain. Si les insurgés mettent la main sur eux, ils en feront un exemple. Tu peux compter là-dessus. »

Mike le dévisagea. « Tu leur fais confiance ? »

Andy haussa les épaules. Il n'était pas sûr de la réponse à lui donner. Qu'il leur fasse confiance ou non, ils étaient tous dans le même bateau.

19

8h21 GMT

Université d'East Anglia, Norwich

Leona sourit.

Deux nuits de suite.

Les choses s'annonçaient bien. Elle s'était attendue à ce que Dan lui serve une excuse hier pour ne pas passer la soirée avec elle. La plupart des mecs de son âge étaient comme ça.

Casse la vitrine, chope les bonbons et cours.

Mais ce n'était apparemment pas le cas de Dan. Elle n'avait pas aimé le quitter ce matin ; elle s'était préparée à toute allure tandis que lui, encore somnolent, s'étirait dans son lit défait. Passer la nuit chez lui n'avait pas fait partie de ses projets initiaux, mais elle se précipitait à présent jusqu'à sa chambre sur le campus pour récupérer ses livres avant d'assister à son premier cours magistral de la journée. Ce ne fut qu'à mi-chemin, au niveau de l'entrée du campus sur Watton Road, qu'elle se rappela avoir laissé son portable éteint.

Il sonna dès qu'elle l'eut rallumé.

« Leona ?

– Papa ?

– Non mais c'est pas vrai ! Maman et moi avons essayé de te joindre toute la matinée. Tu vas bien ?

– Je vais bien.

– Écoute, ta mère et moi avons discuté. On veut que tu ailles récupérer Jake et que tu rentres à la maison.

– À cause des émeutes, c'est ça ?

– Oui. »

Il semblait épuisé et stressé.

Leona grinça des dents, frustrée.

Pas maintenant. S'il te plaît, pas maintenant.

« Papa, il faut que je termine une dissert' superimportante », répondit-elle.

Et j'ai enfin réussi à me faire Daniel, ne l'oublions pas.

« Leona, je ne vais pas me disputer avec toi, chérie. »

Chérie. Leona leva les yeux au ciel. Mon Dieu qu'il était énervant. Son père ne l'appelait chérie que lorsqu'il était sur le point de péter un plomb. C'était plus chiant, qu'intimidant.

« Bon, papa, je ne suis pas...

– Ferme ta gueule et écoute-moi ! » aboya-t-il.

Leona recula malgré elle et lâcha presque le téléphone.

« Tu vas faire ce que te dit maman ! Tu pars maintenant, tu récupères Jake, tu rentres à la maison et tu achètes autant de conserves que possible. »

Leona resta bouche bée. Elle avait soudain le sentiment que les choses s'étaient aggravées.

« On va aussi avoir des émeutes ici ? demanda-t-elle. J'ai entendu à la radio hier que...

– Oui, ça risque d'arriver. Une pénurie de nourriture, d'électricité, tout ça. »

Sa voix était lointaine et inquiète, effrayée, même. Elle avait déjà entendu cette peur, une fois auparavant, des années plus tôt.

« Papa, tu as eu mon mail ?

– Quoi ?

– Mon mail. Celui que je t'ai envoyé vendredi.

– Quoi ? Oui... Oui, je l'ai reçu, mais qu'est-ce...

– J'ai revu un des hommes à la télé, papa. Un des hommes que j'avais vus à New York. »

Il y eut une pause, mais elle entendait du bruit en arrière-fond. Des voix qui hurlaient, des coups comme un marteau qu'on frappait sur un clou.

« Je ne suis pas sûr qu'il faille parler de ça, Leona. Pas au téléphone.

– Pourquoi ? »

Une autre longue pause.

« Leona, s'il te plaît, va chercher ton frère et rentre à la maison. Achète autant de nourriture que tu peux, et de l'eau, aussi. »

Dans le fond, elle entendait le timbre des voix qui s'élevaient ; plusieurs, puissantes et insistantes.

« Papa ? Qu'est-ce qui se passe ? »

Puis elle perçut à nouveau les coups de marteau saccadés, plus nombreux cette fois-ci.

« Leona ! cria son père, sa voix déformée par le bruit. Leona ! Il faut que j'y aille ! »

Elle ne l'avait jamais entendu parler ainsi, jamais. Il avait été en colère quelques fois, mais jamais comme ça.

« Papa ! Qu'est-ce qui se passe ? » demanda-t-elle encore, la voix tremblante et gagnée par les premières notes de panique. Elle avait entendu un homme près de son père, comme s'il se tenait juste à son côté. Le genre de voix habituellement grave, mais que la peur, en cet instant, avait rendue aiguë, presque stridente. Seigneur, que c'était effrayant. Quelque chose ne tournait pas rond.

Elle entendit son père une dernière fois. « S'il te plaît ! Fais ce qu'on te dit ! Il faut que j'y... »

Et la communication fut coupée.

L'appel la laissa tremblante. La voix derrière son père était étrangère, américaine peut-être. Mais pour dire la vérité, ce n'était pas tant son timbre aigu qui lui avait donné la chair de poule, mais plutôt les mots que l'homme avait hurlés : « Ça y est, ils arrivent. »

La mémoire lui revint subitement cinq minutes plus tard tandis qu'elle se repassait en boucle les derniers instants de cette étrange conversation. C'était le ton de son père qui avait ravivé sa mémoire. Sa voix transpirait la peur. Pas de la peur pour lui-même, mais pour elle...

Papa semble sur les nerfs. Il la fait asseoir sur le lit et la dévisage.

« Tu n'as rien vu d'important, Leona. Tu comprends ? Rien d'important », dit-il en détachant clairement les mots. Comme s'il s'adressait à quelqu'un d'autre, quelqu'un à l'autre bout de la pièce.

« Mais c'était qui, ces hommes, papa ?

– Personne, n'y fais pas attention. C'était juste une bande de vieux hommes d'affaires ennuyeux, rien d'inquiétant, d'accord ? »

Leona sait que c'est faux. Ces hommes, ce sont les « hommes mystérieux » que papa devait rencontrer. Ils sont la raison même pour laquelle il s'est montré si distrait, impatient et nerveux au cours des derniers jours. Mais elle lit aussi, dans son regard insistant, dans le tremblement de sa voix, qu'elle ferait mieux de lui obéir et de les oublier.

Leona lui adresse un sourire réconfortant.

« D'accord.

– Ça arrive, ma puce, de se tromper de chambre. Je l'ai déjà fait. Il n'y a aucun mal. »

Leona acquiesce.

« Tu es gentille. Oublions tout ça, hein ? Ce sera juste un petit secret idiot entre toi et moi.

– D'accord.

– Bien. Rappelle-toi, Leona : c'est notre secret. Allez, je vais t'acheter cette poupée que tu reluques... comment elle s'appelle, déjà ?

– Sally Beanie.

– Sally Beanie, c'est ça. Et peut-être que si tu es sage, on achètera aussi la calèche et l'équipement de cheval. »

Leona se surprend à sourire. Elle a oublié les hommes dans la chambre. Du moins pour l'instant.

Les souvenirs de ses 10 ans – leur voyage en famille à New York – ne s'étaient pas effacés. Elle avait presque chassé de sa mémoire le souvenir de son incursion dans la mauvaise chambre d'hôtel, puis la bonne chambre où elle était entrée avec papa, où elle s'était assise dans l'obscurité. Puis papa qui lui expliquait que rien de tout ça ne venait de se passer.

Mais voir le visage du vieil homme à la télé avait été déconcertant, et entendre à nouveau la peur dans la voix de son père – tous les souvenirs avaient déferlé sur elle depuis un coin sombre et poussiéreux de son cerveau, et ils s'étalaient avec autant de clarté qu'un rayon de soleil. Elle se demanda pour la seconde fois si elle avait été raisonnable d'aborder le sujet dans ce mail à son père. Mais il s'était dégagé de lui quelque chose de si intense ce jour où il lui avait fait promettre d'oublier.

Il n'était pas effrayé. Il était terrifié.

20

11 h 22, heure locale

Baïji, Irak

Le lieutenant Carter observait le camion qui approchait en laissant échapper un nuage de gaz d'échappement. Il pétaradait et grinçait sur le boulevard à chaque changement de vitesse.

« Putain, mais bougez-vous le cul », hurla le sergent Bolton en indiquant d'un geste de la main aux derniers hommes de la section en position de tir comment se placer le long du mur et près de la barricade de débris divers qui protégeait le portail métallique.

Le première classe Westley attendait près de Carter, agrippé au SA80 et au lance-grenades fixé dessous. Il posa le canon sur son épaule et se prépara à tirer.

« Doucement. Attends, laisse-le approcher.

– Oui, mon lieutenant. »

Dans le sillage du camion, à une distance respectueuse, un groupe important d'hommes armés et de garçons couraient pour se maintenir à sa hauteur. Carter comprit leur tactique en deux secondes. Le camion roulerait jusqu'au niveau de la cour, ou s'écraserait contre le portail, puis les charges disposées à l'arrière exploseraient. Les hommes armés derrière le véhicule se rueraient par la brèche quelques secondes plus tard et nettoieraient les lieux.

Simple et raisonné.

Westley était leur unique chance de déclencher la charge avant qu'elle les atteigne, mais seulement s'il parvenait à loger une grenade sur le plateau à l'arrière du camion. Un détail jouait en leur faveur : le véhicule semblait vivre ses dernières heures et il avait du mal à prendre de la vitesse. Il brinquebala un peu et, dans un craquement assourdissant, il grimpa sur l'îlot de verdure au milieu du boulevard. La foule armée qui suivait en courant commençait à être distancée à mesure que le camion retrouvait un peu de souffle et accélérait.

« Très bien, marmonna Carter. Quand tu veux. »

Westley acquiesça puis mit le véhicule en joue. Il leva le canon et calcula au mieux la portée du tir.

La grenade partit dans un bruit sourd et un nuage de fumée âcre.

Elle dessina un arc de cercle dans l'air et vrilla pour retomber et rebondir à quelques mètres devant le camion. Elle explosa, réduisant en miettes le pare-brise et arrachant le capot du véhicule, laissant entrevoir son moteur rouillé et sale qui s'agitait avec violence sur ses supports antiques.

« Merde. Prends l'autre USG, vite ! » ordonna le lieutenant Carter.

Westley ramassa le deuxième SA80 équipé d'un lance-grenades et se prépara pour sa deuxième et dernière tentative.

Redescendant de l'îlot central, le camion cahota sur l'asphalte au milieu d'un nuage de poussière et d'éclats de rouille détachés par les secousses répétées.

Westley se pencha, visa et leva à nouveau le large canon court avant de tirer.

Un deuxième nuage de fumée jaillit. La grenade prit davantage de hauteur et un angle plus prononcé que la précédente, tournoyant avant de s'abattre.

Il ne restait plus que vingt mètres entre le camion et le portail, et le sergent Bolton donna l'ordre de tirer. Tous les fusils de la section, ainsi que les deux AK dont Mike et Éric avaient hérité, résonnèrent. L'avant du camion sembla exploser dans une pluie d'étincelles qui évoqua à Carter un feu d'artifice.

Quinze mètres...

Le chauffeur était prostré sur son siège, criblé de balles, n'ayant plus grand-chose à voir avec l'être humain qu'il avait été quelques instants plus tôt. Carter suivit des yeux la grenade qui continuait sa trajectoire. Elle atterrit à l'arrière du camion, rebondit au-dessus du plateau... puis éclata.

Le souffle les précipita tous les deux au bas de leur pile de palettes. Carter tomba lourdement au sol, la respiration temporairement coupée. Mais allongé là, il regardait le ciel bleu et observait avec plaisir la cascade de débris qui tombaient par milliers au ralenti en traînant dans leur sillage des rubans de fumée noire.

Puis ce fut le silence.

Il s'était attendu à une détonation assourdissante, mais il n'entendait qu'une seule chose, son propre sang qui lui battait aux tempes comme le rugissement des vagues sur un rivage rocheux. C'était très agréable.

Il perçut une série de mouvements autour de lui et, lentement, le grondement rassurant des vagues océanes lointaines s'estompa pour être remplacé par des hurlements, des impacts de balles et des tirs nourris. Il prit appui sur son coude pour se redresser, encore haletant, et il regarda autour de lui.

Le camion avait rempli sa tâche, son châssis carbonisé et déchiqueté était parvenu à enfoncer le portail. La détonation puissante avait jeté tout le monde à terre et il observa sa section reprendre ses esprits. Deux des Rover et une des Cruiser proches du portail avaient été touchées et brûlaient.

Il y avait des victimes : deux hommes postés près de l'entrée gisaient à terre, l'un d'eux en plusieurs morceaux.

À travers un rideau de flammes, il vit les insurgés se rassembler là où se trouvait le portail métallique il y a quelques instants. Les hommes avaient suffisamment d'expérience pour savoir qu'il leur fallait vite enchaîner après une telle attaque afin de profiter du choc et de la désorganisation qui s'ensuivait. Et tandis que Carter se remettait sur pied et attrapait son arme avec maladresse, le premier et le plus audacieux d'entre eux se hissait déjà entre les débris carbonisés éparpillés à l'entrée de la cour.

Quand les derniers morceaux du camion brûlé furent tombés autour d'eux, Andy releva la tête pour regarder par-dessus le capot de leur Land Cruiser.

« Merde, ils sont passés ! » cria-t-il.

Il devina les silhouettes immobiles de deux soldats britanniques, les autres couraient se mettre à l'abri pour attendre de pied ferme les insurgés qui entraient.

Mike empoigna le AK. « Je vais les aider. »

Andy observa la situation.

Le lieutenant Carter rassemblait ses hommes derrière les palettes éparpillées à gauche du portail ; il avait six ou sept soldats avec lui et Andy les regarda s'installer et pointer leurs fusils en direction de l'ouverture de part et d'autre du châssis calciné du camion.

De son côté, le sergent Bolton avait appelé le reste de la section. Andy compta encore une demi-douzaine d'hommes. Ils prirent position derrière et autour des véhicules en flammes devant l'entrée. Il était impressionné de les voir se ressaisir à une telle vitesse et trouver ainsi des abris efficaces. La tête d'Andy lui tournait encore après le fracas et la violence de la détonation.

Des armes avaient été abandonnées sur le sol, près des deux soldats victimes de l'explosion. Il aurait pu courir en attraper une, s'il avait eu un peu de réflexe. Mais il voyait les silhouettes vacillantes des hommes de l'autre côté du brasier et quelques balles perdues sifflèrent à travers la fumée dans leur direction. Il n'avait pas franchement envie de sortir de son abri pour aller la chercher.

Mike se tourna vers lui. « Tu ferais mieux de rester ici. » Il jeta un regard à Farid et aux deux jeunes Irakiens. « Garde un œil sur eux. »

Andy acquiesça. C'était logique. Il n'avait pas de fusil, et s'il en avait eu un, il aurait peut-être été plus dangereux qu'autre chose.

Plusieurs balles atteignirent le flanc de leur Cruiser. La foule rassemblée dehors s'impatientait devant les flammes qui refusaient de mourir et tirait indistinctement en direction des véhicules fumants.

Mike hocha la tête avec dégoût. « Putain, pas question de mourir dans cette ville de merde, marmonna-t-il. J'ai un tas de conneries plus importantes à faire. »

À cet instant, le jeune Amal s'éloigna à toute vitesse du soldat censé le surveiller mais désormais concentré sur l'ennemi qui menaçait d'avancer derrière les flammes moribondes.

« Hé ! cria Mike. Ce connard essaie de s'échapper ! »

Le Texan leva son arme pour faire feu sur le jeune homme qui parcourait la vingtaine de mètres à découvert jusqu'au portail. À la seconde où il appuya sur la détente, Andy détourna le canon d'un coup sec et les trois balles sifflèrent vers le ciel.

« Putain, mais t'es taré ? »

Amal n'essayait pas de leur échapper.

Le jeune homme se coucha à terre et souleva un nuage de poussière lorsqu'il rejoignit le cadavre du soldat britannique le plus proche – et le fusil du soldat. Le sol autour de lui explosa en ricochets de terre quand les insurgés repérèrent les mouvements au milieu de la cour. Amal attendit, étendu aussi immobile que possible derrière le corps du soldat, l'utilisant comme couverture à mesure que d'autres balles venaient s'y loger.

« Il va chercher les fusils. »

Mike ne répondit rien et regarda l'Irakien allongé, nerveux, l'arme serrée contre sa poitrine.

Les tirs diminuèrent un instant et Amal se retourna sur le ventre, prêt à bondir d'un instant à l'autre.

Mike s'agenouilla et mit le jeune homme en joue.

« C'est pas vrai ! Je te dis qu'il va chercher les armes ! cria Andy.

– La ferme ! Je lui donne un coup de main. »

Il tira en direction de la foule massée de l'autre côté du camion. L'un d'eux leva les mains au ciel et tomba ; les autres se couchèrent.

« Amal ! Viens ! *Yallah !* » hurla Andy en comprenant que Mike le couvrait.

Le jeune homme se redressa d'un bond et traversa les quelques mètres qui le séparaient du deuxième corps démembré ; il s'allongea à proximité et tendit la main vers le fusil.

Ce fut à cet instant que, faisant preuve d'une incroyable audace, les premiers hommes décidèrent de se frayer un chemin à travers les débris fumants et éparpillés pour entrer dans la cour qu'ils arrosèrent de tirs nourris.

Les soldats du lieutenant Carter et du sergent Bolton répliquèrent aussitôt, lâchant un feu croisé qui interrompit brutalement leur avancée. D'autres insurgés entrèrent à leur tour, s'accroupissant derrière les cadavres de leurs camarades pour s'abriter avant de tirer avec un sang-froid impressionnant.

Amal ne bougea pas, coincé entre les deux lignes de feu et les balles qui volaient à quelques centimètres de sa silhouette prostrée. L'échange dura une dizaine de secondes, suivi d'une pause de quelques instants, le temps pour les adversaires de recharger leurs armes.

Amal saisit sa chance, se releva, agrippa les deux SA80, et revint en courant vers la Land Cruiser.

« Oh, merde, dépêche-toi ! » cria Andy. Farid se joint à lui et hurla en arabe certainement les mêmes paroles.

La chance d'Amal dura sur presque tout le trajet mais une balle le fit chuter au sol, tirée par l'un des hommes qui s'étaient couchés et avaient réussi à s'introduire dans la cour. Il tomba en avant, atteint entre les épaules, et les deux fusils d'assaut rebondirent à ses côtés sur la terre.

Mike jeta le AK dans les mains d'Andy et se glissa derrière la Rover. Il parcourut environ 5 mètres en direction des précieuses armes : elles étaient à présent proches mais difficilement atteignables.

Les hommes du sergent Bolton se remirent à tirer. Ils parvenaient à maintenir au sol leurs assaillants. Malgré cela, certains d'entre eux franchissaient déjà la barrière de débris carbonisés et faisaient feu en direction des Américains, attirés par les mouvements soudains autour de la Rover.

Mike s'agenouilla et tendit la main vers les deux fusils. Il attrapa une première bandoulière qu'il passa à son épaule. Puis il saisit Amal par les deux mains.

Le jeune homme était léger et Mike le traîna sans ménagement sur le sol, comme un sac de couchage vide, tandis que les balles ricochaient autour d'eux.

Le sergent Bolton s'adressait au lieutenant Carter sur la fréquence radio des officiers.

« Mon lieutenant, il faut absolument qu'on fasse reculer ces connards...

– Oui, je sais », grésilla la voix de Carter à l'autre bout.

Bolton avait compté environ six hommes à s'être introduits dans la cour et à avoir trouvé des positions intouchables parmi les débris. De là, deux cons parvenaient sans mal à maintenir une brèche ouverte pour le reste de la foule. Il les respectait, bien malgré lui. C'était des combattants aguerris qui s'étaient sûrement fait les dents en Afghanistan : le noyau dur qu'on trouvait toujours au centre de chaque émeute villageoise. Ils étaient prêts à mourir. Ils voulaient même mourir. D'après son expérience, une telle mentalité et une telle aspiration à la mort étaient aussi dangereuses que les armes les plus sophistiquées qu'on pouvait leur opposer.

La foule gagnait en confiance et des hommes passaient le portail, protégés par les tirs de ces quelques connards bien entraînés. Bolton décida qu'ils ne pouvaient plus attendre davantage. Cet instant précis allait déterminer l'avantage d'un camp sur l'autre. Il fallait qu'ils portent un coup puissant sur-le-champ et qu'ils délogent leurs adversaires de la cour avant de se retrouver envahis et en sous-nombre.

« Bon, les gars, dit-il en se tournant vers les six hommes qui se protégeaient derrière les deux Rover encore intactes. Il faut qu'on vire ces pouilleux ou alors... »

Ou alors, ce sera terminé en une minute à peine.

« Ou alors on risque de se faire botter le cul. »

L'un des soldats, Lamby, fit un signe de tête en direction des ennemis qui leur faisaient face.

« Et comment on va faire ? Ils ont pris une putain de bonne position.

– Si on reste assis là, ils garderont leur bonne position, répliqua Bolton en souriant. Mais si on les prend par surprise et qu'on les charge, ils fuiront comme des lapins. »

Il en doutait fort, pour être honnête. Il appuya sur le bouton de sa radio. « Mon lieutenant, on va entreprendre une charge pour buter ces connards. »

La réponse du lieutenant Carter fut hésitante.

« D'accord, dans ce cas, on vous fournit un tir de couverture, sergent. Donnez-moi le signal et on s'efforcera de les maintenir au sol.

– Bien, mon lieutenant, répondit-il en rechargeant son arme avant de se tourner vers ses hommes. Vérifiez bien vos munitions, les gars. À mon commandement, on fonce et on met une raclée à ces sous-merdes. Les autres nous couvrent. Vous êtes prêts ? »

Les six soldats acquiescèrent ensemble et s'accroupirent, prêts à s'élancer.

Bolton sourit.

De bons gars, tous autant qu'ils étaient.

« Allez, c'est parti. »

Il parla dans son émetteur.

« Mon lieutenant, on est prêts.

– On vous couvre.

– On y va à *un*, mon lieutenant.

– Compris. »

Bolton annonça son compte à rebours d'une voix forte : « Trois... deux... UN ! »

Il émergea de derrière les Rover, le fusil à la hanche et, sans une seconde d'hésitation, les six hommes lui emboîtèrent le pas. Au même instant, les soldats du lieutenant Carter ouvrirent le feu en direction des miliciens qui se couchèrent au sol sous une pluie d'étincelles.

Le sergent Bolton se mit à rire, hors d'haleine, en criant une série d'encouragements à ses hommes. Ils parcoururent une dizaine de mètres à découvert sous les balles imprécises de la foule massée de l'autre côté du portail.

Ils atteignirent les restes fumants de ce qui avait été un camion quelques instants plus tôt ; les insurgés qui s'y cachaient furent surpris et levèrent la tête vers les visages hurlants et enragés des soldats britanniques, ayant à peine le temps de lever le canon de leurs AK en contre-attaque.

Bolton se retrouva face à un vieillard qui avait certainement l'âge d'être son grand-père. Son visage bronzé était strié de belles pattes-d'oie et encadré d'une barbe poivre et sel, ses grands yeux bleus écarquillés de stupéfaction. En appuyant sur la détente, il se surprit à lui trouver une ressemblance, dans le feu de l'action, avec le Père Noël.

Sa section maîtrisa rapidement le groupe d'insurgés, tirant sans ménagement sur les corps allongés face contre terre. Il en vit un jeter son arme comme si elle avait été brûlante et lever les bras au ciel. Mais le soldat qui le surplombait prit la décision d'ignorer son geste et lui tira une douzaine de balles dans le torse et la tête.

Bolton marqua son approbation d'un hochement de tête, ce n'était pas le genre de combat où l'on faisait des prisonniers.

Profitant de ce retournement de situation, le lieutenant Carter fit sortir ses hommes derrière les palettes empilées pour s'avancer en pleine zone de tir. Ils émirent une série de décharges en direction de la foule qui commençait à avancer pour reconquérir leur position dans la cour. Lorsque les premiers tombèrent, les autres reculèrent et, en quelques secondes, les soldats de Carter les repoussèrent sur le trottoir devant le portail où un vent de panique parcourut la foule. Elle renonça, puis se dispersa. Les habitants tournèrent les talons et repartirent s'abriter dans les bâtiments et les jardins protégés à l'extrémité du boulevard. Le sol autour du portail était jonché de cadavres. Seuls quelques corps bougeaient encore.

Le lieutenant Carter agita les bras. « Parfait, cessez le feu ! » cria-t-il. Il savait que sa section était très remontée, mais ils devaient économiser un maximum de munitions.

Il fit volte-face pour regarder le sergent Bolton, d'abord pour le féliciter d'avoir eu le culot de charger, puis pour ordonner que le portail soit scellé, d'une manière ou d'une autre. L'obstacle serait suffisant, pour l'instant.

Il aperçut Bolton, debout au milieu des décombres, les deux mains sur son bassin. Il baissait les yeux vers une tache sombre dans son uniforme déchiré.

« Et merde », grogna Bolton avec colère avant de tomber à genoux.

21

8h55

Université d'East Anglia, Norwich

Ash enjamba en silence le cadavre d'Alison Derby. Le sang qui avait jailli de sa carotide la nuit dernière formait à présent une mare d'un liquide brun gélatineux qui avait séché sur le lino. Elle était morte deux minutes après qu'il eut inséré la lame étroite de son couteau dans sa gorge. Elle avait perdu connaissance au bout d'une minute, à peine. Il ne pouvait se permettre d'être déconcentré par ses gémissements et ses mouvements incessants.

Dommage. Elle s'était montrée aimable, courtoise et serviable.

Mais il avait besoin que l'appartement soit silencieux, pour pouvoir entendre Leona Sutherland monter les escaliers et approcher derrière la porte. Il avait attendu toute la nuit, assis sur un tabouret de la cuisine. Dans l'obscurité, il avait patienté. Après minuit, il lui parut évident que la jeune fille passait la nuit chez son petit ami. Mais il ne pouvait se permettre de dormir, au cas où elle reviendrait.

Il avait les heures sombres de la nuit pour lui tout seul, pour mettre de l'ordre dans ses idées.

On aurait pu refermer la porte derrière la fillette, à l'instant où elle était entrée. J'aurais pu l'achever sur place.

Mais non, cela aurait été imprudent et inutile. Se débarrasser d'un cadavre dans un hôtel de luxe au beau milieu de Manhattan se serait révélé difficile. Et pourtant, elle les avait vus, et c'était dangereux : trois des Douze. Pire encore, elle les avait vus tous les trois dans la même pièce.

Il s'agenouilla près d'Alison Derby et contempla son visage déjà gris, ses lèvres d'un bleu violacé, ses yeux ouverts et vides, comme perdus dans le vague. Ash pouvait tuer une fillette de 10 ans aussi facilement qu'une ado de 18. La fin justifiait toujours les moyens. Et il l'avait peut-être aussi fait par bonté : les semaines à venir allaient être apocalyptiques. Une jeune fille comme Alison, sans connaissance aucune des événements à venir, sans stocks de nourriture ni d'eau... condamnée à vivre comme une femme des cavernes, à la merci d'une forme extrême de darwinisme... Elle n'aurait pas fait long feu. Elle aurait fait partie de ceux qui ne s'en seraient pas sortis.

Ash passa plusieurs heures à avouer à Alison tout ce qu'il savait du *plan*, et pourquoi ils le mettaient en application. Pourquoi il fallait le faire. Puis il parla de lui. Il raconta à quel point il se sentait seul à force de vivre dans l'ombre et de changer de nom en permanence.

C'était une auditrice modèle. Les morts l'étaient toujours.

L'aube arriva vite, un ciel clair, un soleil puissant, et Ash écouta le campus se réveiller peu à peu, les bruits s'immiscer par la fenêtre ouverte de la cuisine ; un radio-réveil qui s'allumait, une bouilloire qui sifflait, le rire et le dialogue de deux filles à l'étage du dessus, les basses d'un morceau de danse émergeant d'une chaîne hi-fi.

Et il entendit un bruit de pas dans les escaliers, dehors. Ce pouvait être elle, ce pouvait être quelqu'un d'autre. Quoi qu'il en soit, il devait se préparer à la tirer à l'intérieur et à s'occuper de cette personne à la seconde où la porte s'ouvrirait.

Leona monta les escaliers jusqu'au deuxième étage de son immeuble, envahie d'inquiétude et de pensées brouillonnes. Depuis l'étage supérieur, elle percevait la ligne de basse d'une stéréo qui faisait trembler la cage d'escalier.

Tout le monde vaquait tranquillement à ses occupations.

... Ça prendra les gens par surprise, personne ne saura ce qui vient de se passer jusqu'à ce que des soldats patrouillent soudain autour de chaque station-service et devant chaque magasin et petite épicerie...

Les mots de son père la firent frissonner.

... il ne faut pas être parmi les derniers à réagir...

« Et merde, il faut absolument que je rentre à la maison », marmonna-t-elle.

Mais elle devait récupérer quelques affaires avant : des vêtements, les clés de la maison, son iPod. Et elle devait voir à quelle heure partait le prochain train pour Liverpool Street. Elle sortit son jeu de clés et trouva celle de leur appartement, en espérant qu'Alison aurait mis de l'eau à chauffer pour qu'elle puisse boire un thé en vitesse avant de faire ses bagages.

Sa colocataire exigerait de savoir pourquoi elle rentrait chez elle comme ça, au lieu de rester avec elle pour la semaine de révision comme elle le lui avait promis. Leona n'était pas sûre d'être prête à lui sortir une phrase du style : « Oh, je rentre parce que mon père dit que la fin du monde est proche. Il est au courant de ce genre de truc. » Mais Alison était plutôt sympa. Elle était cool, contrairement aux quatre autres filles qui partageaient l'appartement et qui passaient leur temps à parler d'émissions comme *Big Brother*.

Elle s'apprêtait à insérer la clé dans la serrure quand son portable se mit à sonner.

22

8 h 57 GMT

Université d'East Anglia, Norwich

Elle sursauta.

Le numéro affiché sur l'écran était à nouveau celui de son père.

« Papa, ça va ? On aurait dit que tu...

– Leona, écoute-moi bien. Je n'ai plus beaucoup de batterie. Je...

– Papa, j'étais inquiète pour...

– Écoute-moi ! »

Elle se tut.

« Ne rentre surtout pas à la maison. C'est dangereux. Tu as bien compris ?

– Quoi ? Mais pourquoi ?

– Je n'ai pas le temps de t'expliquer. C'est la folie, ici, mon téléphone risque de couper. Écoute, je me trompe peut-être. Sûrement, d'ailleurs, mais au cas où... Va chercher Jake, achète de l'eau et des vivres, tu sais quoi prendre. Des boîtes de conserve. Et va chez Jill. »

Jill était une amie de leur mère, elle vivait seule à trois maisons sur le trottoir d'en face, dans leur petite rue bordée d'arbres.

« Chez Jill ? Pourquoi ?

– Fais ce que je te dis, d'accord. Ne va surtout pas à la maison. Va chez Jill.

– Mais pourquoi ?

– Je n'ai pas le temps. Tu es où, là ?

– Je rentre à mon appart pour récupérer des trucs...

– Oh, c'est pas vrai ! Leona, mais barre-toi de là tout de suite.

– Quoi ?

– S'il te plaît, fais-moi plaisir et pars immédiatement.

– Papa ? Qu'est-ce qui se passe ? Tu me fais peur.

– Leona. Pars immédiatement ! »

La communication fut coupée.

Les yeux rivés sur la porte, elle se sentit soudain très inquiète à l'idée de ce qui pouvait se trouver à l'intérieur. Sa clé était restée suspendue dans l'air à quelques centimètres de la serrure quand son téléphone avait sonné. Elle était dans la même position. Aucune ambiguïté : son père lui avait dit : « barre-toi de là tout de suite ». S'il avait tourné la phrase autrement, s'il l'avait prononcée d'un ton impérial et ennuyé, d'une voix snob et irritante, ou encore de cette façon si particulière et gentillette, « fais-le pour moi je t'en prie », elle aurait décidé de l'ignorer.

Mais il l'avait dit sur le ton qu'il fallait pour la faire flipper jusqu'aux os.

Leona replaça la clé dans sa poche, fit demi-tour aussi vite qu'elle put et redescendit l'escalier jusqu'à l'entrée de l'immeuble.

Il était encore étendu sur le lit, comme mort, dans les bras de Morphée.

Elle traversa la chambre et s'agenouilla près de lui. « Dan. Réveille-toi, Dan », murmura-t-elle.

Il remua presque aussitôt, s'étira et émit un bâillement étranglé avant de frotter ses grands yeux bleus du dos de sa main.

Des yeux de bébé.

Leona devait lui demander un service. Il fallait qu'elle tente le coup. D'un pas rapide, elle s'était rendue en centre-ville et avait patienté dans la file du Virgin pour acheter un billet, pour s'entendre dire qu'aucun train ne circulait plus vers Londres, pour une raison inconnue. Même chose au guichet d'Express Coaches. Oh, mon Dieu, elle détestait être obligée de lui demander un tel service, vu qu'ils n'étaient en couple que depuis... à peine vingt-quatre heures. Enfin non, ils n'étaient même pas encore officiellement en couple. Ils cherchaient à prendre leurs marques.

« Dan ?

– Ouais, marmonna-t-il d'une voix endormie en tendant la main pour lui attraper délicatement le menton dans sa paume. Demande-moi ce que tu veux, *baby*.

– Dan, j'ai besoin d'un service. Un gros service. »

Et merde, voilà. S'il dit non, tu ne pourras pas lui en vouloir.

« Tu pourrais me conduire jusqu'à Londres ? » lâcha-t-elle avec une grimace en attendant sa réponse. C'était vraiment injuste de lui demander ça et elle se sentait égoïste, une pauvre fille dans le besoin...

« Bien sûr », répondit-il d'une voix encore ensommeillée.

Ils roulèrent en silence au cours de la première demi-heure, la musique explosant dans les enceintes bon marché de sa camionnette. Leona n'écoutait pas vraiment. Elle se demandait comment lui expliquer ce besoin soudain et désespéré de rentrer chez elle, sans avoir l'air d'une flippée de l'apocalypse comme son père.

Daniel conduisait avec bonne humeur, hochant la tête en rythme avec la musique, avançant sur la file des véhicules lents au volant de la camionnette, une Ford antique et rouillée que lui avait donnée sa mère, luttant avec détermination pour atteindre les 100 km/heure.

À l'embranchement entre les autoroutes A11 et M11, ils parvinrent contre toute attente à doubler un convoi de camions de l'armée. Daniel en compta vingt, tous pleins à craquer de soldats dont certains repérèrent Leona sur le siège passager et lui firent signe de la main, ou sourirent en lui adressant des gestes suggestifs et vulgaires. Elle garda les yeux sur la route, résolue à les ignorer.

Ce ne fut qu'en atteignant la M25 et la banlieue de Londres que Daniel se rendit compte qu'il ne lui avait rien demandé. Il baissa la musique.

« Mais pourquoi on va à Londres, au fait ? »

Leona soupira. « Dan, tu vas me prendre pour une folle. »

Bon, se demanda-t-elle, *par où commencer ?*

« Tu as regardé les infos récemment ? »

Daniel hocha la tête et afficha un sourire idiot. « Euh... pas récemment, non. Y a que des histoires de vieux ministres laids qui se tapent des stagiaires et qui perdent un tas d'argent, non ? »

Leona ignora la plaisanterie. « Bon, pour avoir une idée, dis-moi quand est-ce que tu as entendu les infos pour la dernière fois. »

Il garda le silence un moment, cogitant avec intensité. « Quand je suis rentré chez moi, je crois. » Il fit la moue et compta en silence.

« Ouais, il y a... cinq semaines environ, j'ai regardé un peu les infos.

– Eh ben... ça pourrait être la fin du monde que tu n'en aurais pas la moindre idée, hein ? »

Daniel réfléchit avant de la regarder, le sourire encore aux lèvres. « C'est le cas ? »

Leona haussa les épaules. « Je ne sais pas. Vraiment pas. »

Le dernier morceau du CD toucha à sa fin et Daniel tendit la main pour le relancer.

« On peut mettre la radio ?

– Bien sûr. Si c'est la fin du monde, autant le savoir, n'est-ce pas ? »

Ils arrivèrent au milieu d'une circulation plus dense qui se dirigeait vers le nord de Londres. Leona passa d'une radio à l'autre, égrenant les stations urbaines qui diffusaient du R & B sans se préoccuper le moins du monde de la situation actuelle. Ils écoutèrent plusieurs reportages sur Radio 1, puis elle passa sur Radio 4, qu'elle n'écouterait d'habitude pour rien au monde, mais aujourd'hui tout était différent. Des experts intervenaient avec grande solennité sur la crise mondiale actuelle et, plus spécifiquement, sur le discours attendu du Premier ministre prévu à l'heure du déjeuner.

Le sens de l'orientation de Leona laissait à désirer et ils eurent du mal à trouver la bonne sortie de la M25 pour prendre la direction de North Finchley où se trouvait l'école privée de Jake, tournant plusieurs fois sur le périphérique avant de trouver leur chemin.

« Bon, alors... on va avoir des coupures d'électricité ou des trucs de ce genre ? demanda Daniel après avoir écouté l'échange entre deux invités du programme.

– Ouais. Je crois que c'est ce qui va se passer. »

Daniel haussa les épaules. « Oh, ça va. C'est pas si terrible, quoi. Je croyais qu'on allait... »

Elle le regarda d'un air abasourdi. « Tu déconnes ? »

Ménage-le. Dan n'a pas subi de cours intensifs de paranoïa pendant cinq ans d'affilée comme toi.

« Euh, non, je ne déconne pas. Si ?

– Dan, être privé d'électricité, c'est une chose. Mais tu sais ce que ça implique d'autre ? Comme être à court de pétrole ? »

Il réfléchit un instant. « Les hôpitaux et le reste ? Merde, même la fac serait obligée de fermer, non ? »

Elle fit un geste en direction d'un panneau. « Là, à gauche au feu. Ça nous mènera vers le sud en direction de North Finchley. Non, ça veut dire bien plus que la fac. Mon Dieu, c'est bien plus grave que ça.

– Comment ça ?

– Plus de pétrole, c'est bien plus qu'une pénurie d'essence pour ta voiture, ou d'électricité pour... pour ton ampli de guitare. »

Elle se rendit soudain compte qu'elle parlait à présent comme son père. Même son accent habituellement indétectable se faisait plus prononcé.

« Dan. Ça veut dire plus de nourriture, plus d'eau...

– Hein ? Plus de nourriture ? Plus d'eau ? Mais pourquoi ? Il pleut toujours comme vache qui pisse, en Angleterre, il y a de la flotte partout ! Et de la nourriture, y en a plein dans le coin.

– Ah, ouais ?

– Ouais. Regarde, c'est plein de fermes et de champs, dès qu'on arrive dans la campagne. C'est bien de la nourriture, non ?

– Certains champs, c'est de la nourriture. Mais ce n'est pas assez. »

Daniel éclata de rire. « C'est quoi, ces conneries ? Quelques émeutes éclatent à l'autre bout du monde et tout à coup, tu me dis qu'on va tous crever de faim ici ? »

Leona ne répondit rien et le dévisagea.

Daniel rit encore puis se tourna vers elle. Son sourire s'évanouit aussitôt lorsqu'il croisa son regard intense.

« Oh, allez...

– Daniel, mon père est ingénieur pétrolier. Et au cours de ces dernières années, tu sais quoi ? Son seul sujet de conversation, c'était à propos du jour où le pétrole s'arrêterait de couler. Au début, c'était un peu effrayant. Il nous racontait des trucs... Comme la facilité avec laquelle la société se démantèlerait, ce qui pourrait déclencher ce phénomène... tous les signes avant-coureurs. Il était tellement parano, Dan. Il nous racontait toutes ces conneries et nous disait de garder tout ça pour nous. »

Leona rit à son tour. « Comme si j'allais en parler au cours d'une soirée avec mes potes. Il était si secret à ce sujet, il... »

Ce sera juste un petit secret idiot entre toi et moi. C'était juste une bande de vieux hommes d'affaires ennuyeux...

« Bref, c'est vite devenu chiant. Et ces deux dernières années, je commençais à penser que mon père était un vrai con de parano. »

Par la fenêtre, elle regarda la rue où une immense file de voitures avançait au pas dégageant une fumée d'échappement qui scintillait dans la chaleur matinale, où des piétons marchaient sans se préoccuper du monde autour d'eux, profitant des rayons du soleil, où les vitrines de chaque côté de la chaussée regorgeaient de produits à des prix défiant toute concurrence... Derrière la vitre d'un magasin de fournitures électroniques, plusieurs écrans plats diffusaient des images des mêmes camions énormes qui faisaient la course sur une piste en terre.

« Et ce matin, je me suis rendu compte après tout ce temps que... que ce n'était peut-être pas le cas. »

23

9h41 GMT

Manchester

Le répartiteur des taxis la regarda, une expression d'incrédulité s'affichant peu à peu sur son visage.

« Oui, c'est ça, répliqua Jenny. Pour Londres. C'est combien ? »

Il hocha la tête. « Vous vous foutez de moi. »

Jenny poussa un soupir. « Je ne me fous pas de vous. Il faut absolument que je rentre chez moi. Allez, combien ? »

Le répartiteur lui montra la rue derrière la fenêtre qui menait à la gare de Whitworth Station.

« Prenez le train, madame.

– Je ne peux pas prendre le train, parce que ces satanés trains ne roulent plus sans qu'on sache pourquoi. »

Un client qui patientait derrière Jenny s'avança. « Ouais, j'ai entendu ça, moi aussi, dit-il en s'accoudant au guichet à côté de Jenny. Visiblement, ils ont reçu des menaces terroristes ce matin. C'est la rumeur que j'ai entendue circuler, une alerte à la bombe. »

Jenny se tourna vers le répartiteur.

« Vous voyez ? C'est pour ça que j'ai besoin d'un taxi. Vous savez que les bus ne roulent plus non plus ?

– Et les aéroports sont bloqués, ajouta l'homme à ses côtés. Il y a des alertes de tous les côtés, on dirait. Des tanks roulaient aux abords d'Heathrow, paraît-il. »

Le répartiteur hocha de nouveau la tête.

« Peu importe. On ne fait que des trajets locaux, madame.

– Très bien, lança Jenny en plongeant la main dans son sac pour sortir son portefeuille. Vous voulez combien ? Deux cents ?

– Non, écoutez, ma belle, on ne peut pas vous emmener à Londres.

– Et cinq cents livres, ça ferait l'affaire ? » demanda l'autre homme.

Le répartiteur le dévisagea en fronçant les sourcils, sceptique.

« Vous êtes prêts à payer cinq cents livres ?

– Ouais, j'ai un rendez-vous cet après-midi, je ne peux pas me permettre de le rater. Je vous donne cinq cents. »

Le répartiteur se gratta le crâne. « Bon, bon, c'est votre argent. Je vais voir si j'ai un volontaire. » Il se mit à parler à la radio.

Jenny fit face à l'homme. « Ce serait possible de partager le taxi ? J'en paierai la moitié. »

Grand et mince, l'homme vêtu d'un costume bleu foncé se tourna vers elle, sa veste soigneusement pliée sur un bras, le bouton supérieur de sa chemise rayée défait. Elle lui donnait la trentaine avec ses cheveux courts et bruns, ses lunettes qui faisaient bon marché. Jenny l'imaginait parfaitement dans une salle des profs, un mug de café dans une main, un beignet dans l'autre, ou bien debout devant un tableau, brandissant un marqueur dans une agence de pub quelconque.

Il fit la moue en soupesant la proposition.

« Je veux être déposé à Clapham. Je ne suis pas sûr que...

– C'est parfait, s'empressa-t-elle de répondre. Tant qu'il y a une station de métro dans le coin. Je peux aller où je veux depuis Clapham. »

Il pencha la tête. « Bon, alors si vous payez la moitié, ça me va. »

Jenny ressentit une vague de soulagement la submerger.

« Oui, je paierai. Merci, je commençais à me demander si je n'allais pas être obligée de rentrer à pied, ajouta-t-elle avec un rire nerveux.

– Vous êtes pressée, vous aussi ?

– Je dois juste... eh bien, vu les événements actuels, je veux être à la maison. »

Il sembla perplexe.

« Comment ça, les événements ?

– Vous savez. Les infos. Les émeutes.

– Les émeutes ? Vous voulez dire les trucs qui se passent au Moyen-Orient ? »

Elle acquiesça.

« Oh, d'accord. Oui, c'est un peu inquiétant, surtout si on commence à avoir des alertes à la bombe jusqu'ici. Voyager de nos jours, c'est un casse-tête. Mais vous savez, avec un peu de chance, il n'y paraîtra plus demain. Les choses seront rentrées dans l'ordre. »

Le répartiteur remercia le chauffeur à l'autre bout de la ligne et se tourna vers eux.

« Ouais, bon, j'ai un chauffeur qui vous prendra en fin de matinée. Mais il veut les cinq cents en liquide, et il veut les voir avant de vous laisser monter à bord.

– Oh, mon Dieu, merci ! soupira Jenny, soulagée. Merci. »

Le répartiteur haussa les épaules. « C'est votre fric, madame. Moi, j'aurais préféré m'en servir pour prendre une belle chambre d'hôtel et retenter le coup à la gare demain matin. »

À la gare, demain ? Vous croyez que les trains circuleront demain ?

Elle se demanda si elle pouvait se permettre de dire ça tout haut. Mais elle ne voulait pas effrayer l'homme debout à ses côtés ni passer pour une folle.

« Je suis très pressée, c'est tout, d'accord ? » dit-elle.

24

9h45 GMT

Université d'East Anglia, Norwich

Il écouta la communication se mettre en place, puis une courte sonnerie électronique résonna tandis que le système d'encryptage s'enclenchait. Puis une voix répondit, masquée par un second filtre.

« Oui.

– J'avais presque la cible en main. Mais quelqu'un l'a prévenue au dernier moment.

– Oui, nous sommes au courant. Elle a reçu un appel de son père. Il nous soupçonne d'être à ses trousses.

– Ce qui complique les choses.

– Effectivement. Le père lui a demandé de se rendre dans un autre lieu. Qu'il a appelé "chez Jill".

– Chez Jill ?

– C'est sans aucun doute un membre de la famille ou une amie proche. La cible se sera relocalisée là-bas.

– Y a-t-il eu d'autres détails ?

– Non. Juste ce nom. Jill.

– Y aura-t-il quelque chose, chez la cible, qui nous permettrait d'identifier cette Jill ?

– Nous le pensons, oui.

– Compris.

– Agissez vite. Les choses vont commencer à dégénérer et vous risquez de la perdre. »

La communication fut coupée.

Ash remit son téléphone dans sa poche et jeta un dernier regard dans la pièce. Il avait été tenté d'y mettre le feu pour couvrir ses traces. Le corps de la fille serait découvert et un bon médecin légiste en conclurait qu'elle était morte avant l'incendie. Dans des circonstances habituelles, ce serait la tactique la plus raisonnable. Mais compte tenu de la situation d'ici quelques jours, il était certain que la police ne prendrait pas la peine de le suivre à la trace.

Les flics seraient bien trop occupés pour perdre leur temps avec une étudiante décédée.

Lorsqu'il sortit sur le palier, un jeune homme passa devant lui, jetant un regard suspect dans sa direction avant de descendre les escaliers.

Ash savait que son apparence était incongrue. Il faisait tache dans cet environnement : trop vieux, trop élégant, pas du tout la dégaine d'un étudiant, il n'avait rien à faire ici. Le jeune homme parlerait sûrement à quelqu'un ce matin, et on viendrait frapper à la porte de l'appartement pour s'assurer que tout allait bien.

Il laissa pourtant partir le jeune homme.

Là encore, qu'une trace subsiste derrière lui ne préoccupait plus Ash. Sa priorité était de comprendre où se dirigeait Leona Sutherland.

Prochain arrêt : la maison des Sutherland à Shepherd's Bush. Il en connaissait l'adresse par cœur, St Stephen's Avenue, au numéro 25. Il l'y trouverait peut-être, si elle était suffisamment idiote pour passer y chercher des vêtements de rechange.

25

11 h 37 GMT

North Finchley, Londres

Leona reconnut instantanément l'allée de graviers bordée d'arbres qui menait au bâtiment principal de l'école, une structure imposante, en pierre, construite au temps jadis, au beau milieu de collines verdoyantes mais qui se trouvait désormais encerclée par les banlieues pavillonnaires. De grands conifères centenaires bloquaient la vue au monde extérieur et protégeaient les quelque cinq hectares de pelouse impeccable, de terrains de sport et de courts de tennis.

Leona y était venue plusieurs fois avec son père pour déposer Jake. La rentrée avait toujours lieu une semaine ou deux avant celle de l'université, et Jake suppliait souvent Leona de l'accompagner. Elle n'était pas sûre d'en comprendre la raison : voulait-il passer autant de temps que possible avec elle, ou aimait-il exhiber sa grande sœur aux gamins boutonneux et lubriques des classes supérieures ?

« Waouh, lança Daniel. On se croirait dans un film de Harry Potter.

– Ouais, c'est superchert », répliqua-t-elle en regardant par la fenêtre de la camionnette le court de tennis à leur gauche où des garçons frappaient chacun leur tour la balle par-dessus le filet.

L'entraîneur jeta un œil désapprobateur à la camionnette sale qui toussait et grinçait sur l'allée de graviers.

« T'es sûre qu'on a le droit d'être ici ? Enfin, les cours ont commencé, on serait pas en infraction ? »

Leona haussa les épaules. « M'en fous. Mon père m'a demandé de venir chercher Jake. »

Daniel se gara sur une place de parking réservée aux visiteurs, près de l'entrée monumentale abritée sous un portique majestueux soutenu par deux piliers en pierre. La dernière fois qu'elle avait vu Jake remontait à six semaines, quand elle avait aidé son père à traîner la lourde malle sous ce portique et dans l'escalier. Le petit singe adorable avait fait de son mieux pour avoir l'air cool devant les autres garçons qui arrivaient dans d'énormes 4 × 4 de ville. Elle savait qu'il contenait ses larmes et qu'il se laisserait aller quand leur père déposerait la malle au pied de son lit dans le dortoir et le serrerait encore une fois dans ses bras avant de partir.

Leur mère ne les accompagnait jamais quand il fallait reconduire Jake à l'école. Elle aurait sangloté, reniflé, elle se serait flagellée pendant tout le trajet depuis Shepherd's Bush, puis elle aurait collé la honte à Jake quand serait venue l'heure des embrassades et des au revoir. Quelle ironie ! C'était leur mère qui s'était efforcée de le faire inscrire à cette école, mais elle était totalement incapable de l'y envoyer à chaque début de semestre.

« Bon, et maintenant ?

– Je vais entrer et aller voir son surveillant général », répondit-elle.

Elle se tourna pour observer Daniel, vêtu d'un jean troué et de son T-shirt FCUK. « Vaudrait mieux que tu restes ici, d'accord ? »

Daniel sourit avec soulagement. « Bien sûr. »

Elle demanda son chemin à un jeune garçon déconcerté et troublé qui était clairement en retard pour son cours. Le garçon ne pouvait s'empêcher de rougir en lui parlant, les yeux rivés sur le piercing qui ornait son nombril et que son jean taille basse ne parvenait pas à cacher. Elle finit par trouver le bureau du surveillant. Elle frappa et, entendant la réponse étouffée à l'intérieur, elle ouvrit la lourde porte en bois et entra.

Un homme en veste marron miteuse et en pantalon sombre taché de craie se tenait derrière un bureau en désordre et fouillait dans une pile de papiers.

« Oui ? grommela-t-il sans lever les yeux.

– Vous êtes bien M. North, le surveillant général ? »

M. North releva la tête et la regarda à deux fois.

« Excusez-moi, mais à qui ai-je l'honneur ?

– Leona Sutherland. Mon frère est dans votre dortoir.

– Euh, c'est vrai, oui, vous savez que les visites familiales sont limitées à certains week-ends, n'est-ce pas ?

– Bien sûr, oui. Mais je ne suis pas venue lui rendre visite.»

Il interrompit sa fouille.

«Alors, que puis-je faire pour vous?

– Je suis venue chercher Jacob pour le ramener à la maison.»

M. North fronça les sourcils. «Je n'ai pas été prévenu. Quand avez-vous arrangé cela avec l'administration? Je n'ai reçu aucune autorisation écrite de la part du directeur. Enfin, du moins je ne crois pas. Laissez-moi regarder dans mon bac à courrier.» Il se pencha sur son bureau et se mit à fouiller dans un autre bac, plein à ras bord de papiers et d'enveloppes encore scellées.

Leona se demanda si elle pouvait lui mentir: lui faire croire que la sortie avait été approuvée et qu'il avait dû perdre le document officiel.

«Il est possible que je n'aie pas vu le formulaire, continua-t-il avec une certaine nervosité, tandis qu'il triait la pile d'enveloppes en équilibre précaire. L'accord est peut-être quelque part dans ce tas. Quand est-ce que vos parents m'ont envoyé cette lettre?»

C'est la minute fatale... Eh merde, je n'ai jamais su mentir.

«Ils ne vous ont jamais écrit.»

M. North releva les yeux, le visage empreint d'une expression de perplexité momentanée.

«Ils ont décidé ce matin même de faire sortir Jake, et ils m'ont envoyé le chercher.»

Le surveillant fronça encore les sourcils et hocha la tête.

«Non. Je suis désolé. Ça ne marche pas comme ça. Il me faut une demande écrite des parents de l'élève ou de son tuteur, ainsi qu'une très bonne raison avant que nous puissions lui permettre de sortir en plein milieu du semestre.

– Ils ont une très bonne raison, monsieur North. Ils pensent tous les deux que la fin du monde approche.»

Bravo, ça a dû lui sembler complètement con.

M. North s'interrompit au-dessus de son bac à courrier et la dévisagea. «Les émeutes?»

Leona acquiesça.

Il contourna son bureau et fit quelques pas dans sa direction. «Vos parents ne sont pas les seuls.» Il baissa la voix.

«J'ai déjà eu deux appels de parents ce matin qui me demandaient l'autorisation de retirer leurs enfants.

– Et c'est possible?

– Seulement une fois que j'ai reçu une demande écrite et que le directeur a donné son accord.

– S'il vous plaît, il faut absolument que je récupère mon frère. »

Le surveillant la dévisagea en silence.

« Je regardais les informations, hier soir. La situation est inquiétante. On dirait bien que le monde s'est un peu affolé. Je me demande vraiment si cela va continuer aujourd'hui.

– Je ne sais pas. Mais mon père travaille dans le pétrole, et c'est lui qui panique.

– Pourquoi vos parents ne sont pas venus le chercher eux-mêmes ?

– Papa est coincé en Irak et maman, elle, est coincée à Manchester. Les trains et les bus ne circulent plus. »

M. North sembla surpris.

« Les trains et...

– Ils n'ont pas dit pourquoi. Alors il n'y a plus que moi, et il faut que je le récupère. »

Il acquiesça, plongé dans ses pensées. « Écoutez, je dois aller à mon cours, je suis déjà en retard. »

Leona fit un pas en avant. « Je vous en prie ! »

Il la regarda longuement, muet, son silence ponctué par le tic-tac de la pendule sur le manteau décoré de la cheminée victorienne.

« Votre père a peut-être raison. On voit très bien comment une telle chose pourrait se produire.

– Mon père pense que ça va être un vrai désastre.

– Je vois. »

Elle lui adressa un sourire blême.

« C'est pour ça que je dois récupérer mon frère.

– Hum. C'est vrai que ça semble inquiétant.

– S'il vous plaît, il doit venir avec moi, je suis très pressée. »

Il l'observa encore. « Je ne peux pas vous permettre de partir avec lui sans une demande et un accord écrits. Mais... je ne peux pas non plus vous en empêcher si je ne suis pas au courant, n'est-ce pas ? »

Elle comprit et le remercia d'un hochement de tête.

« Comment s'appelle votre frère ?

– Sutherland. Jacob Sutherland.

– Ah, oui, en CE1. Je crois que vous trouverez sa salle de classe dans le bâtiment C, c'est l'aile des langues vivantes.

– Merci, monsieur North.
– Allez le chercher. Et j'apprendrai son départ pendant notre appel de cet après-midi. Ce qui veut dire que vous et moi, nous ne nous sommes jamais vus, compris ? »
Elle acquiesça et s'apprêta à partir.
« Dites... l'interrompit-il alors qu'elle allait ouvrir la porte. Quel conseil votre père nous donnerait-il ici, à l'école ? Quel conseil me donnerait-il, à moi ? »
Leona fit demi-tour.
« Partez. Maintenant. Éloignez-vous de Londres avant que tout le monde se rende compte de la situation.
– Je vois.
– Au revoir. »
Puis, après réflexion : « Et bonne chance. »
Il lui adressa un sourire poli tandis qu'elle refermait la porte derrière elle.
Leona regarda à gauche, puis à droite le long du couloir lambrissé, puis elle convint qu'elle avait besoin de l'aide de Dan.

« Non, Leona, ça ne va pas. Je suis certain que c'est illégal.
– Non, c'est pas illégal, c'est mon frère. »
Elle tendit le cou pour jeter un œil par la petite fenêtre de la salle de classe. Elle aperçut un groupe de garçons qui semblaient à peine plus âgés que Jacob. « Merde, c'est pas là non plus. »
Daniel surveilla le couloir d'un regard méfiant.
« Mais si, c'est un enlèvement. Embarquer un mineur comme ça ?
– C'est pas un enlèvement, on l'emmène à la demande de mes parents. Viens. »
Elle lui fit un signe de la main et ils avancèrent jusqu'aux portes suivantes.
« Écoute, même si tu le trouves, ils ne t'autoriseront pas à le laisser sortir de classe. »
Elle s'immobilisa et le regarda avant de sourire.
« C'est un peu pour ça que je t'ai demandé de venir.
– Quoi ? Comment ça ?
– Si l'un des profs se met en travers de notre chemin...
– Quoi, tu veux que je l'éclate ?
– Bon, t'es pas obligé de lui mettre un coup de poing, mais tu pourras juste le repousser un peu. »

Daniel hocha la tête. « Écoute, Leona, je crois que j'ai été plutôt sympa jusqu'à présent, je t'ai amenée ici et... »

Elle le saisit par le poignet. « Je t'en supplie, Dan, juste un dernier service. Il faut que je le ramène à la maison. »

Il tendit les mains. « Parce qu'ici... il n'est pas en sécurité ? »

Elle l'attira vers la fenêtre suivante, jeta un regard et vit aussitôt que les élèves n'avaient pas l'âge de Jake.

« Regarde », lui dit-elle.

Dan haussa les épaules et s'exécuta. Les garçons portaient des écouteurs et répétaient en chœur des phrases en français.

« Quoi ?

– Tu as bien entendu ce qu'ils disaient à la radio ce matin. La circulation des trains et des bus a été interrompue, l'armée rentre au pays, les importations de pétrole ont cessé. Et eux, lança-t-elle en montrant la porte de la salle, ils s'entraînent encore à parler français. »

Ce qui sembla à Dan effectivement un peu idiot, présenté ainsi.

« Mon père a raison. Tout le monde reste là, la tête dans le sable. Exactement comme il l'avait prédit si... si un truc comme ça finissait par arriver », déclara-t-elle en essayant de parler à voix basse tandis qu'elle se sentait soudain gagnée par l'inquiétude et la colère.

Elle courut dans le couloir jusqu'à la dernière porte.

« Bon, dit-il en la suivant. Je fais ce dernier truc, puis je rentre à...

– Voilà Jake ! » siffla-t-elle.

Sans hésiter une seconde, elle attrapa la poignée et ouvrit la porte avec violence.

Les têtes de trente-sept élèves et du professeur, une femme qui semblait à peine plus jeune que sa mère, sc tournèrent pour les dévisager.

Le silence fut brisé par la professeur.

« Oui ?

– Jacob, lança Leona en l'ignorant. Il faut que tu viennes avec moi. »

Sous sa tignasse de boucles blondes et derrière ses lunettes en cul de bouteille, les yeux ronds de Jacob firent des allers-retours entre sa professeur et Leona tandis que sa mâchoire s'affaissait lentement.

«Je suis désolée, rétorqua la femme. Vous ne pouvez pas débarquer ici et emmener un de mes élèves.»

Leona persista à l'ignorer. Elle jeta un regard d'avertissement à Jake. «Maintenant!» aboya-t-elle.

Le garçon se leva avec obéissance.

«Tout va bien, Jacob, dit la professeur en lui faisant signe de se rasseoir. Reprends ta place comme un bon élève.

– Jake!» hurla Leona en frappant du poing une table à sa proximité.

Elle eut mal, mais elle attira l'attention de tous.

«Papa et maman veulent que tu rentres à la maison. Tout de suite!»

Il se leva une fois encore, incertain.

La femme s'avança vers Leona. «Vous êtes sa sœur?»

Leona acquiesça.

«Bon, il faut que vous sortiez de ma classe. Je suis en plein cours. Si ses parents veulent qu'il rentre, il faut qu'ils contactent directement le directeur.»

Leona se tourna vers elle et lui adressa la parole pour la première fois. «Il vient avec moi, déclara-t-elle d'une voix calme en faisant un signe de tête à Daniel, juste derrière elle. Et vous feriez mieux de ne pas vous mettre en travers de notre chemin, pigé?»

Daniel bomba le torse et tenta d'afficher une moue menaçante.

«Jake, ramène-toi illico!» cria Leona en faisant quelques pas dans sa direction. Daniel la suivit, gardant un œil méfiant sur la professeur et serra les poings en un geste qu'il espérait intimidant.

Jake obéit, se leva et se mit à ranger ses cahiers et ses stylos dans son sac à dos.

«Oh, c'est pas vrai, Jake, laisse tomber tout ça! Il faut qu'on s'en aille!»

Il sembla perplexe et reposa ses fournitures sur le bureau.

«Pourquoi on s'en va?

– Garde tes questions pour plus tard, d'accord? On est pressé.»

La femme s'agita.

«Et pourquoi cela? Vous pourriez au moins me dire pourquoi. Je ne peux pas le laisser partir sans savoir pourquoi...

– Parce que c'est la fin du monde, lança Daniel d'une voix mal assurée, ponctuée d'un haussement d'épaules.

– Comment ? » s'écria la femme en fronçant les sourcils, incrédule.

Leona attrapa la petite main de Jacob et se dirigea vers la porte avant de se retourner vers la professeur. « Il a raison. D'ici quelques jours, nous serons tous affamés et les gens vont perdre la tête et s'entretuer. Et vos élèves... lâcha-t-elle avec un geste en direction des garçons qui avaient observé son intrusion avec stupéfaction, mais sans broncher, vos élèves devraient tous rentrer chez eux avant qu'il soit trop tard. »

Leona fit sortir Jacob de la salle et Daniel recula après eux.

« Vous savez que je vais être obligée de prévenir la sécurité de l'école, cria la professeur. Et la police ! »

Dans le couloir, Leona se tourna vers Daniel. Elle tremblait.

« Oh, mon Dieu. On va avoir de sacrées emmerdes si mon père a tort. »

Jacob leva les yeux vers Daniel et le montra du doigt. « C'est qui ? C'est ton copain ? On va où ? »

Elle s'agenouilla devant lui. Il était petit pour son âge. « Jake, je t'expliquerai tout plus tard. Il faut vraiment qu'on rentre à la maison, d'accord ? »

Il cogita environ trois secondes puis acquiesça et fit un salut militaire. « Reçu cinq sur cinq. »

Soudain, une sonnerie assourdissante qui ressemblait à une alarme incendie retentit.

Daniel mit ses mains en porte-voix et cria : « On ferait mieux de courir ! »

26

12 h 30 GMT

Whitehall, Londres

Il regarda son reflet dans le miroir au-dessus du lavabo tandis qu'il se lavait les mains. Dans la lumière blafarde du petit spot au-dessus de lui, chaque crevasse, chaque bosse et chaque défaut de son visage se voyaient avec une évidence impitoyable.

Il se rendit compte qu'il exerçait un travail qui aurait convenu à un homme plus jeune. C'était l'arrogance et l'assurance de la jeunesse qui vous portaient à travers ce genre d'entreprise. Le doute, l'anticipation, les incursions dans tous ces recoins obscurs... ces habitudes débilitantes venaient avec la maturité... Bon Dieu, qui cherchait-il à berner... la vieillesse ?

Son passeport pouvait annoncer qu'il avait 45 ans mais les marques sur son visage laissaient apparaître un homme bien plus âgé. Les difficultés pour rester au mieux de ses capacités avaient laisse sur lui une empreinte indélébile. Et voilà qu'il y avait *cela*, à présent.

Il entendit un coup frappé à la porte des toilettes pour hommes.

« Ils vous attendent en salle de presse, monsieur le Premier ministre. »

Charles acquiesça. « Accordez-moi quelques minutes. »

Son secrétaire l'attendait devant la porte, il voyait les ombres jumelles de ses jambes qui interrompaient le rai de lumière au sol.

« Monsieur, nous manquons de temps. Votre discours a été reprogrammé pour 13 h 30 et on vous attend dans la salle pour vous maquiller et faire une dernière vérification d'éclairage. »

Mais bon sang...

« Je vous ai dit que j'arrivais dans une minute ! » cria-t-il avec irritation.

Les ombres jumelles s'agitèrent un instant puis disparurent.

Il s'aspergea le visage d'eau et laissa échapper un soupir épuisé. Plus qu'une heure, il fallait qu'il se décide sur ce qu'il allait annoncer.

À quel point dois-je être honnête ?

C'était la question.

Au cours de la nuit, la plupart des recommandations du dossier Cassandra avaient été discrètement mises en service. Les axes de transport national avaient été coupés. On prétextait au maximum la menace terroriste, tous les aéroports, les ports maritimes et les gares ferroviaires avaient été fermés. Mais cette couverture ne tiendrait pas longtemps.

Pendant la matinée, ils avaient procédé à la fermeture des autoroutes principales. Chaque barrage était justifié soit par un accident majeur, soit par un camion perdant son chargement sur les quatre-voies en simultané. Une fois encore, cela ne leur laissait que quelques heures. Ou, avec un peu de chance, jusqu'au lendemain matin.

La plupart des dépôts d'essence étaient surveillés par l'armée. Le pétrole qui circulait encore dans la chaîne de distribution – sur les navires et dans les stations plus importantes – devrait être réquisitionné mais ce serait une démarche trop évidente et ne pourrait être mise en place qu'au dernier moment.

L'astuce allait consister à ne pas effrayer la population. Le conseil de Malcolm avait été de pousser les gens à faire ce qu'ils faisaient habituellement, aussi longtemps qu'ils le pourraient. C'était son boulot, le boulot du Premier ministre, de maintenir tout le monde aussi heureux et calme que possible. Malcolm avait insinué que le rôle de Charles correspondait désormais à celui du quatuor sur le pont supérieur du *Titanic*.

Inspire-leur confiance autant que tu le pourras avec ton sourire rassurant et tes paroles d'encouragement.

Pendant ce temps-là, tant que le public pouvait être berné, il leur fallait rapatrier d'Irak tous les soldats qu'ils pouvaient et protéger leurs positions stratégiques dans les délais qu'il leur restait. Il fallait aussi qu'ils mettent la main sur un maximum de réserves de pétrole et de nourriture stockées dans les entrepôts et les terminaux pétroliers.

Il fallait faire ce qu'il faisait de mieux : mentir au public.

Le temps pressait.

Le blocage des moyens de transport allait être expliqué par une « menace à grande échelle encore non identifiée », repérée par les services secrets. Ce qui justifierait aussi l'intense circulation de véhicules militaires que les citoyens auraient sans aucun doute remarquée. On lui poserait des questions sur la situation qui s'envenimait au Moyen-Orient, on voudrait savoir si l'interruption de la production pétrolière dans cette région du monde avait un rapport quelconque avec ces mesures de « sécurité ».

Il lui faudrait alors prononcer le Grand Mensonge, et il avait plutôt intérêt à être convaincant.

« Non », marmonna Charles à voix haute en regardant son reflet, ses sourcils froncés, ses yeux soudain plissés, marque de l'expression très crédible d'inquiétude sincère qu'il adressait à son vis-à-vis dans le miroir. Il la compléta par un hochement de tête rassurant avant de poursuivre :

« Non, ce n'est rien d'autre que la mise en place d'un niveau de sécurité accru à l'échelle nationale. Nous possédons une réserve convenable de pétrole pour nous permettre de surmonter ces difficultés passagères. Nous sommes prêts depuis longtemps à d'éventuelles interruptions de production de pétrole, notamment dans une région instable comme le Moyen-Orient, et il n'y a aucune raison de paniquer. »

Son secrétaire était de retour et s'agitait à nouveau devant la porte, gêné. Charles l'imaginait, le poing levé flottant à quelques millimètres de la porte en bois, torturé à l'idée de frapper, mais sachant pertinemment qu'il le fallait.

« Tout va bien », cria Charles en desserrant sa cravate juste assez pour défaire le dernier bouton de sa chemise et afficher un air de « on-vient-juste-de-me-tirer-de-mon-bureau-pour-que-je-vous-explique-comment-je-prévois-de-résoudre-nos-problèmes ». Il retroussa ses manches pour faire bonne mesure. Tout était question d'apparence. Le ton de la voix, l'expression du visage, un air impeccable pour la situation. Il avait beaucoup appris en observant Tony Blair, un acteur doué en temps de crise.

Charles fit un signe de tête à son reflet. Il ressemblait à un homme qui avait travaillé toute la nuit mais qui avait désormais les choses bien en main.

« Je suis prêt. »

27

15 h 42, heure locale

Baïji, Irak

Mike baissa les yeux vers le cadavre du jeune homme.

Amal était mort très vite, une minute ou deux à peine après qu'il l'eut traîné à l'abri derrière la Land Cruiser. La balle qui l'avait jeté à terre avait réduit en miettes l'un de ses poumons. Amal était décédé en crachant du sang et en luttant désespérément pour respirer dans les bras de Mike. Son T-shirt, un maillot de Manchester United, était presque noir du sang qui coagulait déjà et séchait dans la chaleur de l'après-midi.

Mike engloutit une gorgée de sa bouteille d'eau. L'infirmier de la section avait fait circuler des bouteilles parmi les hommes une demi-heure plus tôt, et à présent que la situation s'était calmée, il se rendait compte à quel point il s'était déshydraté depuis le matin.

Farid était accroupi à l'ombre du véhicule à quelques pas de lui. Il ne disait rien et fixait le cadavre du jeune homme, mais Mike sentait que le vieux l'étudiait, lui aussi, et tirait des conclusions muettes à son sujet. Il était désagréable de se sentir ainsi jugé, jaugé même, et il décida de briser le silence.

« Si j'ai traîné son cul jusqu'ici, c'est parce qu'il avait nos putains de clés dans sa poche », grogna Mike.

Farid acquiesça sans mot dire.

« Il avait les clés dans sa poche et je ne voulais pas que ces connards mettent la main dessus », ajouta-t-il comme pour clarifier ses propos.

Farid leva enfin les yeux vers le Texan. « Mais tu as pas pris clés à Amal. »

Mike haussa les épaules.

« Clés encore dans sa poche.

– Je les prendrai quand je serai prêt et détendu. »

Les yeux de Farid se plissèrent. « Tu es pas allé le chercher pour clés. »

Mike leva les yeux au ciel d'un air épuisé.

« Bon, ça va, t'as gagné, d'accord ? Je ne suis pas allé le chercher pour récupérer les clés. T'es content ?

– Pourquoi ?

– Pourquoi est-ce que je suis allé le chercher ? »

Le vieil homme hocha la tête.

Mike ouvrit la bouche pour parler avant même de savoir la réponse qu'il allait formuler. « Merde, j'en sais rien. Peut-être parce que le gamin a eu assez de couilles pour courir vers les fusils pendant que nous autres, on restait là à sucer notre pouce comme des gonzesses. »

Il fallut un moment à l'Irakien pour comprendre ses paroles. « Tu es allé le chercher parce qu'Amal était courageux ? »

Mike haussa à nouveau les épaules. « Ouais, peut-être que oui, ça te va ? C'était sacrément couillu de sa part, au gamin. Et c'est pas de bol qu'il n'ait pas réussi à revenir. »

Farid sourit. « Allah sourit devant ton courage. »

Mike éclata de rire.

« Ah, ouais ? Si Allah m'a envoyé pour sauver le gamin, pourquoi est-ce qu'il a accepté qu'il meure ?

– Sa volonté. L'homme peut pas comprendre.

– C'est ça, je m'en doutais, c'est toujours le même raisonnement avec la religion. Des conneries, quoi.

– Pas conneries. Mais plus grand que notre compréhension.

– Ouais, mais c'est toujours cette rengaine merdique que nous servent les imams et les kamikazes. *C'est la volonté divine.* Qui sommes-nous pour la remettre en question, ou pour essayer de la comprendre ? Ça ouvre la porte à tout un tas d'abus, tu crois pas ?

– Oui. Les hommes mauvais font ça. Les imams qui enseignent la violence contre les autres. C'est mal. C'est *haram.* Comme les hommes qui tuent avec bombes, fusils... ou tanks, hélicoptères. Tuer au nom d'Allah, c'est pire péché de tous. »

Mike regarda le vieil homme avec surprise.

« C'est la première fois que j'entends l'un d'entre vous dire ça.

– On est beaucoup à dire ça. Mais les images de nos frères qui brûlent drapeau américain, qui tirent en l'air, les pécheurs qui appellent au jihad, qui crient à la guerre et à la mort, c'est ça qu'ils montrent à la télé, hein ? »

L'Américain fit la moue.

« Peut-être.

– Coran enseigne la paix avant tout. »

Andy s'accroupit contre le mur un peu plus loin et essaya de recomposer le numéro de Leona, mais l'écran de son téléphone clignota à mi-chemin. Et voilà, cette saloperie s'était éteinte. Il le remit dans sa poche et jura tout bas.

Il ne savait pas si Leona avait vraiment compris qu'elle ne devait pas rentrer à la maison. Il le lui avait dit, oui, mais s'ils avaient pu avoir quelques secondes de plus pour discuter, il lui aurait expliqué pourquoi.

Ils l'observaient. Il s'en était douté, mais n'avait jamais réussi à se convaincre qu'ils – peu importait qui *ils* étaient – se donneraient tant de mal.

Mais qui étaient-ils, bon sang ? Longtemps après leur voyage à New York, Andy soupçonnait d'avoir eu affaire à une section obscure de la CIA. Il avait lu suffisamment de choses à leur sujet au cours des dernières années pour être plus qu'effrayé. Et pour savoir qu'il ne fallait pas déconner avec eux.

Voilà qu'il se demandait à présent s'il avait vraiment eu affaire à la CIA.

Dans le cas contraire, qui pouvait bien se trouver dans cette putain de chambre d'hôtel ?

Andy repensa au dernier samedi, deux jours plus tôt. Assis dans sa chambre à Haditha, il était devant l'ordinateur et lisait ses mails. Il avait été agréablement surpris de voir que Leona lui avait écrit. Le message avait été bavard mais court, c'était typique d'elle – elle réservait les longues missives à Jenny – mais n'avait pas mentionné de visage mystérieux. Et Seigneur, il s'en serait souvenu, s'il avait lu cela dans son mail.

Aucun doute là-dessus. L'évidence l'avait saisi à l'instant où elle lui en avait parlé au téléphone, plus tôt dans la matinée.

Ils lisent mes mails.

Le message de Leona avait été censuré. Andy aurait aimé interroger Leona davantage au téléphone, il aurait voulu lui demander où elle *l*'avait aperçu, avec qui, dans quelles circonstances.

Qu'avaient-ils intercepté d'autre ? Il baissa les yeux vers son portable éteint.

Et merde.

Andy sentit un vent de panique souffler sur lui.

Je lui ai dit de ne pas rentrer à la maison. Je lui ai dit d'aller chez Jill. Mais je n'ai pas dit qui était Jill, si ? Je n'ai pas dit où habitait Jill, si ?

Il était sûr de n'avoir rien dit de tel. Bien sûr que non. Leona connaissait très bien Jill.

Peuvent-ils deviner qui est Jill ? Est-ce qu'elle figure dans notre répertoire téléphonique à la maison ?

Certainement pas... non, absolument pas. C'était la copine de Jenny, elle connaissait son numéro de tête, il figurait seulement dans les numéros enregistrés sur leur téléphone fixe. Le répertoire était réservé aux membres de la famille, aux connaissances, aux personnes à qui l'on adressait les cartes de vœux un peu moins luxueuses.

Leona et Jake y seront en sécurité pour l'instant. Jill veillera sur eux.

Tant que Leona lui obéissait. Tant qu'elle ne s'approchait pas de chez eux, elle et Jake seraient en sécurité. En théorie. En ce qui le concernait, plus vite il les rejoindrait, mieux ce serait. Chaque heure, chaque minute qui passait était de trop.

Andy regarda autour de lui et étudia la situation. De la fumée s'élevait encore des décombres devant le portail. La section britannique était réduite à un groupe de quelques jeunes garçons effrayés et au lieutenant Carter, seul, loin de ses repères et terrifié.

Il faut absolument que je trouve un moyen de rentrer.

Il traversa la cour jusqu'à l'officier. De près, il remarqua qu'il tremblait, secoué par le combat récent. Il leva les yeux vers Andy.

« Ils ont f... failli nous avoir. Putain, ils ont failli passer. »

Andy s'accroupit à ses côtés.

« Mais vous nous avez sortis de là.

– C'est Bolton qui nous a sortis de là. »

Andy chercha le sergent des yeux. Sans lui, les hommes seraient perdus. Il aperçut Bolton qui se faisait soigner par l'infirmier, le caporal Denwood. Le sergent frappait le sol du poing avec colère et insultait l'infirmier qui pansait la plaie.

C'était plutôt encourageant.

Andy remarqua les quelques soldats qui observaient Carter ainsi prostré et qui sentaient le désespoir dans son attitude.

« Ils vous regardent, vous savez », lui dit-il à voix basse.

Carter leva les yeux vers ses hommes, rassemblés en petits groupes fatigués et haletant, s'abritant derrière les murs d'enceinte et les carcasses fumantes des véhicules. Il voyait le blanc de leurs yeux au milieu de leurs visages couverts de suie, des yeux qui l'évitaient dès qu'il croisait leur regard.

« Vous avez raison.

– Si vous perdez le contrôle de vous-même, on est tous morts.

– On est tous morts, de toute façon. Ils n'enverront pas de renfort pour nous tirer de là.

– Vous avez réussi à recontacter votre bataillon ?

– J'ai eu Henmarsh à nouveau, au QG. Ils ont déjà évacué la moitié des hommes qui tiennent le K-2. Leur périmètre de sécurité commence à se réduire sérieusement. On dirait bien qu'ils subissent pas mal d'attaques. »

Carter retint un rire guttural et sinistre.

« La milice a flairé notre sang. Ils savent tous que l'armée s'en va. C'est l'heure de faire la fête, pour eux. Tout ce que peut faire le QG, c'est de nous envoyer un hélicoptère Chinook qui nous attendra aux abords de la ville.

– Putain, bon, eh bien, le voilà, notre billet de retour à la maison !

– Vous déconnez, là ? » soupira Carter.

Andy leva les yeux vers l'unique issue de leur enceinte. Le portail était tordu et avait fondu sous la chaleur dégagée par la carcasse du camion. Il était impossible de faire bouger cet obstacle pour permettre à leurs derniers véhicules de ressortir.

« Si on se casse d'ici, ce sera à pied, marmonna Carter. Et ils nous abattront avant même qu'on ait parcouru vingt mètres. »

Andy se pencha vers lui, le visage soudain déformé en une grimace hargneuse.

« Je refuse de rester assis ici à attendre qu'on me presse comme un citron.

– Vous voulez partir ? Très bien, prenez mon fusil, si vous voulez. La sortie est par là. Vous serez morts en trente secondes.

– Mais on est morts si on reste ici. »

Carter haussa les épaules.

« C'est un peu pourri comme situation, hein ?

– Merde ! Je ne vais pas me contenter de ça, mon pote. Je ne peux pas me permettre de baisser les bras. Il faut absolument que je rentre chez moi.

– On veut tous rentrer chez nous, *mon pote.* »

Andy cracha de la poussière puis leva les yeux vers les murs.

« Ils vont l'envoyer où, ce Chinook, si on leur demande ?

– N'importe où, en dehors des limites de la ville.

– Pourquoi pas au bord du Tigre, sur la route qu'on a prise ce matin ? »

Carter acquiesça d'un air épuisé.

« Ils vont tenir encore combien de temps, au K-2 ?

– Aucune idée. Autant de temps qu'il faudra pour terminer l'évacuation du bataillon.

– Jusqu'à ce soir ?

– Peut-être.

– On aura un peu plus de chance la nuit, pas vrai ? »

Andy ramassa le SA80 de Carter. « Après tout, ces trucs-là ont des viseurs infrarouges pour la vision de nuit, non ? »

Carter le regarda. Pour la première fois de la journée, Andy devina une minuscule esquisse de sourire sur les lèvres du jeune homme.

« Ouais... Et eux, ils n'en ont pas. »

28

12 h 57 GMT

Hammersmith, Londres

« Oh, non, il faut qu'on aille faire des courses ? Pourquoi ? » gémit Jacob.

Leona ouvrait la marche dans le supermarché, poussant un chariot et traînant son frère par la main. Daniel suivait, obéissant, en s'efforçant de contrôler deux autres caddies en même temps.

« Parce que c'est comme ça, compris ? Papa et maman veulent qu'on fasse le plein. » Jacob frémit.

« On fait les grandes courses ?

– Oui, Jake, on fait les grandes courses. Alors tais-toi une seconde que je réfléchisse. »

Elle inspecta les lieux autour d'elle. Dans le magasin évoluaient les clients qu'elle s'attendait à voir un midi en milieu de semaine, des gens qui passaient en coup de vent pour prendre un sandwich, un petit truc à grignoter, une pâtisserie, ou un plat pratique à faire réchauffer au micro-ondes pour le soir.

« Bon, par où on commence ? » demanda Daniel.

Leona fit la moue avant de se décider.

Elle avait encore en mémoire la fois où, quelques années plus tôt, leur père avait été temporairement distrait de son pic pétrolier par la menace de la grippe aviaire. Lorsque le premier cas de maladie humaine avait été annoncé, il était passé en mode panique, comme la plupart des gens à travers le pays, et il s'était rué au supermarché pour acheter le nécessaire de survie.

Il était rentré au bout de plusieurs heures, la voiture pleine de boîtes de pilchards à la sauce tomate et, semblait-il, une bonne centaine de bouteilles d'eau minérale.

Des conserves, parce qu'elles dureront plus longtemps. Du pilchard parce que c'est un aliment bourré de protéines.

C'est ainsi qu'il avait justifié son achat monomaniaque. Cela semblait logique, très pratique. Mais un mois plus tard, quand la grippe aviaire s'avéra n'être – comme le SRAS – qu'un non-événement alimenté par les médias, ils s'étaient retrouvés avec une véritable petite montagne de pilchards au ketchup qu'ils allaient devoir manger. Après deux mois passés à contourner ce satané tas de boîtes, leur mère en avait eu assez et avait tout donné à une maison de retraite.

Mais c'était un souvenir lointain, le temps s'était écoulé depuis. Et c'était à son tour de décider ce qu'il fallait acheter, et en quelle quantité.

Daniel s'engagea dans l'allée des fruits et légumes.

« Les patates, c'est bien. » Il en prit une à la main et l'observa. « Je suis sûr qu'on pourrait nourrir une petite famille pendant des semaines, avec ces machins. »

Leona soupira, lui arracha le tubercule des mains et le rejeta sur l'étalage. « Dan... tu te moques de moi ? »

D'instinct, Daniel fit non de la tête mais un sourire apparut aussitôt sur son visage.

« Je suis désolé... c'est juste... je sais pas. Ça devient un peu trop sérieux. Jusqu'ici, la journée a été... plutôt marrante.

– Marrante ?

– Mauvais mot, désolé. Je crois que...

– Mais merde, Dan. Je vais pas pouvoir faire tout ça si tu continues à te foutre de ma gueule. Je vais pas y arriver toute seule. Je sais que mon père a raison, cette fois-ci. On va avoir de sérieux ennuis. Mais je ne vais pas y arriver toute seule.

– Qui va avoir des ennuis ? » demanda Jacob, la tête penchée.

Ils l'ignorèrent tous les deux et se regardèrent longuement.

« Je suis désolée de t'avoir traîné jusqu'ici, Dan. Vraiment désolée. Mais je suis contente que tu sois avec moi. Et si les choses se passent comme l'a annoncé mon père, tu seras sûrement content d'être venu avec moi, toi aussi. »

Il n'avait pas de famille vers qui se tourner, personne à protéger. Il avait bien une mère biologique quelque part à Sheffield qu'il était allé voir une fois, et qui lui avait fait comprendre qu'il n'était pas le bienvenu. Elle avait une nouvelle famille, de nouveaux enfants et un mari qui la traitait comme elle voulait être traitée. Ils ne s'étaient vus qu'une seule fois, et ne se reverraient jamais, comme il le lui avait assuré d'un ton stoïque.

Daniel acquiesça. «Je… écoute, je suis désolée, Lee. Cette histoire d'enlèvement à l'école de ton frère, ça m'a fait un peu, euh… flipper. J'ai tendance à rigoler et à déconner quand je suis nerveux. C'est rien, je joue juste au con, d'accord ?»

Elle se dressa sur la pointe des pieds et lui colla une bise sur la joue. «T'es pas con. T'as été super, à l'école. Merci.»

Jacob retroussa ses lèvres de dégoût. «Oh, dégueu ! Ça me donne envie de gerber !»

Leona leva les yeux au ciel et lâcha Daniel.

«Allez, on a du boulot, lança-t-elle en lui tapotant le bras.

– Par où on commence ?

– Par le rayon des conserves. Je sais ce qu'il faut prendre.»

Elle les mena devant l'allée des chocolats et celle des biscuits apéritifs, Dan à sa suite derrière le deuxième caddie et Jake qui faisait de son mieux pour manier le troisième.

«Et du riz ou des pâtes ? demanda Dan. Ça se garde bien, non ?»

Leona lui jeta un regard par-dessus son épaule. «Et tu les feras cuire avec quoi, quand il n'y aura plus du tout d'électricité ? Il ne nous reste peut-être que quelques jours de courant.»

Une femme qui passait à proximité avec un chariot plein de pizzas surgelées et de plats préparés leur jeta un regard curieux. Elle l'avait entendue.

Leona lui adressa un sourire gêné.

En arrivant dans l'allée des conserves, Leona se rendit compte qu'elle était plus fréquentée que les autres rangées du supermarché ; une demi-douzaine de clients s'étudiaient mutuellement en remplissant leurs caddies. Lorsque Dan, Jacob et elle poussèrent leurs chariots dans leur direction, il y eut un instant de connivence, de regards échangés et de hochements de tête presque imperceptibles.

Mon Dieu, ils sont ici pour la même raison que nous.

L'idée que d'autres personnes avaient pu lire entre les lignes des informations et y voir quelque chose d'inquiétant rendit la situation encore plus réelle aux yeux de Leona.

Ils avaient le même air que leur père : une apparence échevelée, un peu froissée, à mille lieues de la mode actuelle. Deux d'entre eux lui rappelèrent des profs qu'elle avait eus à la fac. Ils faisaient à n'en pas douter partie de la même… tribu que leur père. Intellos, le genre à s'abonner à des journaux universitaires un peu obscurs, à prendre des marteaux de géologue en vacances. Des gens qui ne sauraient jamais, au grand jamais, quels candidats restaient encore en lice dans *La Ferme Célébrités.*

« Alors, qu'est-ce qu'on prend ? » demanda Daniel à voix basse. Elle devinait qu'il avait ressenti la même chose, qu'ils appartenaient à la minorité de *ceux qui savaient.* Leona voyait que ces quelques clients avaient déjà presque fait le vide dans plusieurs étagères de l'allée.

Mon Dieu. Ils ne sont que six et c'est déjà presque vide.

Elle frissonna à l'idée de ce qui se passerait dans ce supermarché, et dans tous les magasins du pays, quand le reste de la population ouvrirait enfin les yeux.

«Je sais ce qu'il nous faut», marmonna-t-elle en parcourant les produits restants, à la recherche des boîtes de pilchards.

Elle regarda sa montre. Il était presque 13 h 30. Elle savait que le Premier ministre devait faire un discours important d'une minute à l'autre. Cela devait être en rapport direct avec le conflit dans lequel leur père était coincé – Seigneur, elle espérait qu'il allait bien – ou l'impact qu'il aurait au niveau national. Elle espérait qu'ils auraient terminé leurs courses quand les hordes s'abattraient inévitablement sur les magasins.

« Allez, on se dépêche », murmura-t-elle du coin de la bouche.

29

13 h 30 GMT

Whitehall, Londres

Bon Dieu, t'as intérêt à assurer.

Charles entra d'un pas rapide dans la salle de presse, accompagné du vice-Premier ministre et de Malcolm. La pièce était pleine à craquer, comme c'était souvent le cas, mais il y avait tant de monde en ce jour que les gens restaient debout le long du mur du fond et des deux côtés des rangées de chaises installées devant la petite estrade. L'air était lourd. La climatisation souffrait sous le coup de la chaleur croissante et du nombre important de personnes présentes.

La petite salle bien éclairée scintillait sous les flashes des appareils tandis que Malcolm et le vice-Premier ministre prenaient place à côté de l'estrade et que Charles s'installait derrière le pupitre. Il se sentait comme un condamné à mort montant à l'échafaud. Il plaça ses fiches devant lui, chacune contenant un seul et unique argument qu'il tenait à faire passer.

Une respiration profonde. Un instant pour chasser les nœuds de son estomac.

Assure, Charlie.

Il se rappela aussi les derniers conseils de Malcolm prononcés à voix basse et suivis d'une claque amicale dans le dos.

Évite le sujet du pétrole.

« Très bien. Bonjour à tous et merci d'être venus si rapidement. Il y a beaucoup à faire, alors je vais commencer tout de suite. » Il se racla la gorge avant de poursuivre. « Vous savez tous, j'en suis sûr, que nous avons quelques problèmes à résoudre. Je commencerai par vous dire ce que l'on sait de la situation actuelle en Arabie saoudite, ainsi que dans les autres régions à risque. Hier, à l'heure de la prière du matin, la première bombe d'une longue série a explosé dans les mosquées de La Mecque et de Médine, ainsi que dans plusieurs lieux saints de Riyad. Un groupe chiite extrémiste a ensuite envoyé un message à la chaîne Al Jazeera pour revendiquer les attentats. Ce qui a inévitablement provoqué une réaction de la majorité sunnite d'Arabie saoudite. Au même moment, ou très peu de temps après, des explosions similaires ont eu lieu dans diverses villes du Koweït, d'Arabie saoudite, du sultanat d'Oman et d'Irak. Chacun de ces incidents a aggravé notre problème. Hier, eh bien, sans vouloir employer les mots qui fâchent, une guerre civile a éclaté à travers la péninsule arabe. Les conflits ont empiré et, compte tenu du danger potentiel auquel sont désormais exposées nos troupes en Irak, et après discussion avec les dirigeants arabes, nous avons pris la décision la nuit dernière de les retirer de cette région jusqu'à la prochaine accalmie. »

Bon début.

« Du fait des tensions nées de ce problème intercommunautaire, il va de soi que tous les pays du monde sont impliqués : nous avons conscience que, à l'échelle nationale, les passions vont s'exacerber au sein de diverses communautés. Et qu'une minorité se sentira obligée d'importer ce conflit civil jusque dans nos rues. C'est pour cette raison – et en mémoire du nombre effarant des victimes du 7 juillet 2005 – que j'ai décidé d'agir de façon intransigeante et immédiate. Le niveau d'alerte est maintenant très élevé, le trafic aérien et ferroviaire temporairement suspendu. D'autres cibles potentielles d'actes terroristes à travers le pays, comme les centrales nucléaires et autres stations de stockage de gaz naturel, sont actuellement surveillées par des membres de nos forces armées. Enfin, compte tenu de l'instabilité des marchés, j'ai également décidé de fermer la Bourse pour la journée. Ce sont bien sûr des mesures temporaires qui seront réexaminées au cours des prochaines heures. Ce sont des mesures à court terme... j'insiste... à court terme, afin de nous assurer que nous ne nous laisserons pas surprendre par les événements.

« J'ai l'intime conviction que la terrible situation au Moyen-Orient se calmera en quelques jours et que la raison reviendra à ces populations désorientées. Je vous le demande à tous, déclara Charles en désignant les journalistes réunis devant lui, aidez-moi en évitant les reportages à sensation. »

Il dirigea un regard de reproche vers la rangée du milieu, réservée aux journalistes des divers tabloïds nationaux.

«Je ne veux en aucun cas que l'on insiste sur les différences raciales ou religieuses dans de gros titres incendiaires. Nous appartenons à une nation responsable, libérale et tolérante, c'est pourquoi nous ne verrons *jamais* les rues de Bradford, de Londres ou de Birmingham en proie aux émeutes que nous avons pu voir aux informations ces dernières vingt-quatre heures.»

Il fit une pause pour souligner ses propos.

«Bien, je répondrai à une ou deux questions, pas plus.»

La salle se mua soudain en une masse informe de bruits et de mouvements indisciplinés tandis que des mains et des voix s'élevaient de tous côtés.

Charles chercha – et trouva – le visage de Desmond Hamlin, le correspondant du *News Stand*. Desmond faisait partie des gentils. Ils avaient une histoire commune, tous les deux. Malcolm s'était assuré que le journaliste obtiendrait une chaise au premier rang, où sa voix pourrait être facilement captée par les micros et les perches des cameramen.

«Oui?»

Allez, Desmond, fais-moi une passe que je puisse coller le ballon au fond des filets.

«Desmond Hamlin, correspondant politique du *News Stand*.»

Charles acquiesça et sourit.

«Monsieur le Premier ministre, je suis sûr que le retrait d'Irak de nos troupes restantes – nos forces d'intervention spéciale – sera bien accueilli par nos lecteurs. Nous voulons que nos gars rentrent au bercail, et il est bon de voir que vous avez réagi si vite. Ma question concerne les troupes stationnées en Afghanistan. Nous avons entendu dire qu'il était prévu de les rapatrier, elles aussi. Pourriez-vous préciser?

– Oui, bien sûr.»

Il se devait de gérer cette question avec adresse. Oui, les vingt mille soldats qu'ils avaient envoyés là-bas devaient rentrer aussi vite que leur évacuation le permettrait. C'était avec le *pourquoi* qu'il allait falloir être prudent. En apparence, les *risques déraisonnables* qu'encouraient les soldats semblaient donner un début d'explication aux motifs bien intentionnés. En réalité, on avait dit à Charles que le pays risquait d'être confronté à plusieurs mois d'instabilité. Malcolm avait précisé qu'ils pourraient avoir à faire face à un scénario identique aux récentes émeutes parisiennes, peut-être même pire. Son commentaire avait eu un effet dégrisant sur le Premier ministre. Ils allaient avoir besoin d'hommes pour mettre en place la loi martiale.

« Ce qui arrive actuellement en Arabie saoudite, en Irak et dans les autres pays de cette région commence à gagner aussi l'Afghanistan. Les forces militaires présentes estiment que cela pourrait... » *une inspiration profonde, instille un peu de remords sincère,* « ... malheureusement, devenir aussi violent. Ne vous méprenez pas, mesdames et messieurs. Les bombes qui ont explosé hier en causant d'importants dégâts à la mosquée de La Mecque et tuant cent cinquante pèlerins musulmans, ont suscité des sentiments très intenses à travers tout le monde islamique. L'angoisse, la colère sont, je pense, extrêmement difficiles à évaluer pour les Occidentaux. Il est donc prudent d'évacuer nos gars maintenant, jusqu'à ce que la situation se tasse, c'est pour cela que je vous demande d'être mesurés dans vos reportages et vos articles. »

Charles était content de sa réponse. Il avait mis l'accent sur le schisme religieux mondial, pile au centre de la scène et des regards, et il avait laissé de côté la question de savoir s'il était réellement nécessaire de rapatrier les forces armées britanniques aussi vite. C'était une très bonne question d'ouverture.

Bien joué, Malcolm.

L'autre journaliste que Malcolm lui avait conseillé de choisir était elle aussi installée au milieu du premier rang, une correspondante de *News 24*. Il avait oublié son nom, mais son visage lui était familier. Il fit un signe de tête dans sa direction et se demanda quelle question Malcolm avait préparée avec elle. C'était Malcolm qui lui avait proposé de ne pas lui révéler les termes exacts des questions car sa réponse risquait de sembler trop préparée. Peu lui importait. Malcolm jouait très bien à ce jeu.

Charles lui faisait confiance.

« Janet Corby pour *News 24*. Les émeutes actuelles en Arabie saoudite et en Irak semblent avoir éclipsé d'autres événements importants au cours des trente-six dernières heures, monsieur le Premier ministre. Je pense, évidemment, au pétrolier qui s'est échoué dans le détroit d'Ormuz. Je crois que le navire a laissé échapper la presque totalité de sa cargaison, il brûle toujours à l'heure où je vous parle et devrait brûler encore longtemps. Selon certaines rumeurs, le pétrolier aurait été la cible d'une mine placée au milieu du couloir de navigation. »

Charles sentit ses joues rougir légèrement.

« Ce qui, d'ailleurs, bloque la voie navale la plus empruntée de la planète, continua Jane Corby. Et l'explosion dans la raffinerie de Paraguaná au Venezuela. Et les explosions de divers pipelines dans et autour des raffineries de Bakou et du Kazakhstan... »

Ô Seigneur, je vois très bien où ça nous mène.

« Tout cela à moins de quelques heures d'intervalle...

– Oui, nous sommes conscients de ces événements isolés et ce qui s'y est réellement passé est encore flou, l'interrompit Charles. Mais je crois que les troubles qui secouent le Moyen-Orient méritent notre attention la plus totale. C'est là que nous... »

Mme Corby n'allait pas abandonner. « Monsieur le Premier ministre, ces événements *isolés*, aussi bien que les conflits qui se propagent, vont bientôt faire partie d'une seule et même préoccupation majeure chez nous. »

Merde, merde, merde, elle tire la conversation vers le sujet qu'on veut à tout prix éviter.

« La préoccupation majeure est actuellement de s'assurer que la peur, la colère et la rage qui déchirent le Moyen-Orient ne s'étendent pas aux communautés musulmanes de *notre* pays. Il y a plus de deux millions de...

– Monsieur le Premier ministre, la préoccupation principale n'a rien à voir avec la religion, ou avec ce que les musulmans britanniques feront ou ne feront pas... »

La couper et poursuivre.

« Je suis désolé, il faut que j'accorde la parole à quelqu'un d'autre », déclara-t-il en lui adressant un sourire d'excuses. Il se détourna pour regarder les autres journalistes, qui levaient la main pour la plupart, et prit son temps pour décider lequel d'entre eux désigner. Il jeta son dévolu sur un visage qu'il reconnaissait, celui de Louis Sergeant, le correspondant politique de *News Review*, sur la BBC2.

« Louis ?

– Merci, monsieur le Premier ministre. Je voudrais rebondir sur la question de ma collègue de *News 24.* »

Oh, putain.

« Ces événements ne semblent pas être si isolés que cela. Je dirais même qu'ils ressemblent à une tentative volontaire de faire dérailler la chaîne mondiale du commerce pétrolier. D'où ma question : quel risque courons-nous exactement ? »

Charles dévisagea le journaliste de la BBC, se rendant compte que sa question l'avait piégé, qu'il ne pouvait pas s'en dépêtrer en cherchant à interroger un autre reporter. Tous, autant qu'ils étaient, avaient flairé quelque chose. S'il essayait de tourner autour du pot, cela ferait mauvaise impression, très mauvaise impression. Il avait besoin de quelques secondes supplémentaires pour trouver la meilleure réponse à lui formuler.

« Excusez-moi, pourriez-vous répéter votre question ?

– Monsieur le Premier ministre, il existe une véritable menace que notre approvisionnement en pétrole soit coupé. Quel risque courons-nous exactement ? »

30

13 h 32 GMT

Whitehall, Londres

« Le risque ? » lança le Premier ministre en répétant la question pour gagner quelques précieuses secondes afin de trouver une réponse.

Il hocha la tête dans l'espoir d'avoir l'air d'un homme qui semble soudain las de faire invariablement face à de faux problèmes. Les premières gouttes de sueur commençaient à perler sur son front moite.

Seigneur, qu'il fait chaud ici.

« Écoutez, reprit Charles. Il y a bien sûr une série de répercussions. Bien sûr. C'est pourquoi, par exemple, la Bourse a été fermée. Le pic inhabituel du prix du baril pourrait porter préjudice à l'économie...

– Je ne parle pas de prix, je parle de disponibilité.

– Eh bien, tant que les troubles feront rage, les réserves de pétrole en provenance de cette région seront réduites. Ce qui est, bien sûr, totalement prévisible. Et pendant que les gros fournisseurs de cette région règlent leurs problèmes, nous nous tournerons simplement vers d'autres pourvoyeurs. »

Une voix s'éleva au fond de la salle et vint mettre un terme à la pause que Charles avait savamment instaurée pour marquer ses propos.

« Et qui sont ces autres pourvoyeurs ? »

Fais gaffe. Tu perds le contrôle de la situation.

Le journaliste poursuivit : « La circulation du pétrole de la région de la Caspienne a été coupée par les explosions autour de Bakou. Aussi, la Russie, la Chine et l'Inde vont-elles se disputer le reste des pipelines en direction de l'Est. Êtes-vous aussi au courant que des explosions mineures ont eu lieu au Nigeria, mettant hors service les raffineries d'Alesa-Eleme, de Warri et de Kaduna ? »

Charles acquiesça, il était au courant. Il avait espéré que l'histoire du Moyen-Orient éclipserait un tel détail. Il y avait eu quelques morts, mais les explosions n'avaient pas été énormes. Elles avaient cependant été assez efficaces pour que les trois installations soient neutralisées.

« Voici ma question : d'où viendra le pétrole dont on aura besoin *demain*, monsieur le Premier ministre ?

– Eh bien, oui, vous avez raison, il n'y a plus beaucoup d'importations en Grande-Bretagne actuellement... »

C'est parti.

Charles jeta un nouveau coup d'œil à Malcolm qui lui adressa un hochement de tête serein, presque imperceptible.

« Mais nous avons des réserves nationales qui nous permettront de faire face à ce... petit contretemps. »

Il fit la grimace en utilisant les termes « petit contretemps ». Il se demanda si ses propos finiraient par lui revenir dessus comme un boomerang.

« Et combien de temps va durer ce *petit contretemps* ? demanda un autre journaliste.

– Combien de temps vont durer nos réserves ? » lança un autre.

Il était évident que le sujet d'une guerre religieuse était mis de côté. Ces connards avaient flairé l'odeur du sang et, comme une meute de chiens de chasse, ils se préparaient à tuer. Un profond silence plana sur l'assistance. Tout le monde se pencha, intéressé par la réponse que Charles formulerait à cette dernière question. Il se rendit compte qu'un seuil venait d'être atteint : il pouvait continuer à les mener en bateau et remettre cette conférence de presse sur les rails du script préparé, ou il pouvait faire face à cette question et y répondre.

D'ici à la fin de la journée, ils sauront que le pétrole est au centre du débat... Peut-être même d'ici les prochaines heures.

Charles comprit que la tactique à adopter était un éclat soudain de sincérité. Au pire, il en retirerait un minimum de crédibilité politique ; dans le meilleur des cas, un appel passionné au calme et à la coopération du public prouverait que les mesures mises en place permettraient de limiter l'impact de cette crise.

Il prit une longue inspiration. « Nos réserves dureront quelques mois. Mais il va nous falloir faire preuve de sens pratique et utiliser ce que nous avons en stock de façon optimale. »

Janet Corby de *News 24* se leva. « La fermeture des aéroports et des gares est-elle directement liée au problème d'acheminement du pétrole ? »

Avant même qu'il ait eu le temps de répondre, une autre question jaillit du fond de la salle.

« Monsieur le Premier ministre, il y a des rumeurs selon lesquelles plusieurs points majeurs de distribution d'essence auraient été investis par l'armée. Est-ce un premier pas vers une distribution contrôlée ? Vers un rationnement de l'essence ?

– Euh... eh bien, il nous faudra appliquer un certain degré de rationnement, bien sûr, répondit-il à la hâte. À ce stade, c'est une pratique sensée et...

– Qu'en sera-t-il de l'alimentation en électricité ? cria un autre journaliste. Doit-on nous attendre à des coupures ?

– Il est trop tôt pour s'inquiéter de coupure d'électricité ou de pénurie alimentaire... »

Et merde.

Plusieurs membres de l'audience sautèrent sur ces propos.

« Il va y avoir des conséquences sur la nourriture ?

– Qu'en sera-t-il du transport des aliments ? De l'importation ? »

Il savait qu'il lui fallait répondre vite. Il leva la main pour faire taire tout le monde avant de reprendre la parole. Le chœur des journalistes mit un moment avant de se réduire à un léger brouhaha qui lui permettrait de se faire entendre.

« Il est inutile de paniquer. Personne ne doit paniquer. Nous avons depuis longtemps envisagé un tel scénario, nous avons longuement pensé aux mesures à prendre dans l'éventualité d'un blocage de la distribution mondiale de pétrole brut...

– L'armée est-elle rapatriée d'Irak pour maintenir l'ordre ici ? » cria quelqu'un.

Cette question plongea la salle dans un silence total. Un silence que Charles laissa planer une ou deux secondes de trop.

Ils savent que mes histoires de « protégeons-nos-gars » n'étaient qu'un ramassis de conneries.

« Oui, nous allons avoir besoin de l'armée pour maintenir l'ordre.

– Allons-nous instaurer une loi martiale en Grande-Bretagne ? »

Il se rendit compte qu'il avait laissé échapper une trop grande partie de la vérité. Au cours des dernières dix-huit heures, ils avaient fait tant de choses sous le couvert de diverses fausses pistes et autres histoires farfelues qu'ils avaient eu de la chance de n'être pas interpellés plus tôt. Il tenait peut-être sa seule chance, sa dernière chance d'appeler ses concitoyens au calme et de leur demander de garder la tête froide.

Il avait vu une tactique spécifique dans un film, un jour, il ne se souvenait plus du titre, mais Morgan Freeman y jouait le président des États-Unis. Il se rappelait cette tactique impressionnante qu'il avait rêvé de mettre en pratique à son tour, pendant ses trois dernières années de mandat. Ce serait peut-être son unique chance de le faire. D'instinct, il savait que c'était aussi la meilleure solution.

Ses concitoyens avaient besoin de le voir faire un geste en cet instant : quelque chose de visuel, de puissant, au lieu d'entendre le sempiternel discours du politicien qui brassait de l'air. Charles saisit ses fiches sur le pupitre et les déchira en silence, jetant les morceaux par-dessus son épaule.

« Bon, vous avez entendu suffisamment de conneries pour la journée. Vous méritez mieux que cela. »

Une fois encore, la pièce fut plongée dans une immobilité silencieuse. Une gouttelette de sueur roula sur le côté de son visage.

« Oui, bon, la vérité, c'est que nous sommes effectivement dans une situation un peu problématique. Pendant que tout ce bazar trouve une solution, il va nous falloir vivre de nos ressources. Nous avons assez d'essence et de nourriture pour attendre un retour à la normale. Non, nous n'avons pas tout stocké dans un immense entrepôt gouvernemental secret, mais les produits sont éparpillés dans chaque ville, dans chaque village, dans chaque rue. Nos magasins de proximité, nos supermarchés, nos épiceries, nos stations-service... tous ces endroits détiennent nos réserves dans lesquelles il faudra puiser pour passer ce cap. Je vous demande à tous de collaborer au mieux avec moi : il va nous falloir rationner la nourriture, réserver l'essence aux professions clés, bref, nous organiser et lutter comme nous l'avons déjà fait il y a soixante ans, pendant la Seconde Guerre mondiale. »

Voilà. Charles était arrivé au bout de son argumentation. Il n'avait plus rien à offrir. Le silence qui s'ensuivit fut terrifiant.

Oh, putain, qu'est-ce que je viens de faire ?

En cet instant, il se rendit compte à quel point il avait été candide. Au lieu d'insuffler à la nation le désir de retrouver en elle l'esprit combatif de ses ancêtres, cette force d'antan afin de passer ce cap sans soucis, il avait poussé chacun de ses concitoyens à se ruer vers le magasin le plus proche avant qu'il soit trop tard.

La salle explosa une fois encore d'un chœur bruyant. Charles fixa la mer de caméras et de visages d'un air stupéfait. Tous les journalistes s'étaient redressés et levaient la main. Il se détourna du pupitre un peu trop vite et imagina l'impression qu'il donnerait aux informations du soir.

Celle de s'enfuir.

En chemin vers la porte, il jeta un regard à Malcolm. Il s'attendait à le voir hocher la tête d'un air sombre après que Charles eut tout fait capoter ainsi. Mais contre toute attente, l'ombre d'un sourire s'était dessinée sur le visage de l'homme.

31

14 h 15 GMT

Hammersmith, Londres

Tandis qu'ils poussaient les caddies sur le parking du supermarché en direction de la camionnette de Daniel, Leona remarqua de nombreuses voitures qui venaient se garer à leur tour. L'une après l'autre en une procession régulière, elles ne s'interrompaient qu'au feu rouge, quelques mètres plus haut dans la rue.

Dan le remarqua, lui aussi.

« Il commence à y avoir du monde.

– Ouais.

– Est-ce qu'on rentre à la maison ? demanda Jacob. Ou est-ce que tu me ramènes à l'école ?

– On va à la maison », répondit-elle en regardant une femme lancer sa voiture à toute vitesse sur une place de parking et sauter à terre pour traverser la rue et courir vers l'entrée du magasin.

Elle vit un autre conducteur faire de même, arriver trop vite et heurter une autre voiture stationnée non loin de lui, déclenchant son alarme. Il sortit sans se préoccuper du reste et actionna le verrouillage central de son véhicule pour sprinter jusqu'à l'abri des chariots.

De plus en plus de voitures arrivaient.

« Allez, dépêchons-nous », dit-elle à Daniel.

Il acquiesça, ouvrit le hayon et se mit à charger à la hâte la montagne de conserves et de bouteilles d'eau qu'ils avaient achetées, vidant au passage le compte bancaire de Leona. Celle-ci lui prêta main-forte, jetant à son tour dans la camionnette le contenu de son caddie.

Je crois qu'ils commencent à comprendre.

Elle avait espéré qu'ils puissent rentrer sains et saufs, fermer la porte à double tour derrière eux et pousser un soupir de soulagement avant que la panique se répande. Mais elle semblait avoir déjà gagné la population.

Quelqu'un a dû faire passer un message.

Oui, le Premier ministre. Il devait faire un discours vers midi, non ?

Un 4 × 4 imposant bifurqua dans la rangée où ils étaient garés et, dans un crissement de pneus, se rua vers la place libre juste à côté d'eux. La femme au volant tourna au dernier moment, accrochant au passage un de leurs chariots qu'elle renversa, répandant les dernières conserves au sol.

Elle mit pied à terre et verrouilla le véhicule après que son mari fut descendu du siège passager. Elle marcha entre les conserves éparpillées. « Va chercher un caddie, Billy ! » cria-t-elle. Elle continua d'avancer sous le regard consterné de Daniel et Jacob, muets.

Leona lui barra le chemin. « Regardez ce que vous venez de faire ! »

La femme, une fausse blonde au visage dur et au bronzage orange, ne fit pas attention à elle.

« Pousse-toi, chérie.

– Hé, vous avez fait tomber nos achats ! »

La femme ne répondit pas et se contenta de repousser Leona contre la camionnette avant de continuer sa route.

Leona lui attrapa le poignet. « Dites donc ! »

La femme fut obligée de remarquer sa présence.

« Va te faire foutre !

– Mais vous venez de...

– Lâche-moi ou je t'explose le nez. »

Leona recula et relâcha son étreinte. Daniel s'interposa.

« Hé, ça va pas, non ? » lança-t-il en contournant les deux autres chariots presque vides pour se placer à hauteur de Leona.

La femme le dévisagea avec un mépris évident. Elle appela son mari. « Billy ! »

L'homme – carrure solide, ventre légèrement flasque dissimulant sa musculature, bronzage d'un même orange que sa femme parsemé de tatouages d'un bleu délavé sur chaque avant-bras – se retourna et se dirigea droit sur eux.

« Tu ferais mieux de t'écarter de mon chemin, sale petit con », déclara la femme.

Daniel ne bougea pas d'un pouce, mais Leona le vit trembler comme un chien qu'on attache devant la porte d'un pub.

« Laisse-la passer, Dan. Ça ne vaut pas le coup. Il faut qu'on y aille. »

Daniel dévisagea Billy une dernière fois puis recula à contrecœur pour la laisser passer.

La femme se précipita vers son mari sans même les regarder, pointant l'index vers l'abri des chariots. L'homme, lui, leur jeta un œil menaçant avant de faire volte-face pour empoigner l'un des derniers caddies restants. Leona était sûre que dans un contexte plus serein, ce bon vieux Billy aurait été heureux de frapper Daniel jusqu'à ce que son sang et sa morve maculent l'aile de sa camionnette pourrie.

Daniel souffla, soulagé.

« Putain, j'ai vraiment cru qu'il allait m'éclater. Vraiment.

– Mon Dieu, moi aussi. »

Elle scruta le parking. Une demi-heure plus tôt, il était à moitié vide mais se trouvait désormais rempli de voitures et de piétons qui arrivaient en masse. Elle voyait plusieurs altercations tandis que les gens s'arrachaient les caddies ou se précipitaient dans le flot des clients qui sortaient du magasin.

« Allez, cassons-nous d'ici au plus vite.

– Oui », répondit Dan en ramassant les dernières conserves tombées à terre.

Ce n'est que le début. Comment se comporteront les gens, demain ? Et dans une semaine ?

« Mon père avait dit que ça se passerait comme ça », marmonna Leona d'une voix inquiète en terminant de ranger les dernières conserves.

Dan n'était pas sûr de comprendre. « De quoi tu parles ? »

Elle fit un geste du menton en direction du couple au 4 × 4 qui courait à présent derrière un chariot en direction de l'entrée et qui se frayait un chemin à coups de coude parmi les gens qui sortaient en poussant d'immenses piles d'aliments.

« La loi de la jungle. »

Goldhawk Road menait du centre de Shepherd's Bush aux quartiers plus calmes et résidentiels. L'artère était habituellement tranquille en semaine au milieu de l'après-midi. Mais en cet instant précis, Leona ne l'avait jamais vue aussi bondée. Les trottoirs regorgeaient de piétons portant des sacs de courses, poussant des chariots ou tirant des caddies. La circulation intense avançait au pas sur la chaussée. Il arrivait qu'il y ait autant de monde à l'heure de pointe, ou les jours de match de foot au stade de White City.

Elle regarda sa montre, il n'était que 15 heures.

« Ils rentrent tous plus tôt, remarqua Dan. Pour aller acheter le nécessaire. »

Elle aperçut un vendeur de journaux devant une épicerie déjà assaillie de clients et dont la file d'attente sortait jusque dans la rue. Elle lut le gros titre inscrit à la hâte sous le panneau de l'*Evening Standard*: « PAS DE PANIQUE, S'IL VOUS PLAÎT », ANNONCE LE PREMIER MINISTRE.

Un autre panneau affichait la première page d'une édition spéciale : L'ESSENCE ET LA NOURRITURE VIENDRONT À MANQUER !

Leona les montra à Daniel. « Voilà. Tout le monde est au courant. »

Daniel la dévisagea.

« Ça va vraiment être aussi catastrophique que tu l'annonces ?

– Je te répète simplement ce que mon père me rabâche depuis des années. »

Elle scruta les visages désespérés des passants sur les trottoirs autour d'eux. La plupart se hâtaient en direction du Green ou d'Hammersmith où se trouvaient les plus gros supermarchés. Elle se demanda s'il restait encore de la nourriture sur les étalages, ou si tout avait déjà été raflé.

« Regarde-les, Dan. Combien d'entre eux connaissent les gestes simples comme faire pousser un plant de tomates ?

– Comment ça ?

– Quand ils auront fini de dévaliser les magasins et qu'ils auront mangé toutes leurs provisions, ils vont mourir de faim.

– Ça ne sera jamais aussi terrible que ça, Leona, crois-moi.

– Ah, ouais ? Alors d'où viendra la nourriture, si le problème d'approvisionnement en pétrole n'est pas résolu ? »

Jacob se pencha entre les deux sièges avant.

« Leona ? Est-ce que c'est la fin du monde ?

– Non, ne sois pas idiot, Jake. Mais les choses vont être un peu plus difficiles, pendant quelque temps. »

Elle méprisa le ton désabusé qu'elle employa pour lui répondre car, en réalité, les choses seraient bien pires « qu'un peu difficiles ». Mais elle ne pouvait envisager de répondre aux 20 ou 30 millions de questions dont la bombarderait son frère si elle lui parlait avec plus de sincérité.

Des sirènes de police retentirent à cet instant et quelques secondes plus tard, un fourgon se faufila parmi la circulation tandis que les voitures s'écartaient docilement. Le véhicule passa à leur proximité et elle aperçut par la lunette arrière les visages sinistres des policiers. Elle devina de fines tiges noires qui ressemblaient à des canons de fusil. Elle les soupçonna de dissimuler leurs armes du mieux qu'ils pouvaient. Sans succès. Ou alors le geste était-il délibéré ?

« Les policiers sont armés, commenta-t-elle alors que le fourgon les dépassait.

– Oh, cool ! » s'écria Jacob d'un ton enjoué.

32

14 h 45 GMT

Autoroute M1 au nord de Birmingham

Le barrage n'était composé que d'une douzaine de véhicules sur la route devant eux : une rangée de cônes orange avait été alignée en travers des trois-voies et sur la bande d'arrêt d'urgence. Derrière ce maigre obstacle, trois Rover de la police étaient garées en file. Les six policiers qui étaient arrivés à leur bord pour installer le barrage devaient à présent gérer une foule croissante de conducteurs qui étaient descendus de leurs voitures et voulaient comprendre pourquoi cette satanée autoroute était coupée.

Jenny se retourna pour regarder par la lunette arrière du taxi. Derrière eux, la circulation s'était rapidement densifiée. Ils étaient bloqués dans une marée de camions, de fourgons et de voitures qui s'étendait aussi loin que portait le regard.

« On n'ira nulle part, commenta Paul Davies, l'homme que Jenny venait de rencontrer quelques heures plus tôt et qui partageait son taxi.

– On dirait bien, hein ? » répliqua-t-elle.

Paul regarda un chauffeur routier passer à pied devant eux pour se joindre à la foule non loin de là. « Je vois voir ce qui se trame. » Il ouvrit la portière et posa un pied sur l'asphalte.

« Je viens aussi », lança Jenny, impatiente de savoir.

Elle marcha en file indienne derrière Paul qui se frayait un chemin entre les voitures et les camions à l'arrêt, atteignant enfin un groupe de conducteurs déconcertés qui protestaient auprès des policiers.

« Mais vous pouvez pas bloquer cette putain de route comme ça ! hurlait un camionneur. J'ai un chargement à livrer cet après-midi, moi ! »

Un agent de la circulation posté derrière la fine ligne de cônes hocha la tête avec compassion.

« Désolé, mon vieux, la route est barrée jusqu'à nouvel ordre. On ne peut rien y faire.

– Ça doit avoir un rapport avec la conférence de ce midi », déclara un homme à côté de Jenny.

Elle se tourna vers lui.

« Comment ça ?

– Vous n'avez pas entendu ? lui demanda-t-il avec surprise.

– Non, qu'est-ce qui s'est passé ?

– Ce qu'à dit le Premier ministre ? Vous n'êtes pas au courant ? »

Elle fit signe que non.

« On dirait bien qu'on est dans la merde. Il a dit que l'essence sera rationnée, et tout le reste aussi. »

Jenny voyait que les gens autour d'elle comprenaient à quel point la situation était sérieuse. Ils n'étaient pas juste en colère, elle sentait un vent de panique croissante, comme si une charge d'électricité flottait parmi eux. Mauvais signe.

« J'ai le sentiment que ça va vite dégénérer, ajouta l'homme à voix basse. Quelqu'un à la télé a dit qu'on risquait de mourir de faim d'ici la fin de la semaine. »

Un des policiers sortit un émetteur radio de l'une des Rover. « Écoutez-moi tous ! Retournez à vos véhicules ! ordonna-t-il d'une voix crachotante qui émergeait du haut-parleur fixé au toit de sa voiture. Cette autoroute ne sera pas rouverte. Il vous faut faire demi-tour et repartir d'où vous venez ! »

Un homme costaud perdit son calme au premier rang et donna un coup de pied furieux dans un des cônes. Il avança vers les policiers.

« Vous déconnez ou quoi ? hurla-t-il en montrant le camion derrière lui. J'ai un putain de trente-cinq tonnes articulé avec un plein chargement. Comment vous voulez que je fasse demi-tour, bande de pauvres...

– Reculez derrière la limite de sécurité ! cria l'un des policiers.

– Ou quoi ? répliqua-t-il, le visage à quelques centimètres de l'agent le plus proche. Vous déconnez à plein tube ! »

D'autres chauffeurs s'avancèrent derrière le camionneur à travers l'espace entre les cônes, comme s'il venait d'ouvrir une porte.

« Que tout le monde recule ! annonça le policier dans le haut-parleur. Vous êtes devant un barrage de police ! »

Jenny voyait le chauffeur qui continuait à crier, ses paroles noyées dans la cacophonie des voix en colère. Il leva la main et serra le poing, qu'il agita devant le visage du policier. L'agent considéra ce geste suffisamment menaçant. Il saisit le chauffeur par le bras et lui tordit le coude pour l'arrêter. L'autre poing du camionneur s'éleva dans les airs et vint atterrir contre le menton du policier, le faisant chuter sans effort. Jenny observa la scène avec une inquiétude grandissante tandis que trois autres policiers se précipitaient pour venir en aide à leur collègue à terre et que la foule grossissante se ruait entre les cônes.

Paul se tourna vers elle. « Seigneur, ils sont en train de se faire déborder ! »

Des gens coururent devant Jenny qui regardait le camionneur lutter au sol avec le policier. Une jeune femme se mit à ramasser les cônes et à les déplacer sur la voie centrale pendant qu'un homme entre deux âges, vêtu d'un costume hors de prix, décréta qu'il fallait faire reculer les Rover de la police pour ouvrir le passage. Il ouvrit la portière du véhicule le plus proche, prit place au volant et démarra, reculant lentement à travers l'autoroute jusqu'à la bande d'arrêt d'urgence.

Le policier qui actionnait le haut-parleur aboya un ordre : « Arrêtez ce véhicule immédiatement et descendez ! »

La suite se déroula trop vite. En quelques secondes, à peine.

L'un des policiers s'extirpa de la masse informe des corps en lutte, grimpa sur l'arrière de sa Rover, ouvrit une portière et sortit d'un mouvement leste ce qui ressemblait à une arme à feu. L'espace d'un instant, Jenny pensa, crut, espéra que tout le monde avait vu l'arme ; la bagarre s'interromprait sur-le-champ, la personne au volant de la Rover s'arrêterait et descendrait d'un air gêné.

Il a un revolver... un agent de la circulation armé d'un revolver. Jenny imagina que cela suffirait à ramener les gens à la raison.

Mais ce ne fut pas le cas.

Le policier leva son arme en direction de la Rover et tira. Un phare explosa. Le bruit de la détonation cloua tout le monde sur place : le camionneur au sol, les trois policiers qui tentaient de le maîtriser, la femme qui ramassait les cônes, tous ceux qui traînaient autour d'eux. Tous s'immobilisèrent comme si l'on avait appuyé sur « pause ».

L'homme au beau costume leva les mains en l'air.

« Sortez du véhicule ! » cria le policier dans le haut-parleur.

L'homme mit pied à terre, les mains toujours levées timidement au-dessus de sa tête.

Cette petite aventure aurait dû s'arrêter là. Mais non.

L'arme retentit à nouveau.

L'homme au costume de luxe tituba tandis que sa belle chemise blanche explosait sous une pluie rouge écarlate. Jenny n'en crut pas ses yeux, elle pensa un instant qu'un membre de la foule avait décidé, sans raison, de tirer avec un fusil de paintball.

L'homme s'effondra contre la Rover et glissa au sol.

L'agent qui brandissait le revolver semblait être sous le choc, livide, les mâchoires grandes ouvertes. Jenny comprit qu'une telle chose n'aurait jamais dû se produire. C'était un accident : il avait mal tenu son arme, le doigt trop pressé sur la détente, le revolver dirigé vers le haut et non vers le sol. Ces hommes n'étaient pas entraînés à manier les armes, c'était évident, ils étaient pris de court et ils paniquaient.

« Merde. Je ne voulais pas... » s'écria le policier en scrutant le cadavre, incrédule.

Un chauffeur imposant qui se tenait non loin de lui retrouva ses esprits et brisa le tableau immobile : il empoigna l'arme et l'arracha des mains du policier.

En y repensant plus tard, Jenny se dit que l'homme avait pris le revolver des mains de l'agent choqué, non pas pour l'utiliser à son tour, mais pour retirer un élément dangereux de cette équation déjà périlleuse. Mais dans cette ambiance électrique, son geste fut mal interprété.

Le policier au haut-parleur attrapa une autre arme dans son véhicule et mit le chauffeur en joue. Au beau milieu du brouhaha et des cris, Jenny n'était pas certaine qu'un avertissement ait été lancé avant le tir. Le policier atteignit l'homme qui tomba à genoux en se tenant le biceps.

La foule qui s'était fait menaçante se dispersa soudain. Paul saisit Jenny par le bras et l'attira vers leur taxi. Leur chauffeur était sorti et se tenait à côté de la voiture, se tordant le cou pour voir ce qui se passait.

« Venez ! dit-il. Les choses vont empirer. »

Jenny jeta un regard en arrière vers le barrage. Les autres policiers avaient couru jusqu'à leurs véhicules pour sortir leurs armes et tiraient vers le ciel afin de disperser la foule, sans les prendre pour cible.

On est bien encore en Angleterre, hein ? Pas en plein apartheid ou sur la place Tian' anmen ? se demandait Jenny sans y croire tandis qu'elle et Paul s'éloignaient à la hâte du cordon de police.

Ils essaient juste de disperser la foule, c'est tout.

Mais elle entendit soudain le grondement sourd d'un moteur diesel à côté d'elle, et un énorme camion de transport s'élança, écrasant sans effort les voitures devant lui. Tandis que le camion s'approchait du barrage, les policiers dirigèrent leurs armes sur lui et tirèrent.

« Et merde ! » lâcha Paul avant de changer de direction pour partir vers la barrière de sécurité métallique au-delà de la bande d'arrêt d'urgence. Elle le regarda partir pendant que le camion s'écrasait dans la colonne de véhicules de police. Elle se retourna pour voir les policiers cribler la cabine qui avançait encore.

« Vous venez ou quoi ? » cria Paul en passant la jambe pardessus la barrière pour retomber de l'autre côté. Elle entendit une autre détonation.

Oh, merde.

Elle lui emboîta le pas à travers la bande d'arrêt d'urgence, souleva sa jupe en coton léger et enjamba la barrière. De l'autre côté, une pente verdoyante descendait vers un champ. Elle s'accroupit près de Paul et ensemble, gardant la tête à l'abri de l'aluminium ondulé, ils prirent la direction du champ de colza.

Derrière elle, elle perçut le rugissement de plusieurs camions qui démarraient, et le grincement d'autres voitures écrasées. Les tirs s'intensifièrent.

Elle se demanda si une telle chose se serait produite si des soldats entraînés s'étaient occupés du barrage. Peut-être. Peut-être pas. Tout avait été si soudain, depuis un tir involontaire jusqu'à ce désastre.

« On va où ? haleta-t-elle.

– Je ne sais pas, mais je ne veux pas croiser d'autres flics armés de revolvers qu'ils ne savent pas utiliser. Et vous ?

– Moi non plus. »

Ils arrivèrent au champ de colza boueux et Jenny s'arrêta à plusieurs reprises pour regarder avec stupéfaction le barrage derrière elle, se demandant si elle avait bien été témoin de cette scène ou si elle n'était pas en train de devenir folle.

33

22 h 00, heure locale

Baïji, Irak

Andy regarda le lieutenant Carter porter une main à son oreille et suivre en silence la communication dans son écouteur. Il finit par chuchoter son approbation et se tourna vers les quatorze hommes qui lui restaient, rassemblés en un petit groupe muet devant lui. Il avait posté un homme sur le mur pour garder un œil sur la rue, et trois autres étaient devant la cour, surveillant la route qu'ils allaient devoir emprunter. Ils avaient enjambé l'enceinte quelques minutes plus tôt. Le chemin qu'ils comptaient emprunter pour ressortir de la ville était le même que ce matin-là. Andy pensait que dans l'obscurité, les virages et autres tournants des petites ruelles risquaient de les égarer.

« Essayez de vous remémorer notre chemin de ce matin, chuchota Carter.

– Si vous vous perdez, dirigez-vous toujours vers le nord-est, ajouta Andy. Vous finirez par tomber sur la rivière.

– Exact. Et avec un peu de chance, vous verrez le pont quand vous sortirez de la ville. »

Le jeune officier respira plusieurs fois profondément et regarda ses hommes autour de lui.

Andy jeta un œil inquiet à sa montre.

« On a moins d'une heure.

– C'est vrai. Pas le temps de déconner. On a une heure pour parcourir un kilomètre et demi jusqu'aux limites de la ville, jusqu'au pont. Notre sauveur atterrira à 23 heures et il ne nous attendra pas longtemps. »

Les soldats acquiescèrent.

« Bon, vous savez tous dans quel groupe vous êtes. Vous savez tous où vous allez, et combien de temps vous avez.

Cinq minutes entre chaque groupe. Si vous vous perdez, faites comme il a dit. » Carter fit un signe de tête en direction d'Andy. « Vous prenez la direction du nord-est jusqu'aux limites de la ville. »

Les jeunes soldats hochèrent à nouveau la tête.

« Bon. Le premier groupe, vous êtes prêts ? »

L'infirmier Denwood se leva et rassembla les hommes qui l'accompagneraient : cinq soldats, l'ingénieur ukrainien Ustov et Salim, le jeune chauffeur irakien.

« On oublie le protocole de reconnaissance habituel de la section, caporal, vu qu'on est mêlés à des civils. Pour l'heure à venir, vous êtes Zoulou, compris ?

– Oui, mon lieutenant.

– Bien, allez-y. On se revoit de l'autre côté du pont. »

Denwood invita Ustov et Salim à se joindre à ses hommes. Ustov serra la main d'Éric, de Mike et d'Andy en marmonnant un adieu tandis que Farid tapotait l'épaule du jeune Irakien.

Denwood grimpa sur le mur, passa les jambes par-dessus et disparut. Les autres hommes le suivirent et, en une minute, Zoulou était parti.

Carter mit le chronomètre de sa montre en marche. « Cinq minutes, puis votre groupe prend la suite, soldat Tajican. »

Le Fidjien rassembla ses hommes.

Les cinq minutes passèrent avec une lenteur insupportable pour Andy. Au signal du lieutenant Carter, Yankee, le groupe suivant, composé de Tajican, de cinq autres soldats et d'Éric, enjamba le mur en silence.

Carter remit son chrono en marche.

Les minutes passèrent, aussi longues que l'éternité, et le jeune officier fit signe à Westley d'emmener son groupe.

« Vous êtes Rayon X. On se revoit au pont, chuchota-t-il en lui collant une claque dans le dos.

– Bien, mon lieutenant. »

Mike se tourna vers Andy et tendit la main. « Bonne chance. »

Andy serra la main tendue. « On se voit dans une heure. »

Westley attendit que les deux soldats de son groupe ainsi que Mike et Farid aient passé le mur avant de leur emboîter le pas. Son équipe récupérerait au passage les trois hommes qui veillaient dans l'obscurité devant la cour.

Restaient désormais Andy, le sergent Bolton, le lieutenant Carter et deux soldats soignés pour des blessures mineures, ainsi que l'homme qui assurait la surveillance sur le mur et à qui Carter demanda doucement de les rejoindre sur leur fréquence radio.

Andy regarda le sergent qui posait une main protectrice sur sa blessure pansée, et tenait une cigarette dans l'autre. « Attention, ces trucs-là finiront par vous tuer », lui dit-il.

Le visage de Bolton s'étira en un sourire narquois. « Très drôle. »

Carter scruta son sergent. « Ça va aller ? »

Bolton grogna en se mettant sur pied pour écraser son mégot. « Ça roule, mon lieutenant.

– Bon, parfait. Attention où vous mettez les pieds. Denwood a dit que le pansement tiendrait comme il pourrait. »

L'homme qui était resté perché sur le mur sauta dans la cour, les sangles de son casque s'agitant en silence. Il s'accroupit près du lieutenant Carter et fit un rapport succinct.

« Rien à signaler, mon lieutenant. C'est une ville fantôme. Pas de lumière, pas de bruit. Rien.

– Parfait, on y va. »

Carter monta le premier, puis Andy et un autre homme hissèrent le sergent Bolton et l'aidèrent à redescendre sur le trottoir de l'autre côté sans défaire son pansement, ni rouvrir la plaie. Il s'agenouilla en silence, essayant de reprendre sa respiration, les deux mains sur sa blessure, grimaçant de douleur.

Accroupi devant le mur, Carter observa à travers la lunette de son SA80 : un système volumineux fixé en haut de son fusil, juste au-dessus du chargeur, et qui lui permettait de voir dans le noir. Il parcourut l'ensemble des ruelles étroites qui s'ouvraient devant lui, plissant les yeux pour étudier l'image verte et floue qu'il obtenait dans son petit viseur circulaire.

« Vous voyez quelque chose ? » murmura-t-il.

Les deux autres soldats, penchés sur leur arme, fixaient le paysage de gauche à droite et répondirent rapidement qu'ils ne détectaient aucune menace immédiate.

« Très bien. On prend cette rue, juste en face. Vous voyez la grande parabole satellite au premier étage ?

– Ouais, grogna l'un des soldats.

– C'est par cette rue qu'on est arrivés ce matin. C'est parti. »

Mike scruta les silhouettes brillantes des hommes de son groupe à travers le viseur infrarouge de son fusil. Westley était accroupi contre le coin d'un mur et observait le carrefour. C'était la large avenue qu'ils avaient empruntée pour entrer dans Baïji. En prenant à droite, ils iraient au centre-ville, à gauche, vers l'extérieur en passant par la place du marché et la rue à une voie en direction du pont sur le Tigre.

Les autres hommes surveillaient les toits de chaque côté de la rue pour détecter le moindre mouvement.

Il voyait Farid qui se reposait contre le mur, le regard levé au ciel, ses yeux brillant d'un vert maléfique à travers la lunette et vacillant de temps à autre lorsqu'il battait des paupières.

Westley avait désigné Mike responsable de l'Irakien. Il ne faisait pas confiance à l'interprète, mais ne voulait pas se priver d'un de ses hommes et lui avait confié une simple tâche de surveillance.

Westley se redressa et, d'un geste, il les entraîna sur la voie plus large, tournant à gauche pour prendre la direction approximative du nord-est et de leur point de ralliement. Mike voyait que les immeubles laissaient place, un peu plus loin, à des maisons à un seul étage, ce qui permettait de localiser la place du marché.

Puis une lumière scintilla devant eux.

Il vit Westley s'arrêter net et porter la main à son oreille en une réaction instinctive. Il captait une fréquence radio. Il entendit la voix rauque du jeune homme murmurer : « Merde ! »

Westley écouta un instant encore, puis se tourna vers ses hommes.

« Il y a un groupe qui nous cherche et qui arrive de ce côté de la rue. Une grosse foule avec des lampes torches et des armes. Ils sont presque à la hauteur de Zoulou. »

Ils entendirent des coups de feu dans le lointain. Mike releva son fusil et le pointa en direction de la rue pour observer à travers la lunette. Il apercevait des lumières tremblotantes et vit une balle traçante s'élever dans le ciel. Il repéra ensuite une tache de lumière informe au milieu de la voie qui ondulait comme une cellule vivante qui grandissait à vue d'œil et se divisait encore et encore.

« Et merde ! siffla Westley. Voilà ces connards qui rappliquent vers nous ! »

Mike abaissa son arme et regarda à l'œil nu : il vit un groupe important qui avançait avec prudence sur la chaussée, des faisceaux de lampes dansant de part et d'autre de la rue. Plus loin sur la place du marché, les tirs semblaient s'être intensifiés. La foule avait dû repérer Zoulou et les soldats étaient obligés de combattre pour se sortir de là.

« Merde. Qu'est-ce qu'on fait ? » murmura l'un des hommes.

Westley parcourut les alentours d'un regard inquiet. Ils s'étaient arrêtés le long d'un mur plat sans aucun endroit où se replier. Plus loin sur la gauche, une autre ruelle bifurquait mais ils seraient obligés de s'approcher davantage des torches et risquaient d'être vus en train de courir dans cette direction. En face de la large rue se dressait un mur de jardin, à hauteur d'homme.

Westley agita sa main gantée vers l'enceinte. « Par-dessus le mur, vite ! »

Les cinq soldats britanniques s'élancèrent à travers les quatre voies à découvert. Mike attrapa Farid par le bras et mena le vieil homme à leur suite. Ils arrivèrent d'un pas chancelant et il pria pour que les torches dansant sur l'asphalte n'aient pas détecté leurs mouvements.

Mike s'écrasa contre le mur et reprit sa respiration avant de se tourner vers le vieil homme.

« Grimpe par-dessus », lui dit-il.

Farid n'hésita pas une seconde et se hissa de l'autre côté. Mike fit de même et tomba dans le jardin où attendaient Westley et ses quatre compagnons d'armes.

Un voile de nuages se déchira dans le ciel et la pleine lune se mit à briller.

« Et merde, y nous manquait plus que ça », marmonna Westley.

À la lueur ondulante de la lune, Mike voyait les hommes accroupis en un demi-cercle et entendait le concert de leurs respirations haletantes lorsque le silence venait remplacer les coups de feu lointains.

34

19h23 GMT

Entre Manchester et Birmingham

Depuis plusieurs heures, Jenny marchait en silence au côté de Paul. Elle essayait de digérer ce qu'elle avait vu plus tôt sur l'autoroute. Ils s'étaient éloignés des artères principales, repérant parfois au loin des convois de l'armée et de la police sur l'asphalte déserté par les voitures particulières.

Elle se rendit compte que ses chaussures à petits talons n'étaient pas pratiques pour marcher à travers champs et dans l'herbe haute. Elle commençait à regretter de ne pas avoir pris des vêtements plus pratiques dans son sac de voyage. Mais hier matin, elle n'aurait jamais imaginé se retrouver à errer dans la campagne avec un inconnu.

Elle tenta de téléphoner plusieurs fois tandis qu'ils avançaient en direction approximative du sud, comme elle le devinait à la position du soleil faiblissant. Elle n'eut aucun réseau pendant un moment, et lorsqu'elle en eut enfin, elle reçut un message lui expliquant que la compagnie subissait des contretemps dus à un encombrement des lignes.

Tandis que les chauds rayons du soleil commençaient à plonger derrière la cime des arbres devant eux, Paul la mena jusqu'à un petit bois.

« Par ici, déclara-t-il en étudiant l'écran lumineux de son agenda électronique. On va pouvoir rejoindre l'autoroute de l'autre côté. » Son gadget était équipé d'un GPS.

Elle regarda les arbres : de vieux troncs serrés qui projetaient une ombre impénétrable dans le sous-bois. Elle n'avait jamais été très fan de ce genre d'endroit, les forêts silencieuses et effrayantes. C'était toujours dans ces coins que les naïfs et les innocents connaissaient les pires malheurs. Ce n'était pas rassurant non plus en repensant au *Projet Blair Witch* qu'elle avait vu cinéma des années auparavant.

« On est vraiment obligés de passer par là ? Je ne suis pas équipée pour ce genre de petites virées en campagne.

– Il n'y a que 1 kilomètre, d'après le GPS. Sinon, c'est dix ou quinze kilomètres si on le contourne. Écoutez, je sais que vous avez un peu peur, mais faites-moi confiance. On sera vite sortis de là. »

Jenny le regarda.

« Je suis à bout, ça se voit, non ? ajouta-t-il en lui adressant un sourire gêné. Je veux retrouver une route plate aussi vite que possible. On fait juste 1 kilomètre là-dedans avant le grand retour à la civilisation. »

Elle leva les yeux vers les arbres, le soleil orange qui saignait à travers les feuilles, et les ombres qui s'étiraient en longues bandes violettes inquiétantes sur le champ qu'ils venaient de traverser.

« Plus on attend et plus il fera noir là-dedans.

– Bon, d'accord. On traverse aussi vite qu'on peut. »

Il lui sourit. « Bien sûr. »

Il ouvrit la marche et franchit une clôture de barbelés. Il maintint le fil supérieur pendant qu'elle se pliait en deux et se faufilait à son tour. Sa chemise s'accrocha entre ses omoplates.

« Aïe, gémit-elle.

– Attendez, dit Paul en la détachant d'un geste habile.

– Merci », marmonna-t-elle.

Le sol était envahi d'orties, de ronces et de branches cassées qui toutes rivalisaient pour s'agripper à sa jupe, lui griffer les mollets et lui piquer les chevilles.

Ils progressaient lentement. 1 kilomètre commençait à lui sembler bien plus long que dans son souvenir. Ils passaient autant de temps à se frayer un chemin dans le sous-bois qu'à avancer.

Paul s'arrêta. « Il faut que je me repose. Et vous ? »

Je préférerais franchement qu'on se tire d'ici.

« Non, ça va. »

Il s'assit tout de même sur une souche.

« Désolé, j'ai besoin de reprendre ma respiration. Ça fait des heures qu'on marche.

– D'accord. »

Elle regarda autour d'elle pour trouver un endroit où s'installer. Elle ne vit rien et s'adossa à un tronc.

Ils restèrent muets quelques minutes. Il inspectait son agenda électronique tandis qu'elle essayait de téléphoner, encore et encore. Elle avait du réseau, mais tombait toujours sur ce satané message. Les lignes étaient saturées d'appels de gens inquiets pour leurs proches et leurs familles.

Paul rompit le silence. « C'est une journée de merde, hein ? »

Elle acquiesça. C'était tout à fait le terme.

« J'arrive pas à croire que cet agent de la circulation ait tué quelqu'un.

– Non, moi non plus.

– On ne s'attendrait jamais à voir un truc comme ça ici, vous savez, dans notre bonne vieille Angleterre.

– Non... sûrement pas. »

Il éteignit son agenda. « Je ne capte pas de réseau ici. Et ma batterie est faible. »

Jenny le dévisagea, inquiète.

« On n'est pas perdus, hein ?

– Non, je sais où on est. Je n'ai pas besoin de ce truc. Comme je vous le disais, il ne reste qu'un petit bout de chemin avant de retrouver l'autoroute.

– Oh, merci, mon Dieu. Je n'ai pas très envie d'être coincée ici après la tombée de la nuit.

– Vous n'avez jamais campé en forêt ?

– Jamais. Et j'espère bien n'avoir jamais à le faire.

– J'ai fait un week-end de paintball avec mes collègues, l'année dernière. On a fait des séances nocturnes avec des viseurs à infrarouge et tout. C'était dur, très intense, mais je ne m'étais jamais autant amusé la nuit en forêt. »

Jenny hocha la tête sans enthousiasme.

« Alors, vous disiez que vous avez des enfants ? demanda-t-il.

– Ils sont seuls à la maison, à Londres. J'ai vraiment envie de les retrouver aussi vite que possible.

– Leur père n'est pas là pour s'occuper d'eux ? »

Il va à la pêche aux infos ou quoi ?

Jenny se sentit gênée, coincée dans la nature, seule avec lui. Elle n'allait certainement pas avouer à ce mec qu'elle venait de mettre un terme à dix-huit ans de mariage. Il le prendrait pour une invitation, à n'en pas douter.

Ce n'est pas sympa. Est-ce qu'il t'a donné la moindre raison de le juger ainsi ?

Elle le regarda. *Non, aucune raison.*

Pour être honnête, il lui était déjà arrivé par le passé de côtoyer des collègues auxquels elle n'aurait jamais pu se fier. Ce gars, Paul, il avait gardé pour lui ses regards, ses mains et ses commentaires salaces. Il avait accordé plus d'intérêt à son gadget qu'à elle.

Mais on ne sait jamais, pas vrai ?

Oh, allez, se raisonna-t-elle, *s'il était ce genre de mec... ce serait le moment idéal pour se montrer un peu trop proche, pour tâter le terrain et pour poser des questions du genre : « Leur père n'est pas là pour s'occuper d'eux ? » Non ?*

Peut-être qu'il cherche juste un sujet de conversation ?

Ah, ouais ? Et la prochaine question qu'il te posera, ce sera : « Vous avez un homme qui s'inquiète pour vous, à Londres ? » ou bien : « Vous avez l'air d'avoir froid, la température a baissé. Venez vous asseoir à côté de... »

« Bon, on y va, déclara Paul en se levant de la souche. Je vois que cet endroit vous file la trouille. Dépêchons-nous d'atteindre la route tant qu'il fait encore jour. »

Elle lui adressa un sourire reconnaissant. « Oui, bonne idée. »

Ils parvinrent à se faufiler dans le sous-bois qui semblait déterminé à leur bloquer le passage jusqu'à l'autoroute. Le soleil commençait à se fondre dans l'horizon, plongeant derrière une rangée lointaine d'éoliennes au sommet d'une colline, lorsqu'ils émergèrent enfin de la forêt et dévalèrent une pente raide et herbue vers la route.

Ils inspectèrent les six voies vides qui s'étendaient à l'infini dans les deux directions. Pas un seul véhicule.

« C'est une vision vraiment étrange », remarqua Paul.

Ils tournèrent à droite en direction du sud, heureux de retrouver une surface plane sous leurs semelles.

« J'ai vraiment soif, annonça Jenny.

– Moi aussi. Je pense qu'on trouvera bientôt quelque chose. Sur cette portion de la M1, il y a un tas de stations-service et de boutiques.

– Vous êtes sûr ? Parce que ça ne m'emballe pas de marcher toute la nuit sans boire une seule goutte.

– J'ai suffisamment parcouru cette autoroute pour en être certain. Mais je dois bien admettre que je n'y avais encore jamais marché. »

Elle sourit.

« Si on est vraiment dans le besoin, je m'abaisserai peut-être à aller dans un Pizza Hut. »

Elle parvint à émettre un petit rire.

C'était agréable. Sa blague n'était pas très drôle, ce n'était même pas une blague d'ailleurs, mais cela faisait du bien d'entendre quelque chose de léger, surtout après ce qu'elle avait vu ce jour-là.

« Il faudrait vraiment qu'on soit désespérés, alors, enchaîna-t-elle. Mais alors, vraiment, vraiment désespérés. Et il y a encore de la marge ! »

Paul s'esclaffa à son tour et acquiesça.

35

20 h 24, heure locale

Baïji, Irak

« Merde, ils se dirigent vers nous », siffla Carter.

Andy scruta la rue étroite. Ils n'avaient nulle part où se cacher, la voie était large d'à peine un mètre, encombrée de boîtes et de contenants métalliques. Rien de suffisamment grand pour les abriter. D'une seconde à l'autre, les miliciens que le lieutenant avait repérés tourneraient dans la ruelle et le faisceau de leurs lampes dévoilerait leur présence.

Andy remarqua une petite porte dans le plâtre émietté du mur à leur gauche. « Essayez là », marmonna-t-il à Derry, le jeune soldat à ses côtés.

Le lieutenant Carter approuva. « Vas-y. »

Le soldat attrapa la poignée et la tourna. Elle était verrouillée ou bloquée. Elle grinça tandis qu'il tirait et poussait désespérément.

« Putain, Derry, espèce de pédé, mais enfonce-la » râla le sergent Bolton adossé contre le mur, le visage cireux.

Le soldat Derry fit un pas en arrière, leva son pied botte et frappa le métal de toutes ses forces. Une pluie de flocons rouillés tomba à terre, la porte vibra à grand bruit contre le chambranle, mais le verrou ne céda pas. Derrière eux, sur la voie principale, ils entendirent des voix s'élever et des faisceaux balayer l'entrée de la ruelle, dansant et tressautant tandis que les miliciens couraient dans leur direction. Ils avaient entendu le raffut et venaient en inspecter la source.

Le soldat Derry appliqua sa botte une seconde fois sur la porte, juste à côté du verrou qui, sous le coup de l'impact, éclata en un bruit de ferraille.

« Allez, allez, allez ! » cria Carter. Derry ouvrit la marche et Andy lui emboîta le pas. Deux autres soldats et Carter soulevèrent le sergent Bolton et le portèrent à l'intérieur pendant qu'un dernier homme tirait pour couvrir leur avancée, puis s'élançait à leur suite.

La pièce était plongée dans une obscurité totale et Andy fut obligé, une fois encore, de tâtonner pendant que les autres parvenaient à deviner quelques détails du terrain à travers leur viseur infrarouge. Un escalier en ciment menait à l'étage supérieur et les murs semblaient être faits de parpaings, lui écorchant le bout des doigts quand il essayait de s'en servir comme repère.

Ils prirent un virage sur les marches en béton vers un deuxième étage lorsqu'il leur sembla qu'on enfonçait un marteau contre la porte en métal rouillé. La cage d'escalier sombre fut soudain éclairée d'étincelles tandis que des salves perforaient la porte.

« Putain, grouillez-vous ! » cria un des soldats derrière Andy.

Ils coururent dans le noir jusqu'au deuxième étage, où une porte ouverte apparut devant eux. Andy apercevait la lueur de la lune dans l'embrasure.

Au rez-de-chaussée, la porte fut enfoncée. Il entendit des bruits de pas et vit les faisceaux dansants qui gravissaient les marches à leur poursuite. Le soldat derrière Andy le poussa sans ménagement vers la porte ouverte puis tourna les talons pour se poster face à l'escalier.

La détonation fut assourdissante dans cet espace confiné et ponctuée d'un hurlement en contrebas. Une balle avait atteint sa cible.

Andy trébucha sur les dernières marches menant à la porte, les oreilles sifflantes. Ils débouchèrent sur un long balcon qui surplombait la rue. Andy la reconnut, c'était celle qu'ils avaient empruntée le matin même.

Sous eux, à moins de cinq mètres, Andy vit plusieurs hommes et garçons armés qui avançaient dans la rue en groupes disparates, le faisceau de leurs lampes courant en arcs de cercle sur la voie. Ils les cherchaient désespérément.

Oh, merde. Ne levez pas la tête, je vous en supplie.

Devant lui, Carter, Bolton, Derry et l'autre soldat s'inclinaient au maximum en avançant sur le balcon, une structure à peine plus haute que la taille, un amas de parpaings abîmés et branlants qui les protégeaient de la foule en contrebas. Derrière lui, par la porte ouverte, Andy entendait le barrage de feu que produisait le dernier homme de leur groupe, déterminé à contenir le flot de la milice dans les escaliers.

Andy resta à la hauteur des autres, s'efforçant d'éviter les fauteuils en osier, les jouets d'enfants et les plantes en pot déposées devant la succession de portes d'entrée. De petites fenêtres donnaient également sur le balcon et derrière plusieurs d'entre elles, maculées de saleté et de poussière, il devina les visages terrifiés de femmes et d'enfants.

Les coups de feu s'interrompirent soudain dans les escaliers. Andy se retourna en espérant apercevoir leur soldat dans l'embrasure de la porte.

Une détonation retentit.

Une balle dans la tête, c'est sûr. Notre homme est tombé.

Ils sortiraient sur le balcon d'un moment à l'autre. « Putain, bougez-vous », se surprit-il à hurler aux hommes devant lui, ralentis par le poids de Bolton qu'ils traînaient à leurs côtés. « Ils sont juste derrière nous ! »

Une seconde plus tard, la porte du balcon s'ouvrit dans un claquement, suivi d'un coup de feu dans son dos. Des détonations sifflèrent autour de lui ; il se prit les pieds dans un fauteuil en osier et s'écroula.

« En bas ! » leur cria Carter.

Andy se redressa à la hâte et courut les rejoindre. Il rattrapa Derry, agenouillé pour tirer deux ou trois salves en direction de la porte. Carter luttait pour diriger Bolton dans une cage d'escalier étroite.

« Filez-moi un fusil, lança Andy au lieutenant Carter. Je vais aider Derry à les ralentir. »

Carter décrocha le SA80 de Bolton et le lui tendit. « Vous savez vous en servir ? »

Andy haussa les épaules.

« Plus ou moins.

– Dieu, aie pitié de nous », lâcha Bolton dans un accent traînant.

Andy plaça l'arme contre son épaule, sentant son poids rassurant entre ses mains. Il fit pivoter le canon, le doigt sur la détente. Bolton et Carter firent une grimace.

« Au fait, le cran de sûreté est retiré, lui annonça Bolton tandis que Carter le traînait tant bien que mal dans les escaliers.

– Merde, désolé », répondit Andy avec un sourire gêné.

Il se retourna et parcourut les quelques pas qui le séparaient de Derry.

Derry tira puis se coucha alors qu'une longue volée atteignait et brisait un énorme pot de fleurs en terre derrière lui. « Putain de putain ! » cria-t-il lorsqu'Andy s'allongea à ses côtés. Il le regarda, surpris de voir un fusil d'assaut dans ses mains.

« Ouais, j'ai le droit d'en avoir un, maintenant », marmonna-t-il. Il se redressa et tira une longue salve sur le balcon qui obligea les miliciens à se plaquer au sol, sans grande nécessité puisque le recul de son arme projeta le canon vers le ciel, ses balles criblant le balcon supérieur.

Derry mit à profit ces quelques secondes grappillées par Andy pour se glisser derrière lui et descendre quelques marches.

« De courtes salves, lui cria-t-il.

– D'accord. »

Andy appuya de nouveau sur la détente, tirant cette fois avec plus de précision.

« Je suis à sec, annonça Derry. C'est pas le meilleur plan pour assurer une couverture, putain.

– Allez-y. Je les retiendrai encore quelques secondes. »

Derry acquiesça et colla une claque dans le dos d'Andy avant de dévaler l'escalier.

Ô Seigneur, mais qu'est-ce que je fous ?

Il se demanda ce que Jenny penserait si elle le voyait jouer ainsi les Bruce Willis.

Il tira plusieurs coups en direction de la porte ouverte à l'instant où Derry arrivait dans la rue. Deux têtes sortirent de l'obscurité et deux AK aboyèrent en réponse. Il sentit l'air se déplacer près de sa joue lorsque la balle siffla à quelques millimètres de sa tête et qu'une autre s'enfonçait dans le mur juste derrière lui.

« Bon, je laisse tomber », gronda-t-il en se relevant pour descendre les marches quatre à quatre à la suite de Derry. Il fit feu en l'air pour dissuader ses poursuivants de lui emboîter le pas trop vite, accordant à leur retraite quelques secondes supplémentaires, du moins l'espérait-il.

Le groupe Whisky se réunit au bas des marches dans une ruelle jonchée d'ordures qui menait à un raccourci de 1 mètre de large où s'amoncelait un amas de meubles abandonnés, de bric-à-brac, de végétation pourrissante. Un flot de matière fécale jaillissait d'une sortie d'égout.

« Par là, je pense, lança Carter en montrant le passage.

– Ouais, répondit Andy, hors d'haleine. Où qu'on aille, on ferait mieux de courir. »

36

19h40 GMT

Shepherd's Bush, Londres

« C'est là, annonça Leona. Tourne à gauche. »

Dan braqua le volant pour s'extraire du flot presque immobile de voitures dans Uxbridge Road et s'engagea dans St. Stephens Avenue, une voie étroite bordée d'arbres et de maisons cossues de style édouardien.

« On est arrivé ! » s'écria Jacob sur la banquette arrière.

Leona se retourna sur son siège.

« Jake, en fait, on va chez Jill.

– Hein ? »

Dan la dévisagea.

« Ouais, je dirais pas mieux : *hein ?* Je croyais qu'on allait chez vous !

– Elle habite à trois maisons de chez nous, c'est une amie de la famille.

– Pourquoi on va pas à la maison ? » demanda Jacob.

Pour être honnête, elle l'ignorait. Tout ce qu'elle savait, c'est que leur père avait insisté pour qu'ils aillent chez Jill et non chez eux. Sa voix avait été empreinte de frayeur et lui avait laissé présager un réel danger. Au plus profond d'elle-même, elle savait que cela avait un rapport avec l'homme qu'elle avait revu. Rien ne semblerait logique à Dan ni à Jacob, encore moins à Jill.

« Papa nous a demandé d'aller chez Jill pour qu'elle puisse s'occuper de nous, le temps que maman et lui rentrent.

– T'es pas un peu un peu vieille pour avoir une baby-sitter ? demanda Dan.

– T'as bien vu ce qui se passait déjà à Hammersmith.

– Ouais, je vois ce que tu veux dire. »

Ils roulèrent lentement le long de la rue étroite, se glissant entre les larges véhicules garés à cheval sur le trottoir. En passant devant le numéro 25, Leona observa leur maison. Aucune lumière allumée. Elle semblait vide et inanimée.

« C'est là qu'on habite », annonça Jacob à Dan tandis qu'ils roulaient devant le bâtiment.

Leona montra une maison devant eux, sur la droite. « Au numéro 30. C'est la maison de Jill. »

Sa voiture, une Lexus RX, était garée sur le trottoir devant chez elle, mais les lumières étaient éteintes. Dan se gara et Leona descendit à la hâte. Elle ouvrit le portillon et remonta la courte allée qui traversait son jardin – quelques mètres carrés de plantes en pot flétries enfoncées dans du gravier – jusqu'à la porte d'entrée. Elle vit le courrier amoncelé par la fente de la boîte aux lettres et comprit que Jill devait assister à une conférence à l'étranger.

« Putain !

– Quoi ? demanda Dan qui l'avait rejointe, un sac de courses dans chaque main.

– Elle est partie.

– Ah ! »

Jacob chancelait en portant un unique sac de courses.

« Trop lourd, grogna-t-il comme un martyr.

– Bon, on va chez vous, alors ? » proposa Dan.

Leona jeta un coup d'œil par-dessus son épaule en direction de leur maison, à trente mètres plus haut dans l'avenue.

« Je crois qu'on n'a pas le choix, si Jill est partie.

– Bon », déclara Dan avant de faire demi-tour.

Ne rentre surtout pas à la maison. C'est dangereux.

La voix de son père avait été si insistante. Il savait quelque chose mais n'avait pas eu le temps de le lui dire. Les quelques instants qu'il avait eus avec elle au téléphone avaient été consacrés à une seule et unique chose : s'assurer qu'elle avait bien compris et qu'elle ne rentrerait pas chez eux. Point final. Les explications suivraient plus tard.

« Attendez ! » Dan et Jacob s'immobilisèrent.

Elle regarda autour d'elle, gênée, avant de ramasser une pierre dans le jardin pour casser la petite vitre en verre fumé au milieu de la porte d'entrée. Elle se brisa en morceaux qui éclatèrent au sol. Elle passa le bras pour actionner le verrou de l'intérieur.

« La vache, lança Jacob. C'est illégal. »

Jill ne fermait jamais à double tour, même quand elle partait pour longtemps. Elle préférait se contenter des lampes programmées et de la radio allumée en permanence dans sa cuisine pour convaincre les éventuels cambrioleurs de tenter leur chance ailleurs. Elle était un peu fofolle.

La porte s'ouvrit dans un craquement et elle la poussa, écartant au passage le courrier tombé sur le parquet du couloir. Dan la regarda.

« Euh... Leona, tu entres par effraction, là.

– C'est une amie, elle ne portera pas plainte. Allez, on rentre tout aussi vite qu'on peut. »

Elle ressortit vers la camionnette pour attraper des sacs quand, de l'autre côté de la chaussée, elle aperçut Mme Di Marcio qui habitait à deux maisons de là. Elle et sa mère étaient amies.

« Leona ! lui cria-t-elle.

– Bonjour, madame Di Marcio », répondit-elle en la saluant de la main.

La femme était mince et élégante, tout juste la quarantaine, bien que sa mère dise souvent d'elle qu'elle pouvait passer sans problème pour une trentenaire.

« Leona ! Tu fais quoi à la maison ? demanda-t-elle, son anglais teinté d'un accent portugais.

– Je... euh... mes parents m'ont dit de rentrer.

– Ce truc ? Ce truc qu'on voit aux infos ?

– Ouais.

– Pfft... terrible, hein ? Ce M. Smith, votre Premier ministre, il dit qu'on va être rationalisés ?

– Rationnés, oui. Mon père le dit aussi. Ça ne va pas être joli. »

Mme Di Marcio regarda par-dessus l'épaule de Leona en direction de Dan et Jacob qui portaient d'autres sacs de courses.

« Vous achetez les rations ?

– On est allés au supermarché et on a acheté des conserves et des bouteilles d'eau. »

Les yeux de Mme Di Marcio s'écarquillèrent lentement. Elle connaissait les idées d'Andy sur le pic pétrolier : au cours d'un dîner, il avait barbé les Di Marcio après avoir bu quelques verres de rouge.

« Ton père ? Il t'a dit que ça allait être mauvais ?

– Ouais.

– C'est ce truc, là, comment il l'appelait ? Le pic machin ?

– Le pic pétrolier ?

– Oui, c'est ça... C'est ça ?

– Je ne sais pas. Mais il m'a demandé de rentrer, de récupérer Jake et d'acheter des provisions avant d'aller chez Jill. »

Mme Di Marcio se couvrit la bouche.

« *Oh meu Deus, seu pai tinha razão.*

– Vous savez, vous devriez vous dépêcher si vous voulez acheter quelques trucs. Quand on a quitté le magasin, les gens devenaient fous, c'était un peu effrayant.

– Je me demande, peut-être on part ? » murmura Mme Di Marcio pour elle-même.

Elle réfléchissait à voix haute.

« C'est la ville, dit-elle en gesticulant vers la rue. C'est la ville... Je me souviens, ton père il disait que la ville, c'est un mauvais endroit où rester pendant une... une...

– Pendant une crise ? »

La femme acquiesça.

Leona fut surprise de voir à quel point elle avait enregistré les propos de son père. Peut-être avaient-ils écouté sa diatribe anti-pétrole, après tout.

« Je vais parler à mon mari quand il rentre.

– C'est peut-être une bonne idée de partir, si vous pouvez. Trouvez un endroit où dormir à la campagne.

– On peut prendre toi et Jacob avec nous, si on part ? On a des places dans la voiture.

– Merci, mais j'ai ordre de rester ici et d'attendre. Le temps que papa et maman rentrent.

– Je comprends. Je parle à mon mari. On reste ? On part ? On va parler.

– Très bien. Bon, il faut que j'aide à rentrer les courses », conclut Leona.

La femme attrapa Leona par les épaules et sourit. « Tu es bonne fille, très intelligente. Jenny et Andy sont fiers de toi. »

Leona haussa les épaules.

« Je m'en vais. Peut-être j'appelle Eduardo sur son portable. » Elle tourna les talons et rentra chez elle à la hâte.

Le long de l'avenue habituellement calme, Leona remarqua une activité plus dense qu'à la normale. Un homme déchargeait des sacs de provisions de sa voiture en parlant au téléphone. Quelques maisons plus haut, une femme sortit en courant ; elle sauta sur son scooter et démarra. Leona fit un pas en arrière pour la laisser passer tandis qu'elle roulait sans aucun doute en direction de la zone commerciale de Shepherd's Bush pour faire quelques courses, en proie à la panique.

Vous arriverez sûrement trop tard.

Cette pensée la fit frissonner jusqu'à la moelle.

Elle entendit une portière claquer, un autre moteur démarrer dans une toux rauque. L'avenue tout entière semblait soudain se réveiller.

Leona tendit une main vers le coffre et empoigna des sacs pour aider les deux garçons à mettre les provisions à l'abri.

37

22 h 41, heure locale

Baïji, Irak

Ils trébuchèrent bruyamment le long de la ruelle, se frayant un chemin à travers les tas de déchets, les caisses en bois de légumes pourris et s'efforçant de ne pas marcher dans le caniveau qui coulait au beau milieu.

Andy et les autres ne s'inquiétaient plus de garder le silence. Ils avançaient aussi vite qu'ils pouvaient à travers les immondices et la merde, faisant de leur mieux pour ne pas perdre l'équilibre ou s'accrocher aux obstacles de la route.

Derrière eux, Andy apercevait les faisceaux lumineux. Leurs poursuivants progressaient aussi péniblement qu'eux. Mais le sergent Bolton les ralentissait davantage.

Les miliciens gagnaient du terrain.

Le lieutenant Carter et le soldat Peters qui portaient Bolton trébuchèrent, chutant dans une gerbe liquide au milieu du caniveau. Un vrai méli-mélo de membres maculés de merde.

« Ah, putain de Dieu ! gronda Bolton. Mon foutu bandage s'est défait.

– Bouge pas ! » siffla Carter.

Dans l'obscurité, l'officier tâtonna pour trouver la bande de gaze dans la rivière d'excréments.

« Je pisse le sang, putain. »

Andy se tourna pour observer le passage étroit. Les lampes se rapprochaient. Avec l'arme du sergent Bolton, il visa dans leur direction, arrosant l'entrée de la ruelle d'une longue rafale qui fit s'agiter les faisceaux tandis que les poursuivants plongeaient à l'abri.

« Des petites salves, pauvre con, s'exclama Bolton. C'est pas un pistolet à eau ! »

Andy attendit un moment avant de lâcher trois nouvelles rafales. Cela leur accorderait un peu de répit, tant qu'il avait encore des munitions.

« Bon, ça fait chier. Donnez-moi un flingue et barrez-vous.

– Non, interrompit Carter. On t'abandonne pas.

– Si. Parce que je pisse le sang comme pas permis. »

Derry se pencha vers lui et posa la main sur le bras de Bolton.

« Vous êtes une vraie tête de gland si vous croyez qu'on va vous laisser en plan, mon sergent.

– Ta gueule, Derry. Vous allez tous y passer si vous continuez à me traîner comme ça. Donnez-moi un putain de flingue et cassez-vous, pigé ? »

Andy regarda Carter, Peters et Derry. Ils pensaient tous la même chose : le sergent Bolton avait raison. Mais aucun d'entre eux ne voulait être celui qui l'avouerait tout haut.

On n'a pas le temps pour ces conneries de macho.

« Il a raison, déclara Andy. Il pourrait nous faire gagner le temps dont on a besoin. » Il désigna le bout du raccourci. Une lueur vacillante brillait au loin, à quelques centaines de mètres. « C'est la place du marché. »

Carter lutta un moment avec cette pensée tandis que les faisceaux s'agitaient à nouveau derrière eux et s'approchaient avec prudence.

« Bon, Bolton, finit par dire Carter avec résignation. Comme tu veux. Donnez-lui un fusil.

– Mon lieutenant, on ne peut pas le laisser là ! protesta Derry.

– Ta gueule ! Obéis à ton supérieur », râla Bolton.

Derry lui tendit son fusil à contrecœur. « Le chargeur est vide. »

Bolton empoigna l'arme, sortit un chargeur du filet de son casque et l'enclencha avec un grognement de douleur. « C'est parti. »

Andy regarda sa montre.

« Il est 22 h 45. Il faut y aller.

– Bolton, dit Carter, garde ces connards à bonne distance de nos culs.

– Hum », grommela-t-il en se mettant en position derrière une pile de déchets ménagers en train de pourrir.

Andy tendit la main vers la poche de pantalon du sergent et sortit son revolver. Il le plaça sur le sol à côté de Bolton.

« Ne les laissez pas vous capturer vivant. Compris ?
– Aucune chance, merde. Allez, barrez-vous tous. »

Les hommes échangèrent un regard. Les mots n'avaient plus de sens. Bolton désenclencha la sécurité et, à travers le viseur infrarouge, mit en joue les lumières vacillantes qui approchaient rapidement au bout de la ruelle.

Ils partirent en direction de la lueur lointaine.

Le sergent Bolton regarda les faisceaux avancer lentement. Ils prenaient leur temps, étudiant le chemin avec prudence avant de s'engager en terrain découvert.

Très malin. La ruelle était jonchée de saletés, de boîtes, de meubles abandonnés et de mauvaises herbes. Un vrai cauchemar pour y progresser, surtout de nuit.

Qu'ils fassent encore quelques pas et il collerait une rafale sur le premier imbécile porteur d'une lampe torche. Le plus tôt serait le mieux. Il se sentait glisser dans le néant. C'était la même sensation qu'une cuite. Comme boire une pinte un matin suivant une bonne beuverie. Quelques gouttes pour se remettre d'aplomb.

Il glissait, de plus en plus vite.

Il perdait son sang depuis vingt bonnes minutes et il en avait perdu suffisamment pour que ses organes commencent à lui faire défaut.

Putain.

Il voulait tout de même en abattre un ou deux avant de sombrer. Juste un ou deux feraient l'affaire.

« Ramenez-vous, bande d'enculés ! hurla-t-il, se rendant compte avec amusement qu'il avait soudain l'air d'un saoulard qui s'attaquait à des flics à l'heure de la fermeture des pubs.

Une légère réaction. Les faisceaux balayèrent la ruelle dans sa direction, puis le tas de détritus qui le dissimulait parfaitement.

Ouais, ouais, ouais... vous pouvez pas me voir, connards.

Glisser.

Il décréta qu'il était temps. Il appuya sur la détente, visant l'une des lampes.

Le faisceau vrilla et s'éleva dans les airs.

Touché.

Glisser plus loin encore. Il s'était bourré deux fois, auparavant : une fois à son mariage, une autre fois quand l'Angleterre avait battu l'Australie à Twickenham.

Putain, ça va.

Sa vue se brouillait, tournoyait. Mais il était déjà allongé. Heureusement. Il aurait eu l'air d'un con s'il avait dû s'efforcer de rester debout.

Les lampes s'éteignirent et une seconde plus tard, il aperçut avec soulagement trois ou quatre canons de fusil. Et la pile puante de déchets devant lui se mit à danser sous l'impact de balles. L'air sifflait autour de sa tête.

Il sentit un coup dans son épaule. Comme une petite tape amicale.

Même pas mal, je vous emmerde.

Il tira à nouveau en direction des canons scintillant et tournoyant, certain désormais de viser des fantômes.

Un autre coup, puis un autre. Rien, aucune douleur.

Déchiffrant avec difficulté le spectacle lumineux devant lui, il appuya sur la détente et tira jusqu'à vider son chargeur.

Putain, c'était marrant. J'ai bien dû en toucher un, avec ça.

Puis, avec lenteur, il attrapa le revolver qu'Andy avait posé à terre à ses côtés. Il n'avait plus de force dans le bras, il était comme transpercé de minuscules aiguilles. Il trouva la crosse, la manipula de ses doigts impuissants et parvint à les serrer en un semblant d'étreinte.

Les déchets dansèrent à nouveau, l'air siffla... Il sentit un nouveau coup dans les jambes.

Putain... pas... mal.

Il tripota le revolver sur le sol.

Mais un dernier de ces petits coups merdiques des pédés d'en face finit par atteindre sa cible.

38

19h46 GMT

Shepherd's Bush, Londres

On peut apprendre beaucoup d'une famille en regardant ses panneaux pense-bête en liège, ses Post-it ou le fouillis idiot collé à la porte du frigo avec des aimants en forme de fruits. Ash avait une théorie, l'une de ses nombreuses théories qu'il avait accumulées au fil des ans à force d'observer la vie de loin, la vie normale, disons. Celle-ci ressemblait à : plus la porte d'un frigo est décorée, plus la famille est heureuse. C'était une théorie qu'il venait juste de formuler.

Celle du frigo des Sutherland était immaculée. Aucune photo, aucun mémo, aucune note ni aucune liste de courses.

Il était clair aussi que, dans cette maison, les choses en étaient arrivées à une conclusion lugubre. Dans la cuisine, des cartons étaient empilés dans un coin, pleins d'ustensiles de cuisine ; d'autres, dans le salon, contenaient des CD, des DVD et des livres ; dans le couloir, alignés contre un mur, d'autres encore renfermaient des bonnets, des écharpes, des anoraks. Sur chacun d'eux avait été inscrit au feutre « Jenny » ou « Andy ».

L'unité familiale des Sutherland se désintégrait.

Ash avait espéré trouver Mme Sutherland à la maison, espéré qu'elle pourrait l'aider à comprendre qui était Jill et, surtout, où elle vivait. Mais hélas, la maison était vide.

Il pensait trouver un indice dans le bureau du professeur A. Sutherland. Il alluma l'ordinateur, parcourut les adresses mail dans le fichier de contacts d'Outlook, sans succès. Il n'y avait pas de répertoire sur le bureau.

Mais dans le salon, il trouva un minuscule carnet noir où figurait un petit nombre de gens, des proches ; peu de connaissances, ce qui était pratique. Ash ne voyait pas de Jill, ni personne au nom commençant par un J

Mais il y avait une sœur à Londres. Une sœur, et non une amie, car elle figurait à la même page que papa et maman, son nom inscrit d'une écriture ronde de femme. À côté, on avait gribouillé « Tata » en lettres maladroites d'un enfant. C'était la sœur de Mme Sutherland et elles étaient visiblement intimes car, en plus de son adresse et de son numéro de fixe, il vit aussi celui de son portable.

Des sœurs qui se retrouvaient souvent pour partager les détails banals de la vie quotidienne. Il regarda la page.

Kate.

Oui, il était presque certain que Kate Marsh (son nom de jeune fille ?) aurait une vague idée de qui était Jill. C'était une personne suffisamment proche de la famille pour que le père lui confie les enfants en une telle période de crise. Quelqu'un qui avait dû être mentionné à un moment ou à un autre dans l'une des conversations entre Jenny et Kate autour d'un café et de biscuits.

C'était tout ce qu'il avait pour l'instant. Pas grand-chose.

Il passa le reste de la maison au peigne fin pour finir dans la chambre de Leona.

La pièce était encore décorée de posters de *boys bands* et un tas de peluches remplissait un fauteuil près de la fenêtre, mais il était évident que l'endroit se transformait peu à peu en une chambre d'amis. L'enfant qui avait grandi dans ce nid était parti. Il avait *pris son envol*, pour employer cette image éculée.

Debout à distance respectable de la fenêtre, loin des rayons chauds du soleil couchant, il observa la rue résidentielle douillette. Dans chaque maison sur le trottoir d'en face, il voyait le halo bleu d'une télévision ; les gens semblaient rivés aux informations et se demandaient sûrement déjà comment on avait pu laisser se produire une série de conneries aussi énormes.

Il regarda d'autres voitures démarrer et se faufiler dans l'avenue pour faire des courses de dernière minute et voir ce qu'il y avait encore à récupérer au supermarché local. À quelques maisons de là, un couple et leur garçonnet déchargeaient des sacs du coffre de leur camionnette.

Ash hocha la tête et ressentit quelque chose qui était proche d'une sincère pitié pour ces gens, si peu préparés à ce qui les attendait.

39

22 h 50, heure locale

Baïji, Irak

Andy, Carter et les autres observèrent la place du marché depuis l'obscurité de leur ruelle.

« Ça y est, ils ont bloqué le passage. »

Au milieu de la place brûlait un grand feu – un bidon d'huile glissé sous un tas de palettes cassées – qui illuminait la zone d'une lueur d'ambre vacillante. Autour des flammes, une trentaine de miliciens discutaient avec animation et profitaient de cette chaleur soudaine. Derrière eux, au-delà de la place, s'étendait la route qui menait hors de la ville et, tout juste visible dans le lointain, le pont sur le Tigre.

« Qu'en dites-vous ? » demanda Andy.

Carter garda le silence un moment.

Andy remarqua que le jeune officier se mordait la lèvre inférieure, un geste de nervosité qu'il avait déjà pu voir dans l'enceinte de la cour. Mais il semblait à présent plus prononcé, accompagné d'un léger hochement de tête, un très léger tic qui laissait à penser que Carter commençait à perdre son sang-froid.

« Je... je ne sais pas. Ils sont nombreux, ces connards, et il y a une distance trop longue à parcourir. S'il n'y avait pas eu ce putain de feu, on aurait pu se glisser discrètement jusqu'au pont. Mais là, c'est pas génial. »

Andy regarda sa montre.

« Merde, il nous reste neuf minutes. Il faut faire quelque chose !

– On... on arrivera pas à passer.

– N'importe quoi ! siffla Andy. On ne peut pas rester ici non plus. Ils vont rappliquer derrière nous d'une minute à l'autre. Il faut qu'on y aille... »

Ils entendirent le grondement rauque d'un véhicule qui approchait. Il semblait venir de la rue principale, en provenance du centre-ville, et il roulait vite, très vite.

Une seconde plus tard, Andy vit les hommes s'agiter sur la place, se tourner vers la source du bruit. Ils n'armaient pas leurs fusils, certains que le véhicule venait déposer d'autres miliciens pour les aider à bloquer cette sortie de la ville.

Le camion arriva dans leur champ de vision, cahotant au milieu des étals vides du marché. Sans prévenir, il s'immobilisa. Andy apercevait plusieurs formes sombres assises sur le plateau arrière.

Carter porta la main à son oreille.

« C'est nos gars... leur fréquence vient juste d'arriver à notre portée. Ils papotent comme un groupe de vieilles au bingo.

– C'est qui ? demanda Andy. Le groupe de Westley ?

– Ça pourrait bien être le groupe de Westley, murmura Carter. Ou celui du Fidjien. »

Andy compta les têtes. « Ou les deux. »

Le camion s'était immobilisé aux limites du cercle de lumière projeté par le feu. Les miliciens se rassemblèrent autour des flammes et se tournèrent face au camion. À leur attitude nonchalante, Andy pensa qu'ils devaient considérer les hommes du camion comme les leurs.

« Ils nous attendent, je crois, murmura-t-il à Carter. Ils ont ralenti pour nous, mais ils ne pourront pas attendre très longtemps.

– Peut-être, oui. »

Carter scruta les abords de la place.

« Aucun signe de Zoulou. »

Andy hocha la tête. « Aucun. »

Carter jura dans sa barbe.

Andy observa les alentours.

« Il faut y aller.

– Ils vont nous voir à la seconde où on sortira à découvert. »

Andy se retourna vers le fond de la ruelle. Le fusil de Bolton ne tirait plus depuis une minute et il voyait déjà les faisceaux s'approcher dans leur direction. « On ne peut pas rester ici, putain ! »

Derry et Peters jetèrent un œil incertain à leur supérieur.

« Mon lieutenant ?

– C'est trop à découvert, trop loin. »

Andy empoigna le bras de l'officier. « Merde, à la fin. C'est notre dernière chance. Je tente le coup. »

Il s'accroupit, prêt à bondir au milieu de la place.

« D'accord, admit Carter. On y va tous. On tire et on manœuvre en paires, compris ? »

Westley les aperçut à l'instant où ils émergèrent de la ruelle sombre – quatre hommes qui évoluaient par deux à découvert. Les deux premiers se couchèrent au sol et tirèrent en direction des miliciens rassemblés près du feu tandis que les deux autres profitaient de la confusion générale pour piquer un sprint vers le camion.

« Nos gars arrivent à gauche, les mecs ! Couvrez-les ! »

Les douze hommes à l'arrière lâchèrent une pluie de balles en direction des miliciens qui se dispersèrent. Cette courte salve jeta à terre une dizaine d'insurgés et resta sans réponse pendant que les autres rampaient pour prendre position. La réplique ne se fit pas attendre longtemps et obligea les soldats à se coucher sur le plateau arrière.

Westley attendit quelques secondes avant de relever la tête pour étudier la situation. Tous les miliciens étaient face contre terre. Ils avaient peu d'endroits où s'abriter : les maigres planches et les structures en tuyaux métalliques des étals du marché ne les aidaient pas beaucoup. Mais certains d'entre eux répliquaient déjà. Les grincements et les étincelles occasionnelles prouvaient une fois de plus qu'ils avaient retrouvé leurs esprits après l'attaque surprise, et que certains visaient bien.

« ... parti. Faut bouger maintenant ! » La voix de Tajican grésillait dans la radio, la moitié de ses phrases perdue dans les bruits blancs et les effets de larsen.

Le feu ennemi s'intensifiait alors que la milice s'était reprise. Une fois encore, Westley remarqua que certains hommes au sein de la foule savaient se battre.

« D'accord, mais vas-y doucement... Nos gars arrivent juste derrière ! »

Le camion se mit à rouler en un rugissement plaintif tandis que le pot d'échappement crachait un nuage âcre de fumée qui se répandit dans son sillage.

Westley regarda les quatre hommes approcher, courant de toutes leurs forces devant les miliciens, abandonnant leurs manœuvres en paires pour atteindre le camion. Ils parcoururent les cinquante mètres à toute vitesse, comme des gamins lancés après un vendeur de glaces ambulant par une journée de canicule.

« Allez, bande de branleurs, bougez-vous ! » cria-t-il en se levant pour atteindre l'arrière du plateau et descendre en équilibre précaire sur le pare-chocs.

Le camion roulait trop vite.

« Taj, faut que tu ralentisses pour les laisser monter ! »

Pas de réponse, juste un sifflement. Tajican l'avait peut-être entendu et lui avait répondu, mais peut-être pas. Les radios n'étaient pas toujours très fiables.

Les hommes comblaient l'écart, trente mètres... vingt. Mais le camion prenait trop de vitesse et ils commençaient à faiblir.

« Putain, Taj... mais ralentis ! » hurla-t-il dans sa radio.

Merde. Taj ne m'entend pas.

Westley jeta son SA80 dans le camion et se pencha vers les hommes qui couraient, tendant le bras. Ce fut à cet instant qu'il détailla leurs visages et remarqua qu'ils n'étaient que quatre.

Le lieutenant Carter, Derry, Peters... et le civil... Andy.

Le sergent Bolton est tombé. Merde.

« Allez ! » leur cria-t-il.

Le plus proche était Peters. Il empoigna la main de Westley, attrapa la paroi du plateau et se hissa. Derry fut le suivant, tandis que le camion filait plus vite et que Taj passait la seconde. Westley fut obligé de se tordre le bras pour pouvoir tirer Derry suffisamment près du véhicule et lui permettre de l'attraper. Dans un râle d'épuisement, il parvint à grimper à son tour et à rouler sur le plateau où il haleta comme un asthmatique.

Il ne restait plus que le lieutenant Carter et Andy, le Néo-Zélandais. Il voyait qu'ils avaient tous deux épuisé le peu de forces qui leur restait pour parcourir les derniers trente mètres et qu'ils parvenaient tout juste à maintenir le rythme, mais ils ne tiendraient pas le coup très longtemps. C'était la terreur qui portait ces deux-là sur leurs jambes exténuées, rien d'autre.

Westley se pencha autant qu'il put et tendit la main, ses doigts gantés frôlant presque leurs visages.

Attrapez-la ! Putain, mais attrapez-la !

Il entendit le véhicule cliqueter et gémir lorsque Tajican passa une autre vitesse. Il se retourna et cria à l'un des soldats près de la cabine de s'avancer pour frapper sur le toit et attirer l'attention du Fidjien pour qu'il ralentisse. Mais son cri rauque se perdit dans le grondement du véhicule et les salves d'une dernière contre-attaque des miliciens sur la place qui les poursuivaient à présent en nombre.

On agrippa sa main gauche.

L'un d'eux avait réussi, avait trouvé en lui assez de force pour sauter et lui attraper la main. Et l'autre ? L'autre ne s'en sortirait pas. Le camion roulait désormais trop vite.

Il se retourna pour voir qui l'avait attrapé, qui serait sans doute le dernier homme debout.

40

19 h 52 GMT

Shepherd's Bush, Londres

Leona regarda St. Stephens Avenue par la fenêtre. Un peu plus haut, sur le trottoir d'en face, se dressait la maison des Di Marcio. Elle apercevait les ombres chinoises de leurs têtes derrière la baie vitrée, ils regardaient la télé. Dans la maison juste en face vivaient un autre couple et leur bébé. Elle devinait des mouvements dans leur salon, la femme faisant les cent pas en nourrissant son bébé, pendant que l'homme se tenait debout devant la télé.

Leona tordit le cou pour regarder sa propre maison à travers le store vénitien, au numéro 25. Elle la voyait presque entièrement à travers le feuillage d'un peuplier malingre.

Sombre, immobile, vide.

Comme Jacob, elle aurait préféré s'y installer, au milieu du décor familier et de ses propres affaires.

Elle regarda la fenêtre de sa chambre et crut apercevoir une forme haute et noire contre le mur. Figée, comme elle, scrutant la folie extérieure... une silhouette humaine.

« Qu'est-ce... ? » fit-elle silencieusement.

Une brise légère fit s'agiter les branches de l'arbre qui lui masquèrent la fenêtre. Quelques secondes s'écoulèrent, le vent tomba et les feuilles s'immobilisèrent. Elle chercha pendant une longue minute à étudier l'obscurité de sa chambre, mais la lumière faiblissante du crépuscule et les rayons de soleil qui se réfléchissait sur les toits rendaient la tâche difficile.

Elle ne voyait plus rien.

Ne rentre pas à la maison.

Leona frissonna et se détourna de la fenêtre pour s'asseoir à côté de Daniel sur le canapé devant le grand écran de Jill et regarder les infos, à l'instar du monde entier. Ils restèrent là en silence tandis que Jacob, allongé par terre à leurs pieds, triait ses cartes Yu-Gi-Oh.

«... dans chaque ville et s'étend à tout le pays. Dans la plupart des cas, les émeutes se concentrent autour des supermarchés et des stations-service. Dans les grandes agglomérations, l'ordre public est mis à mal. Les policiers ont pris les armes, des soldats ont été déployés devant les installations gouvernementales clés ainsi que les dépôts de réserves. Mais au-delà de ces zones protégées, aucun uniforme à l'horizon... »

Leona reconnaissait le visage du journaliste à l'écran: il commentait habituellement l'économie, depuis la City. Mais il était à présent sur le toit d'un immeuble ou sur un balcon qui surplombait une rue noire de gens courant de tous côtés, et de fumée émanant d'une voiture en flammes. Habituellement vêtu d'un costume bleu marine, portant toujours une cravate impeccable, parfaitement soigné avec sa raie au milieu, il avait l'air en cet instant de quelqu'un que l'on vient de tirer du lit après une nuit blanche.

«La loi et l'ordre ont disparu de nos rues au cours des six dernières heures, depuis le discours désastreux du Premier ministre. Au milieu de la confusion qui règne au pied de l'immeuble d'où je vous parle, nous avons distinctement entendu des détonations», continua le journaliste en jetant un coup d'œil vers la rue enfumée.

Leona frissonna à nouveau.

Mon Dieu, il est terrifié.

«Selon certaines rumeurs, des soldats auraient tiré à balles réelles sur des civils devant des points de réserve clés. Des centaines de témoignages rapportent des bagarres autour de lieux d'approvisionnement en nourriture, ainsi que de nombreux assassinats. C'est un scénario absolument horrible, Sean, qui se joue dans les rues des grandes agglomérations britanniques... »

L'écran repassa au présentateur du journal.

«Diarmid, y a-t-il le moindre signe d'une présence policière dans la rue ? C'est bien Oxford Street que nous voyons à l'écran ?

– Tout à fait, Sean. L'artère est méconnaissable, mais oui, c'est bien Oxford Street. Les troubles ont débuté vers 15 heures autour d'un supermarché de Metro-Stop, lorsque les employés ont tenté de fermer le rideau de fer. Leur geste a déclenché une émeute tournant rapidement au pillage intégral du magasin. J'ai vu des gens ressortir avec des chariots remplis de nourriture, puis des bagarres se déclarer tandis que d'autres passants tentaient de se servir dans leurs caddies. Cette émeute s'est répandue comme une traînée de poudre aux boutiques voisines. On a pu voir des pillards sortir en courant d'un magasin de sport et d'une boutique de matériel électronique. Tout cela me rappelle, Sean, certaines scènes des émeutes de Los Angeles en 1992, et celles qui ont suivi le cyclone Katrina à La Nouvelle-Orléans. Mais pour répondre à votre question, Sean, je n'ai vu aucun militaire ni aucun policier depuis notre arrivée ici. »

Retour au présentateur.

« Merci, Diarmid, reprit Sean en observant une liasse de fiches entre ses mains. Les scènes d'émeutes que vous venez de voir se déroulent en ce moment dans le centre de Londres. »

Sean Tillman prit une longue inspiration puis releva les yeux vers la caméra : sa marque de fabrique, le sourire matinal que Leona trouvait si énervant mais qu'elle aurait aimé voir en cette seconde, était remplacé par un air de résignation lugubre.

« Le gouvernement n'a fait aucune autre déclaration depuis la conférence de presse de ce midi. Nous avons été informés qu'un comité d'urgence, officiant sous le nom de code COBRA et possédant une autorité légale totale, était désormais à la tête du pays. Nous ne savons pas, à cette minute, si le Premier ministre est responsable de ce comité, ou si un autre ministre en a pris la charge. »

Leona se tourna vers Daniel. « Oh, mon Dieu, Dan, c'est effrayant », murmura-t-elle.

Daniel acquiesça en silence.

« Nous avons reçu tout au long de l'après-midi des reportages de nos correspondants à l'étranger. Un scénario identique se déroule dans de nombreux pays. À Paris, les troubles ont débuté dans la banlieue de Clichy-sous-Bois et se sont étendus à la capitale tout entière, des immeubles sont en feu et l'on parle de plusieurs centaines de morts parmi les émeutiers. À New York, l'annonce d'un rationnement de nourriture immédiat a été aussitôt suivie par des manifestations massives, dégénérant en véritables combats de rue. » Daniel se leva.

« Je peux utiliser le téléphone ? Je voudrais essayer d'appeler ma mère encore une fois.

– Bien sûr. »

Il sortit du salon pour se diriger vers le téléphone du couloir lorsque Jacob s'agita.

« Lee, il va y avoir une grande guerre ? demanda-t-il d'un ton désinvolte.

– Quoi ? Mais non, enfin ! » lâcha-t-elle avec irritation.

Elle remarqua aussitôt, à son froncement de sourcils inquiet, que même Jake était conscient de la mauvaise tournure que prenaient les choses. « Non, Jake, il ne va pas y avoir de grande guerre. Mais la situation n'est pas... bonne. Et les gens paniquent un peu. »

Jake acquiesça en intégrant les paroles de Leona, puis il leva les yeux vers elle. « Je veux maman. Elle est où ? »

Leona lui adressa un sourire qu'elle espéra rassurant.

Moi aussi, je veux maman.

Daniel revint.

« Il n'y a plus de tonalité. Le téléphone est comme mort.

– Comme mort ?

– Rien à l'autre bout.

– Qui est mort ? » demanda Jake.

Ses lèvres se mirent à trembler.

Leona se serait vraiment passée d'une crise de larmes. « Personne, Jake. Personne n'est mort. Joue avec tes cartes, d'accord ? »

Jake acquiesça, mais au lieu de continuer à trier ses cartes en piles de monstres et de sortilèges, il se tourna vers la télé et observa les images de voitures en flammes et de villes enfumées. Il écouta les commentaires, tête penchée, sans vraiment comprendre ce qui se disait mais sachant d'instinct qu'il n'y avait là rien de bon.

« Tu veux essayer sur mon portable ? demanda Leona.

– Ouais, s'il te plaît. »

« ... en Arabie saoudite, en Irak et en Afghanistan. D'après ce que nous savons, l'évacuation des troupes continue dans cette région, des avions Hercules transportent des sections entières vers plusieurs bases de la RAF, notamment... »

Le visage de Sean Tillman disparut soudain. Il ne restait plus que le logo de *News 24* en haut à gauche, et les dépêches qui défilaient au bas de l'écran.

« Il semblerait, annonça la voix, que nous ayons perdu l'éclairage dans notre studio. Je suis certain que ce problème technique sera résolu rapid... »

Puis une tempête de neige s'abattit sur l'écran qui siffla.

« Qu'est-ce qui est arrivé au monsieur de la télé ? » demanda Jake.

Daniel, le portable à la main, regarda Leona. « Et merde, qu'est-ce qui se passe ? »

Elle hocha la tête.

Les lumières du salon s'éteignirent soudain, ainsi que l'écran de télé.

« Hein ? »

Le faisceau orangé des lampadaires qui s'étaient allumés quelques minutes plus tôt dans la rue s'éteignit à son tour.

« Le courant est coupé », murmura-t-elle dans l'obscurité.

Jacob fut pris de panique.

« Il fait tout noir ! Je vois plus rien ! gémit-il.

– Détends-toi, Jake, on voit très bien. Il ne fait pas tout noir, juste un peu sombre », répliqua-t-elle d'un ton qu'elle voulut calme, malgré le vent de frayeur sur le point de s'emparer d'elle.

Jacob éclata en sanglots.

« Chhuut, Jake. Viens donc t'asseoir à côté de nous. »

Il se leva et s'installa entre Leona et Dan sur le canapé en cuir de Jill. « Voilà, rien d'effrayant ne va nous arriver. On va rester assis là et... »

Son portable se mit à sonner et ils sursautèrent tous les trois.

41

19h53 GMT

Entre Manchester et Birmingham

« Leona ? s'écria Jenny, soulagée. C'est toi ?

– Maman ?

– Oui. J'ai essayé de te joindre toute la journée. Tu vas bien, ma chérie ? »

Elle parlait vite, n'osant gâcher la moindre seconde de ces moments précieux au téléphone. Dieu seul savait combien de temps encore fonctionneraient les lignes.

« Tu es allée chercher Jacob ?

– Oui, il est ici.

– Vous êtes à la maison ? »

Elle entendit Leona hésiter un instant.

« Maman, commença-t-elle. Papa m'a demandé d'aller chez Jill.

- Chez Jill ? Pourquoi ? »

Une autre pause, plus longue. « Papa pensait que ce serait plus sûr. »

Jenny se demanda à quoi pouvait bien penser Andy. Elle aurait préféré les savoir à l'abri chez eux. Mais elle se souvint que Jill était à l'étranger pour une semaine et participait à un séminaire avec son équipe de vente.

« Comment es-tu entrée dans... »

Elle entendit Leona pleurer.

« Peu importe, je suis certaine que Jill s'en fichera. Vous avez des provisions ? »

La question suscita un gémissement de sa fille. « Oh, mon Dieu, c'était horrible, maman. C'était... »

Jenny entendait les sanglots se mêler à la voix de sa fille.

« Au supermarché, quand on est sortis, tout commençait à dégénérer. On a failli se battre. On regardait les infos et...

– Je sais, ma chérie, je sais», l'interrompit-elle.

Ô Seigneur, j'en sais quelque chose.

Jenny avait vu des choses, au cours de ces dernières heures, qu'elle n'aurait jamais imaginées possibles dans un pays comme le sien : une nation civilisée, prospère, à l'exception de quelques gangs de jeunes dans les cités les plus défavorisées ; un endroit où l'on se sentait en sécurité.

«Je sais», répondit-elle. Elle sentait trembler sa propre voix.

Sois forte. Pour elle.

« Oh, mon Dieu, maman. C'est exactement comme papa le décrivait, pas vrai ? Tout se désintègre. »

Jenny se demanda quelle attitude adopter devant ses enfants. Le déni ? Les rassurer et leur dire que, d'ici quelques jours, tout serait revenu à la normale ? Était-ce vraiment ce que Leona avait besoin d'entendre ? Parce que c'était faux, non ? Si elle croyait enfin à la sagesse prophétique d'Andy, si sa tolérance exaspérée et son cynisme fatigué n'étaient plus qu'un souvenir et qu'elle était désormais prête à prendre en compte ses conseils... alors il fallait bien admettre que les choses ne se rétabliraient pas en quelques jours.

Elles iraient de mal en pis. Andy l'avait prédit. Il l'avait avertie. Seigneur ! Il l'avait ennuyée à mourir avec tout cela, et voilà que ça arrivait.

« Leona, chérie, vous avez à manger ? demanda Jenny en essuyant la première larme sur sa joue comme si sa fille risquait de la surprendre.

– Oui, maman. On a acheté des boîtes de conserve au supermarché.

– Parfait, Leona. Je peux parler à Jacob ? »

Jenny entendit un échange étouffé en arrière-fond, puis la voix de son fils.

« Maman ?

– Jake, répondit-elle, incapable de contrôler le tremblement de sa voix.

– Maman, ça va ?

– Oh, tout va bien, mon chéri.

– T'as l'air triste.

– Je ne suis pas triste.

– Quand est-ce que tu rentres ?

– Dès que je peux. Je fais tout mon possible. Vraiment. »

Elle regarda le visage de l'homme qui avait marché à ses côtés pendant quatre heures. Paul. Elle ne le connaissait ni d'Ève ni d'Adam. Un étranger, comme les autres personnes assises sur les chaises en plastique orange autour de la baraque à frites sur l'aire d'autoroute.

« C'est pas grave. Leona et Daniel s'occuperont de moi en attendant.

– Daniel ? C'est qui ?

– Un gars. Un ami de Leona. »

Un gars ?

« Jacob, repasse-moi Leona. »

Jenny entendit de nouveau le bruissement du téléphone qui changeait de main.

« Maman ?

– Qui c'est, ce Daniel ? Jacob dit que c'est un *homme.*

– Tout va bien, maman, c'est un pote de la fac. Il nous a conduits jusqu'à la maison. Il nous a aidés à faire les courses. »

Jenny soupira de soulagement. Le dénommé Daniel n'était qu'un gamin, sûrement son copain actuel. Jenny avait perdu le fil des noms sur la liste d'amis que Leona lui rabâchait au cours de son compte rendu téléphonique hebdomadaire. Jenny fut rassurée qu'un garçon veille sur elle et Jake.

« D'accord.

– T'as eu des nouvelles de papa ? demanda Leona. Je ne lui ai pas parlé depuis ce matin.

– Non, ma chérie, c'est aussi la dernière fois qu'on s'est parlé.

– Oh, mon Dieu, j'espère qu'il va bien. »

Jenny se rendit compte à quel point elle le souhaitait, elle aussi. En l'espace d'une journée, elle s'était surprise à récrire son histoire personnelle : les cinq dernières années passées à le voir comme une taupe épuisante creusant son petit tunnel solitaire et paranoïaque en direction de nulle part. Tout était différent, désormais. Andy avait vu tout cela... elle observa les visages terrifiés autour d'elle, l'autoroute déserte, le ciel nocturne libéré de la pollution lumineuse orange des grandes villes... il avait vu tout cela de ses propres yeux. Il avait juste essayé de les avertir, rien de plus.

« Il ne lui arrivera rien, Leona, je suis sûre qu'il va bien. »

Leona se remit à pleurer.

« Écoute-moi, chérie, il faut que tu sois forte... »

Un sifflement suraigu envahit la ligne, suivi d'un grésillement et de parasites.

« Leona ! »

Le grésillement continua.

« Leona, s'écria Jenny.

– Maman ?

– Oh, mon Dieu, j'ai cru que les réseaux venaient d'être coupés.

– Maman, dépêche-toi de rentrer, s'il te plaît. On vient d'avoir une panne de courant juste avant ton appel. Il fait noir et on a peur. Il y a des bruits dans la rue et... »

La communication fut interrompue.

« Leona ! »

Cette fois-ci, rien à l'autre bout, pas le moindre grésillement. Jenny regarda Paul qui dévorait quelques pains à hamburgers rassis que le petit groupe avait trouvés dans la baraque à frites verrouillée sur l'aire.

« Les lignes téléphoniques ne marchent plus, murmura-t-elle en sentant des frissons lui parcourir le cuir chevelu. Elle se rendit compte que ses enfants étaient désormais seuls tandis que la situation à Londres – ainsi que dans toutes les autres villes du pays, et du monde entier sans aucun doute – s'apprêtait à tourner au cauchemar.

Paul but une gorgée de sa canette de Tango. Quelque vingt-quatre packs de canettes de soda et une douzaine de paquets de pains à hamburgers avaient été le seul butin que le petit groupe avait pu dégoter dans la camionnette. Certains d'entre eux, assis en silence sur les chaises devant la baraque à frites, avaient fait partie de la foule de conducteurs massés devant le barrage de police. Un ou deux autres s'étaient joints à eux en chemin, à la tombée de la nuit, émergeant des champs et des complexes industriels en bordure d'autoroute, dévalant les pentes herbues ponctuées d'arbrisseaux maigrichons au feuillage baigné de monoxyde de carbone.

« Vous feriez mieux de manger quelque chose », déclara Paul à voix basse en lui tendant des petits pains.

Jenny baissa les yeux vers la nourriture devant elle.

« Je ne peux rien manger. Je n'ai pas faim.

– Vous devriez quand même avaler un morceau. Qui sait quand on trouvera notre prochain repas... »

Elle arracha un petit pain et mordit dedans, mâchant sans enthousiasme la mie rassie.

Les enfants sont rentrés, ils ont des provisions. Ils sont en sécurité à l'intérieur.

C'était tout ce qui importait à ses yeux. Jenny savait qu'il lui faudrait trois ou quatre jours de marche sur l'autoroute avant de les retrouver à Londres. Au moins, ils avaient à manger.

Les avertissements d'Andy, sa longueur d'avance... celle qu'ils auraient dû mettre en place un peu plus tôt, cela avait tout de même porté ses fruits. Si elle l'avait vraiment écouté quatre ou cinq ans plus tôt, ils vivraient certainement dans une vallée éloignée du pays de Galles, auraient un potager, un puits, des poules, un générateur et une turbine. Ils auraient pu attendre tranquillement.

Au lieu de cela, ses enfants avaient à peine eu le temps de prendre un peu d'avance sur le reste de la population, « les masses bornées », comme aimait à le dire Andy.

Attendre tranquillement.

Peut-être pas tant que ça. Ils auraient pu avoir leur propriété éloignée et autarcique, mais combien de temps auraient-ils été en mesure de la garder ? Après avoir pillé les supermarchés, après que la nourriture fut venue à manquer et que la faim eut commencé à les tirailler, ces gens – les masses bornées – iraient fouiller plus loin encore dans les terres.

Jenny hocha la tête.

Andy n'était pas du genre à se défendre, ni à défendre sa famille. Il était pacifiste. Elle avait du mal à l'imaginer en train de surveiller leur petite forteresse, un fusil d'assaut posé sur l'épaule, le visage camouflé sous un maquillage comme celui qu'adoraient les petits garçons.

Il savait s'organiser mais ce n'était pas un homme de combat.

42

22 h 53, heure locale

Baïji, Irak

Westley tira Andy par le bras d'un geste brutal, le soulevant presque de terre. De l'autre main, Andy parvint à agripper l'arrière du camion. Westley attrapa son T-shirt dégoulinant de sueur, et hissa Andy sur le plateau où il se retrouva allongé sur le dos, les yeux rivés aux nuages éclairés par la lune.

Dans un craquement et un grincement de métal usé, le camion passa enfin la troisième et s'élança. Westley hurlait au lieutenant Carter de se dépêcher. Le camion ne ralentirait plus pour lui.

Andy se redressa et regarda le jeune officier qui courait avec peine dans le sillage du véhicule. À une centaine de mètres derrière lui, la foule les poursuivait encore, furieuse.

« Allez, bougez-vous, lieutenant ! » s'écria-t-il.

Le lieutenant Carter jeta son casque et son fusil, et martela le sol de ses bottes, le visage contracté sous l'effort. Ses bras fendaient l'air et, au grand étonnement d'Andy, il prit de la vitesse et commença à se rapprocher du camion. Andy descendit sur le pare-chocs arrière aux côtés de Westley, le bras tendu. Carter était si épuisé qu'il aurait besoin de deux hommes pour le tirer à bord, il n'aurait plus la force de se hisser tout seul. Quand ils l'attraperaient, il serait un véritable poids mort.

« Allez ! cria Andy. Vous y êtes presque ! »

Carter accéléra encore et leva la main vers eux, ses doigts frôlant ceux d'Andy.

Une explosion écarlate jaillit de son torse. Le jeune homme trébucha et chuta.

« Non ! »

Carter sembla rétrécir alors que le camion continuait sa course en brinquebalant, l'abandonnant derrière lui. Il était touché. Andy le vit se remettre sur pied, comme ivre, les mains pressées contre sa poitrine. C'était terminé. Il le voyait à son visage. La blessure paraissait grave.

« Oh, merde ! Oh, merde ! Putain, il est mort. »

Carter tomba à genoux, mais garda la tête haute. Andy savait que la foule arriverait sur lui bien avant que sa blessure ait eu raison de lui.

« Putain, c'est la merde », grogna Westley.

Andy se redressa et attrapa un SA80 à l'arrière du camion. Il se cala tant bien que mal malgré les secousses alors qu'ils traversaient le pont.

« Qu'est-ce que vous... » eut à peine le temps de dire Westley alors qu'Andy vidait le chargeur.

La terre gicla autour de Carter. La plupart de ses balles manquèrent leur cible mais deux d'entre elles atteignirent Carter et l'abattirent. Au grand soulagement d'Andy, il semblait étendu à terre, sans vie.

L'un des soldats à l'avant du camion cria : « Accrochez-vous ! Barrage ! » Quelques secondes plus tard, le camion s'écrasait contre la carcasse calcinée d'une petite voiture, l'écartant sans difficulté dans un nuage d'étincelles, de suie, de fumée et de peinture brûlée.

Leur véhicule rugit en passant devant des miliciens qui plongèrent tous à l'abri du camion en mouvement et du châssis de la voiture. Ils traversèrent le pont dans un grondement de ferraille et Andy observa le barrage, la ville sombre et immobile, et la foule enragée qui rapetissaient derrière eux. La dernière chose qu'il distingua à travers le viseur infrarouge fut la masse de gens rassemblés autour du cadavre de Carter, leurs silhouettes se découpant contre le feu lointain.

Son esprit rejouait déjà la scène au ralenti.

Il sentit qu'on lui collait une claque dans le dos et il se retourna pour voir Mike assis derrière lui. « T'as bien fait. »

Andy regarda sa montre. Il était 23 h 30. Ils ne voyaient ni, plus important encore, n'entendaient rien dans le ciel nocturne.

« Je crois qu'ils ne viendront pas, lâcha Andy.

– T'es sûr que le lieutenant Carter avait dit qu'ils viendraient ici ? demanda Mike. À 23 heures ?

– Certain. »

De nombreuses raisons avaient pu empêcher le Chinook de venir les chercher. Il avait peut-être essayé d'atteindre le point de rencontre mais avait été détourné, ou pire, abattu, par un missile au sol. Ou peut-être leur sauvetage avait-il été considéré comme trop risqué, et les avait-on abandonnés ? Peu importait. Ils étaient foutus.

« Les gars se demandent tous ce qu'on va faire maintenant, commenta Mike. Ils viennent de perdre leurs deux supérieurs, ils ont la trouille. »

Mike avait raison. Les soldats à l'arrière du camion n'étaient que des gamins : 19, 20, 21 ans... pour la plupart. Andy en avait 39, il aurait pu être le père de bon nombre d'entre eux. Ils le regardaient, à présent, deux rangées d'yeux rivés sur lui de part et d'autre du plateau, et ils voulaient savoir ce qui se passerait ensuite.

Mike lui parla à voix basse.

« C'est toi qu'ils regardent, tu en as conscience ?

– Ouais, répondit-il à contrecœur.

– Il faut qu'on réfléchisse à ce qu'on va faire.

– Sans blague... On ne peut pas rouler jusqu'à la piste du K-2. Il faudrait retraverser Baïji », marmonna-t-il en réfléchissant tout haut.

Il leva à nouveau la tête vers le ciel qui venait de s'éclaircir, dévoilant des étoiles scintillantes. Il ne restait plus qu'une seule chose à faire. Il regarda en direction du nord.

« C'est à combien de kilomètres, à ton avis ? demanda Andy.

– Combien de kilomètres jusqu'où ? répliqua Mike.

– Jusqu'en Turquie ? »

Mike écarquilla les yeux et arqua ses sourcils épais.

« Pardon ?

– Si on part vers le nord, on pourra sortir d'Irak et rentrer chez nous en traversant la Syrie ou la Turquie.

– Tu comptes rentrer en camion ? »

Andy se tourna vers lui.

« Ouais. J'ai deux gosses et une femme, ils ont besoin de moi. Je veux rentrer.

– Hum. On ne peut pas faire grand-chose.

– Non. On n'a pas beaucoup le choix. Bon, avec un peu de chance, on tombera sur des soldats... les tiens ou les nôtres. Qui sait ?

– Il doit y avoir environ 250 kilomètres jusqu'à la frontière turque. »

Andy fit la moue.

« À vol d'oiseau, oui. Je dirais plutôt 300 si on veut éviter les grandes villes et l'accès principal vers le nord.

– Et après ? »

Andy haussa les épaules.

« Après, on traverse la Turquie.

– C'est ça, ton plan ?

– C'est ça mon plan. »

Mike sourit, ses dents blanches encadrées par sa barbe noire.

« Putain, t'es sacrément tenace, dans le genre dur à cuire. Je crois que c'est une qualité que j'aime bien chez toi.

– Si on s'en sort et que tu rencontres ma femme, il faudra que tu lui expliques que je suis un dur à cuire, d'accord, Mike ? Parce qu'en ce moment, elle me voit plutôt comme un mou du gland. »

Mike lui colla une claque dans le dos. « Marché conclu. »

Andy lui répondit par un sourire faible.

« Allez, t'as une famille à retrouver », ajouta Mike.

Le sourire d'Andy s'évanouit. « Chaque minute qui passe ici, c'est une minute de plus que mes enfants passent tout seuls. »

Mike acquiesça et jeta un œil vers l'avant du camion.

« Tu ferais mieux d'aller annoncer le plan aux gars. J'ai comme l'impression qu'ils t'ont mis aux commandes.

– Ah, merde alors. Je suis pas sûr d'en être capable. J'arrive même pas à tirer droit avec ce putain de fusil. »

Mike éclata de rire. « T'as tout gâché. L'espace de quelques secondes, t'aurais vraiment pu passer pour un vrai mec. »

MERCREDI

43

5h00 GMT

Entre Manchester et Birmingham

Jenny remua et se rendit compte qu'elle avait réussi à dormir quelques heures sur la chaise en plastique. Les premières lueurs de l'aube avaient percé l'obscurité totale et irréelle de la nuit. Alors que passaient les petites heures grises du matin, elle scruta l'autoroute déserte de l'autre côté de la bordure végétale qui la séparait de l'aire de repos.

Une autoroute déserte.

Quelle vision étrange et dérangeante, dans ce pays. Une autoroute déserte où poussaient de mauvaises herbes à travers les fissures de l'asphalte. C'était l'un des clichés évoquant une société perdue depuis longtemps, plongée dans un monde post-apocalyptique. Eh bien, ils étaient à mi-chemin de cette vision, la végétation repousserait vite.

Elle regarda autour d'elle et vit que cinq ou six personnes parmi les marcheurs qui s'étaient rassemblés près de la baraque à frites la veille au soir avaient levé le camp pendant la nuit. Il n'y avait plus rien : les sodas et les petits pains avaient disparu. Il était temps qu'ils s'en aillent à leur tour.

Paul s'agita peu de temps après. Il s'étira, lui adressa un hochement de tête silencieux puis, d'un geste discret en direction de la M1, il lui suggéra de se mettre en route au plus tôt.

Elle ramassa son sac, boutonna son manteau et en releva le col pour se protéger de l'air matinal mordant, quand l'un des voyageurs assoupi sur une chaise remua à son tour.

« Ça vous gêne si je me joins à vous ? » demanda la femme à voix basse.

Jenny comprenait pourquoi elle préférait voyager avec eux. Les autres, ceux qui dormaient encore, n'étaient que des hommes d'âges divers. Ils échangèrent un regard, partageant la même pensée.

Aujourd'hui, demain, et Dieu sait combien de temps encore... il vaudrait mieux qu'une femme ne voyage pas seule.

« Bien sûr », chuchota Jenny, heureuse de marcher désormais à trois.

La femme, brune, la trentaine, portait un pantalon de tailleur bleu marine qui masquait bien ses vingt kilos de surpoids. Elle attrapa son sac à main et slaloma entre les chaises en plastique, s'efforçant de ne pas réveiller leurs occupants qui ronflaient et sifflaient.

Elle tendit la main vers Jenny.

« Je m'appelle Ruth, murmura-t-elle d'une voix franche teintée d'un fort accent de Birmingham.

« Jenny. Et lui, c'est Paul.

– Bonjour », grogna-t-il en lui jetant un regard perçant.

Avec un sourire las, Jenny serra la main tendue.

« On y va, déclara Paul en se dirigeant vers le sud et la bretelle au bout de l'aire de repos.

– Vous essayez d'aller où, tous les deux ? demanda Ruth tandis qu'elle et Jenny lui emboîtaient le pas.

– Vers Londres.

– Moi, je vais à Coventry.

– Parfait, c'est sur le chemin. »

Ils marchaient sur la troisième voie, la plus proche de la barrière centrale, se méfiant inconsciemment de la bande d'arrêt d'urgence et des buissons et autres végétaux qui poussaient derrière, atrophiés et empoisonnés par les gaz d'échappement. Le ciel était clair et l'air se réchauffait rapidement alors que le soleil apparaissait à l'horizon.

Ils avançaient en silence, perdus dans leurs pensées, inquiets, mais conscients également de l'étrangeté du silence. Pas d'avion, pas de murmure lointain de la circulation, rien sur l'autoroute, pas même un convoi militaire, que Jenny s'était pourtant attendue à voir en grand nombre. Ce fut Ruth qui brisa le silence.

« Vous êtes mariés, tous les deux ? »

Jenny intervint aussitôt. « Ô Seigneur, non ! On a partagé un taxi par hasard avant d'être bloqués à un barrage sur la M1.

On va à Londres, ça nous a semblé logique de faire la route ensemble», répondit-elle. Puis elle ajouta:

«Ma famille est à Londres, il faut que j'aille retrouver mes enfants.

– Et moi, j'avais une réunion, expliqua Paul. Une putain de réunion superimportante pour conclure une affaire. Il y avait un paquet d'argent à la clé. J'imagine que tout est tombé à l'eau... Maintenant, j'ai juste envie de rentrer à mon appart avant qu'un sale petit con se rende compte qu'il est inoccupé et fasse le vide.

– Et vous? demanda Jenny.

– Je suis comptable. Je faisais une tournée quand ce... ce truc a commencé. Je veux rentrer à la maison et revoir mon mari. Il ne sait rien faire, sans moi.

– Vous n'avez pas trop loin à aller.

– C'est bien assez loin à pied! C'est complètement ridicule de fermer l'autoroute comme ça. Non mais enfin, à quoi pensaient les membres du gouvernement quand ils ont pris cette décision?»

À réduire les migrations entre les villes. C'est ce qu'Andy aurait répondu d'un ton sec, pensa Jenny. *C'était la première mesure pour contrôler un désastre: gérer au plus vite les mouvements de population.*

«Je n'arrive pas à croire ce qui se passe depuis hier, continua Ruth. On ne s'attend pas à voir un tel truc dans notre pays. Vous voyez ce que je veux dire?

– C'est exactement ce que je me dis, répondit Paul. Mais je ne pense pas que ce soit aussi terrible que ça en a l'air.»

Jenny le dévisagea.

«Comment ça?

– Eh bien, je pense que tout est arrivé parce que le gouvernement a paniqué, et qu'il a mis en place des mesures bien trop sévères. C'est pour ça qu'il y a eu des émeutes et du bordel. Ils se sont plantés. Classique. Bloquer les autoroutes? Stopper la circulation des trains et des bus? Mais c'était quoi, ces conneries? En faisant ça, il devenait évident que tout le monde penserait la fin du monde proche! Alors comment ils réagissent? En achetant des provisions dans la panique, du coup, les réserves de nourriture s'épuisent dans les magasins et les gens s'énervent encore plus. Bon Dieu, ils n'auraient pas pu merder davantage s'ils l'avaient voulu.

– Il y a eu beaucoup d'émeutes, je l'ai entendu aux infos, ajouta Ruth.

– Et ça va durer encore quelques jours, avant que les gens se réveillent et se rendent compte que la situation n'est pas si désespérée que ça. Mais en attendant, je préfère rentrer chez moi et éviter de traîner dans les rues. »

Ruth sembla désespérée.

« Mais on est en Angleterre, enfin ! On peut quand même passer une semaine sans se transformer en sauvages, non ?

– Qui a dit que les choses se tasseraient en une semaine ? » intervint Jenny.

Les deux autres la regardèrent.

« Je disais ça comme ça. »

Paul hocha la tête.

« Ce sera terminé en quelques jours, une fois que les troubles se calmeront au Moyen-Orient. On jettera un œil dégoûté sur nos propres émeutes. Et vous savez quoi ? Les émissions racoleuses diffuseront les enregistrements des caméras de sécurité et montreront ces cons de pilleurs. J'espère qu'ils se feront arrêter.

– Mais qu'est-ce qui se passera si les choses ne se calment pas au Moyen-Orient ? Si ça dure pendant une semaine ? Ou deux ? Ou trois ? Sans pétrole ni importation régulière de nourriture ? demanda Jenny.

– Oh, Paul a raison. Ça sera résolu bien plus tôt, j'en suis sûre, affirma Ruth.

– Mais si ce n'était pas le cas ? Ça va faire déjà trois jours. J'ai déjà vu quelqu'un se faire tuer sous mes yeux ! Qu'est-ce qu'on risque de voir au cinquième jour ? Au septième ? Sans parler de ce qui se passera dans deux ou trois semaines...

– Calmez-vous, les événements retombent toujours à plat, dans ce pays. Rappelez-vous l'épidémie de SRAS, la grippe aviaire. Des experts expliquaient à la télé qu'on serait des millions à mourir, que l'économie flancherait. Ça finira par se tasser. »

Ils marchèrent jusqu'en milieu de matinée, ne croisant qu'un seul groupe de gens de l'autre côté de la route, avançant vers le nord. Ils n'échangèrent aucune nouvelle, se contentant d'un « bonjour » poli.

Peu de temps après, ils aperçurent un panneau annonçant la station-service de Beauford à huit kilomètres et comme midi approchait, ils s'engagèrent sur la voie d'accès.

Ils étaient assoiffés. Paul avait le sentiment que les boutiques seraient fermées et que le personnel aurait été renvoyé chez lui le temps que la situation se calme. Ils pourraient prendre quelques bouteilles d'eau et des sandwichs, même s'ils étaient repérés par les caméras de sécurité. Il avait suffisamment faim et soif pour prendre le risque de se faire taper sur les doigts et de recevoir une amende d'ici quelques mois.

Ils traversèrent le parking, désert, à l'exception de la section réservée aux employés, où une voiture solitaire était garée près d'un camion de livraison. La station-service consistait en une pompe à essence Chevco, un bâtiment à baies vitrées en Plexiglas précédé d'une pancarte annonçant qu'ils y trouveraient un Burger King, un KFC, une aire de jeux, un magasin de sport, un buraliste et des toilettes.

Jenny observa la structure et distingua des mouvements derrière les vitres en verre fumé. Il y avait des gens à l'intérieur, et ils les observaient d'un œil méfiant.

« Le bâtiment n'est pas vide.

– Je sais, répondit Paul, je les vois aussi. Bon, j'ai de l'argent. Je vais acheter un peu d'eau et des sandwichs. »

Ils approchèrent de la porte tambour en verre. Un quinquagénaire mince aux cheveux clairsemés et aux lunettes à montures métalliques surgit de l'obscurité. De toutes ses forces, il poussa un des pans de la porte pour sortir et se poster devant eux.

Il se planta là, jambes écartées, dos droit, et brandit une batte de criquet pour enfant qu'il balança devant lui avec nonchalance. Il faisait de son mieux pour avoir l'air menaçant. Sa carrure fine de marathonien, ses épaules étroites, sa chemise à manches courtes agrémentée d'une cravate vert billard et son badge de même couleur ne contribuaient pas à le rendre plus féroce.

« C'est fermé, annonça-t-il sèchement en frappant la batte dans la paume de sa maigre main pour faire bonne figure. On a eu assez d'ennuis ce matin. »

Jenny remarqua alors pour la première fois les fissures et divers impacts dans la baie vitrée et, éparpillés sur le parking désert, des pavés abandonnés et détériorés. Sans doute les avait-on cassés pour en faire des projectiles plus pratiques à manipuler. Quelque chose venait de se passer.

« Un groupe de sales merdeux a essayé d'entrer cette nuit pour se servir, continua l'homme.

– Écoutez, déclara Jenny. On marche depuis hier midi. On a faim et soif. On a de l'argent. On veut juste vous acheter une ou deux bouteilles d'eau et quelques sandwichs. »

L'homme hocha la tête, méprisant. « De l'argent ? L'argent n'a aucune valeur, en ce moment. »

Jenny voyait qu'il était nerveux.

« C'est vous le responsable ?

– Je suis à la tête de l'équipe en service actuellement.

– Et les autres ? »

Il jeta un œil par-dessus son épaule vers les gens qui observaient la scène à travers les vitres fumées pour voir comment leur chef gérait la situation.

« Les membres de l'équipe d'hier. Ceux qui viennent en bus. Les employés qui avaient une voiture sont tous partis en laissant ces pauvres cons derrière. Ce sont des immigrés, pour la plupart, ils ne parlent pas bien anglais et ils sont effrayés par les événements qui leur échappent. Mais ils sont mieux ici, avec moi, pendant les troubles. En plus, on a du courant, grâce à un générateur de secours.

– Tant mieux.

– Et ils m'aident à protéger les réserves. Des petits connards ont cherché à entrer hier soir, avant qu'on ait eu le temps de fermer à clé. Ils ont tabassé Julia, mon assistante, quand elle a essayé de les empêcher d'entrer.

– Des petits connards ? Vous voulez dire des gosses ? demanda Paul.

– Pas des gosses, non. Plutôt des ados. Vous voyez le genre, des jeunes à capuche, des voyous, la caillera... enfin, vous voyez ce que je veux dire. »

La caillera. Jenny voyait très bien. C'était un terme que Leona utilisait pour décrire les mômes qui se rassemblaient aux coins des rues, des grandes gueules en sweat à capuche.

Ruth tendit le cou pour observer les employés derrière l'homme.

« Elle va bien ?

– Non, elle va pas bien. Ils lui ont cassé le bras et elle a le visage en bouillie.

– Je suis infirmière, laissez-moi l'examiner », proposa Ruth.

Jenny et Paul se tournèrent vers elle.

« Mais vous avez dit que vous étiez...

– J'étais infirmière, avant. »

Le responsable dévisagea Ruth.

« Pas possible, vous feriez ça ? Je ne sais plus quoi faire pour elle. Elle souffre beaucoup. Elle a crié et pleuré toute la matinée, ça dérange les autres employés.

– On peut entrer tous les trois ? » demanda Paul.

Le responsable les scruta un instant. « Bon, d'accord. »

44

11h31 GMT

Shepherd's Bush, Londres

Leona jeta un œil par la fenêtre du salon pour observer l'avenue arborée où s'étaient garées de nombreuses voitures, luxueuses pour la plupart. La nuit dernière, elle était restée éveillée, terrifiée, à écouter les bruits de l'extérieur.

Plusieurs bandes de jeunes, des gamins pour la plupart, à en juger par leurs voix, avaient roulé dans la rue toute la nuit, les basses de leurs enceintes résonnant si fort que la vitre de la chambre avait tremblé. Elle les avait entendus courir, dégommer des poubelles et s'amuser comme des petits fous.

Ils étaient ivres. Elle avait perçu le tintement de sacs pleins de bouteilles et l'explosion du verre qu'on jetait avec indifférence sur le trottoir. Ils avaient dû aller au magasin de spiritueux Ashid en haut de la rue et nettoyer toutes les étagères. Ils profitaient de leur nuit au maximum, fêtant la coupure de courant totale et l'absence de policiers.

Ce qui la troublait le plus, c'était ce sentiment de possession dont faisaient preuve les gamins, accompagnés de quelques jeunes adultes : la rue était leur terrain de jeux, à présent que la police n'était plus en mesure de les inquiéter.

Leona se demanda combien de temps ils allaient prendre plaisir à arpenter leur avenue étroite. Elle se demanda à quel moment ils finiraient par décréter que les maisons faisaient également partie de leur territoire. Elle frissonna à cette idée : la seule raison qui les avait retenus d'entrer par effraction dans les maisons de St. Stephens Avenue, c'était qu'ils n'y avaient tout simplement pas pensé.

Ils s'amusaient bien assez à faire vrombir leurs moteurs sur la chaussée, à shooter dans les poubelles, à briser les décorations de jardin les plus kitsch et à déraciner un saule pleureur.

Ils n'avaient pas encore compris qu'ils pouvaient faire tout ce qu'ils voulaient.

Tout.

Jusqu'à ce que la police, évidemment, reprenne le contrôle de la situation... quand cela finirait par arriver.

Leona vit que Daniel avait réussi à dormir à ses côtés pendant presque toute la nuit. Il était plus habitué qu'elle à ce genre de raffut, puisqu'il avait passé son enfance dans diverses familles d'accueil à Southend, en bord de mer, là où les jeunes utilisaient les parkings pour mettre en pratique leurs talents de conducteurs acquis grâce à leur PlayStation.

Jake avait lui aussi réussi à dormir.

Le chahut avait continué jusqu'aux premiers rayons du soleil, puis s'était calmé jusqu'à ce qu'elle entende un dernier bruit. Sa montre indiquait alors 5 h 30. Un gamin, abandonné par ses copains, vomissait ses tripes en gémissant, dans un jardin à quelques dizaines de mètres de chez eux.

Vers 9 heures, Daniel et Jacob se levèrent et descendirent les marches pieds nus pour venir la rejoindre à la cuisine, l'air épuisé. Leona avait trouvé une radio à dynamo dans le bureau de Jill et avait cherché les stations qui diffusaient encore.

« Le courant est revenu ? » demanda Daniel avec espoir.

Leona hocha la tête de droite à gauche et leva la radio dans sa direction.

« Il faut la remonter pour qu'elle marche.

– Oh », répondit-il, déçu.

Jacob regarda autour de lui.

« Je veux un bol de céréales.

– Le service mondial de la BBC marche encore. Et Capital FM. Et puis quelques autres stations. »

Daniel lui adressa un haussement d'épaules plein d'espoir. « Alors c'est peut-être pas si terrible que ça ? »

Elle se tourna pour le dévisager.

« Écoute ce qu'ils disent, Dan... c'est affreux, tout ce qui se passe.

– Je peux avoir des céréales ? demanda à nouveau Jacob.

– Non, lâcha Leona d'un ton irrité.

– Pourquoi ?

– Parce qu'il n'y a pas de lait dans le frigo. Si tu veux des céréales, il faudra que tu les manges sans lait.

– Je veux du lait dedans. »

Elle monta le son de la radio. « Écoute, Dan. Mon Dieu, on est dans de beaux draps. »

« ... brûlant à travers toute la ville. On se croirait à Beyrouth, non, pire, à Bagdad au lendemain du renversement de Saddam. Je n'avais jamais vu ça en Angleterre, toutes ces émeutes, ce mépris des lois. Mais j'ai entendu parler de quartiers plus calmes et de petites villes qui avaient réussi à maintenir leurs brigades de pompiers. La police a été repérée en plusieurs endroits, bien qu'elle ait été incapable d'intervenir, la plupart du temps. Le Premier ministre et les membres du gouvernement n'ont pas fait de commentaires, mais le comité d'urgence COBRA continue de diffuser un appel au calme... »

« Je peux avoir des tartines grillées, Lee ? »

« ... pour rassurer la population, expliquer que des mesures seraient prises dans le courant de la journée et qu'un retour à l'ordre serait assuré rapidement. Les coupures de la nuit dernière à travers tout le pays ont contribué à alimenter les émeutes et la panique, mais ont été décrites comme une transition temporaire avant que soit mise en place une distribution d'électricité par les autorités régionales compétentes. Un porte-parole de COBRA nous a confirmé qu'au cours des jours prochains, le pays bénéficierait d'une quantité moindre d'énergie, la France n'étant plus en mesure de nous exporter son surplus électrique et la Russie interrompant sa distribution de gaz naturel tant que durerait la crise. Un système de rationnement est actuellement établi et la plupart des régions, nous a-t-on assuré, bénéficieront d'un accès à l'énergie pendant une courte période quotidienne. On nous a appris que des réserves d'eau minérale et de nourriture avaient été sécurisées et stockées en attendant que le système de rationnement soit annoncé et instauré. Selon nos informations, la situation est identique dans d'autres pays d'Europe, ainsi qu'ailleurs dans le monde. Toutes les régions ont été aussi durement touchées. En France, les émeutes dans le Sud... »

« Leona, je peux avoir des tart...

– La ferme ! Tu vois pas que j'essaie d'écouter ?

– Mais j'ai faim. Je veux des tartines.

– Et comment tu veux que je fasse griller des tartines, putain ? Hein ? »

Jacob ouvrit la bouche.

« T'as dit un gros mot.

– C'est vrai. Désolée.

– Pas grave, je le dirai pas à papa et maman. »

Leona se sentit coupable de l'avoir ainsi rabroué. Elle s'accroupit devant lui.

« Non, je suis désolée de t'avoir crié dessus, mon petit singe. C'est juste que les choses vont... enfin, je ne peux pas te faire griller de tartines pour l'instant.

– Parce que le courant est parti ?

– C'est ça, Jakey. Parce que le courant est parti, et qu'il ne reviendra pas avant un bout de temps. »

Jacob acquiesça, les sourcils froncés en essayant d'intégrer cette idée.

« Mais alors... si le courant est parti, comment papa et maman vont rentrer ? Ils ont besoin de courant pour rentrer. »

Leona sentit les larmes lui monter soudain aux yeux. Des larmes de panique et de tristesse. Ils étaient tous les deux quelque part dans la nature. Seuls, chacun de leur côté. Elle n'avait aucun moyen de savoir s'ils avaient des problèmes, s'ils étaient blessés, ou pire.

Seigneur, ne pense pas à ça.

« Ils vont trouver un moyen de rentrer, Jacob, finit-elle par répondre en souriant. Ils vont bientôt rentrer. Tout ce qu'on a à faire, nous, c'est rester ici et les attendre, d'accord ? »

Jacob acquiesça. Mais il savait que sa grande sœur lui racontait un mensonge.

Un bon mensonge.

C'est comme ça que leur mère appelait les mensonges pieux, ceux qui permettaient de rassurer les gens.

« Bon, d'accord. Pas de tartines grillées, alors. »

Leona se redressa, renifla et s'essuya les yeux.

« Et des haricots blancs en sauce tomate, ça te dit ?

– Froids, comme ceux qu'on mange parfois en été ? »

45

12 h 15 GMT

Station-service de Beauford

« Alors voyons voir ce qu'on a... » dit le responsable. Il n'avait pas pris la peine de se présenter, mais Jenny avait lu son nom sur son badge : M. Stewart. Elle remarqua que les autres employés n'avaient que leur prénom fixé à leur poitrine ; ce devait être un privilège de la hiérarchie, n'être connu que par son nom de famille.

« On a un tas de bonbons et de biscuits, déclara-t-il en montrant les étalages de barres chocolatées, de chips et de canettes de soda dans l'échoppe du buraliste. Et on a aussi des hamburgers, du poulet et des frites dans le congélo, dit-il, l'index pointé vers les deux fast-foods installés côte à côte. Le générateur de secours se met en marche à la moindre panne de courant, il tiendra une semaine tout au plus, après quoi, les aliments congelés commenceront à pourrir. Alors on va commencer par manger ce stock-là. Voilà mon plan.

– Donc vous êtes parés pour l'instant, commenta Paul.

– Tout ira bien jusqu'à ce que les choses rentrent dans l'ordre. »

Jenny regarda le verre fendu de la baie vitrée. Il avait pris un sacré coup. Il n'avait plus trop d'allure, mais il ne céderait pas tout de suite.

« Comment ont-ils pu mettre la main sur votre assistante ? demanda Jenny.

– La porte n'était pas verrouillée, expliqua Stewart en montrant le grand tourniquet au milieu du mur d'entrée. Je venais d'envoyer Julia chercher les panneaux de publicité pour les glaces et les autres bricoles qu'on expose dehors. C'est à ce moment qu'ils sont arrivés. »

Il tourna vers eux un visage au sourire confiant.

« Mais c'est fermé, maintenant, c'est certain.

– Vous pensez qu'ils vont revenir ?

– Sûrement, mais ils pourront parader dehors et lancer autant d'insanités qu'ils voudront, ces petits cons ne pourront pas entrer. Vous verrez. »

Ils entendirent un gémissement de douleur.

« Ah, c'est la pauvre Julia. Je vais aller voir comment votre amie s'occupe d'elle. »

M. Stewart fit volte-face avec élégance et s'éloigna en direction du bureau du directeur en faisant résonner ses talons. Il passa à proximité du groupe d'employés installés aux tables des fast-foods et leur adressa un sourire quelque peu surfait.

« Allez, du nerf ! » lança-t-il.

Ses employés, des femmes d'Europe de l'Est à l'air épuisé et inquiet, ainsi que quelques jeunes hommes, lui répondirent d'un hochement de tête avant de recommencer à chuchoter entre eux.

« Paul, je ne peux pas rester, déclara Jenny. Chaque minute que je passe ici, c'est une minute de plus loin de mes enfants. Il faut que j'y aille.

– Écoutez-moi. La meilleure chose à faire, le plus intelligent, c'est d'attendre un peu. Juste un jour de plus, pour voir comment évolue la situation.

– Quoi ? murmura-t-elle. Je ne peux pas rester ici ! Il faut que je rentre chez moi ! »

Il réfléchit un instant. « J'ai envie de retrouver mon appart, moi aussi. Mais vous savez... regardez ce qui s'est passé hier au barrage, c'était vraiment effrayant, non ? »

Elle acquiesça.

« Eh bien, je pense que ce sera pire aujourd'hui, et encore pire demain. Vous ne pouvez pas vous retrouver dans la rue quand la situation est si instable.

– Mes enfants, il faut que j'aille les retrouver.

– Vous avez dit que vos enfants étaient chez une amie, en sécurité. Et qu'ils avaient un bon paquet de nourriture, non ? C'est ce que vous avez entendu aux dernières nouvelles ? »

Elle acquiesça.

« Alors à mon avis, ils sont mieux lotis que tout le monde. »

Jenny se rendit compte que Paul avait sûrement raison. Attendre chez Jill, dans une maison d'allure modeste, une maison anonyme parmi tant d'autres bâtiments identiques au fond d'une petite rue de banlieue tranquille, sans faire de bruit, sans attirer l'attention... Leona et Jacob avaient fait ce qu'il fallait.

« Vous ne leur rendrez pas service en sortant aujourd'hui, continua Paul. Pas pendant que notre pays est un terrain de jeux sans foi ni loi pour ces sales gosses. Attendez un jour ou deux, le temps que le pire soit passé. La police va bien finir par reprendre le contrôle, aujourd'hui ou demain. À ce moment-là, je vous accompagnerai. J'ai envie de rentrer chez moi, moi aussi. »

Jenny décida que ses arguments tenaient la route. À voyager seule, ce jour-là ou le lendemain, elle risquait de s'attirer des ennuis.

Oh, zut, Andy, qu'est-ce que je dois faire ? Nos enfants... est-ce qu'ils vont bien ? Est-ce qu'ils sont vraiment en sécurité ?

Jenny aurait vendu son âme au diable pour cinq minutes de communication téléphonique. Pour s'assurer que ses enfants allaient bien, qu'Andy allait bien, pour lui dire – tiens, oui – qu'elle avait peut-être réagi trop vite. Qu'elle l'aimait peut-être encore.

« Si vous sortez aujourd'hui... enfin, vos enfants seraient bien plus en sécurité *avec* une mère que sans. »

Jenny jeta un œil incertain par la baie vitrée.

« Attendez juste aujourd'hui, d'accord ? Je vous promets qu'on verra rappliquer des fourgonnettes de police dès demain.

– Bon, jusqu'à demain. »

Ils entendirent s'ouvrir la porte du bureau de la direction. Ruth et Stewart sortirent et s'approchèrent de Jenny et Paul.

« Ils lui ont cassé le nez, déboîté l'épaule et disloqué la mâchoire. Je vais être obligée de lui remettre l'épaule en place, mais ça va être douloureux. Je lui ai donné un bon paquet d'anti-inflammatoires qui devraient faire effet... » Elle regarda sa montre. « D'ici une dizaine de minutes. »

M. Stewart marmonna avec colère.

« Ces sales petits connards. Qu'est-ce que je ne donnerais pas pour en attraper un et lui mettre une raclée.

– Je peux faire quelque chose pour vous aider ? demanda Jenny.

– Oui, je veux bien. Je vais avoir besoin qu'on la tienne. Ça ne va pas être agréable. »

Jenny grimaça. « J'en suis capable. »

Ruth regarda M. Stewart.

« Y a de l'alcool ici ?

– Euh... oui, répondit-il, gêné. Il y a euh... une bouteille de brandy dans mon bureau.

– Parfait, j'ai besoin d'une gorgée, et vous en voudrez peut-être une aussi, dit-elle à Jenny. Et je suis sûre que notre pauvre Julia va en avoir besoin, elle aussi. »

M. Stewart acquiesça à contrecœur.

« Servez-vous.

– Merci. Allez, venez. »

Jenny observa Paul. « Vous allez nous aider ? »

Mais Paul scrutait la baie vitrée. Son esprit était ailleurs. « Vous pensez vraiment que les mômes vont revenir ? »

Le responsable afficha un sourire sombre.

« Oh, ça oui. Ils ont dit qu'ils reviendraient. Et ils ont promis qu'une fois entrés, ils... comment ont-ils dit ? Ah, oui, qu'ils me "colleraient des baffes jusqu'à ce que je ne sois plus qu'une traînée de merde sur le sol".

– Sympa.

– Oh, ça ne m'inquiète pas. En fait, j'ai même bien envie qu'ils reviennent. Ça sera marrant de les voir mourir de faim devant notre grande baie vitrée. Ils pourront me regarder servir des bons hamburgers et des frites à mes employés.

– Ouais, ça sera supermarrant. Mieux qu'un film à la télé », répliqua Paul en adressant un sourire incertain à M. Stewart.

46

14 h 00 GMT

Shepherd's Bush, Londres

« Allez, on sort pour voir comment vont les choses, proposa Dan. Peut-être qu'on trouvera un flic. Ils doivent être en train de déblayer les rues, de remettre de l'ordre. »

Leona ne répondit rien.

« Allez, juste histoire de prendre un peu l'air.

– Pas trop loin, alors, hein ? On jette juste un œil.

– Pas de problème.

– D'accord. »

Elle se tourna vers Jacob.

« Tu restes ici, compris ?

– Je peux pas venir avec vous ?

– Non. Tu restes ici et... je sais pas moi, tu joues avec des trucs. On ne sera pas longs. »

Leona décida que Dan avait raison. Ils devaient savoir, après le chaos soudain et brutal de la veille, si le pire était passé. En cet instant précis, elle aurait été rassurée de trouver un policier, un pompier, n'importe quel homme en uniforme qui commencerait à rétablir un peu l'ordre.

Elle alla jusqu'à la porte d'entrée, Dan sur ses talons, fit pivoter le verrou et l'ouvrit. Elle se retourna vers Jacob.

« Tu restes ici. Tu m'as bien comprise ? »

Jake acquiesça.

Ils s'engagèrent dans l'allée minuscule qui traversait le jardinet négligé de Jill jusqu'à la rue. Il faisait bon et chaud, une journée à porter un T-shirt et un short.

« C'est calme », remarqua Dan. Ils entendaient des oiseaux chanter dans un arbre à proximité mais aucun écho du murmure de la circulation sur Uxbridge Road. Aucun martèlement d'une ligne de basse dans une enceinte, aucun piaillement lointain d'une sirène de police par-dessus les toits.

Leona regarda à gauche et à droite. Les gamins de la veille avaient laissé derrière eux une pagaille terrible. Une majorité des voitures garées, 4 × 4 et berlines, avaient une ou plusieurs vitres cassées. Des bris de verre jonchaient l'asphalte de part et d'autre de l'avenue. On aurait dit qu'un violent orage de grêle venait de sévir. Elle vit quantité de canettes et de bouteilles jetées à terre ou dans les jardins avoisinants.

« Quel bordel ils ont laissé, commenta-t-elle.

– On dirait la rue où vit ma mère », répliqua Dan en haussant les épaules.

Ils remontèrent l'avenue vers le croisement avec Uxbridge Road. En passant devant chez elle, Leona lutta contre une envie soudaine de lever les yeux vers sa chambre, inquiète de revoir une silhouette humaine derrière la fenêtre. Elle avait réussi à se convaincre que la forme sombre aperçue hier n'était rien d'autre qu'une illusion d'optique et le fruit de son imagination galopante.

Uxbridge Road était l'artère principale de Shepherd's Bush. Si des policiers étaient en faction quelque part, ils seraient là, devant les boutiques. Et au commissariat.

En arrivant au bout de leur rue, elle scruta Uxbridge Road.

« Oh... mon Dieu », murmura-t-elle.

De chaque côté, les vitrines avaient disparu, les articles étaient éparpillés sur la chaussée : machines à laver, télés, vêtements, journaux et magazines s'étalaient là, d'un trottoir à l'autre. Les plus gros dégâts semblaient avoir été causés dans les épiceries, les boucheries halal et les stands de vente à emporter. Cent mètres plus bas, elle apercevait le cube pâle du commissariat de Shepherd's Bush.

« T'as remarqué, on n'a encore croisé personne, déclara Dan. Où sont-ils tous passés ? »

Il avait raison. Ils n'avaient pas aperçu âme qui vive.

« Je ne sais pas. Peut-être qu'ils ont trop peur de sortir ? »

Ils s'engagèrent dans la rue, contournèrent la carcasse calcinée d'une voiture encore fumante et des mares de nourriture écrasée, sans doute des aliments volés dans une sandwicherie.

« Essayons le commissariat, proposa Leona. Il y aura forcément quelqu'un. »

Le poste de police était installé en retrait du trottoir, trois marches au-dessus des déchets étalés dans la rue qui commençaient déjà à empester, chauffant comme un véritable ragoût dans la chaleur matinale.

La double porte vitrée menant à l'accueil s'ouvrit sans réticence. L'intérieur était éclairé par un néon pâle qui clignotait et ronronnait au-dessus du guichet où un agent aurait dû se trouver.

« Bon, ils ont l'électricité, eux, au moins, râla Dan. Y en a qui se la coulent douce.

– Ils doivent avoir un générateur de secours. »

Leona se pencha au-dessus du guichet. « Hé ! Ho ! »

Sa voix ricocha dans la pièce, inquiétante.

« Y a quelqu'un ? » cria-t-elle à nouveau. Aucune réponse.

Elle se tourna vers Dan. « Il y a forcément quelqu'un de garde, même si les effectifs ont été réduits, tu crois pas ? »

Dan haussa les épaules. « Je sais pas, ça m'a tout l'air d'être vide. Je vais aller voir. »

Il souleva une section du guichet amovible et passa de l'autre côté pour inspecter le bureau. « Merde, c'est un peu le bordel ici, y a plein de papiers et de trucs éparpillés. »

Il se dirigea vers l'arrière du guichet et vers une autre porte en verre fumé, verrouillée par un code d'accès.

Leona vit que le verre était brisé et que la porte avait été forcée.

« On dirait que quelqu'un est déjà entré là pour tout foutre en l'air.

– Ouais.

– Fais attention.

– T'inquiète. »

Il poussa la porte et Leona entendit ses semelles crisser sur les bris de verre.

« Y a quelqu'un ? cria-t-il avant de passer la tête dans l'embrasure. Police ? »

Leona le regarda entrer dans la pièce voisine tandis que la porte en verre se refermait derrière lui et elle distinguait les contours incertains de sa silhouette évoluant de l'autre côté.

« Ne t'éloigne pas trop, Dan ! » lui lança-t-elle. Sa voix étouffée lui répondit : « D'accord ! »

Il régnait un calme bien trop inhabituel. Elle jeta un œil dans la rue par la double porte d'entrée. Uxbridge Road aurait dû être embouteillée, ses trottoirs envahis de piétons et d'étals de fruits et légumes jouxtant des boutiques de téléphonie bon marché et de cartes SIM un peu louches. Mais elle ressemblait à une ville fantôme de western. Leona s'attendait presque à voir rouler une boule d'herbe sèche au milieu de la voie.

Son père lui avait un jour parlé d'une tornade qui s'était abattue sur Londres en 1987. Quand il était sorti un matin pour aller au travail, la rue était déserte et des déchets flottaient çà et là. Elle imaginait que le spectacle avait dû ressembler à cela, mais ce qu'elle voyait aujourd'hui devait être bien pire qu'à l'époque.

C'est si calme.

Elle n'avait pas entendu Dan bouger depuis un moment. « Dan ? »

Pas de réponse.

« Dan ? Tout va bien ? »

Rien, puis un raclement.

« Dan ? »

Elle aperçut une forme bouger derrière la porte en verre, une silhouette sombre qui vacillait légèrement.

« Dan, c'est toi ? »

La forme hésita une seconde. Puis se remit en mouvement, une main tendue vers la poignée.

La porte s'ouvrit brutalement et elle vit Dan, le visage livide.

« Oh, mon Dieu, tout va bien ? »

Dan acquiesça lentement et contourna le guichet d'accueil.

« Sortons d'ici. Tout de suite. Tirons-nous de là.

– Qu'est-ce qui se passe ? Tu as vu quelque chose ? »

Il la rejoignit et la saisit par la main.

« Allez, on y va.

– Y avait des policiers dans les parages ? »

Il acquiesça une fois encore et déglutit avec peine. « J'en ai vu un, oui. »

Ils sortirent en plissant les yeux dans la lumière étincelante. « On devrait rentrer, suggéra Dan. J'en ai vu assez pour l'instant. »

Leona pointa l'index à gauche.

« Il y a un supermarché juste au coin, tu le vois ? On y trouvera peut-être un agent en faction ?

– Peut-être, mais je préférerais qu'on rentre, Leona. »

Elle l'attrapa par le bras et riva son regard au sien.

« J'ai vraiment envie de trouver un policier, Dan. J'ai envie qu'un représentant de l'ordre m'explique ce qu'on est censés faire.

– D'accord, d'accord. On va au supermarché, et puis on rentre. »

47

14h01 GMT

Hammersmith, Londres

La moto de l'autre côté de la rue serait parfaite, décréta Ash. L'homme qui l'enfourchait présentait un tout petit problème qu'il résoudrait sans mal. Il s'engagea dans l'intersection jonchée de paniers de courses et de feuilles à imprimante éparpillées dans la rue silencieuse comme une couche de neige, voletant de-ci de-là dans la brise légère.

L'homme à la moto était un policier en faction au carrefour. Par une journée ordinaire, l'asphalte aurait été encombré par un flot de voitures à l'arrêt. Elle était désormais déserte. Ash remarqua des piétons dans les parages, fourrageant dans les décombres de la veille.

Le policier repéra Ash qui approchait droit sur lui.

« Pourriez-vous garder vos distances, s'il vous plaît, monsieur ? » lui demanda-t-il d'un ton monocorde.

Ash ralentit mais ne s'arrêta pas.

«J'ai besoin d'aide, lança-t-il. Il me faut une ambulance, ajouta-t-il tandis que son esprit composait à la hâte une histoire pour lui permettre de gagner une vingtaine de secondes et dix mètres.

– Qu'est-ce qui ne va pas ? »

Ash continua sa progression. « Ma femme, il faut l'emmener à l'hôpital tout de suite. »

Le policier tendit le bras. « S'il vous plaît, restez où vous êtes. Qu'est-ce qui lui arrive, à votre femme ? »

Ash ralentit encore l'allure, mais continua d'avancer. Son visage se contracta d'inquiétude. « Oh, mon Dieu, je crois qu'elle est en train de mourir ! Je ne peux pas... Je ne peux pas... »

La main du policier glissa vers la moto d'où Ash voyait émerger la crosse d'une arme à feu. « J'ai dit, n'avancez plus ! »

Il s'arrêta presque.

Cinq mètres... encore un peu plus près.

L'agent scruta Ash qui sanglotait devant lui. « Je ne peux rien faire pour l'instant, monsieur. Je peux appeler une ambulance, mais les urgences sont débordées. Qu'est-ce qu'elle a ? »

Ash fit un autre pas chancelant.

Ça suffira comme ça.

« Ne bougez plus ! »

Ash sortit sa fine lame et plongea pour l'enfoncer dans le ventre du policier qui chercha à attraper son arme. Il fit remonter son couteau comme on éventre un poisson, imaginant les dégâts qu'il causait aux organes vitaux. Il saisit le poignet du policier et le bloqua. De sa main libre, l'agent essaya d'écarter la lame, s'agitant et frappant en vain pour tenter de la retirer.

« Chuuut. Doucement, murmura Ash en approchant son visage dans un mouvement presque intime. Tout sera terminé dans une seconde, l'ami. » Il souleva le policier de sa moto et l'allongea délicatement sur le trottoir, ses lèvres s'ouvrant et se fermant pour ne produire qu'un gargouillis mécontent.

Ash enfourcha l'engin. Quelques passants semblaient avoir assisté à la scène et le dévisageaient, bouche bée, tandis qu'il démarrait.

Guildford.

À la lueur d'une bougie chez les Sutherland, il avait passé la nuit à étudier un guide pratique de Londres. Si les rues étaient dégagées et s'il n'y avait aucun barrage, il pensait pouvoir y arriver dans l'après-midi. Et, avec un peu de chance, y trouver la sœur, Kate.

Il fit demi-tour, longeant la rue circulaire autour d'Hammersmith, puis s'engagea dans Fulham Palace Road en direction du sud. La plupart des vitrines étaient brisées, là aussi.

Il avait été surpris de voir avec quelle facilité le voile de l'ordre et de la loi s'était déchiré, du moins dans le centre de Londres. Personne ne mourait encore de faim, personne ne devait encore avoir faim, d'ailleurs. Mais quand cet imbécile de Premier ministre n'avait fait qu'*évoquer* un éventuel rationnement alimentaire, un vent de panique s'était emparé de la population, panique exacerbée par la réaction hystérique des médias et par la coupure générale de courant de la nuit dernière, si soudaine, si imprévue.

Il sourit.

Ils avaient très bien géré la situation. Parfaitement, même. *Ils* avaient orchestré une désintégration totale du système en deux jours.

48

14h05 GMT

Shepherd's Bush, Londres

Leona ouvrit la marche sur une centaine de mètres le long d'Uxbridge Road. Ce ne fut qu'en traversant la chaussée jonchée de détritus qu'ils remarquèrent la présence de quelqu'un d'autre, le premier signe de vie depuis leur sortie. Elle compta cinq personnes, une famille asiatique qui nettoyait le désastre devant une bijouterie et s'efforçait de déblayer les alentours. Cela lui mit du baume au cœur. C'était bon signe.

Devant eux se dressait un petit centre commercial surmonté d'un parking à plusieurs étages. Il était habituellement éclairé jour et nuit par des néons, des panneaux publicitaires et des milliers de petits spots intégrés aux plafonds bas de la structure. L'après-midi avait beau être ensoleillé, le centre paraissait aussi sombre qu'une caverne.

« Le supermarché est à l'intérieur, pas loin de l'entrée », expliqua Leona. Elle aurait fait demi-tour à cet endroit si elle n'avait pas aperçu la famille qui s'efforçait de remettre sa boutique en ordre et qui lui avait donné l'impression que le pire était passé.

« Je vois pas de flics là-dedans, dit Dan.

– On jette juste un coup d'œil. S'il n'y a pas de policier, on pourra au moins récupérer les quelques rations supplémentaires qu'on trouvera dans les rayons. »

Dan n'avait pas l'air enthousiaste.

« Juste un coup d'œil et on ressort illico. »

Elle entra la première.

Loin de la lumière du soleil, il faisait froid. Leurs semelles résonnaient sur le sol lisse et ciré. Elle fut déconcertée de voir le centre aussi désert, tant elle était habituée à le voir bondé et bruyant, mêlant la musique de supermarché en fond sonore, les groupes d'adolescentes piaillantes, l'écho des talons, des caddies et des poussettes.

Toutes les vitrines avaient explosé.

Au bout du centre, elle voyait les larges pans vitrés du supermarché. De là où ils étaient, ils devinaient déjà qu'il avait été pillé : vitrines brisées, chariots et paniers éparpillés de toutes parts, cartons et aliments écrasés répandus sur le sol.

Ils s'approchèrent d'une boutique et regardèrent à l'intérieur. Elle était obscure, sans éclairage. Les étalages étaient vides, le sol jonché des débris de l'orgie qui avait dû s'y dérouler la veille.

« Ils ont fait le vide, commenta Dan à voix basse. On... on croirait l'ouragan Katrina à La Nouvelle-Orléans. Je me souviens des images, aux infos. C'était... c'était exactement comme ça.

– Je sais. On n'imaginerait jamais que ça puisse arriver chez nous, jusqu'à ce que ça finisse vraiment par arriver.

– On ferait mieux de rentrer. Jake est resté seul suffisamment longtemps. »

Leona sourit et lui attrapa la main. « Tu ferais un très bon grand frère. »

Ils entendirent un bruit de pas sur le verre brisé derrière eux et firent volte-face.

« T'aurais pas une clope, mec ? »

49

17 h 00, heure locale

Nord de l'Irak

Andy regardait Tajican, Westley et Derry siphonner l'essence des véhicules accidentés sur la route – trois blindés et un camion. Le petit convoi avait visiblement été stoppé par une explosion sur le bas-côté. Le premier blindé n'était plus qu'une carcasse noire et fondue. Derrière lui, les trois autres engins étaient criblés d'impacts. La section avait été la cible d'une embuscade par des tireurs dissimulés derrière les accotements sablonneux de part et d'autre de la voie. Des douilles jonchaient le sol autour des véhicules, l'échange de tirs avait été nourri et avait causé un nombre important de victimes, d'après les taches noires sur le sable et sur la route asphaltée.

Des cadavres méconnaissables étaient prostrés dans le premier blindé, ainsi qu'une douzaine dans un fossé à quelques mètres de la route. C'étaient tous des soldats américains. Andy pensait qu'ils avaient combattu là jusqu'au dernier. Les tirs venant de toute part et leurs véhicules offrant une couverture trop maigre, ils avaient dû battre en retraite jusqu'au fossé. Et la lutte s'était terminée là.

Andy avait demandé à Westley d'installer des guetteurs pendant que les hommes siphonnaient les réservoirs. Quatre hommes dirigés par Peters s'étaient postés à une centaine de mètres plus haut sur la route, et quatre autres sous le commandement de Denwood surveillaient l'autre direction. Il y aurait encore deux ou trois heures avant la tombée de la nuit, mais pour Andy, la sécurité que leur procurerait l'obscurité semblait encore lointaine.

Mike inspecta les cadavres dans le fossé.

« Ces gars n'étaient que des ingénieurs, pas des combattants.

– On dirait que ça s'est passé lundi, ajouta Andy. Enfin... d'après l'état des corps.

– Pauvres mecs, lança Mike avant de se tourner vers Farid. Ces gars étaient venus pour réparer ou construire des infrastructures pour *ton* peuple, quand cette merde leur est tombée dessus. »

Farid soutint son regard. « C'est malheureux. »

Mike émit un rire sec.

« Ouais, mais moi je vous comprends pas, vous autres. Pourquoi ? Enfin quoi, vous avez pas envie de voir vos ponts réparés, vos stations de traitement d'eau améliorées ? Pourquoi est-ce que vous voulez pas que votre satané pays soit remis sur pied ?

– Les Irakiens, ils veulent l'eau et les ponts, Mike. On veut pas que ce pays, ça devienne l'Amérique.

– Mais on n'essaie pas de construire une autre Amérique, on essaie juste de réparer vos putain d'infrastructures...

– Qui, je crois, étaient intactes avant notre arrivée, intervint Andy. Enfin, je crois qu'il est utile de le préciser. »

Mike se tut, puis marqua son approbation d'un hochement de tête.

« Mais ça me fait chier : on vous débarrasse de votre dictateur qui – et je suis sûr que ton peuple sera d'accord avec moi – était quand même une sale petite merde ambulante, et on vous accorde la chance de reconstruire une nation juste et démocratique, mais...

– On veut pas ça, répliqua Farid d'un ton calme. On répète ça, beaucoup de fois. Mais l'Amérique écoute pas. On veut pas de démocratie, c'est un régime où l'homme gouverne l'homme. On veut qu'Allah gouverne l'homme.

– Je pige pas, rétorqua Mike.

– Je dois admettre que je ne comprends pas non plus, Farid, déclara Andy. Au moins, avec le droit de vote, vous pouvez choisir votre gouvernement, vous pouvez virer les mecs à la tête du pays s'ils sont mauvais. Quel mal y a-t-il à ça ? »

Farid hocha la tête.

« C'est que l'homme est au pouvoir. Que c'est l'homme qui décide. Regardez ce qui arrive dans votre pays, quand les hommes sont au pouvoir. Ils volent de l'argent, ils font d'énormes guerres, ils mentent aux gens. Et puis, vous votez... oui ? Et vous avez un autre homme à... Maison-Blanche, et c'est lui qui vole l'argent et qui fait les mêmes guerres. Pas de différence. La charia, c'est la loi de Dieu. Elle peut pas être changée ni inter...

– Interprétée ? »

Farid acquiesça.

« Parce que l'homme, il changera toujours les lois quand il a besoin. Ça arrive toujours.

– Tu dis que la charia est incorruptible, c'est ça ? demanda Andy.

– Oui, c'est ce que j'essaie de dire. *Incorruptible.* Change jamais.

– C'est des belles conneries, tout ça, marmonna Mike. Les hommes du haut, les imams, ils font ce qu'ils veulent de l'islam. Ils lui font dire ce qu'ils veulent.

– Ceux qui font ça, c'est pas des bons musulmans, affirma le vieil homme. Saddam, il disait qu'il était un bon musulman. Mais non. »

Andy comprenait ses arguments. En théorie, peut-être, les lois élémentaires de Dieu comme définies par le Coran auraient pu rendre une société vivable. Comme le communisme, cela fonctionnait sur le papier, mais dès qu'on intégrait des connards égoïstes dans l'équation, tout partait en vrille. Mais il y avait des choses louables dans le code islamique : l'égalitarisme, l'importance de la charité et de la famille. S'ils pouvaient éliminer des éléments comme Dieu et la conception limitée du rôle de la femme dans la société, il se demandait dans quelle mesure il serait prêt à embrasser cette religion.

« Réponds-moi, Farid, continua Mike. Et je veux que tu sois vraiment honnête. »

Le vieil homme le dévisagea.

« Qu'est-ce que vous voulez vraiment, vous autres ? »

Farid lui adressa un sourire désarmant.

« Tu sais ce que tous les bons musulmans veulent ?

– Quoi ?

– Un monde islamique. Nous tous, tous les frères ensemble.

– Tu vois, je m'attendais à ça. Il n'y a pas de place pour les infidèles comme moi, comme Andy, comme l'État d'Israël. Ce que vous voulez en secret – parce que la plupart du temps, vous faites gaffe à ce que vous dites en public –, en secret, vous voulez qu'on disparaisse tous, vous voulez qu'on soit effacés de...

– Non ! l'interrompit Farid avec colère. Non. Moi, je veux un monde islamique, de tout mon cœur, mais jamais je voudrais la mort d'une seule personne, d'un seul infidèle. »

Mike l'observa en silence.

« Jihad, ça veut pas dire guerre, Mike. Jihad, ça veut dire... *lutte.* J'espère avec tout mon cœur que tu accepteras Allah dans ton cœur. Et toi aussi, Andy. C'est ma lutte, mon jihad. Mais Allah peut seulement être *accepté*... vous comprenez ? Pas imposé avec des fusils, des bombes, de la terreur. Il peut seulement être accepté. »

Andy se tourna vers le vieil homme.

« Tu sais quoi, Farid ? Je ne croirai jamais en aucun dieu. Tu le sais bien, non ? Pour moi, la religion, toutes les religions, ne sont que des superstitions idiotes.

– Pareil pour moi, déclara Mike. Chrétienne, juive ou islamique, non merci. Et je brûlerai sûrement en enfer pour avoir dit ça. »

Farid lui adressa un large sourire.

« Dieu accueille au paradis les croyants et les non-croyants. Si tu es bon, tu as une place.

– Alors, il ferme seulement la porte aux vrais connards, c'est ça ? » demanda Andy.

Farid éclata de rire et acquiesça.

« C'est ça.

– Bon, alors moi, ça me convient », répondit Mike.

50

14 h 30 GMT

Cabinet du comité COBRA, Londres

Le Premier ministre avait ployé sous la pression, comme Malcolm s'y était attendu. Charles affichait les signes d'une dépression nerveuse imminente. Ce qui était compréhensible, vraiment. Sa naïveté lamentable de la veille, lorsqu'il avait essayé d'en appeler à la notion nébuleuse d'un esprit national combattant, avait fait sombrer le pays dans un chaos prématuré. Mobiliser l'armée et la police autour des postes clés avait donc été beaucoup plus simple.

La tentative bien intentionnée de Charles d'appeler au calme et à la raison avait en réalité joué en leur faveur. En Grande-Bretagne, tout avait pris une bonne longueur d'avance sur le programme. L'effondrement social avait eu lieu plus vite que prévu – grâce à la contribution de Charles. Les ressources clés étaient désormais gardées par l'armée et un flot continu de troupes rentrait au pays pour renforcer la surveillance. La situation était gérable, elle pouvait être évaluée.

Malcolm et ses collègues avaient une bonne emprise sur COBRA, le contingent d'autorité civile. Le comité était composé de huit personnes, dont cinq faisaient partie des initiés – des membres du Cent Soixante. Les divers éléments commençaient à converger, il était temps d'appliquer une légère pression supplémentaire : imposer le processus, petit à petit.

Il leur fallait être très prudents.

Dix ans plus tôt, lorsque la nécessité d'un tel événement avait été débattue, certains membres avaient argué que la situation risquait de leur échapper. Malcolm avait été l'un d'eux. C'est pour cela que dans ce pays, et dans le reste du monde, il fallait procéder avec une précision chirurgicale.

Un pied sur l'accélérateur, l'autre juste au-dessus de la pédale de frein. Il y avait une cible, un but à atteindre. Le danger était de tirer trop loin, de laisser les événements grossir jusqu'à devenir incontrôlables, et de rater leur chance.

Malcolm regarda la liste de mesures qu'il avait rédigées et qu'il présenterait aux autres membres de COBRA. Quatre d'entre eux valideraient les propositions sans le moindre murmure. Ils savaient pourquoi elles devaient être mises en place. Les trois autres le dévisageraient avec horreur et lui demanderaient pourquoi la distribution d'électricité devait être ainsi limitée, et pourquoi l'alimentation en eau devait être supprimée dans certaines régions du pays.

Malcolm les justifierait avec calme. Il leur servirait un discours préparé : « Cette crise risque de durer plusieurs mois, messieurs. Nous venons d'entrer en terrain inconnu, imprévisible et dangereusement instable. La libre circulation du pétrole est LE seul et unique facteur qui alimente notre monde interconnecté et interdépendant. C'est l'échafaudage qui soutient notre château de cartes mondial et quelqu'un, Dieu sait où et pour Dieu sait quelle raison, a décidé de le retirer. Nous vivons sur une île de soixante-cinq millions d'habitants, nos ressources sont limitées. Il en va de notre devoir de nous assurer que nos réserves suffiront à satisfaire la population – peut-être pas la population tout entière, mais une large portion tout de même – pendant la crise, mais également pendant la reconstruction qui suivra. L'électricité, l'eau et la nourriture sont les trois ressources qu'il nous faut à présent contrôler, rationner et redistribuer... »

Et si les trois membres ne gobaient pas tout ça, peu importait. Quoi qu'il arrive, cinq votes contre trois leur permettraient de botter en touche.

Malcolm soupira. Comme il était tentant de tout révéler au grand jour et d'expliquer ce que lui et ses collègues cherchaient à faire. Ils comprendraient, il en était certain. Ils verraient où tout cela devait mener, ce qu'il fallait faire pour le bien de chacun. Ils devineraient ce qui arriverait fatalement, les scénarios catastrophes, si l'on n'organisait pas dès à présent un événement aussi déplaisant.

Mais pour parler ouvertement de leur but à ces trois membres non initiés, il serait obligé d'évoquer la main qui contrôlait l'ensemble. Les Cent Soixante, et les Douze.

Et, sachant tout cela, il faudrait bien sûr qu'ils meurent.

51

15h00 GMT

Shepherd's Bush, Londres

Leona se retourna pour voir les trois gars juste derrière eux. Elle fut surprise qu'ils aient pu s'approcher si près sans le moindre bruit.

Sauf si c'était leur intention, évidemment.

« T'aurais pas une clope, mec ? » demanda celui du milieu, un Noir plus petit que les deux autres. Une version plus malingre du rappeur 50 Cent. Il était flanqué de deux garçons plus grands, minces, blancs, en jogging baggy qui pendouillait à leurs fesses comme des Pampers pleines. À la fac, on surnommait les étudiants qui s'habillaient ainsi des *« wiggers »* – une combinaison de *white* et *nigger, nègre blanc,* qui qualifiait ces faux gangsters, ces *cailleras.* Ces Blancs qui auraient voulu être noirs et qui faisaient de leur mieux pour laisser croire qu'ils avaient grandi dans les banlieues pourries de Los Angeles. Elle détestait ce terme, presque autant que le mot original détourné, mais il résumait bien les gars.

« Euh... je fume pas, répondit Dan avec un sourire amical mais incertain. Enfin, des fois je fume quelques lattes dans les soirées et... et... enfin, j'ai pas de clopes sur moi. »

Le gamin aux airs de 50 Cent se tourna vers Leona. « Et toi, chérie ? »

Leona savait très bien que tout cela n'avait rien à voir avec une cigarette.

« Je fume pas non plus. Mais vous trouverez un tas de cartouches de clopes à l'intérieur du magasin, suggéra-t-elle en montrant une vitrine cassée derrière eux.

– Putain, ouais... on va aller regarder, répondit 50 Cent en jetant un œil au verre brisé avant de la dévisager à nouveau. Tu veux squeezer avec nous ? »

Leona hocha la tête. Elle était quasi sûre que squeezer voulait dire traîner, rien de plus. Mais les choses risquaient de prendre une autre direction... elle savait très bien ce qu'il avait en tête.

« Non, merci. Je rentre avec mon copain.

– Ouais, ajouta Dan. On a terminé ici... on... on rentre juste chez nous.

– C'est la jungle ici. Mais c'est plus une simple jungle urbaine, c'est la vraie jungle, intervint 50 Cent. Les flics sont partis, c'est la folie par ici. »

L'un de ses acolytes, son *wigger* personnel, éclata de rire. Leona lui donnait 17 ans, sa peau de bébé était marquée de cicatrices d'acné au-dessus de ses sourcils dont l'un avait été rasé en petites raies successives.

« Ouais, on a remarqué, commenta Dan. Alors on va faire demi-tour et...

– Hé, mec ! C'est pas à toi qu'on cause, l'interrompit le gamin au sourcil rasé. Pauvre con. »

Leona serra la main de Dan pour le faire taire. C'était sûrement une bonne piste pour les pousser à s'éloigner et à retourner d'où ils venaient, mais cela devait sortir de sa bouche *à elle*. Un truc malin, macho et marrant pourrait faire l'affaire, il fallait les faire rire pour avancer. Tout ce qu'il pourrait dire, lui, serait pris comme une provocation.

« C'est de la folie pure, lâcha Leona. Ouais... putain, c'est trop clair, mec. Mortel, hein ? »

Les trois mecs sourirent. Elle pensa qu'ils avaient apprécié ses propos, ou alors ils se moquaient juste de sa tentative peu convaincante de parler caillera.

Dan fit un pas à gauche, son pied écrasant les bris de verre et les déchets amoncelés.

« Tu vas où, putain ? demanda 50 Cent.

– On s'en va, d'accord ? répliqua Dan. On veut pas d'emmerdes, on va juste...

– Vous allez nulle part. »

Dan acquiesça, obéissant. « Bon, d'accord. Je vais m'asseoir, alors. » Il s'accroupit, ses mains tendues vers le sol. Leona sut à cet instant précis qu'il mijotait quelque chose.

D'un geste rapide, il projeta un nuage de poussière et de verre en direction des trois jeunes.

Ils se protégèrent le visage. Leona en profita pour ramasser une boîte d'ananas et la jeter vers l'un d'eux. La conserve rebondit sur le front du gars au sourcil rasé qui venait de baisser sa garde. Leona s'apprêtait à en ramasser une autre quand Dan se tourna vers elle et chuchota : « Cours ! »

Elle pivota à gauche et piqua un sprint en espérant qu'il la suivrait, qu'il serait juste derrière elle. Elle parcourut vingt ou trente mètres le long du supermarché, slaloma entre les caddies abandonnés avant d'oser se retourner pour vérifier que Dan était là.

Mais ce n'était pas le cas, il n'était pas derrière elle comme elle l'avait espéré, comme elle s'y était attendue... Elle ne le voyait nulle part.

Elle aperçut deux des trois gars s'engager en courant dans l'allée qu'elle et Dan avaient empruntée quelques minutes plus tôt et qui menait à la sortie sur Uxbridge Road. Dan avait dû partir par là, pour détourner l'attention et éviter qu'ils ne la poursuivent. Deux s'étaient lancés après lui mais Sourcil rasé, le petit Blanc qui avait traité Dan de con, était à ses trousses, shootant dans les caddies sur son passage. Dans la demi-seconde qu'elle perdit à l'observer, elle remarqua la tache écarlate sur son front pâle et boutonneux.

C'était bien lui qui avait été touché par sa boîte d'ananas.

Leona tourna les talons et courut sur vingt mètres encore, pour se rappeler soudain que cette section du centre commercial était une impasse. Il y avait une pharmacie au bout, un buraliste et un Woolworths, mais aucun accès à la rue.

Elle repoussa des chariots dans son sillage pour ralentir le connard derrière elle. Devant, surgissant de l'obscurité, se dressait l'impasse. Son seul espoir de lui échapper était de s'engouffrer dans un des magasins : elle avait le choix entre la pharmacie d'un côté et Woolworths de l'autre. Les deux avaient une grande superficie, il y aurait suffisamment d'espace pour qu'elle ait une chance de le semer, et les deux possédaient une autre sortie sur une rue adjacente, soit sur Uxbridge Road, soit sur Goldhawk Road.

Elle tourna vers Woolworths et vit qu'une des portes automatiques était ouverte. Soit elle s'était bloquée dans cette position au moment de la panne de courant, soit quelqu'un l'avait forcée. Peu importait : elle choisit Woolworths.

Elle entendait les semelles de ses baskets claquer derrière elle, ainsi que le bruit de ferraille de caddies qu'on repoussait avec violence.

« Viens ici, sale puuuute ! » cria Sourcil rasé, sa voix se réverbérant dans toute l'allée.

Elle franchit la porte sans s'être préparée à l'obscurité qui régnerait à l'intérieur, une fois l'électricité coupée. Malgré le soleil qui brillait dehors, la lumière qui passait par la porte et par les hautes baies vitrées le long de l'entrée parvenait mal à éclairer la salle basse de plafond où s'étendait une longue série de rayons et d'étals.

Comme partout ailleurs, des pilleurs étaient entrés et avaient laissé un désordre innommable. Leur intérêt s'était concentré autour du stand de bonbons Pick 'n' Mix et sur les étagères encadrant les caisses où, vingt-quatre heures plus tôt s'entassaient quantité de Mars, de Twix et de KitKat.

Elle se faufila dans le passage devant la caisse, à moitié bloqué par un présentoir renversé d'où avaient chuté de barres chocolatées piétinées en une bouillie marron. Elle se retourna pour évaluer la progression de son poursuivant.

Il hésita quelques instants devant la porte automatique ouverte, soit pour permettre à ses yeux de s'accoutumer à l'obscurité, soit intimidé par le sinistre labyrinthe devant lui.

« Salope, lança la voix glaciale de l'adolescent. Tu vas morfler, espèce de salope, et puis je te baiserai jusqu'à ce que t'en puisses plus ! »

Leona se baissa derrière le présentoir et, à quatre pattes sur le lino éraflé, avança vers le rayon le plus proche. Elle posa le genou sur un sachet de chips qui crissa dans le silence total.

L'invitation sembla suffire à Sourcil rasé. Elle perçut un mouvement, le raffut d'objets tombant à terre, puis le tac-tac de ses baskets.

« T'es où ? » cria-t-il en arpentant l'allée des caisses, juste devant les têtes de gondole, et tournant la tête dans chaque rayon pour la trouver.

Elle se redressa d'un bond et se mit à courir tête baissée, aussi silencieusement que possible avant qu'il atteigne son allée.

Mais elle était trop lente. Alors qu'elle arrivait au bout du rayon – encore rempli de peluches intactes après le ravage de la veille –, elle l'entendit.

« Je t'ai vue ! »

Et merde.

Elle bifurqua vers la droite, en direction du rayon musique, DVD et jeux vidéo. Elle dérapa et plongea entre deux présentoirs de jeux de PlayStation. Derrière elle, le son de ces satanées baskets la suivait toujours et... elle l'entendait à présent respirer. Il gagnait du terrain.

Elle ne s'arrêta pas. Il était bien trop près d'elle pour s'être laissé avoir par sa petite manœuvre de diversion. Elle avait besoin de trouver un rayon où elle pourrait vraiment se cacher, quelque part où...

« Arrête-toi, putain ! cria-t-il encore. Je veux juste discuter ! »

Mais ouais, c'est ça.

Elle atteignit le bout de la section des jeux. Plus loin, elle devinait les tables de présentation où s'empilaient des pulls et des polaires. Des vestes pendaient à des cintres : le rayon de vêtements pour enfants.

Elle s'élança et se jeta à terre au milieu d'un carré de tringles pivotantes où pendaient de longs manteaux d'écoliers.

Trois ou quatre secondes plus tard, le claquement des semelles de baskets cessa un instant alors que Sourcil rasé courait sur le tapis qui délimitait la section du reste de la boutique. Dans le noir, elle ne voyait que la lumière du jour qui se réverbérait, grisâtre, sur le plafond bas. Le reste était sombre et informe.

Elle écoutait attentivement les mouvements autour d'elle, n'entendait que le bruissement des tissus et les cintres en plastique qui s'entrechoquaient tandis qu'il déambulait, impatient.

« Allez, siffla-t-il, frustré. Je veux juste discuter, putain... Je veux juste... »

Sourcil rasé luttait pour étouffer la rage dans sa voix... et l'excitation. Leona frémit en pensant aux fantasmes horribles qui devaient traverser sa petite tête rasée.

« Allez ! supplia-t-il comme un enfant qui réclame des sous à sa mère. Je veux juste... »

Sa voix s'affaiblit.

Je sais ce que tu veux. Sale petit merdeux.

Elle avait chaud, cachée ainsi parmi les manteaux d'hiver, mais elle frissonna en imaginant ce que lui et ses deux potes lui feraient s'ils l'attrapaient.

Oh, mon Dieu, ce n'est qu'un gamin.

Il n'était, effectivement, qu'un morveux de 17 ans, à peine plus, avec sa tête ronde et ses grandes oreilles sous sa casquette ridicule. Mais il était bien assez costaud pour parvenir à ses fins. Ce n'était qu'un jeu, pour lui, rien qu'un jeu.

La trouver. La battre. La niquer. L'abandonner... hé, hé!

C'est ainsi que se déroulerait son jeu. Puis il s'éloignerait en remontant son pantalon, un sourire qui disait « je m'en suis tapé une », pendant qu'elle resterait prostrée au sol, ensanglantée et ankylosée, cherchant autour d'elle ses vêtements déchirés qu'il lui aurait arrachés.

« Allez, je croyais que tu cherchais à t'amuser ! » s'exclama-t-il. Il s'était dangereusement rapproché. « Merde, enfin, on se croirait à Disneyland, dans la rue ! »

Il était à 3 ou 4 mètres. Leona retint sa respiration.

« On prend tout ce qu'on veut. C'est de la folie. »

Il est tout près.

« Y a pas de poulets. Ils se sont tous barrés, allez savoir où. À part ce pauvre naze de flic qu'on a trouvé. C'est l'heure de la récré. La récré pour les gamins ! »

Elle sentit un vent léger sur sa peau tandis qu'il déplaçait l'air devant elle, à quelques centimètres de là.

« Allez, répéta-t-il de sa voix de gosse. S'il te plaît, chérie. Je te ferai aucun mal, on va juste s'amuser un coup. »

Leona passa le doigt sur le métal rigide d'un cintre. Elle en suivit la courbe. La base était en plastique, mais le crochet était en métal.

Il gardait le silence mais elle l'entendait respirer alors qu'il était là, juste au-dessus d'elle. Il haletait, la course l'avait épuisé. Quant à elle, elle retenait encore son souffle, mais ne pourrait pas le faire éternellement.

Va-t'en, s'il te plaît. S'il te plaît.

Il fallait qu'elle respire, mais savait que son expiration ferait un bruit du tonnerre dans le silence de marbre. Les mains toujours sur le cintre, elle tordit le crochet pour en faire une pique. Une arme merdique, c'était certain, mais elle pourrait essayer de le frapper.

« Et puis merde, grogna Sourcil rasé. Je t'entends, tu sais. T'es quelque part dans le coin, je t'entends tripoter des trucs. »

Soudain, les manteaux au-dessus de sa tête s'écartèrent en un bruissement rapide. Ses mains plongèrent à travers les couches de tissu épais.

« Putain, je vais te choper ! murmura-t-il en la sachant sous les manteaux. Et puis ce sera au tour de mes potes, et on va vraiment... »

À deux mains, Leona attrapa le cintre par le support en plastique, le métal pointé vers le haut, et elle l'enfonça vers ce qu'elle imaginait être son visage. Il vibra en entrant en contact avec un corps étranger. Le plastique se cassa entre ses mains. Elle perçut un bruit humide et visqueux, puis elle l'entendit hurler.

52

15 h 47 GMT

Shepherd's Bush, Londres

Leona s'extirpa du tas de manteaux sous les hurlements aigus et prolongés du jeune homme. Dans l'obscurité, elle le voyait tituber, les deux mains sur le visage.

« Mon œil, putain ! Mon œil ! Tu m'as crevé l'œil ! »

Elle se releva et se dirigea vers la lueur du jour à l'autre bout du magasin. Elle aurait aimé rester un moment, trouver un objet lourd pour le frapper, mais elle craignait que ses cris n'attirent les deux autres.

Il était plus prudent de s'en tenir là, tant qu'elle avait encore un peu d'avance.

Elle s'éloigna du rayon enfants, ses talons cliquetant sur le lino tandis qu'elle passait devant le rayon des cartes de vœux intactes, celui des peluches, des jeux électroniques, et devant ceux qui avaient fait la joie des pilleurs la veille, jusqu'aux vitrines et à la porte automatique qui donnait sur Goldhawk Road. Le grand dadais ne cessait de hurler derrière elle.

Les portes étaient bloquées. Elle essaya de les pousser mais elles ne semblaient pas prêtes à bouger d'un pouce.

« Merde », murmura-t-elle.

Quelqu'un avait commencé à casser une des vitrines à droite de la porte. Le verre était fendu en divers endroits. Elle décida de terminer le travail. Elle arracha un extincteur du mur, le souleva à deux mains et le jeta sur la vitre. Elle se brisa à grand bruit et explosa sur le trottoir tandis que l'autre imbécile beuglait comme un âne.

Elle enjamba le chambranle et observa la rue avec méfiance, à l'affût des deux autres gars qui couraient après Dan. Aucun signe de leur présence.

Elle cherchait surtout Dan. Aucun signe de sa présence, à lui non plus. Elle espérait qu'il serait rentré chez eux plutôt que de venir à sa rescousse. Elle commençait à s'inquiéter pour Jacob. Elle le voyait déjà errer dans Shepherd's Bush pour la retrouver.

Jake était suffisamment nigaud pour faire une chose pareille.

Leona remarqua d'autres gens. La famille asiatique nettoyait encore devant la bijouterie et elle aperçut des commerçants qui ramassaient les débris de leur boutique étalés sur le trottoir. Ils les avaient dévisagés d'un œil soupçonneux, Dan et elle, inquiets qu'ils soient en quête d'un butin à piller. Elle vit un ou deux *explorateurs* comme eux, qui avançaient en affichant une expression abasourdie. Mais aucun uniforme en vue. Ni policier, ni pompier, ni ambulancier.

Aucun représentant de l'ordre.

Et pas de Dan.

Il y avait du monde autour et elle se sentait un peu plus en sécurité, mais elle se demanda si quelqu'un, n'importe qui, lui viendrait en aide si elle était agressée sous leur nez et jetée à terre par 50 Cent, Sourcil rasé ou un autre gamin.

Elle décida de rentrer à la maison par le chemin qu'ils avaient emprunté plus tôt, le long d'Uxbridge Road, courant presque tout le temps en regardant à droite et à gauche, à l'affût d'un signe de Dan. Elle dénombra une trentaine de personnes qui évoluaient dans les rues et fouillaient dans les décombres des magasins, mais pas de Dan.

Elle longea leur avenue et, croisant plusieurs voisins, leur adressa un salut de la tête. Ils étaient dans leur petit jardin et ramassaient les canettes de bière et les bouteilles cassées.

Ils pensent que tout est fini.

C'était visiblement ce qu'ils croyaient : qu'on entrait à présent dans la phase de nettoyage après le passage de l'ouragan. Ils devaient penser, tout comme les commerçants, que le courant serait rétabli dans l'après-midi, que la police et l'armée arriveraient bientôt pour superviser le grand déblayage. Leona se surprit à espérer la même chose.

Elle pressa le pas vers le bout de St. Stephens Avenue, certaine que Dan était déjà rentré chez Jill, avait retrouvé Jacob et se faisait un sang d'encre pour elle. En approchant de chez elle, elle remarqua les voisins d'en face qui clouaient des planches de contreplaqué à leurs fenêtres du rez-de-chaussée.

Elle remonta l'allée de Jill et frappa à la porte, s'attendant à ce qu'on lui ouvre aussitôt. Mais non.

« Dan ? Jake ? » cria-t-elle à travers la fente de la boîte aux lettres.

Elle entendit des bruits de pas à l'intérieur, puis des jambes apparurent dans son champ de vision. Quelques instants plus tard, la porte s'ouvrit. Jacob était là, agrippé à un chien en peluche qu'il avait dû dégoter dans la maison de Jill. Il avait les yeux rouges et gonflés d'avoir pleuré, sa lèvre inférieure tremblait.

« J'ai cru que tu m'avais abandonné pour toujours, finit-il par gémir.

– Dan n'est pas rentré ? »

Il fit non de la tête.

53

20h51 GMT

Sud de Londres

Ash progressait lentement vers le sud, au-delà des limites de la ville. Des voitures abandonnées et les déchets de la nuit de pillage passée encombraient les rues. À plusieurs reprises, il avait dû sortir de la route pour éviter les barrages militaires ou policiers, conscient que sur une moto de police, il risquait d'avoir des ennuis s'il s'approchait trop près.

Il laissa la ville derrière lui et traversa des banlieues, remarquant sur son passage que les conditions semblaient varier d'un coin à l'autre. Certaines zones avaient été lourdement touchées par les attaques de cette nuit, d'autres semblaient intactes. Il emprunta une rue d'un quartier chic sans apercevoir une seule vitrine brisée. Tout était calme. Bien sûr, les gens étaient cloîtrés chez eux – il vit de nombreux rideaux se soulever sur son passage – mais malgré la situation actuelle, il se serait cru un jour de semaine à l'heure du dîner.

Les coupures de courant qui semblaient avoir sévi à travers le pays la veille au soir n'étaient pas aussi totales qu'il l'aurait imaginé. Il roula à travers des quartiers alimentés en électricité par intermittence : les néons des enseignes brillaient encore et les feux de circulation – leurs mécanismes de synchronisation mis à mal par le chaos des dernières vingt-quatre heures – clignotaient encore d'une lumière orange inutile.

Ash pensait que le comité d'urgence aurait fait couper l'intégralité du courant, partout. Mais il ignorait les détails. D'autres s'en chargeaient. À chacun sa responsabilité, à chacun sa méthode d'action. La vision d'ensemble... c'était cela qui importait.

Il émergea enfin de l'immense labyrinthe des banlieues résidentielles autour de Londres tandis que déjà tombait la lumière du soir.

Le long d'une voie rapide qui filait vers le sud-est de Londres, il croisa de nombreux piétons qui avançaient sur la bande d'arrêt d'urgence, la plupart s'éloignant de la ville. Ash se dit qu'ils devaient vivre dans les villes-dortoirs des alentours, qu'ils s'étaient retrouvés bloqués par la soudaineté des événements et qu'ils cherchaient à présent à rentrer chez eux d'un pas fatigué. D'autres paraissaient se diriger vers la capitale.

Je ne vous le conseille pas, les amis.

Mais bon, ils cherchaient sûrement à rentrer, eux aussi. Ou iraient-ils, sinon ?

C'était vers cela qu'on aspirait, en temps de crise, n'est-ce pas ? Sa maison.

Il se demanda où pouvait bien se trouver la fille Sutherland. Cette amie de la famille, Jill, cette très bonne amie à qui l'on confiait les enfants en attendant le retour de M. et Mme Sutherland, elle devait bien habiter près de chez eux, non ? Assez près pour passer régulièrement leur rendre visite.

Sûrement.

Mais sans adresse...

Et si la fille décidait de rentrer chez elle pour chercher quelque chose ? Et si la dénommée Jill faisait un saut à la maison pour récupérer les vêtements des enfants... ou le jouet préféré du petit ?

Ash fut saisi d'un doute momentané. Il aurait peut-être dû rester à attendre ?

Non. Ça aurait pu durer une éternité. Le temps était la clé de la réussite. Il avait une adresse. Son instinct de chasseur lui soufflait que Kate connaissait Jill. Mieux valait suivre son intuition que de rester cloîtré à se tourner les pouces dans le noir au numéro 25 de St. Stephens Avenue.

Le long de la route, il passa près de voitures laissées là en une file ordonnée, pare-chocs contre pare-chocs sur la voie d'insertion vers une station-service. Il en conclut que le carburant était venu à manquer le jour précédent ou, plus probablement, que l'armée avait réquisitionné ce dont elle avait besoin dans les citernes souterraines. Le réservoir de la moto allait être bientôt vide. Avec difficulté, quelques jurons, et beaucoup de temps perdu, il parvint à siphonner les restes d'essence dans les voitures stationnées là. Il fit la grimace en imaginant les saletés de fond de réservoir qui allaient circuler dans le moteur de la moto.

Il était 22 heures passées quand il entra dans une ville appelée Guildford. Elle était sombre et silencieuse.

Il trouva l'adresse rapidement. La femme vivait dans un immeuble donnant sur une rue animée. Un de ces bâtiments pour jeunes actifs célibataires ou pour jeunes couples.

Pas d'enfants, donc. Dommage. Ils pouvaient servir de moyen de pression dans un scénario d'interrogatoire poussé.

Ash ne s'embêta pas avec la sonnette, qui ne marchait d'ailleurs sûrement plus. D'un coup de pied, il enfonça la porte d'entrée du bâtiment et pénétra dans le hall moquetté avant d'emprunter les escaliers jusqu'au premier étage. Il repéra la porte de son appartement sans difficulté. Un coup bien placé au niveau de la poignée et la porte s'entrouvrit. Il entra à la hâte.

« Kate ? » appela-t-il.

Pas de réponse. Personne à la maison. Elle vivait seule, c'était évident, il n'y avait aucun signe de présence masculine. L'appartement était bien rangé, personne n'était venu fouiller ni visiter les lieux. L'espace d'un instant, il craignit que Kate soit partie, peut-être en voyage à l'étranger. Mais sur le répondeur, il écouta un message d'un dénommé Ron, le petit copain à n'en pas douter.

« Kate ? T'es là ? Décroche... décroche... merde. Tu dois être bloquée au boulot à Londres. Appelle-moi quand tu rentres, d'accord ? Je suis inquiet. »

Ash grimaça, frustré. Kate était donc partie au travail mardi matin, comme à son habitude, puis s'était retrouvée coincée dans la capitale. Il avait doublé beaucoup de gens à pied sur la bande d'arrêt d'urgence. À tous les coups, elle était parmi eux.

Mais il imaginait plutôt qu'une femme célibataire comme Kate ne rentrerait pas chez elle immédiatement et qu'elle resterait un moment au travail, avec des collègues, le temps que le gros des émeutes se tasse et que la police reprenne le contrôle des rues.

Combien de temps attendrait-elle ?

Un jour ? Deux ?

Aucun moyen de le savoir. Ash décida de s'accorder un jour. Il trouva de la nourriture dans le frigo bien rempli et encore froid, malgré la coupure de courant. Il allait manger, se reposer, et aviser le lendemain. Il y avait, après tout, beaucoup d'autres noms dans le répertoire des Sutherland. Mais son instinct lui dictait de rester au moins une nuit pour attendre Kate.

54

23 h 57, heure locale

Nord de l'Irak

Appuyé à la cabine du conducteur, Andy Sutherland était installé sur le plateau du camion et observait le terrain plat qui se déroulait devant eux, éclairé par les rayons de lune. Le camion cahotait sur la route en direction du nord dans un ronronnement régulier au milieu de la nuit. Les autres hommes, pour ce qu'il en savait, dormaient, mollement ballottés au gré des nids-de-poule.

Il n'avait plus qu'une idée en tête, à présent qu'il avait le temps de réfléchir à autre chose qu'à sa survie immédiate. La fuite désespérée de la veille, les échanges de tirs, la mort du jeune lieutenant sur la route aux abords de la ville... tout cela avait éloigné ses pensées, bien nécessairement, de ceux qu'il aimait.

Mon Dieu, j'espère qu'elle m'a obéi. J'espère que Jill prend soin d'eux.

Il avait essayé de téléphoner plusieurs fois depuis hier, dans l'espoir ridicule que les réseaux de téléphonie mobile en Irak fonctionnent encore. Rien, pas la moindre tonalité. Et les stations de radio locales qui diffusaient toujours ne donnaient plus d'informations dignes de confiance, ce n'était qu'un méli-mélo de sermons religieux, d'appels aux armes et d'incitations à la violence sectaire.

Ils avaient réussi à écouter le service international de la BBC quelques instants dans l'après-midi, et les nouvelles étaient terribles : pillages et destruction dans toutes les villes du pays, un comité d'urgence à la tête de l'État et plus aucune nouvelle du Premier ministre ni du gouvernement.

C'était exactement ce qu'Andy avait imaginé : un sacré bordel.

Il avait gardé l'infime espoir que la Grande-Bretagne puisse tenir le coup un peu plus longtemps. Ils étaient britanniques, non ? Qu'en était-il de l'esprit du blitz et de l'endurance ? Le reste du monde pouvait se laisser aller au pillage et au chaos, mais Andy avait espéré que les Britanniques auraient eu recours aux files d'attente organisées un peu plus longtemps.

Après réflexion et ces bribes d'information, Andy était désormais certain que son rapport, rédigé huit ans plus tôt, avait mené à tout cela. Il s'était attaché à décrire onze nœuds dans le réseau mondial de distribution du pétrole : des points charnières rendus vulnérables aux attaques furtives qu'affectionnaient les groupes terroristes. Il avait compris que sept de ces nœuds avaient déjà été touchés. Ce simple élément était suspect, mais le fait qu'ils aient été pris pour cibles au cours des dernières vingt-quatre heures... cet élément lui avait mis la puce à l'oreille. Car c'était un des arguments qui figuraient vers la fin de son rapport...

Si ces onze plaques tournantes à haut risque venaient à être touchées dans un laps de temps de vingt-quatre heures, la distribution mondiale du pétrole serait complètement interrompue.

Au souvenir des mots exacts, il frissonna.

Quelqu'un est en train de mettre mon putain de rapport en pratique !

Ce qui voulait dire que des années auparavant, il avait eu affaire aux responsables de la situation actuelle. Pire encore : Leona les avait vus. Elle pouvait en identifier un, voire plus. Il se demanda quel visage elle avait reconnu à la télé. Quelqu'un sous le feu des projecteurs, une personne célèbre ? Son esprit passait en revue les hypothèses. Un homme politique ? Un chef de gouvernement ? Un membre clé d'al-Qaida ? Le porte-parole d'une organisation écologiste radicale ? Un industriel ou un baron du pétrole ? Un millionnaire excentrique ?

Putain, mais qui pourrait bien vouloir qu'une telle chose se produise ? À qui cela profiterait ?

Il eut la vision éphémère d'un méchant dans un film de James Bond, avec un ricanement maléfique et un chat persan sur les genoux. Il se remit en mémoire les théories de conspiration étranges et magnifiques qui avaient suivi les attentats du 11 Septembre et qui l'avaient absorbé un moment. La plus délirante suggérait qu'un vaisseau spatial s'était écrasé sur le Pentagone et que les autorités américaines avaient masqué l'accident par une couverture d'attentats terroristes afin de pouvoir étudier à loisir la belle technologie extraterrestre.

Il hocha la tête et rit doucement. Les gens sont prêts à croire n'importe quelle connerie, tant qu'on leur montre une photo floue ou les images tremblotantes d'une caméra de sécurité.

« Qu'est-ce qui te fait rire ? »

Andy se tourna vers l'arrière du camion où Farid, éveillé, l'observait.

« Oh, rien, j'étais dans les nuages.

– Dans les... nuages ?

– C'est juste une expression. Tu tombes bien, je voulais discuter avec toi... on va bientôt arriver à la frontière turque. »

Farid acquiesça, les yeux perdus dans le désert autour d'eux.

« Oui.

– Qu'est-ce que tu veux faire ? »

Farid se tourna vers lui.

« Comment ?

– Je veux dire, tu veux qu'on te laisse quelque part en Irak, avant qu'on franchisse la frontière ? »

Andy perçut le demi-sourire las de l'Irakien à la lueur argentée des étoiles et de la lune.

« Me déposer ici ? Parmi les Kurdes ? Je vivrai pas cinq minutes.

– Excuse-moi, Farid. Ce bordel sans nom a fait perdre la tête à tout le monde. Les gens sont un peu paumés.

– Oui. De toute façon, les frontières existent plus, tout a disparu. »

Andy hocha la tête, il n'avait pas tort. Personne ne surveillerait la barrière au poste de frontière, ni d'un côté ni de l'autre. La police turque, comme toutes les forces de l'ordre de la planète, devait prendre part à une bataille perdue d'avance, pour maintenir le calme au sein de son peuple.

«Je n'ai plus rien en Irak, continua Farid au bout d'un moment.

– Pas de famille ?

– Non. Plus de famille. »

Le ton du vieil homme dévoilait bien plus que ces paroles succinctes.

«J'ai perdu mon fils avec la milice et ma femme avec une bombe américaine. »

Andy regarda l'homme et se rendit compte qu'il avait toujours su, inconsciemment, qu'il portait en lui le fardeau d'une immense tristesse. C'était un homme calme, contrairement à leurs deux premiers jeunes chauffeurs. Il était réfléchi, pensif, dissimulant avec soin un chagrin au plus profond de lui-même.

Il se demanda si le vieil homme se confierait à lui.

« Qu'est-ce qui est arrivé à ta famille, Farid ? Tu veux me raconter ?

– J'en parle pas beaucoup. C'est ma peine à moi seul.

– Je comprends. Pardon de t'avoir demandé.

– Pas grave. Je te raconte, répliqua Farid en s'approchant d'Andy pour ne pas avoir à crier par-dessus le raffut du moteur. Mon fils travaillait pour la... police. Un jour, lui et les autres hommes dans le commissariat sont encerclés par la milice. Avec leurs fusils, ils emmènent les policiers. Sa mère sait qu'il est mort, moi, je sais qu'il va revenir. Un bon garçon musulman, ils le laisseront partir. Il a été à la police pas pour l'argent, mais pour la re... euh... la recons...

– La reconstruction du pays ?

– Oui, pour aider à la recons... euh, pour rebâtir l'Irak. » Le vieil homme resta silencieux un long moment. Andy sentait qu'il avait envie de continuer, mais qu'il se ressaisissait, fouillant en lui en quête de la tristesse si soigneusement enfermée et qu'il voulait conserver là, pour n'avouer qu'une infime partie de ce qu'il était prêt à partager.

« On entend trois jours plus tard que les corps ont été trouvés dans le commissariat. Mon fils était là. C'était un officier de la police, lui. Les autres hommes... ils étaient sous lui, ils étaient pas officiers. Mon fils commandait. Alors ils ont fait un exemple avec lui. »

Farid fit une nouvelle pause.

« Ils ont tranché la gorge de tous les hommes. Mais mon fils, ils ont torturé pendant deux jours, puis ils ont coupé ses yeux. Et sa gorge. »

Andy faillit lâcher une phrase inutile et inappropriée, mais il se retint. Il se contenta de poser la main sur le bras du vieil homme.

« Les yeux de mon fils, ils m'ont envoyé dans un paquet avec un message du chef qui disait : "Les yeux de ton fils ont vu l'œuvre de Dieu." Je sais que ces hommes suivent pas la volonté d'Allah. Je sais que ces hommes sont mauvais. Ils filment ce qu'ils font et je sais que beaucoup de gens voient le film sur l'Internet, et qu'ils applaudissent quand mon fils hurle. »

Andy aurait voulu trouver quelque chose à dire, n'importe quoi qui ne semblerait ni insouciant ni éculé. Perdre un enfant, c'est la fin du monde. Perdre un enfant dans ces conditions est inimaginable.

« Ma femme, elle est morte une semaine plus tard quand une bombe américaine a été jetée sur notre ville pour tuer le chef de cette milice. Ils ont jeté une bombe, mais ils savaient que ça détruirait des maisons dans la rue. Ma femme, elle était chez sa sœur, ils vivent dans une maison pas loin. Tous morts. Ils ont pas tué le chef mais ils ont tué ma femme et vingt autres gens. Les Américains, ils ont appris ça, ils prennent tous les corps pour dire que juste deux ou trois gens sont morts. Ils prennent le corps de ma femme il y a six mois. Je sais que je la reverrai jamais. Elle a disparu. Je verrai jamais son corps.

– C'est vraiment naze », grogna Mike.

Andy croyait l'Américain endormi. Farid se tourna vers lui et, l'espace d'un instant, Andy pensa que l'Irakien interpréterait mal le commentaire de Mike. Et il ne pourrait pas lui en vouloir, c'était une façon bien maladroite de s'immiscer dans leur conversation.

Et « c'est vraiment naze » ne constituait pas une intervention des plus élégantes.

« Ton peuple et mon peuple, tous les deux, ils m'ont pris ce que j'aime. J'ai plus rien ici. »

Ils roulèrent en silence un moment, les grondements du moteur diesel émettant un ronronnement rassurant et régulier.

« Entre nous tous, on a vraiment foutu en l'air ce pays, pas vrai ? commenta Mike.

– On aurait pu mieux gérer les choses, intervint Andy.

– Les sales soldats américains imbéciles et les mauvais hommes qui disent se battre pour Allah, ceux qui sont *haram*, loin de Dieu... c'est eux tous qui ont foutu l'air dans mon pays. »

Mike se redressa.

« Dis-moi, Farid, comment est-ce que tu peux encore croire en Dieu après toutes ces merdes qui te sont tombées dessus ? Et avec ces trucs qui arrivent en ce moment, des musulmans qui tuent d'autres musulmans... toutes ces conneries au nom de Dieu. Comment tu t'y retrouves, là-dedans ?

– J'ai le Coran. C'est complet, c'est vrai. C'est la parole de Dieu. Ce qui arrive maintenant, ce qu'on voit... c'est la méchanceté des hommes, pas d'Allah.

– Tu as peut-être raison, soupira Mike. Nous autres, les humains, on est plutôt doués pour tout foutre en l'air. »

Andy se tourna vers l'Américain. C'était un sacré pas en avant pour quelqu'un comme lui.

« Alors, Farid, où veux-tu aller ? demanda Andy.

– J'ai un frère qui est allé en Angleterre, il y a longtemps. C'est ma seule famille. Je vais vers lui. »

Andy tendit une fois encore la main pour la poser sur le bras du vieil homme. « On t'y emmène, je te le promets. »

Il regarda autour de lui. Les soldats étaient endormis. Éric les observait en silence. Il leur adressa un hochement de tête courtois.

55

22h03 GMT

Shepherd's Bush, Londres

Il faisait nuit.

Oh, mon Dieu, Danny, qu'est-ce que tu fous ?

Elle avait mis Jacob au lit aussitôt que possible après avoir partagé avec lui un dîner répugnant de pilchards froids en sauce tomate et de tartines beurrées. Quand elle avait essayé de leur verser un verre d'eau à chacun, rien n'était sorti du robinet. Il avait émis un gargouillis bruyant, mais n'avait lâché que quelques gouttes. Elle avait compris qu'il leur faudrait, à partir de cet instant, entamer leur stock de bouteilles d'eau minérale.

C'était encore une soirée chaude, il faisait lourd dans la maison. Elle avait ouvert les fenêtres à l'étage mais avait maintenu verrouillées celles du rez-de-chaussée. Elle avait rassuré Jacob, lui expliquant avec patience que tout finirait par s'arranger ; Dan – que Jacob semblait déjà vénérer comme un héros – rentrerait bientôt. À la lueur d'une lampe torche, elle avait trouvé un exemplaire de *Harry Potter* sur la table de nuit de Jill et s'était mise à le lui lire à haute voix.

Mais elle lisait dans une stupeur paniquée et distraite, tendant l'oreille pour entendre Dan qui ne manquerait pas de venir frapper à la porte. Elle l'attendait d'une minute à l'autre. Si elle avait pris le contrôle de la situation depuis qu'ils avaient quitté l'université à bord de la camionnette de Dan, elle avait conscience à présent d'avoir besoin de lui.

Alors, il n'y a plus que Jake et moi, maintenant ?

Elle se sentait faiblir, assise dans le salon au rez-de-chaussée où elle attendait et écoutait dans le noir. Seule, elle ne tiendrait pas le coup encore bien longtemps.

Les bruits commencèrent juste avant 23 heures.

Le gang de gamins était de retour. Elle les observait depuis la fenêtre du salon, cachée derrière le store. Ils étaient vingt, peut-être trente, certains semblaient avoir 14 ou 15 ans, d'autres plutôt 20 ou 25. Il y avait deux filles parmi eux. Leona les pensait un peu plus jeunes qu'elle. Le gang arrivait en petits groupes, se massant peu à peu dans l'avenue étroite comme s'ils s'étaient donné rendez-vous là, la nuit dernière.

Une voiture approcha, balayant St. Stephens Avenue du faisceau de ses phares. Le son d'une ligne de basse puissante fit vibrer les fenêtres du salon. Ils buvaient encore, consommant sans doute le reste des bouteilles volées au magasin de spiritueux du quartier. Leurs voix s'élevaient à mesure que la soirée avançait et, à minuit, elle comprit que la plupart étaient ivres morts. L'un d'eux chancela dans leur jardin, trébucha sur une pierre et s'affala dans le petit parterre de fleurs malingres de Jill. Il resta étendu là à regarder les étoiles, puis il se tourna sur le flanc et vomit.

Une bagarre éclata entre deux gars. Elle observa la tension monter, ils se disputaient l'une des filles. L'une des *Schtroumpfettes*, comme elle avait décidé de les surnommer. Elle n'entendait pas exactement leur échange, mais d'après leurs gestes, elle devinait que le plus âgé avait envie d'un petit moment de détente avec la fille, ce qui ne plaisait pas au plus jeune. La fille en question, évidemment, n'avait pas été consultée. Leona avait vu un nombre incalculable de rixes devant les pubs et les boîtes qu'elle fréquentait à Norwich. C'était toujours le même schéma, beaucoup de cris, de provocation virile, des bousculades, puis le premier coup de poing.

Mais ce combat semblait dégénérer bien plus vite. Elle observa avec horreur l'échange à mains nues jusqu'à ce que le plus jeune sorte un couteau. Il était difficile de distinguer ce qui se passait vraiment au beau milieu de leurs mouvements fébriles mais, dans le faisceau des phares, elle aperçut une tache écarlate sur le T-shirt blanc du plus âgé. Ils luttèrent un moment encore à terre puis le jeune fut soudain secoué de convulsions. Quelques gamins rassemblés autour de la bagarre émirent des hurlements d'ivrognes. Elle remarqua que les autres gardaient le silence et observaient le jeune s'agiter à terre devant la voiture.

Une des filles hurla.

Leona recula et, tremblant comme une feuille dans le fauteuil, elle fixa la lumière ondulante de la rue qui se reflétait au plafond tandis que le gang se massait devant la voiture pour inspecter le cadavre.

Mais la fête ne s'arrêta pas pour autant. Elle continua. Les boissons coulaient toujours, la musique se fit plus forte. Le groupe migra vers le haut de l'avenue et un peu avant minuit, elle entendit qu'on martelait avec insistance. Elle sut qu'on s'acharnait sur la porte d'une maison voisine quand elle perçut un craquement de bois, le grincement des gonds et le rugissement heureux des gamins massés dehors.

Ce qu'elle entendit ensuite lui glaça les sangs et lui fit dresser les cheveux sur la tête. La maison mise à sac, des meubles cassés, du verre brisé... et les hurlements d'une femme.

Oh, merde, oh, merde, oh, merde.

Leona courut jusqu'à la fenêtre et jeta un œil par le store. Elle ne voyait la scène que de côté : beaucoup de mouvements, l'éclat pâle des joggings et des casquettes blanches dans le faisceau des phares, les couleurs plus sombres des T-shirts et des torses nus. Ils arpentaient le trottoir devant la maison, entraient et sortaient par la porte d'entrée. De loin, par une nuit normale, on aurait pu croire à une fête de gamins qui dégénérait peu à peu.

Mais Leona posa les yeux sur le corps de l'adolescent, mort depuis une demi-heure et étendu devant la voiture, comme oublié.

Voilà comment ça passe, maintenant. Comme l'avait annoncé papa... C'est la loi de la jungle.

JEUDI

56

7 h 00, heure locale

Frontière entre l'Irak et la Turquie

Rouler vers le nord-est leur permit de contourner Mossoul. Ils traversèrent la région de Ninawa, une portion désolée et désertique de l'Irak septentrional. Ils passèrent aux abords de Sinjâr et Tall Afar, deux petites villes rurales qu'ils évitèrent soigneusement afin de n'engager aucun autre combat inutile. Le désert aride laissa place à des terres cultivées et irriguées alors qu'ils roulaient plein nord au cours de leur deuxième nuit. Ils passèrent à quelques kilomètres de la frontière syrienne en bifurquant vers le nord-est pour franchir la rivière Bachuk en direction de la Turquie.

Depuis Baïji, ils avaient parcouru presque trois cents kilomètres en deux nuits et trois pleins d'essence siphonnée. Le camion, malgré ses grincements assourdissants, ne leur avait pas encore fait faux bond, comme l'avait craint Andy. Mais c'était certainement trop lui demander que de faire traverser un deuxième pays.

Ils passèrent la frontière turque et le poste de contrôle sans incident. La barrière avait été laissée ouverte, à l'abandon. Le camion roula sur une ligne de peinture rouge presque effacée sur la chaussée : ils étaient officiellement en Turquie.

À côté d'un pâté de petits bâtiments de béton s'étendait une cour clôturée où avaient été garés des véhicules de toute sorte : camions, bus et camionnettes, immobilisés pour diverses raisons.

Le soldat Tajican, qui avait pris son tour pour conduire le camion, cria par la fenêtre pour attirer l'attention d'Andy, appuyé contre le toit de la cabine.

« On pourrait en prendre un pour la suite du voyage, chef ? »

Andy observa les véhicules. Ce serait certainement leur meilleure chance de changer de moyen de transport, et peut-être même de trouver de l'essence, de l'eau, des vivres. Surtout de l'eau. Sous cette chaleur, ils avaient rapidement épuisé le peu de réserves qu'ils avaient emportées.

« D'accord, gare-toi dans la cour », cria-t-il en réponse.

Tajican sortit de la route et fit passer le camion par une ouverture dans la clôture métallique.

Ils mirent pied à terre.

Westley s'approcha d'Andy, en quête d'ordres qu'il pourrait répercuter à ses hommes.

« Bon, commença Andy en observant les lieux, conscient que tous les regards étaient braqués sur lui dans l'attente d'instructions concises et claires à exécuter. Il faut que quelqu'un inspecte ces véhicules pour trouver de l'essence à siphonner, et en dégoter un en bon état qu'on pourrait utiliser pour la suite. Taj a raison, on ne peut plus vraiment compter sur notre tas de ferraille, il faut trouver autre chose. Et pendant qu'on y est, on devrait aussi jeter un œil dans ces bâtiments pour voir si on ne peut pas récupérer un peu d'eau et de nourriture. Westley ?

– Chef ?

– Mettons quelques hommes de guet, le temps qu'on fouille les maisons, d'accord ?

– Pigé », répondit Westley avant de se retourner pour beugler des ordres aux onze soldats de la section.

Andy sourit. *J'ai été plutôt convaincant.*

Il croisa le regard de Mike. L'Américain sourit et hocha la tête.

Westley chargea Tajican d'inspecter les véhicules avec six hommes. Il envoya trois soldats sur la route pour installer un point de contrôle improvisé afin de garder un œil dans les deux directions et de repérer d'éventuels mouvements.

« On va regarder à l'intérieur ? demanda Westley dans un geste du menton en direction des bâtiments.

– Ouais, répondit Andy. Voyons si on ne peut pas récupérer quelques trucs. »

Le jeune soldat se tourna vers les deux derniers hommes, Derry et Peters, qui venaient de poser leurs fusils et s'apprêtaient à retirer leurs casques.

« Allez, relevez-vous, bande de gros nazes. On est pas à une *garden-party*. On va inspecter les bâtiments.

– Hé, là, Wes, on se calme », marmonna Derry.

Westley colla une claque derrière la tête de Derry. « J'entends encore des conneries sortir de ta bouche, Dezza, et je t'arrache la bite. Allez, bougez-vous le cul et suivez-moi. »

Ils grognèrent, se redressèrent et, obéissants, ils lui emboîtèrent le pas. Juste derrière eux, Mike taquina Andy au passage. « T'as plus qu'à intégrer leur langage fleuri, Andy, et tu seras comme un poisson dans l'eau. »

Andy haussa les épaules. Jenny pourrait ressentir une vague d'excitation à voir son intello de mari tenir le rôle – plutôt convaincant, d'ailleurs – du soldat courageux. Mais il n'était pas certain qu'elle soit enchantée de l'entendre rapporter chez eux ce langage de charretier.

57

10 h 00 GMT

Station-service de Beauford

Un choc réveilla Jenny ; quelqu'un s'était glissé derrière les deux chaises en plastique où elle s'était allongée dans la salle du fast-food et les avait heurtées accidentellement. Elle retrouva ses esprits aussitôt et se redressa.

Les employés de la station prenaient leur petit déjeuner : hamburgers, poulet frit, œufs brouillés et lait – tous les produits réfrigérés... plutôt logique.

M. Stewart supervisait la distribution, versant le lait avec soin et comptant les parts pour s'assurer que tout le monde obtenait une portion égale.

Il vit que Jenny s'était assise.

« Bonjour ! On sert le petit déj', annonça-t-il d'un ton enjoué. Venez faire la queue ! »

L'odeur était appétissante, elle dut l'admettre. Elle se plaça au bout de la courte file d'attente et reçut bientôt sa ration des mains de M. Stewart qui affichait un sourire qu'il voulait encourageant.

Ou alors, il prend son pied dans ce genre de situation. Elle se demanda si, en dehors de ses heures de travail, il n'était pas chef scout ou un truc du genre.

« Merci, répondit-elle avant de se diriger vers la table où s'étaient installés Paul et Ruth.

– C'est des conneries, tout ça, s'exclama Paul à l'instant où Jenny prit place près de Ruth.

– Quelles conneries ?

– Oh, d'après notre imbécile et grande lectrice du *Mirror*, dit-il en montrant Ruth du pouce, le bordel ambiant serait l'œuvre des Américains.

– J'ai pas dit ça. Je dis juste que tout semble avoir été plutôt bien organisé. Et le pays qui a la plus grande influence au monde, c'est bien les États-Unis, non ? »

Jenny réfléchit un instant.

« Mais qu'est-ce qu'ils auraient à gagner, à dérégler ainsi la distribution de pétrole ? Ils en ont besoin plus que n'importe qui d'autre.

– Ils ont peut-être de grosses réserves pour tenir le temps de la crise ?

– J'ai entendu dire qu'il y avait eu des émeutes à New York, tout comme à Londres, décréta Jenny. Ils ont l'air d'avoir autant de mal que nous.

– Tout à fait, railla Paul. Quel ramassis de conneries. Je parie que vous faites partie de ces couillons qui croient que Bush et ses acolytes sont derrière le désastre du World Trade Center.

– Eh bien, il y a pas mal d'informations qui ne se recoupent pas. Je me suis toujours dit que l'affaire était louche, commença Ruth. Ça les arrangeait tout de même pas mal, non ?

– Oh, vous vous entendriez bien avec mon mari, murmura Jenny.

– Laissez-moi deviner. Ils ont foutu les tours en l'air parce qu'ils avaient besoin d'une excuse pour aller voler le pétrole de Saddam... c'est ce que vous essayez de me dire ?

– Ouais.

– Vous savez, c'est le genre de truc qui me fait péter un plomb, ça. Ces conneries de conspiration. Vous ne pouvez pas simplement accepter que les choses se soient passées comme il y paraît ? Il y a toujours des imbéciles naïfs – je parle de vous, au fait, fit Paul en souriant à Ruth –, pour imaginer un grand méchant loup derrière chaque événement. Ouais, bon, d'accord, dans ce cas précis, c'était le cas... le dénommé Ben Laden. Mais non ! C'est pas assez croustillant, ça, non, bien sûr ! C'est bien plus croustillant de dire que c'est... le Président.

– Ben, c'était le cas.

– Dites-moi... vous pensez que la princesse Diana a été assassinée par le contre-espionnage britannique. »

Le visage de Ruth se durcit et elle pinça les lèvres. « Vous seriez pas en train de vous foutre de moi ? »

Paul soupira. « À mon avis, voilà la vérité : quelques Arabes se sont un peu emportés, à force de se mettre sur la gueule. Ça a fini par mettre KO le distributeur de pétrole le plus important au monde, à une époque où on a justement besoin de leur pétrole. Et comme on est devenus dépendants de ce produit – plutôt bêtement, d'ailleurs – eh bien, on a été pris par surprise, le pantalon baissé. Ajoutez à ça notre gouvernement qui chie dans la colle et qui s'est montré infoutu de planifier une telle éventualité. Je ne vois aucune conspiration là-dedans, je vois juste un joli tas d'imbécillité et d'incompétence. »

Jenny acquiesça et approuva une partie du discours, celle sur l'imbécillité. « On n'a pas su voir à long terme. » Elle mordit dans son hamburger, savourant la graisse juteuse, mais maudissant à contrecœur toutes ces calories.

« On a vraiment été cons d'accepter de devenir aussi dépendants d'un produit qui ne circule que par une demi-douzaine de pipelines à travers le monde.

– Combien de temps ça va durer, à votre avis ? demanda Ruth.

– Je dirai encore quelques jours, répondit Paul. Notre Premier ministre, cette tête de gland, a été pris de court et a fait flipper tout le monde en une seule journée, mardi. Pas étonnant qu'il y ait eu des émeutes dans toutes les villes. Mais la police va finir par rétablir l'ordre. »

Ruth hocha la tête. « Ils sont où, les flics ? Je n'en ai pas vu un seul depuis mardi. »

Paul haussa les épaules.

« Vous voyez, c'est ça qui m'inquiète vraiment, déclara Ruth. De ne pas avoir la police dans les parages. Combien de temps il va falloir attendre avant de revoir un flic ? Pendant ce temps-là, continua-t-elle en montrant les deux fast-foods, les endroits comme ça, où on trouve encore de la nourriture et qui diffusent de bonnes odeurs, eh bien, ils risquent de devenir de vraies cibles quand les estomacs vont se mettre à gargouiller. »

Paul jeta un regard incertain vers le grand parking vide.

Jenny suivit son regard. Il était désert pour l'instant, mais elle l'imagina grouillant d'une foule affamée se précipitant vers eux, le visage et les mains pressés contre la baie vitrée, suppliant qu'on leur donne à manger.

Sauf qu'ils ne se contenteront pas de supplier.

58

21 h 12, heure locale

Sud de la Turquie

C'était un vieux bus touristique : trente rangées de sièges usés jusqu'à la trame et une clim en panne. Les hommes avaient pris leurs aises, jambes et bras étalés sur les fauteuils voisins bien que les accoudoirs soient bloqués depuis belle lurette.

Dans l'obscurité du bus, il put étudier Andy Sutherland à loisir. Il s'était assis en diagonale, derrière Andy. L'ingénieur observait le ciel nocturne tandis que les autres, épuisés par l'activité frénétique des jours passés, s'étaient endormis.

À quoi pensez-vous, professeur Sutherland ?

Il se demanda si le Néo-Zélandais réfléchissait aux troubles mondiaux actuels. Il était à ses côtés depuis le week-end et une chose était sûre. Il n'en faisait pas partie. Il avait été pris par surprise, comme tout le monde. Il n'aurait jamais été fou au point de se retrouver coincé en Irak s'il avait su ce qui se produirait cette semaine.

Mais la grande, l'unique question demeurait : que sait-il exactement d'*eux ?*

Ils l'avaient utilisé, des années plus tôt, l'engageant sous prétexte de ses compétences, dans le but de renforcer leur plan. Si Sutherland avait su avec qui il négociait, s'il avait pu les identifier, il aurait été éliminé depuis des années.

Ce n'était visiblement pas le cas... Il ne savait rien d'eux. Encore moins quelque chose qu'ils jugeraient dangereux de révéler au grand jour.

Et il n'était pas l'un d'*eux*, c'était certain.

Je pourrais l'aborder directement. L'attirer à l'écart et tout lui avouer : qui je suis, pour qui je travaille, pour pouvoir pomper les infos nécessaires.

Une idée à suivre. Si seulement il parvenait à entrer en contact avec ses gars, c'est ce qu'il leur proposerait : aller au-devant de cet homme. Mais c'était impossible pour le moment.

Sutherland était peut-être la clé. Il les avait rencontrés, il avait peut-être *vu* l'un d'entre eux. Il était peut-être en mesure d'en identifier un. Ce serait une occasion en or de jeter un œil sous le voile impénétrable qui les maintenait dans l'ombre.

Ils avaient glané des détails au fil des ans, juste assez pour se rendre compte qu'ils ne savaient rien. Un groupe plus important qui se surnommait les Cent Soixante, et un petit noyau, les Douze. Une pyramide de pouvoir classique : les Douze prenaient les décisions, les Cent Soixante les mettaient en pratique. Le secret qui les enveloppait était total... vraiment impressionnant. Pendant toutes ces années consacrées à la quête incessante de la vérité, ses gars n'avaient trouvé qu'un seul homme prêt à parler. Et il avait parlé, bien que très brièvement. Deux rencontres, tenues dans une obscurité totale au fond d'une cave d'un immeuble désaffecté, dans une ville industrielle anonyme au beau milieu de l'Allemagne. Deux rencontres qui n'avaient duré que quelques minutes à peine. La voix de l'homme avait tremblé comme celle d'un condamné qu'on mène à l'échafaud. Il avait révélé qu'il était banquier... et qu'il faisait partie des Cent Soixante.

Une semaine après la deuxième rencontre, le plus gros actionnaire privé d'une importante banque de Francfort, membre du Conseil des gouverneurs de la Banque centrale européenne, directeur général de la Deutsche Bundesbank, s'était apparemment suicidé en se jetant du toit de son penthouse. L'homme n'était qu'un de leurs fantassins.

En revanche, les Douze, dont l'identité était inconnue de tous, même des Cent Soixante, étaient absolument intouchables. Et pourtant, huit ans plus tôt, cet homme, le professeur Sutherland – si l'on en croyait les informations en leurs possessions – avait rencontré l'un d'eux. C'est pour cela qu'ils avaient mis son téléphone sur écoute un an plus tôt. Il se demanda s'il ne valait pas mieux parler directement au professeur Sutherland et en rendre compte plus tard à ses gars.

La mine d'or potentielle qu'il découvrirait dans les souvenirs du professeur Sutherland était... inestimable. Il devait rester en vie.

59

18h00 GMT

Station-service de Beauford

Jenny arpentait l'arrière de la station où il faisait plus sombre et plus frais, à l'abri des rayons éblouissants du soleil qui transperçaient la baie vitrée à l'avant. La salle du fast-food ressemblait à une serre.

Elle sortit son portable, l'alluma et essaya une fois encore de capter un réseau. Il n'y en avait aucun, évidemment, et il ne lui restait qu'une minuscule mais précieuse quantité de batterie. Elle éteignit le téléphone pour l'économiser au maximum et jeta un regard gêné autour d'elle pour s'assurer qu'elle était seule avant de joindre les mains.

« Seigneur, je t'en supplie, s'il te plaît, veille sur mes enfants, chuchota-t-elle. Je sais que je ne suis pas croyante, mais s'il te plaît... si tu... si jamais tu existes, je t'en prie, veille sur eux. »

Mais qu'est-ce que je fous ?

Jenny n'avait jamais cru en Dieu. Jamais. C'était un de ses points communs avec Andy : deux athées, fiers de l'être. Ils étaient même allés à l'école primaire de Leona – une école privée – pour se plaindre du contenu religieux excessif dont on gavait les élèves comme des oies. Un foyer d'athées, c'est ce qu'ils avaient toujours été. Et voilà qu'elle priait, bon sang de bon Dieu.

Je m'en fous. Je prie si j'en ai envie.

Il y avait toujours une chance, une infime possibilité qu'il y ait une part de vérité dans ces idioties religieuses.

Peu importe, quand il s'agit de vos enfants, vous êtes prêts à faire n'importe quoi, non ? Prêts à vendre votre âme au diable... s'il existe, évidemment.

« Je n'aurais jamais imaginé que vous seriez une grenouille de bénitier. »

Penaude, Jenny rabaissa les mains d'un geste brusque. Elle scruta les alentours et aperçut Paul dans une alcôve sombre où s'alignaient les machines à jeu.

« Il ne s'agit pas de ça, répondit-elle, sur la défensive. C'est juste que... je suis vraiment désespérée, j'imagine.

– Oui, bien sûr, vous avez des enfants, non ? dit Paul en passant la main sur un siège de conducteur en plastique d'un jeu de course. Moi, je n'en ai pas, alors ça me facilite les choses.

– Oui, c'est vrai. Qu'est-ce que vous faites dans le noir ? »

Il se tourna vers les jeux et tapota le fauteuil en vinyle. « J'ai vu qu'ils avaient installé un Toca Rally 2. Quand j'étais ado, j'y jouais beaucoup. J'y ai consacré pas mal d'argent. C'est un classique du jeu de course. Il est vieux, maintenant... un truc comme ça, c'est une pièce de collection. »

Jenny acquiesça, l'écoutant d'une oreille distraite.

Il soupira.

« Vous savez, je n'arrive pas à imaginer un monde sans électricité... sans courant. Il y a tant de choses auxquelles on est habitué, pas vrai ? On les perd pendant quelques jours et... regardez-nous. De vrais hommes de Cro-Magnon. Quand tout reviendra à la normale, je...

– Qui vous dit que tout reviendra à la normale ?

– C'est une évidence. Les choses finissent toujours par s'arranger.

– Je crois que tout risque d'être différent, après ça.

– Ah, ouais ? Comment ça ?

– Je ne sais pas... je crois que... eh bien, il y a un truc que mon mari Andy répétait sans arrêt. »

Paul pencha la tête, intéressé.

« Continuez.

– Il dit que le pétrole est la version contemporaine de l'économie romaine esclavagiste. On s'y est habitués. Il fait tout pour nous. Il crée l'énergie, on l'utilise pour fertiliser nos cultures, pour fabriquer des pesticides, des médicaments, une quantité faramineuse de matière plastique... on utilise le pétrole dans presque tout. Mais je me rappelle ce qu'il m'a dit, un jour : un économiste avait calculé à quel point le pétrole nous mâchait le travail et il avait converti tout ça en main-d'œuvre esclave. Il avait comparé notre économie du pétrole avec l'économie romaine esclavagiste.

– Désolé, mais je ne comprends pas bien.

– Eh bien, disons que vous rentrez du travail et que vous voulez laver votre chemise pour le lendemain. Vous la jetez dans votre machine, puis dans votre séchoir, non ? Et en attendant, vous vous faites une tasse de thé, vous regardez la télé et mettez un plat surgelé au micro-ondes. Eh bien, transposons tout en quantité d'esclaves. Il vous en aurait fallu un pour prendre votre chemise, fendre du bois pour faire un feu, chauffer l'eau et laver votre vêtement. Il en aurait fallu encore un pour chasser et rapporter votre nourriture pour le dîner, un autre pour allumer un feu dans la cuisine afin de faire bouillir l'eau de votre thé et cuire votre repas. D'autres esclaves pour vous divertir à la place de la télé. Et n'oublions pas les quatre ou cinq esclaves qui vous auraient ramené chez vous après le travail, au lieu de votre voiture. Bref, vous comprenez, maintenant ? L'économiste avait calculé qu'un Occidental moyen aurait besoin de quatre-vingt-seize esclaves pour lui permettre d'assumer le train de vie quotidien auquel il s'était habitué.

– Quatre-vingt-seize esclaves ?

– Quatre-vingt-seize esclaves pétroliers. Même le plus pauvre de notre pays, le plus pauvre a sa propre équipe d'esclaves : une télé, le chauffage électrique, l'eau chaude, une bouilloire, des luxes inespérés dont osaient à peine rêver les aristocrates les plus fortunés des siècles passés. »

Jenny fit un geste en direction de M. Stewart et de ses employés, assis au soleil.

« Regardez-les, regardez-nous, tous autant que nous sommes... on vient de nous confisquer nos esclaves. On ressemble à ces aristocrates poudrés qui, après la Révolution française, cherchaient refuge loin de leurs serviteurs et qui se trouvaient bien incapables d'attacher leurs propres lacets.

– Presque incapables, rétorqua Paul.

– Ah, oui ? Qui, parmi nous, connaît les gestes élémentaires de survie ? Qui saurait produire ses propres aliments ? Planter un potager pour manger à sa faim tout au long de l'année ? Localiser l'eau potable ? Soigner une petite égratignure pour qu'elle ne s'infecte pas ? Faire du pain ? »

Paul sourit.

« À vous écouter, on est au bord de l'apocalypse. Le pétrole recommencera à couler. C'est juste un contretemps.

– J'espère que vous avez raison. Mais ce contretemps dure déjà depuis quatre jours. Vous imaginez ce qui se passerait, s'il durait deux semaines ? »

Le sourire de Paul s'effaça légèrement.

« Ou même un mois ? »

« Qu'est-ce que vous regardez ? » demanda Jenny.

Ruth se tourna et lui désigna la voiture solitaire garée le long du camion sur le parking des employés.

« Ça.

– Pourquoi, qu'est-ce qu'il y a ?

– La super baie vitrée en Plexiglas de M. Stewart pourra supporter quelques jets de brique, mais je ne suis pas trop sûre qu'elle tiendrait le coup si on y précipitait une satanée voiture, ou encore moins ce camion.

– Oh, mon Dieu, vous avez raison.

– Il est où, d'ailleurs, cet idiot ? »

Elles regardèrent autour d'elles et virent le responsable qui supervisait la distribution de thé, remplissant avec soin des gobelets en polystyrène à l'aide d'un grand récipient métallique. Ruth renifla, amusée.

« Qu'est-ce qui vous fait rire ?

– Vous savez à qui il me fait penser ? »

Jenny hocha négativement la tête.

« Vous vous souvenez de la série *Dad's Army* ? J'adorais la regarder. Il me fait penser au capitaine Mainwaring... un bon gars qui fourre son nez partout et qui adore jouer les héros. »

Jenny pencha la tête, dubitative.

« Vous vous souvenez de l'épisode où ils se retrouvent coincés au bout d'une jetée, la nuit ? insista Ruth. Le capitaine Mainwaring prend en charge la distribution de leurs rations – un sachet de bonbons à la menthe chacun. »

Jenny parvint à afficher un sourire blême.

« Oui, ça y est, je vois de quoi vous parlez.

– Vous n'avez pas l'impression qu'il adore ça ? Qu'il adore l'idée de pouvoir mener sa petite troupe à travers cette crise ? Contrôler les rations et décider de la quantité à attribuer à chacun. Ça lui donne un sacré sentiment de puissance. »

Jenny voyait à quel point il était pompeux et ridicule, mais la petite voix de la raison intervint.

Peut-être, mais il agit intelligemment, non ?

Rationner dès le départ... parce que...

C'est vrai, parce que personne ne sait combien de temps durera la situation.

Il avait fini de servir le thé à ses employés et s'approchait d'elles, deux gobelets et le récipient métallique dans les mains.

« Un thé ? »

Ruth et Jenny acquiescèrent et il les servit.

« Vous pensez que les gamins vont revenir ? Ceux qui ont tabassé Julia ?

– Oui, je pense que oui. »

Ruth fit un geste en direction de la baie vitrée. « Votre beau Plexiglas supportera encore une nuit de caillassage, mais je ne crois pas qu'il tiendrait le coup devant un camion. »

Le responsable observa l'énorme véhicule garé devant... et il blêmit.

« Ouais, continua Ruth. Je suis sûre qu'un de ces imbéciles finira par en avoir l'idée. Et je suis presque certaine aussi qu'au moins un d'entre eux sait faire démarrer une voiture ou un camion sans les clés. »

Stewart acquiesça, les yeux écarquillés d'inquiétude. L'assurance énervante qu'il affichait jusque-là venait de s'évanouir. « Euh... peut-être que quelqu'un pourrait sortir pour les immobiliser ? »

Ruth arqua les sourcils. « Ah, ouais ? On sort en douce et on les met hors course, vite fait bien fait ? Vous vous portez volontaire ? »

M. Stewart s'agita.

« Bien sûr, je... je... mais alors, quelqu'un devra... euh... s'occuper de mes employés.

– Hum, j'étais sûre que vous diriez ça », se moqua Ruth.

Jenny eut une idée.

« On pourrait garer le camion juste devant la baie vitrée. Je pense qu'il doit la dissimuler complètement en longueur.

– Oui... répondit M. Stewart. Oui, je crois que vous avez raison.

– Et ça les empêchera de précipiter la voiture contre la vitre, ou de jeter d'autres projectiles.

– Oui, c'est une très bonne idée, affirma le responsable. Alors... euh... qui va sortir pour le conduire jusqu'ici ?

– Plus important encore, ajouta Ruth, qui sait conduire un engin pareil ? J'ai jamais rien manié d'autre que ma petite voiture.

– Et on n'a pas les clés, intervint Paul qui vint les rejoindre au milieu du hall. Sauf si quelqu'un sait comment démarrer sans. J'imagine que ça doit être un peu plus compliqué que démonter le volant et faire des étincelles avec deux fils électriques.

– J'ai les clés, annonça M. Stewart. Elles sont pendues dans mon bureau. C'est le camion de Big Ron. C'est un de nos habitués. Il y a deux soirs de ça, il avait trop bu dans la cabine de son véhicule, mais il prévoyait quand même de reprendre la route. Je lui ai confisqué ses clés.

– Il est ici ? demanda Jenny.

– Non, je ne sais pas où il est. Il devait prendre une chambre au Lodge, à deux kilomètres d'ici. Je ne l'ai pas revu depuis que les problèmes ont commencé. »

Paul se tourna pour regarder le parking.

« Bon, il faut qu'on fasse ça maintenant, avant qu'ils reviennent ce soir pour s'amuser encore un peu.

– Je vais vous chercher les clés.

– Quoi ? s'écria Paul en hochant la tête, gêné. Je... euh... je ne sais pas conduire. »

Jenny, Ruth et M. Stewart le dévisagèrent.

Il haussa les épaules. « Je n'ai jamais appris. Je fais du vélo. Je voyage en train, en taxi. Je n'ai jamais eu besoin d'apprendre. »

Ruth scruta Paul, les yeux plissés. « J'irais volontiers, si je savais conduire ce genre d'engin. Mais je risque d'emboutir le bâtiment si je prends le volant. » Elle s'adressa à Paul :

« J'ai pas peur de sortir, moi.

– Quoi ? Mais moi non plus ! »

Les regards convergèrent vers M. Stewart.

« Eh bien, je le ferai mais... quelqu'un devra s'occuper de...

– De vos employés. Ouais, on est au courant, lâcha Ruth d'un ton sec.

– Je vais y aller, déclara Jenny à contrecœur. J'ai déjà conduit une camionnette. »

Il fallut un moment à M. Stewart pour retrouver les clés et, dix minutes plus tard, réchauffée par le soleil, Jenny traversait le parking à la hâte en direction du camion. Elle observait les alentours à l'affût d'un éventuel rassemblement de foule. Elle balançait la batte de criquet que M. Stewart lui avait donnée, la faisait claquer contre la paume de sa main en espérant que le geste dissuaderait le moindre adolescent boutonneux caché dans les parages.

L'absence de bruit et de mouvement était déroutante. Elle n'entendait que le piaillement des oiseaux nichés dans les arbustes malingres en bordure du parking et le croassement d'un corbeau très haut dans le ciel limpide.

Une scène idyllique... si seulement ce n'était pas si irréel. Aucun bruit de circulation. C'était si étrange.

Elle pressa le pas, se retournant un instant pour regarder la baie vitrée et apercevoir une rangée de visages pâles qui lui faisaient signe d'avancer.

Elle atteignit enfin le camion, déverrouilla la portière et se hissa dans la cabine. Il y faisait une chaleur étouffante. Les nuages s'étaient dispersés dans l'après-midi et le soleil avait pu entrer à loisir par le large pare-brise.

Il y avait une sacrée odeur, aussi. Ça puait la sueur, la cigarette et les kebabs moisis. À dire vrai, la cabine de ce poids lourd sentait exactement comme elle l'avait imaginé.

Ça sentait le *mec*.

Elle inspecta le tableau de bord, sa disposition si inhabituelle. Jenny avait conduit une camionnette, une fois, il y avait de cela très longtemps, au temps de son voyage à pied en Inde. Cette expérience ne l'aiderait pas franchement, mais elle était un peu plus qualifiée pour tenter le coup que les autres, restés à l'intérieur.

« Allez, putain, où est le contact ? » murmura-t-elle avec impatience.

Elle finit par le trouver.

Elle s'apprêtait à y insérer la clé quand elle entendit un coup contre la portière. Elle sursauta. Elle regarda par la fenêtre et vit des personnes massées en contrebas. Hommes et femmes de tous âges, ils auraient très bien pu être les premiers piétons que vous auriez croisés sur le trottoir de n'importe quelle ville.

« Salut, la belle. Vous voulez bien ouvrir ? » demanda un homme.

Jenny baissa la vitre, envahie peu à peu par une montée d'adrénaline.

« Ouais ? Qu'est-ce que vous voulez ? grogna-t-elle d'un ton qui, espérait-elle, pouvait la faire passer pour la propriétaire du véhicule.

– C'est votre camion ? » s'enquit l'homme.

Il devait avoir la trentaine et un tatouage délavé ornait son biceps gauche, un de ces motifs celtes intriqués qu'Andy avait failli se faire tatouer. Jusqu'à ce qu'il aperçoive celui de David Beckham dans une pub où il était habillé, allez savoir pourquoi, en gladiateur.

« Ouais, c'est à moi. Je me barre d'ici, gronda-t-elle, non sans grimacer intérieurement en entendant son imitation pitoyable de camionneuse virile.

– Les routes sont bloquées. L'armée et la police ont tout barricadé. Vous feriez mieux de rester tranquille ici, ma belle.

– Ah, ouais ? Ben, je vais quand même tenter ma chance. Y a que dalle, ici. Juste une putain de station-service, mais ils veulent pas me laisser entrer. »

L'homme jeta un œil vers le bâtiment.

« Ouais. Ces connards d'égoïstes veulent pas ouvrir. On a plus d'eau courante et on crève tous de soif. Merde... y a des gens, je vous jure...

– Ouais. Mais y a pas moyen d'entrer. Tout est verrouillé. Et puis c'est du solide. Connards.

– On est venus hier soir pour demander un peu de nourriture. On a plus rien chez nous. Y a qu'un buraliste qui vend des clopes et des bonbons, et tout a déjà été vidé. »

Elle lui adressa un sourire compatissant.

« Ouais, c'est fou. Qu'est-ce qui se passe, hein ?

– C'est incroyable, putain. Tout est normal et en une minute, tout le monde pète les plombs. Y a plus de bouffe nulle part parce que ces connards gardent tout, juste parce qu'ils sont arrivés les premiers.

– Je pense que c'est partout pareil, y a pas qu'ici, répondit-elle.

– Ouais, peut-être. Bref. On a formé une sorte de coopérative dans la cité de Runston. Y a des vieux, des mères de famille et des gosses qui commencent à avoir faim. »

Il se tourna vers le bâtiment.

« Y a un sacré paquet de bouffe là-dedans et ils devraient partager avec nous. Mais leur putain de directeur veut rien lâcher.

– Ouais, quelle bande d'égoïstes, rétorqua Jenny. Bon, eh bien, bonne chance, mon pote. J'espère que vous aurez plus de bol que moi. »

Elle s'apprêta à remonter sa vitre.

« Attendez, ma belle », lança l'homme en posant la main sur l'arête du verre.

Elle s'interrompit.

« Quoi ?

– Vous pouvez nous aider.

– Je vois pas comment. Ils me laissent pas rentrer non plus, alors je vais aller voir s'il y a pas un autre...

– Écoutez, ma belle. Vous pourriez enfoncer leur devanture. C'est juste du plastique. On pensait que c'était du verre, hier, mais ça pétait pas. Les projectiles rebondissaient dessus. Vous pourriez enfoncer votre camion juste à côté de l'entrée. Ce serait pas grand-chose, une simple marche arrière. Ça n'abîmerait même pas votre monstre. »

Jenny fit semblant de considérer la proposition tandis que l'homme gardait une main méfiante sur la vitre. Derrière lui, les gens la dévisageaient avec espoir. Un groupe de personnes tout à fait normales et inquiètes, très différentes du « gang de racailles » qu'avait dépeint M. Stewart. C'étaient peut-être des gamins de passage, ou des enfants de la même cité qu'eux ? Quoi qu'il en soit, ils essayaient seulement de survivre et ils n'étaient pas différents des quelques veinards qui travaillaient dans la station le soir où les événements s'étaient déclenchés.

Jenny se demanda au nom de quoi M. Stewart décidait qui avait droit à la nourriture, et qui n'y avait pas droit. Pourquoi les avait-il laissés entrer, Paul, Ruth et elle, et pourquoi refusait-il d'aider ces gens ?

Question d'apparence, sans doute. Ruth dans son tailleur sombre, Paul et son costume élégant, moi qui m'étais mise sur mon trente et un pour passer un entretien d'embauche. Aucun tatouage, aucun vêtement de sport, aucun problème.

Voilà à quoi cela se résumait, du moins pour quelqu'un comme M. Stewart.

Les gentilles personnes bien habillées peuvent entrer. Mais ces abrutis de la cité ? Qu'ils crèvent de faim.

Jenny tourna la tête. Elle voyait beaucoup, beaucoup de monde émerger de la bordure d'arbustes, longer la voie d'insertion, se rassembler en petits groupes sur le parking. S'il y avait eu des piles de bric-à-brac sur le sol et une rangée de Ford Escort, on aurait pu se croire à une brocante.

« Qu'est-ce que vous en dites ? » demanda l'homme.

Jenny s'agita, gênée. Ces gens méritaient une part de ce que recélait la station, tout autant que les employés à l'intérieur. Mais ils étaient trop nombreux – presque une centaine et elle s'attendait à en voir arriver davantage. Elle imaginait la foule qui grandirait à la vitesse de l'éclair quand la rumeur aurait atteint les autres cités et les villages bordant cette portion anonyme de l'autoroute, au milieu de nulle part.

Peut-être que M. Stewart nous a laissés entrer parce qu'on n'était que trois ?

Jenny regarda autour d'elle. D'ici quelques heures, ce parking serait envahi de gens qui se masseraient contre la baie vitrée, qui mendieraient de l'eau et de la nourriture, et quand ils verraient qu'à l'intérieur, on buvait du thé et on mangeait des hamburgers... leur frustration se transformerait très vite en colère et en rage.

Et s'ils trouvaient un moyen d'exploser la baie vitrée ?

« Non, désolée, mon pote. » Elle remonta la vitre et mit la clé dans le contact.

« Putain ! cria l'homme derrière la portière, son attitude sympa et on-est-dans-la-même-merde-vous-et-nous très vite remplacée par une agressivité flagrante. Putain, mais on vous demande juste un petit coup de main ! »

Ses cris furent noyés par le rugissement rauque du moteur qui se mit à ronfler bruyamment. Jenny enfonça l'accélérateur, le camion hurla et cracha un nuage de fumée.

« Désolée ! » cria-t-elle. Puis dans un bond qui arracha presque le bras tatoué de l'homme encore accroché à la portière, elle fit marche arrière et s'éloigna de l'attroupement devant la baie vitrée.

Le camion recula en sautillements déments, tressautant sur ses amortisseurs tandis qu'elle luttait pour s'habituer au jeu des pédales. La foule qui s'était rassemblée sur le parking s'écarta d'un bond de son chemin.

Elle se dit qu'elle venait sûrement de griller sa couverture de camionneuse et propriétaire du véhicule. Même si le gars tatoué n'avait jamais semblé gober son histoire.

Sans aucun obstacle ni aucun piéton à écraser, elle braqua l'énorme volant et fit bifurquer le camion en direction de la station. Presque aussitôt, elle entendit par-dessus le raffut du camion des voix qui l'encourageaient.

Ils croient que je vais leur ouvrir une brèche.

La station était à une soixantaine de mètres devant elle. Elle avança lentement, incertaine de pouvoir contrôler le véhicule – quelle distance faudrait-il à ce monstre pour s'arrêter, une fois qu'elle aurait appuyé sur la pédale de frein ? Ce serait une sacrée belle définition du mot ironie, si elle venait à s'écraser accidentellement dans la baie vitrée. Jenny devait se garer le long du bâtiment, aussi près du mur que possible.

À trente mètres de sa cible, elle braqua à droite, perdant le contrôle un instant avant de tourner à nouveau vers la gauche, en direction de l'entrée. Elle prit une trajectoire circulaire pour arriver en diagonale devant la station. Quelques secondes plus tard, les roues grimpèrent sur un parterre de petits buissons plantés en bordure du bâtiment, puis renversèrent un jeu pour enfants – une cage à poules miteuse en bois – ainsi que des bancs de pique-nique avant de rouler sur l'entrée pavée des piétons, juste devant la station.

Jenny ralentit et continua à rouler doucement jusqu'à ce que la cabine et son chargement – un conteneur de transport de marchandises – couvrent plus ou moins l'intégralité de la baie vitrée. Puis elle enfonça la pédale de frein qui siffla comme un serpent géant. Elle ouvrit sa portière qui buta contre la baie en Plexiglas qu'elle griffa. Trop juste ! Impossible pour Jenny de se glisser dehors.

Ah, bravo.

Elle se rendit compte qu'elle s'était sacrément bien débrouillée pour se garer comme il faut, tout près du bâtiment.

60

18h11 GMT

Station-service de Beauford

Jenny jeta un coup d'œil par-dessus son épaule et par la vitre du côté passager. Les gens venaient vers elle, la plupart au pas de course. Elle sentait la confusion régner parmi eux. Le camion avait-il percé une brèche, se préparait-il à faire marche arrière pour une nouvelle tentative ? Ou bien autre chose ? Peu importait, la foule approchait, curieuse de voir ce qui se passait.

Ils seraient sur elle en moins d'une minute, l'homme au tatouage arriverait dans les premiers et elle était certaine qu'il serait en rogne quand il comprendrait que son intention avait été de bloquer l'accès à la baie vitrée.

Elle calcula qu'elle avait tout juste le temps de sortir par la portière du côté passager et de courir à l'avant du camion avant de se glisser dans l'interstice entre le camion et la paroi, en croisant les doigts pour que la porte tambour à l'entrée – dont un pan dépassait légèrement – n'ait pas été coincée ou obstruée par la cabine.

Il faut immobiliser le camion.

Merde, il fallait qu'elle le fasse. Elle était prête à parier que quelqu'un saurait le démarrer sans la clé.

La foule convergeait vers elle. La plupart des gens couraient déjà, espérant qu'elle ait réussi à fendre le Plexiglas. Elle voyait de plus en plus de monde émerger des massifs de plantes autour du parking et remonter la voie d'insertion. C'était comme si un tam-tam émettait à une fréquence inaudible, appelant les affamés et les assoiffés à des kilomètres à la ronde.

Ô Seigneur... t'as intérêt à te bouger, ma vieille !

Elle attrapa la barre antivol sur le siège passager et la tourna entre ses mains pour comprendre dans quel sens l'installer sur le volant. Elle leva à nouveau les yeux.

Ils couraient, se précipitaient vers elle – à une cinquantaine de mètres. Elle vit l'homme tatoué qui menait la charge. Il avait clairement compris qu'elle lui avait menti, qu'elle faisait partie de ces *connards à l'intérieur...* qu'elle était un de ces *connards d'égoïstes.*

Il allait la tabasser, c'était sûr.

« Oh, merde ! Allez, quoi ! »

Jenny avait utilisé une barre antivol sur sa petite Peugeot, des années plus tôt : un truc minable qui, pour être honnête, aurait pu être ouvert avec une pièce de deux cents et un peu de patience. Elle ne ressemblait en rien à cet énorme engin professionnel qui avait sa place dans une salle de muscu. Mais elle vit une indentation dans la partie épaisse du manche qui venait se loger sur le volant. Elle mit la barre en position et comprit rapidement comment la verrouiller. Dans un cliquetis rassurant, elle s'enclencha et, émergeant de cinquante centimètres, elle empêchait le volant de tourner à plus de la moitié de sa capacité. Quelqu'un pourrait tout de même manœuvrer le camion, en nombreux petits allers-retours successifs, mais elle n'avait que cette barre sous la main, et il fallait que cela fasse l'affaire.

Elle rampa sur les sièges, maudissant sa jupe longue en coton qui s'accrocha au levier de vitesse, puis ouvrit la portière côté passager alors que des gens – dont l'homme tatoué – arrivaient sur elle, à une dizaine de mètres. Le visage de l'homme était froid, ses traits déformés par la colère, et elle crut l'entendre l'insulter abondamment. Jenny savait qu'elle aurait de gros problèmes s'il parvenait à mettre la main sur elle.

Elle sauta à terre et, à quatre pattes, elle se glissa sous le camion : ce serait le moyen le plus rapide d'atteindre l'entrée. Elle entendait derrière elle le bruit des baskets sur l'asphalte et un hurlement frustré.

« Espèce de salope ! »

Elle rampa sous le châssis incrusté d'huile et de saletés lorsqu'elle sentit quelque chose s'enrouler autour de sa cheville. Elle jeta un regard en arrière pour voir une main et le début d'un bras musclé. Puis son visage apparut : l'homme tatoué.

« Sale pute ! T'es avec ces connards de la station », grogna-t-il en lui tirant la jambe. Les graviers rugueux lui griffèrent le ventre et la poitrine tandis qu'on la traînait sans ménagement de sous le camion.

« Non ! hurla-t-elle. Non, s'il vous plaît ! »

Elle passa l'avant-bras autour du triangle de suspension et s'y accrocha du mieux qu'elle put. L'homme resserra son étreinte et redoubla d'effort.

« Sors de là, sale pute ! »

Jenny voyait à présent plusieurs paires de jambes à côté du tatoué. Elle sentit d'autres mains sur sa peau et à deux, ils se lancèrent dans une série d'à-coups ; son bras commençait à faiblir sous la pression.

« Non, s'il vous plaît ! » cria-t-elle inutilement.

Un autre à-coup et l'étreinte de Jenny se desserra. Elle chercha un autre endroit où s'agripper, le gravier lui déchirant une fois de plus la peau alors qu'on la tirait à découvert.

Il était au-dessus d'elle, entouré d'un autre homme trapu qui semblait avoir dix ans de plus que lui, et d'une femme du même âge que Jenny, ses cheveux blond platine tirés en une queue-de-cheval qui dégageait son visage dur et mince.

Le tatoué hocha la tête.

« Les connards égoïstes comme vous, ils arrivent toujours à se débrouiller quand tout commence à merder.

– Écoutez, je suis désolée, je voulais juste...

– Ouais, je me disais aussi que tu racontais un joli tas de conneries. Chauffeur de poids lourd, mon cul, oui.

– Je voulais juste...

– Ouais, on sait très bien ce que tu voulais faire, chérie, intervint la femme. J'ai trois gamins et un bébé à la maison, et ils chialent tous parce que j'arrive pas à leur trouver à manger. Et toi, t'es là, pauvre conne coincée du cul, à faire en sorte que les connards égoïstes comme toi gardent tout pour eux. »

Oh, mon Dieu, ils vont me faire du mal, c'est certain.

« Bute cette salope, Tom, s'écria la blonde platine. Je supporte pas les culs cousus. Ils se croient toujours mieux que les autres. »

Le tatoué baissa les yeux vers elle.

« Je parie que les gens comme toi s'en sortent bien. Les gens comme toi, qui ont de l'argent en rab et qui ont pu mettre de la bouffe de côté, pour s'assurer que tout irait bien. Pendant que nous, les pauvres, on nous laisse crever de faim.

– Mais ça ne dure que depuis quelques jours, marmonna Jenny, la voix tremblante. P... personne ne c... crève encore de faim.

– Ah, ouais ? C'est ce que tu crois ? Mes gamins, si ! cria la blonde. On a que dalle, là où on vit... Que dalle. Et personne n'est encore venu nous aider. »

Il faut que je continue à les faire parler.

« Mais ils viendront. C'est... c'est comme le truc à La Nouvelle-Orléans. Ils vont envoyer de l'aide. La police... va revenir. »

La femme se pencha et frappa Jenny au visage. « Ta gueule ! Ta gueule ! »

Le tatoué hocha la tête. « Les flics viendront pas, ils sont trop occupés à surveiller les coins importants. Y a plus que nous. Et faut qu'on s'occupe des nôtres. »

Jenny essuya le sang sur sa lèvre. « Vous avez raison, il faut qu'on s'orga... »

La blonde la frappa de nouveau. « Ta gueule ! Allez, on la bute. Histoire de montrer à ces connards qu'on est prêts à tout. »

Le tatoué regarda la foule autour de lui qui ne cessait de grossir. Une trentaine de personnes étaient massées au-dessus de Jenny et il en arrivait davantage à chaque minute qui passait. Elle voyait qu'ils étaient sur les nerfs – effrayés, affamés, assoiffés – et qu'ils cherchaient désespérément quelqu'un pour prendre les rênes et leur montrer le chemin. Elle devinait que certains voulaient juste une part de ce qu'il y avait à l'intérieur – pas de violence, s'il vous plaît – juste une part équitable.

Et il y avait ceux qui voulaient la réduire en lambeaux.

Elle savait que c'était eux qui faisaient le plus de bruit, les *sociopathes en puissance*, ceux qui hurlaient au lynchage quand les méfaits d'un pédophile, d'un immigré ou d'une petite célébrité tombée en disgrâce étaient étalés dans les pages des tabloïds.

Les chasseurs de sorcières.

« Qu'on la déplace, pour que ces connards la voient. Et puis on la bute ! » lança la blonde. Des voix dans l'assemblée approuvèrent.

Le tatoué n'avait pas prévu d'aller aussi loin mais Jenny le voyait observer la foule. La blonde voulait un bain de sang et cela faisait pencher l'opinion générale.

« D'accord ! cria-t-il par-dessus le brouhaha. On la bute là où ils pourront voir. »

Elle entraperçut le scintillement d'un morceau de métal, un couteau dans la main de quelqu'un.

Oh, non, je vous en prie, non.

Le sang se glaça dans ses veines et elle ne put contrôler sa vessie. Elle ferma les yeux, honteuse.

Un jeune homme s'écria : « Hé ! Elle s'est pissée dessus ! Regardez ! »

Puis des mains se posèrent sur elle, sur ses bras, sur ses jambes, sur des endroits où elles n'auraient jamais dû se poser... et la soulevèrent brutalement de terre.

L'image du couteau effaça toutes ses autres pensées.

Ne me tuez pas, ne me tuez pas, ne me tuez pas.

61

18 h 15 GMT

Station-service de Beauford

« Arrêtez ça immédiatement ! »

Quelle voix puissante.

« Non mais, qu'est-ce que vous foutez, hein ? »

Une voix assourdissante qui interrompit net les hurlements de la foule comme une détonation de fusil. Le tatoué, la blonde platine et les gens qui portaient Jenny s'immobilisèrent. Ils ne la reposèrent pas au sol, mais ils parurent hésiter un moment.

« Qu'est-ce qui se passe ici ? »

C'était la voix de Ruth. Son accent de Birmingham, son intonation qui ne s'en laissait pas compter.

« C'est comme ça que se comportent les adultes ? » continua Ruth comme une prof de collège qui gronderait une classe d'adolescents indisciplinés.

Jenny sentit les mains se desserrer autour de ses membres, en proie à une honte temporaire. On la rapprochait du sol. Elle leva la tête, plissa les yeux dans les rayons du soleil qui fondait déjà à l'horizon. Ruth était debout devant le camion, jambes écartées, mains derrière le dos. Dans son tailleur sombre, elle ressemblait à une femme flic ou à une gardienne de prison.

« C'est ça, reposez-la par terre ! aboya-t-elle encore, sa voix un peu moins assourdissante maintenant que la foule s'était tue. À quoi vous pensez, vous autres ? »

Le tatoué fut le premier à retrouver la parole. « Cette salope est de mèche avec les connards, à l'intérieur. »

Jenny regarda Ruth et comprit.

Ils croient que Ruth est avec eux.

Dans le feu de l'action, ils n'avaient pas dû la voir sortir de derrière le camion. Jenny croisa son regard et Ruth sembla lui adresser un hochement de tête presque imperceptible.

Elle a compris, elle aussi.

« Ah, ouais ? Peut-être bien, mais c'est pas une raison pour se comporter comme ça ! C'est une honte ! On est pas des sauvages, si ? »

Son approche sévère semblait fonctionner pour l'instant. Peut-être qu'inconsciemment, elle faisait appel à l'enfant qui se cache en nous tous. La foule en colère ressemblait désormais à un groupe d'ados sermonnés par leur directeur.

« Mais ces connards à l'intérieur, ils gardent toute la bouffe et nous, on a faim ! répliqua la blonde sans relâcher son étreinte douloureuse autour du bras de Jenny.

– Et on a soif. Il n'y a plus d'eau courante », cria quelqu'un dans la foule.

Ruth fit quelques pas prudents vers Jenny. « Peut-être bien. Je vais aller leur parler. Je vais leur faire entendre raison. Mais laissez partir cette pauvre femme. » Elle dévisagea la blonde. « Tout doux. »

L'humeur de la foule autour de Jenny était incertaine, changeante. Bien plus que de l'eau ou de la nourriture, les gens cherchaient quelqu'un qui puisse leur montrer le chemin. Et cette femme à l'air solide, à la voix de stentor et au sens pratique rassurant semblait combler leur attente.

Oh, mon Dieu... elle va me sortir de là !

Le tatoué desserra son étreinte.

Mais la blonde avait toujours la main autour du biceps de Jenny, ses ongles longs plongeant dans sa peau.

Ruth concentra son regard sur la blonde.

« Écoute-moi », fit Ruth en avançant encore jusqu'à n'être qu'à 1 mètre d'eux. Elle baissa les yeux vers la femme maigrichonne. La silhouette généreuse de Ruth, sa taille imposante et son tailleur sombre, tous ces détails subtils contribuaient à faire pencher la balance en sa faveur.

« Je vais aller leur parler, dès que tu l'auras lâchée. On est anglais, putain ! On ne va pas se comporter comme les sauvages d'un pays sous-développé. Compris ? »

Ruth fit un autre pas en avant et tendit la main vers Jenny, l'autre bras toujours derrière son dos.

La blonde l'observa avec méfiance, resserrant ses doigts autour du biceps de Jenny. « Ah, ouais ? Et comment tu vas les convaincre de partager leur nourriture, hein ? Et puis qui t'a permis de nous donner des ordres ? »

Le visage de Ruth se durcit, elle fit la moue et plissa les yeux. «Je te conseille vraiiiiment de pas me chercher des noises, ma chérie. Vraiment pas. Des connes comme toi, je les bouffe au petit déj'.»

Oh, mon Dieu, pensa Jenny en se sentant presque en sécurité... *elle est terrifiante.*

La blonde dévisagea Ruth en silence. «Attends voir, t'es même pas de notre cité. Je connais tout le monde. Je t'ai jamais vue, toi.»

Jenny tourna la tête vers Ruth.

Tu viens d'être démasquée.

«Et alors ? Je viens de Burnside, la cité la plus dangereuse de Birmingham. Ça veut rien dire, ça ?»

Jenny l'entendit. Ce qui voulait dire que toute la foule l'avait entendu. Un léger tremblement dans la voix de Ruth.

La blonde sourit, sentant le vent tourner à nouveau.

«Tu fais partie de ces branleurs à l'intérieur, pas vrai ?» Elle s'adressa à la foule : «Elle est pas de notre cité, elle est pas des nôtres !»

Il y eut un moment de flottement. Ils auraient préféré avoir Ruth à leur tête, mais ils fonctionnaient d'après un accord tacite : leur quartier était leur *tribu.* Ils devaient se serrer les coudes car personne ne viendrait les aider. Quand les choses commencent à merder, reste avec les tiens.

Ruth profita de cette pause.

Avec une rapidité stupéfiante pour quelqu'un de sa taille, elle tendit le bras à quelques centimètres du visage de la blonde. Jenny vit qu'elle brandissait quelque chose, une sorte de petite canette bleue. L'objet siffla et aspergea le visage de la blonde qui hurla de douleur et tomba à terre, la tête entre les mains. Ruth tira Jenny.

«Cours ! cria-t-elle en lui montrant l'avant du camion. Il y a un peu de place pour passer.»

Jenny tituba et passa devant Ruth en trombe.

Ruth resta sur place un instant, le bras toujours tendu.

«C'est une bombe lacrymo ! Faites un pas en avant et je vous brûle le visage !» beugla-t-elle à l'attention de la foule.

Jenny contourna le véhicule et aperçut l'interstice entre le camion et la baie vitrée. Elle jeta un œil en arrière, Ruth reculait pas à pas, la bombe lacrymo brandie devant elle comme un flingue. Certains restaient à sa hauteur, d'autres s'étaient écartés sur les côtés. Jenny comprit que ces derniers risquaient de couper la retraite de Ruth. Il fallait qu'elle fasse volte-face et coure immédiatement.

« Ruth ! Dépêche-toi !

– J'arrive ! » répondit Ruth sans oser quitter la foule des yeux.

Elle fit quelques pas supplémentaires puis se mit à courir.

Mais un projectile fendit les airs dans sa direction. Une brique ou un pavé... Il la heurta dans le dos et elle perdit l'équilibre, s'affalant au sol.

« Ruth ! » hurla Jenny.

La foule fut aussitôt sur elle et avant qu'elle ne se referme sur la silhouette étendue de Ruth, Jenny vit la blonde platine s'agenouiller au-dessus d'elle, les yeux injectés de sang larmoyants, et la frapper au visage de son petit poing nerveux.

« Rentrez tout de suite ! lança Paul en l'attrapant par le bras pour l'attirer dans l'interstice. On ne peut plus rien faire pour elle. » Il la mena vers la porte tambour, la poussa dans l'ouverture et s'appuya contre le plastique pour la faire pivoter – jetant des regards inquiets par-dessus son épaule tandis que les pans glissaient lentement.

Sans électricité pour l'actionner, Paul devait y mettre toutes ses forces.

Jenny se retrouva dans la chaleur intense du hall d'entrée à l'instant où Paul plongeait dans l'ouverture suivante. Elle aperçut la foule qui se faufilait à l'avant du camion le long de la baie vitrée et frappait de ses poings contre le Plexiglas pour les intimider.

« Allez, Paul ! » cria-t-elle en s'appuyant de tout son poids contre le tambour qui pivota un peu plus vite.

Paul émergea lorsque la première personne entrait à son tour dans l'ouverture suivante. Il attrapa un seau qu'il glissa dans l'interstice du tourniquet. La porte fit un soubresaut et s'immobilisa. À travers le Plexiglas épais, Jenny entendait les huées de la foule en colère.

Dans le hall d'entrée, en revanche, elle aurait pu entendre une mouche voler. Les employés de M. Stewart ne comprenaient pas les invectives qu'on leur criait mais saisissaient parfaitement l'intention derrière les huées et les sifflets. Dans un silence horrifié, ils observèrent les visages pâles et enragés dehors. L'une des femmes les plus âgées, une Nigériane, se mit à pleurer en répétant une phrase.

Une prière ?

Le sang de Jenny se glaça dans ses veines. « Ils l'ont tuée, murmura-t-elle. Ils ont tué Ruth. »

Et nous sommes les prochains sur la liste.

62

21 h 51 GMT

Shepherd's Bush, Londres

Par une soirée normale comme, par exemple, à cette même époque l'année passée, ils auraient été rassemblés dans leur petit jardin derrière la maison. Papa aurait fait cuire des brochettes au barbecue, maman aurait mélangé une salade agrémentée de croûtons. Elle aurait invité les voisins d'en face, les Di Marcio, parce qu'ils la faisaient rire. Papa serait resté silencieux, il n'était pas à l'aise avec les amis de maman.

En tout cas, il faisait si bon, une fois les nuages de juin dispersés, qu'ils auraient été dehors, à profiter de la chaleur, à s'enivrer de sangria.

Mais au lieu de cela, elle était coincée dans la maison de quelqu'un d'autre, dans un environnement étranger, et elle observait par la fenêtre les dernières lueurs de cette soirée estivale.

Cachée derrière le store fermé, Leona surveillait l'avenue. Elle vit le rideau bouger à l'étage de la maison des Di Marcio. Ils devaient encore être là, tapis comme Jake et elle, à espérer que rien, dans leur cachette, n'attirerait l'attention de la bande.

La nuit dernière avait été terrifiante, elle les avait entendus entrer dans une maison à une trentaine de mètres de là. Elle avait perçu des voix, des acclamations, des cris, des rires. Et au milieu de ce brouhaha, elle était certaine d'avoir entendu quelqu'un hurler dans la maison.

Elle aurait aimé avoir tort.

« Les Méchants Garçons sont revenus ? demanda Jacob, inquiet, en levant les yeux de son jeu de cartes étalé sur le sol du salon.

– Pas encore, Jake. Ils ne sortiront pas avant la tombée de la nuit. »

Jacob acquiesça. Il faisait encore jour, suffisamment jour pour qu'il puisse encore lire les chiffres sur ses cartes Yu-Gi-Oh. Et tant qu'il faisait jour, ils étaient en sécurité.

Jacob aurait voulu que Dan revienne. Leona lui avait expliqué qu'il avait préféré rentrer chez lui pour veiller sur sa mère. Mais Jake savait qu'elle mentait. Elle mentait mal, comme toutes les filles... un tas de « euuuh » et de « eh beeeen ». Jake, en revanche, pouvait raconter des bobards toute la journée sans jamais ciller.

Dan n'était pas allé veiller sur sa mère.

Il avait rompu avec Leona. C'est ce qu'il pensait, en tout cas. C'est pour ça qu'elle avait autant pleuré ce jour-là, quand elle croyait qu'il ne la regardait pas.

Il l'avait taquiné, la dernière fois qu'elle avait rompu avec son copain, Steve. Jacob ne l'avait jamais bien aimé. Il se regardait toujours dans les miroirs et les surfaces réfléchissantes, et il jouait avec ses cheveux. La seule fois où il avait bien voulu jouer avec Jacob – pendant qu'il attendait Leona qui faisait des *trucs de filles* dans la salle de bains –, il s'était contenté de faire semblant, il n'avait pas vraiment joué avec lui... il avait juste essayé de faire bonne impression devant Leona, et devant papa et maman.

Dan, lui, était très cool. Il savait jouer. Dan lui manquait beaucoup.

Il manquait à Leona, aussi.

Quand il était là, Jacob se sentait plus en sécurité. Il pensait que les Méchants Garçons avaient peur de lui, c'est pour ça qu'ils n'avaient pas touché à leur maison et qu'ils s'étaient contentés de rester dans la rue. Mais maintenant que Dan était parti, les Méchants Garçons n'auraient plus peur.

Il se demanda si Dan avait décidé de devenir un méchant garçon, lui aussi, et de faire du boucan dans la rue après l'heure du coucher. Peut-être qu'il en avait eu marre de rester assis à manger des pilchards en conserve accompagnés d'un ketchup dégoûtant – qui n'avait pas du tout goût de ketchup, en plus. Marre aussi de jouer au Yu-Gi-Oh avec lui ?

Sûrement.

Il leva les yeux vers la fenêtre. Le ciel s'assombrissait déjà. *Ils* allaient venir bientôt, ils allaient venir jouer.

« Lee ? »

Leona remua, laissa retomber le store et essuya ses joues d'un geste discret.

« Oui, Jake ?

– Je peux dormir avec toi cette nuit ?

– Je... je reste en bas, moi. Je ne dors pas à l'étage.

– Je peux rester avec toi en bas, alors ? »

Leona réfléchit un instant. « D'accord, va chercher une couverture et un oreiller, tu pourras t'installer sur le canapé. »

Jacob se leva et s'engagea dans les escaliers. Puis il pensa à quelque chose. Il revint dans le salon et déposa une bise maladroite sur la joue de Leona. Elle était humide – elle avait encore pleuré en secret.

« C'est pas grave, déclara-t-il en espérant que c'était la chose à dire. Je parie que tu retrouveras un copain bientôt. »

Elle se retourna vers la fenêtre. « Va chercher tes affaires, tu veux ? »

Jacob monta les marches quatre à quatre. Il faisait trop sombre à son goût et il s'empressa d'attraper une couverture et un oreiller sur le lit le plus proche. Il revint au salon pour trouver Leona face à lui, l'index sur les lèvres. La tristesse qui avait auparavant envahi le visage de sa sœur avait disparu.

Elle avait l'air terrifiée.

« Chuuut... ils sont revenus », chuchota-t-elle.

Jacob avança sur la pointe des pieds jusqu'à elle, lâchant la couverture pour rejoindre sa sœur près de la fenêtre. Une voiture venait de se garer juste devant leur maison et ses phares éclairaient la rue. Par les portières ouvertes, des lignes de basses sortaient en bourdonnant. Il devina des mouvements dans l'habitacle.

Les Méchants Garçons étaient de retour.

63

23h43 GMT

Station-service de Beauford

Le camion garé devant la baie vitrée bloquait la vue sur le parking. Mais en se tenant à droite, Jenny pouvait voir au-delà du capot. Un feu avait été allumé sur l'asphalte. La foule avait amassé des déchets qu'ils avaient embrasés. Il s'élevait haut, furieux, plongeant l'endroit dans un halo orangé vacillant.

Jenny l'observa, ainsi que les gens rassemblés autour. Depuis les quelques heures qui avaient suivi...

... depuis que j'ai failli être battue à mort... et que Ruth a été...

... depuis que le nombre de personnes dehors avait doublé. Elle estimait qu'ils étaient désormais environ deux cents à arpenter le parking.

Ruth.

Elle la connaissait à peine. Elles avaient discuté un peu ce matin, et hier en marchant sur l'autoroute, mais elle savait peu de chose d'elle. Elle en avait sûrement appris plus à son sujet au cours de ses derniers instants dehors, lorsque Ruth avait tenu à distance une foule entière pendant deux minutes par la seule force de sa personnalité.

Elle ne l'aurait pas fréquentée en temps normal, ne serait pas allée déjeuner avec elle, mais en cette seconde, Jenny aurait échangé tous ses amis ambitieux, passés et présents, pour avoir à ses côtés une personne aussi têtue, aussi grande gueule et courageuse que Ruth.

Elle regarda la scène dantesque devant elle. On aurait dit le rassemblement d'une secte satanique. Elle s'attendait à voir débouler des gens encapuchonnés sous de longues tuniques, appelant à l'ordre, puis une vierge hissée sur un crucifix retourné au-dessus des flammes.

C'étaient les lueurs tremblantes du feu qui donnaient à la scène une ambiance si dérangeante. Elle se rappela que la foule devant elle était composée de gens normaux. Des gens normaux très frustrés et affamés.

Elle observa les employés de M. Stewart. Ils étaient effrayés : ils gardaient les yeux rivés sur la baie vitrée et échangeaient des propos en polonais, en roumain, en cantonais. Elle se rendit compte que pour eux – incapables de comprendre ce qui se tramait depuis les derniers jours et conscients de se démarquer par leurs origines étrangères – la situation devait sembler d'autant plus terrifiante.

Paul s'approcha d'elle.

« C'est pas bon, ça. Quand les foules commencent à jouer avec le feu, il ne faut pas longtemps pour que les bâtiments partent en fumée.

– Ils ne vont quand même pas essayer de mettre le feu à la station, si ? Ça détruirait toute la nourriture et l'eau qu'ils cherchent.

– Je ne sais pas. Ils sont peut-être trop énervés pour s'en préoccuper, maintenant. La soif doit les rendre un peu fous. »

Oui, ils devaient avoir sacrément soif.

Il avait fait chaud, depuis lundi ; parfois même trop chaud, à certaines heures de la journée. Et ils n'avaient plus d'eau courante. Elle s'en était aperçue cet après-midi quand elle avait essayé de tirer la chasse. Où pouvaient-ils boire, ces gens-là, à part au robinet, ou dans les bouteilles et les canettes du commerce ? Elle n'avait vu aucune rivière ni aucun barrage en chemin. Et de toute façon, vu l'état des cours d'eau ces derniers temps, recouverts d'écume et où flottaient des préservatifs usagés... il fallait être vraiment désespéré pour venir s'y abreuver.

Dans la station, ils avaient de l'eau minérale fraîche, des centaines de canettes de Pepsi et de Fanta brillantes de gouttelettes de condensation, des bouteilles de jus de fruits et même des pots de glace Ben & Jerry's.

« Ouais, continua Paul à voix basse. La soif pousse les gens à faire des folies. »

Jenny le regarda et aurait voulu qu'il ne prononce pas cette phrase. Elle se tourna de nouveau vers le parking où la foule circulait autour du feu, et elle remarqua une personne juchée sur un piédestal improvisé qui s'adressait aux autres. Jenny la regarda gesticuler et crier. Elle n'entendait pas ce qui était dit mais pouvait le deviner.

Elle percevait tout juste la voix qui s'élevait au-dessus du parking bondé. Une voix aiguë à la dureté si caractéristique : c'était la blonde platine. Cette salope, cette maigrichonne au visage anguleux vêtue d'un jogging et d'une veste, avec ses ongles longs... et ses fines lèvres qui s'étiraient au-dessus de ses dents féroces. Elle semblait s'être mis la foule dans la poche. Mauvais signe. Elle était sûre que la plupart des gens voulaient juste entrer, prendre la nourriture et repartir chez eux, rien de plus. Mais la blonde, elle, voulait mettre la main sur quelqu'un et en faire un exemple.

Moi, probablement.

« Ils vont vouloir entrer ce soir, non ? »

Paul observa la foule.

« Ouais. Je ne crois pas qu'ils vont se contenter de jeter des briques et des pavés. Ils vont vouloir entrer ce soir, ils sont au bout du rouleau.

– Et si on leur jetait des bouteilles d'eau ? »

Il afficha un sourire narquois. « Oui, je suis sûr que ça les calmera. Et après, ils rentreront chez eux au trot. »

Jenny ignora ses sarcasmes. « Alors qu'est-ce que vous proposez ? »

Il jeta un œil derrière lui avant de parler. « Je propose qu'on parte avant que tout dégénère. Dans, disons, très peu de temps. »

Elle regarda les employés rassemblés dans le hall, inquiets et échangeant des messes basses. M. Stewart, lui, avait disparu. Il s'était retiré dans son bureau quelques heures plus tôt. Elle ne l'avait pas revu depuis.

« Quoi ? On ne peut pas les laisser là. Regardez dans quel état ils sont.

– Et alors ? Ce n'est pas à moi de m'occuper d'eux, ni à vous. Je veux rentrer chez moi et j'ai aucune envie de me retrouver coincé dans le bordel qui va suivre.

– Mais merde, c'est vous qui avez eu l'idée de rester !

– Ouais, eh ben, devinez quoi ? Je me suis planté. Ça va éclater et je propose qu'on parte en douce tant qu'on a encore une chance.

– Et qu'on les laisse ?

– C'est un peu naze, mais oui.

– Vous devez être un sale égoïste en temps normal, non ? »

Il haussa les épaules. « Traitez-moi d'égoïste si ça vous chante, mais je ne tiens pas à me faire lyncher par cette foule, d'accord ? On ne peut pas prendre ces pauvres crétins avec nous, ils vont devoir se débrouiller tout seuls. Il faut qu'on pense d'abord à nous. C'est comme ça, j'en ai bien peur. Vous voulez sauver qui ? Ces inconnus, ces gens que vous connaissez depuis cinq minutes ? Ou votre famille ? »

Jenny regarda la silhouette de la blonde qui haranguait la foule.

« Tout s'est passé si vite. Il a suffi de quelques jours, et regardez-nous », lança-t-elle avec un geste vers le parking.

Paul acquiesça. « J'imagine que quand les lois sont mises à mal, peu importe dans quel pays on vit, on est tous les mêmes. Quelques repas sautés, une coupure de courant et, pour une gorgée d'eau, on est prêts à faire des trucs qu'on n'aurait jamais imaginé faire, on se transforme en hommes des cavernes. »

Dehors, la foule mijotait quelque chose. La blonde avait terminé son discours. Descendue de son piédestal, elle se mêlait maintenant aux autres.

« Merde, je crois qu'ils vont mettre leur plan à exécution, marmonna Paul. Il faut qu'on trouve une sortie. »

À l'idée que la femme puisse entrer dans la station-service et la trouver, Jenny frissonna. Paul avait raison, ils devaient penser à eux avant tout. La culpabilité, les reproches, l'introspection, tout viendrait plus tard, quand ils auraient le temps.

« Qu'on trouve une sortie ? Où ? Comment ? »

Il se détourna de la baie vitrée et scruta l'intérieur du bâtiment sous le faible éclairage. Le générateur de secours qui permettait encore aux congélateurs de fonctionner apportait le courant suffisant aux quelques lampes de sortie de secours vers le fond du hall. « À mon avis, il y a une entrée de service au fond, quelque part, et avec un peu de chance, ils n'auront posté personne à l'arrière du bâtiment. »

La foule approchait. Certains d'entre eux, remarqua Jenny, portaient des seaux et des bouteilles. Elle recula alors qu'ils contournaient l'avant du camion et se glissaient dans l'interstice contre le Plexiglas. Ils les observaient par la surface éraflée et criaient en se frayant un chemin jusqu'à la porte tambour bloquée. Le premier qui arriva tenait une bouteille de soda de deux litres. Il y avait un espace de quelques centimètres entre le montant du tambour et un des panneaux en Plexiglas immobilisés. Il y glissa la bouteille à bout de bras et versa un liquide sur le sol.

L'odeur se répandit aussitôt.

« De l'essence, annonça Paul. Ils vont cramer l'entrée. Ça va fondre très vite. Allez, on arrête de déconner et on s'en va. »

Jenny regarda encore le groupe d'employés terrorisés. Paul l'attrapa par le bras.

« Non ! chuchota-t-il. Si vous leur dites qu'on sort par-derrière, ils vont nous suivre. Et les gens dehors vont le remarquer et comprendre notre manœuvre. »

Il se dirigea vers le fond du bâtiment, la tirant derrière lui. « Venez. »

Elle le suivit à contrecœur, jetant un œil par-dessus son épaule en direction du tourniquet. D'autres personnes avaient passé un bras par l'interstice pour verser le contenu de leurs bouteilles. L'odeur d'essence s'était intensifiée.

Elle aperçut la blonde platine devant le capot du camion. Elle brandissait une torche improvisée dans une main et, le visage écrasé contre le Plexiglas, elle scrutait le hall.

Elle me cherche.

Jenny se sentit gagnée par une frayeur bien plus puissante. Pour une raison inconnue, la femme s'était braquée sur elle, comme si Jenny symbolisait la cause de cette situation désespérée dans laquelle ils se trouvaient plongés.

Je n'ai vraiment, vraiment pas envie qu'elle mette la main sur moi.

Elle se tourna vers Paul. « D'accord, d'accord, on s'en va. »

64

23 h 46 GMT

Station-service de Beauford

Paul la mena à l'arrière du bâtiment sous le faible éclairage, devant l'aire de jeux et la porte fermée du bureau de M. Stewart. Elle se demanda ce qu'il pouvait bien faire là-dedans. Ses employés, pour la plupart des femmes assez âgées, étaient perdus et effrayés ; ils avaient besoin qu'il soit avec eux dans le hall, et non pas caché seul dans son bureau.

Une rangée de portes se dressait devant eux. Trois indiquaient les toilettes, la quatrième affichait simplement RÉSERVÉ AU PERSONNEL.

Paul poussa cette dernière qui donnait sur un étroit couloir éclairé par une ampoule rouge suspendue au plafond bas. Le passage était large d'un mètre à peine, encombré de cartons et de caisses entassés en désordre contre le mur à droite : les stocks de produits non périssables. Pas de nourriture, bien entendu, juste les merdes qu'on s'attendrait à trouver dans une station-service : LES CLASSIQUES DU ROCK POUR LA ROUTE (48 CD), MUGS SOUVENIR DE LA STATION DE BEAUFORD (pack de 24), FIGURINES DE CÉLÉBRITÉS (assortiments, 24 pièces).

Paul ouvrit la marche dans le couloir, se glissant parfois avec peine entre les montagnes d'emballages.

« Si c'est ici qu'ils entreposent leur stock, je parie que la porte de service est dans le coin. »

Elle s'arrêta près d'une pile de cartons : ÉVIAN (36 × 1 litre). Elle sortit une demi-douzaine de bouteilles.

En l'entendant ouvrir la boîte, Paul s'arrêta et se retourna. « Ouais, bonne idée. » Il continua sa progression dans le couloir. Jenny le suivit, des bouteilles plein les bras.

« Voilà, dit-il enfin. On dirait bien une porte de service. »

Le couloir se terminait par une lourde porte métallique d'un mètre de large, allant du sol et plafond, et qui semblait glisser de gauche à droite sur un rail. Elle était cadenassée.

« Oh, voilà, c'est fermé à clé, marmonna Jenny.

– Pas grave, j'ai piqué ça à M. Stewart dans son bureau, il y a quelques heures, déclara-t-il en sortant de sa poche un trousseau de clés.

– Il n'a rien remarqué ?

– Pas vraiment. Il était bourré, son brandy l'a mis KO. »

Paul inspecta les clés, mais aucune ne portait de marque ou d'indication.

Jenny renifla. « Oh, merde ! Vous sentez ça ? »

Paul s'interrompit et prit une longue inspiration.

« Du plastique brûlé ?

– Oui. Ils ont déjà mis le feu à la porte. Vous feriez mieux de vous grouiller.

– Je fais ce que je peux », marmonna-t-il en essayant chaque clé dans le cadenas.

Jenny se retourna pour regarder le couloir mal éclairé et écouter les bruits étouffés qui lui parvenaient. Elle entendait les employés qui pleuraient et suppliaient, en petit-nègre ou dans leur propre langue, qu'on les laisse tranquilles. Leurs voix étaient perçantes, tendues par la panique et la peur. Au-delà, elle percevait les huées et les cris des gens qui essayaient d'entrer.

« Allez ! Laquelle d'entre vous entre là-dedans ? » siffla Paul, frustré, en manipulant les clés.

Une pensée traversa l'esprit de Jenny. « Et s'ils nous attendaient de l'autre côté de la porte ? »

Paul s'interrompit une fraction de seconde. « Putain, j'en sais rien. Ils auront sûrement pas cogité tant que ça. Faut juste espérer qu'ils seront tous massés devant la station. »

Elle hocha la tête, dubitative : ce n'était pas la réponse rassurante qu'elle attendait.

L'odeur de plastique brûlé s'amplifia et elle entendait à présent des heurts, comme si quelqu'un collait des coups de pied dans le tourniquet pour tester si le Plexiglas commençait à céder.

« Ô, Seigneur, dépêchez-vous !

– Je fais ce que je peux. »

Elle l'entendit faire tinter les clés et au bout de quelques secondes de frustration, un petit clic résonna.

« Ça y est, j'ai réussi ! »

Paul retira le cadenas, le jeta sur le côté, puis attrapa la poignée de la porte.

« Ouvrez-la sans faire de bruit, s'il vous plaît », murmura-t-elle.

Il acquiesça et tira doucement. La porte émit un énorme grincement tandis que le métal crissait sur les rails au sol et au plafond. Il la fit glisser de quelques centimètres et Jenny aperçut une bande verticale de ciel bleu foncé – un ciel nocturne dégagé.

Il attendit un moment en espérant que le grincement n'aurait attiré l'attention de personne, puis il entrouvrit un peu plus la porte.

Soudain, un bruit sourd retentit et l'immense pan métallique coulissa dans un rugissement assourdissant, rebondissant sur les rails dans un raffut de tous les diables. Jenny devina les silhouettes d'un groupe de personnes qui se détachaient sur le ciel sombre, éclairées par la lueur rouge du couloir. Des hommes pour la plupart, quelques femmes. Des jeunes, d'autres plus âgés. Des habitants de la cité.

« Je vous en prie... ne nous faites pas de mal ! » supplia-t-elle en sentant l'étreinte glacée de la peur lui arracher l'air des poumons et lui couper les jambes.

L'un d'eux s'avança. Un jeune homme au crâne rasé, une chemise nouée autour de la taille et exposant son torse mince et musclé tatoué sur un flanc d'un motif celtique. Jenny contempla son visage rouge, agressif et tacheté, à quelques centimètres du sien. Il avait l'air dur, furieux, prêt à se ruer sur elle.

Il fit un geste en direction des bouteilles qu'elle portait encore.

« Je peux en avoir une ? J'ai supersoif. »

Jenny fut déroutée. « Oui... euh... bien sûr. » Elle lui en tendit une qu'il attrapa en hochant la tête.

« Merci.

– Il y en a d'autres à l'intérieur, déclara Paul. Il y a un carton entier sur la droite, servez-vous. »

Le reste du groupe se rua dans le couloir, certains marmonnant un « merci » au passage.

Jenny regarda l'homme engloutir la bouteille d'eau. Il était assoiffé, sa pomme d'Adam tressautait tandis qu'il déglutissait. Elle lui montra le couloir. « Vous feriez mieux de les suivre et de vous servir avant qu'il n'y ait plus rien. »

Il acquiesça, lui rendit la bouteille presque vide et s'essuya la bouche du dos de la main.

« Ouais, merci pour l'eau », répliqua-t-il avant de s'engouffrer dans le couloir et de slalomer entre les cartons.

Jenny se tourna vers Paul. « J'ai cru qu'il allait me déchiqueter. »

Paul semblait tout aussi surpris. « Un voyou poli... Bon, allons-nous-en, tant qu'on le peut encore. »

Ils sortirent.

La nuit était encore chaude. Dans des circonstances différentes, il aurait été agréable de passer la soirée sous les étoiles. Paul scruta les alentours. Il vit les silhouettes sombres d'autres personnes courant vers eux, attirées par la lueur rouge qui se répandait par la porte de service.

Paul lui attrapa le bras et murmura : « Ils ne seront peut-être pas aussi polis. Faites comme si on était des leurs. »

Le groupe s'approcha et Paul cria :

« La porte de service est ouverte, il y a plein de trucs à l'intérieur.

– Merci, mon pote, répondit une voix dans l'obscurité.

– Il y a de l'eau ? demanda une autre

– Ouais, mais vous feriez mieux de vous dépêcher », annonça Paul.

Le groupe les dépassa sans aucun autre commentaire et se remit à courir vers l'entrée.

Lorsque Paul et Jenny contournèrent la station, ils virent les flammes encore hautes et le parking désormais désert. Jenny supposa que les gens étaient entrés dans le bâtiment pour se servir et emporter tout ce qu'ils trouveraient. Elle entendait un vrai remue-ménage : des exclamations, le bruit de chutes d'objets, mais à son grand soulagement, aucun hurlement, aucun signe de violence, aucune supplique.

« Qu'est-ce qu'on fait ? chuchota-t-elle.

– La voiture. C'est celle de M. Stewart. J'ai aussi pris ses clés.

– D'accord. J'espère qu'ils ne l'ont pas mise en pièces.

– Venez. »

Paul traversa le parking d'un pas rapide vers la section réservée au personnel. Jenny le suivit en jetant un coup d'œil inquiet derrière elle. Le camion bloquait presque toute la vue, mais elle apercevait de temps à autre les faisceaux vacillants de lampes torches à l'intérieur du bâtiment et les flammes orange qui s'élevaient encore du tourniquet. Le feu qu'ils avaient allumé pour ramollir le Plexiglas de l'entrée commençait à gagner du terrain ; elle était certaine qu'au petit matin, la station ne serait plus qu'un tas de ruines fumantes.

Paul tira quelques clés de sa poche et elle les entendit tinter à nouveau.

« Ah, ça ressemble à une clé de voiture, ça », annonça-t-il dans l'obscurité en pressant sur le bouton d'ouverture automatique des portes. Une seconde plus tard, la voiture émettait un son aigu et les feux de détresse clignotèrent à plusieurs reprises. Ils s'y précipitèrent. Le véhicule semblait intact : pas d'éraflure, pas de pneu crevé. Jenny s'autorisa à espérer qu'ils allaient sortir sains et saufs de cette histoire.

Ils s'engouffrèrent dans l'habitacle, impatients de s'éloigner avant que quelqu'un les remarque. Jenny laissa tomber les bouteilles sur le sol à ses pieds.

« Ce serait bien que M. Stewart ait fait le plein », lança Paul en glissant la clé dans le contact. Il démarra et le tableau de bord s'éclaira.

« Putain, merci ! soupira-t-il. Une moitié de réservoir, c'est potable. Mieux que rien.

– Je croyais que vous ne saviez pas conduire ? »

Paul afficha un sourire gêné en faisant marche arrière. « Bon, d'accord, j'ai menti... Abattez-moi. »

Jenny se retourna sur le siège passager pour observer la station, s'attendant à voir une marée humaine émerger du bâtiment et se lancer à leur poursuite, déterminée à les arracher de la voiture pour les égorger.

Mon Dieu, on se croirait vraiment dans... dans un de ces films de zombies.

La situation ressemblait à un scénario postapocalyptique : les flammes tremblantes, le sol jonché de débris et de déchets, les faisceaux de lampes torches, la foule frénétique qui fouillait le bâtiment, les bruits, le chaos.

Paul prit la sortie qui débouchait sur la voie d'insertion vers l'autoroute et vers le sud.

Elle jeta un dernier coup d'œil à la station dans le rétroviseur, jusqu'à ce qu'elle disparaisse de son champ de vision.

Mon Dieu, et cela ne fait que quatre jours.

VENDREDI

65

3 h 00, heure locale

Sud de la Turquie

Il faut que tu te persuades qu'ils vont bien. Tu sais qu'ils vont bien... compris ?

Andy s'agitait sur le siège de bus inconfortable. C'était un vieil engin et la plupart des banquettes étaient bancales et raides, des ressorts passaient parfois à travers le tissu élimé. Il avait essayé de dormir, Dieu savait qu'il en avait besoin. Il n'avait pas fermé l'œil depuis lundi matin ; il avait peut-être réussi à s'assoupir une heure ou deux, ici et là, mais si ç'avait été le cas, il n'en avait pas eu conscience. Au cours des derniers jours, dans les rares moments calmes qui lui avaient permis de se reposer, son esprit, lui, ne s'était pas apaisé. Andy pensait sans arrêt à Jenny et aux enfants.

Tu sais qu'ils vont bien.

Il ressassait les mêmes idées. Les deux ou trois dernières conversations téléphoniques... il avait prévenu Leona et Jenny suffisamment à l'avance. Elles avaient dû avoir le temps d'acheter le nécessaire, de rentrer à la maison et d'attendre. C'est tout ce qu'il fallait faire, à présent, attendre discrètement que les choses se tassent.

Leona était raisonnable, intelligente. Même s'il n'avait pas eu le temps de lui expliquer pourquoi elle était en danger, pourquoi elle ne devait pas rentrer à la maison, Andy était sûr qu'elle lui obéirait. Mais la traque de ces hommes mystérieux – sortis d'on ne sait où – n'était qu'un détail de l'équation.

Il se demanda comment les choses se passaient à Londres. Une ville aussi grande, aussi peuplée, il ne fallait pas être un génie pour deviner à quel point la situation pouvait dégénérer si les autorités avaient été prises au dépourvu par la pénurie de pétrole. Et vu les difficultés que son pays adoptif avait lorsqu'il s'agissait de faire face aux problèmes ordinaires – une pluie trop importante pour la saison, trop de feuilles mortes sur une route, un été plus sec qu'à l'ordinaire – ses pronostics n'étaient pas optimistes.

Il s'imagina Jenny et les enfants chez Jill. Ce serait Jill, une grande gueule à forte personnalité – une femme qui lui tapait sur les nerfs, pour être honnête –, ce serait elle qui veillerait sur ses enfants. Il les voyait regroupés autour de la radio, ou peut-être devant le grand écran luxueux, pendus aux lèvres du présentateur et mangeant des pêches en conserve, inquiets. Peut-être même inquiets pour lui.

Ils vont bien Andy, mon vieux. Concentre-toi sur ton retour à la maison.

Le soldat Peters, de service au volant, fit une brusque embardée.

« Des phares, droit devant ! » cria-t-il par-dessus son épaule à l'attention d'Andy, allongé sur la banquette derrière lui.

L'exclamation le tira aussitôt de sa rêverie. Il ouvrit les yeux et, s'ébrouant pour se débarrasser de cette somnolence étourdissante, il mit de côté ses inquiétudes familiales, une fois encore.

« Éteins tes phares et arrête-toi ! »

Peters s'exécuta et coupa le moteur. À cet instant précis, Andy comprit à quel point son idée était stupide. Il se souvint de sa première rencontre avec la section, coincée dans le désert ; lui et les autres ingénieurs avaient eu de la chance de ne pas se faire canarder.

Celui qui se cachait derrière ces phares avait forcément dû les voir.

Le faisceau en face s'éteignit à son tour. Mauvais signe.

Merde.

Il vit des éclairs et quelques secondes plus tard, le pare-brise du bus vola en éclats. Peters tressauta sur son siège, la mousse du rembourrage s'élevant en un nuage pâle derrière lui pour retomber, pareille à des flocons de neige. Il s'affala sur le volant.

Andy entendit Westley beugler, deux rangées plus loin. « On est dans un piège à rats ! Tout le monde dehors ! »

Un coup de feu lui répondit. Les balles traversaient le pare-brise en sifflant tandis que les hommes se massaient dans l'allée centrale. Le soldat à côté d'Andy se rua vers les marches près du siège conducteur, mais il fut précipité au sol. Andy entendit le « ouf » de son souffle coupé par le choc à la poitrine, puis le cliquetis de son équipement et de son casque, et le bruit mat de sa chute.

« Merde ! Ils mitraillent la sortie ! » cria Westley.

Andy, accroupi derrière l'abri inefficace du siège devant lui, observa les alentours. Ils faisaient de parfaites cibles s'ils s'obstinaient à rester dans le bus.

« Par les fenêtres ! » s'écria-t-il d'une voix rauque.

Westley l'entendit et fit passer l'ordre d'un aboiement bien plus sonore. Il brisa une vitre d'un coup de crosse.

« Allez ! Bougez-vous le cul, putain ! »

Les fenêtres sur toute la longueur du véhicule éclatèrent et les hommes se jetèrent du bus pour atterrir lourdement sur la route en contrebas.

Andy, qui s'était installé à l'avant, juste derrière la silhouette prostrée de Peters, était pris au piège. Il allait être obligé de se mettre debout pour sortir par l'embrasure de la fenêtre la plus proche, mais les balles sifflaient, se logeant de temps à autre dans l'appuie-tête devant lui, détruisant peu à peu son abri de fortune.

Il reconnut les salves saccadées d'une mitraillette, pas vraiment différentes de celles de la Minimi que la section avait utilisée pour repousser la foule à Baïji. Il aurait tout aussi bien pu se cacher derrière un sac en papier mouillé... Ces balles de gros calibre transperçaient les parois du bus comme du beurre.

Il lui fallait juste quelques secondes d'accalmie pour avoir la moindre chance de bouger.

Sur la route, il entendit le léger claquement des SA80 de la section, interrompant un instant les éclairs en face.

Ce qui lui accorda une pause.

Merde, c'est parti.

Andy se leva et se jeta par la fenêtre, plongeant dans l'obscurité nocturne. Il se protégea la tête et la nuque : si une balle ne venait pas lui arracher le crâne, il risquait de se le fendre en tombant sur l'asphalte.

Il atterrit sur le dos, le souffle coupé, assommé par l'impact. Les lumières scintillantes et les traînées des balles traçantes dans le ciel formaient un magnifique kaléidoscope flou. Si ses poumons n'avaient pas eu à lutter ainsi pour retrouver un peu d'air, il aurait apprécié le spectacle ! Il sentit une main tâtonner maladroitement sur son visage et son menton jusqu'à trouver le col de sa veste, puis le traîner sans ménagement sur la surface rugueuse et irrégulière de la route. Il leva les yeux et, à la lueur vacillante des éclairs des fusils, il aperçut le visage barbu de Mike qui grimaçait sous l'effort. À ses côtés, Westley les couvrait par de courtes salves.

À moitié inconscient, il eut envie de leur crier d'une voix ivre qu'ils étaient les meilleurs potes du monde… *Putain, les mecs, z'êtes franchement les meilleurs.*

Un autre soldat sauta du bus, atterrissant presque sur lui.

« Putain, merde, Warren, t'es handicapé ou quoi ! » hurla Westley sans cesser de tirer.

Mike traînait toujours Andy et, tandis qu'ils s'apprêtaient à contourner le bus, il sentit qu'il reprenait peu à peu l'usage de ses sens.

Pan !

La veste de Mike explosa en un nuage de coton. Le visage d'Andy fut aspergé d'une légère pluie chaude.

« Saloperie ! » hurla le Texan en tombant à genoux, les mains sur le flanc.

Andy avait presque retrouvé ses esprits et se remit sur pied avant de pousser Mike derrière le bus. « T'es touché ? » cria-t-il.

Mike le regarda d'un air incrédule. « Putain, bien sûr que je suis touché ! »

Andy s'accroupit à ses côtés et écarta sa veste pour soulever le T-shirt PERSONNE NE DÉCONNE AVEC LE TEXAS déchiré et maculé de sang comme si une tronçonneuse lui avait entamé le flanc. À la lueur pâle de la lune, il ne voyait rien.

« Tenez, j'ai une lampe torche », lança Éric en s'appuyant à l'arrière du bus. Il alluma son stylo penlight qu'il lui tendit.

Andy inspecta la blessure. Il n'y avait pas d'impact d'entrée, juste une longue coupure le long de la taille. La balle n'était pas entrée, elle lui avait juste lacéré la chair.

« Putain, t'as une sacrée veine, Mike, c'est rien du tout. »

Mike écarquilla les yeux. « Rien du tout ? Je t'y verrais bien, toi ! Rien du tout ! »

Ils entendirent Westley aboyer un ordre de l'autre côté du bus. « On laisse tomber les mecs ! Retraite ! Derrière le bus ! Exécution ! »

Un instant plus tard, la petite zone où se serraient déjà Mike, Andy et un soldat fut soudain envahie par le reste des hommes qui roulèrent, plongèrent ou s'affalèrent dans l'espace restreint. Un vrai méli-mélo de corps pantelants et surchargés d'adrénaline.

« Bon Dieu, ces connards sont en train de nous lessiver », grogna un des soldats, hors d'haleine.

Les coups rauques de la mitraillette avaient cessé, ainsi que les détonations légères des fusils d'assaut.

Le silence régnait autour d'eux, à l'exception des respirations saccadées.

« Putain, qu'est-ce qu'on se marre. On devrait faire ça plus souvent », marmonna Mike.

Andy se tourna vers Westley.

« Qu'est-ce qu'ils vont faire ?

– Merde, mais j'en sais...

– Bon, qu'est-ce que vous feriez, vous ?

– Je déborderais par les flancs, répondit le soldat d'instinct.

– C'est pour ça qu'ils ne font plus aucun bruit. »

Il regarda autour de lui.

« On est tous vautrés les uns sur les autres. On est morts, si on reste ici. Il faut qu'on tente une sortie. Vous êtes comment, au niveau des munitions ?

– Vide, répondit une voix dans le noir.

– Pareil, lancèrent plusieurs soldats.

– J'ai juste ce qui me reste dans mon chargeur, répliqua Westley.

– Moi, j'ai plus que quelques balles, ajouta Derry. Après, tout ce que je peux encore leur balancer, c'est des insultes.

– Super », marmonna Andy.

Ils entendirent crier quelqu'un. La voix était indistincte, masquée par la distance et par l'écho qui rebondissait contre les buttes pierreuses bordant la route des deux côtés.

« Chuuut, vous entendez ? marmonna Westley. Quelqu'un a entendu ? »

Le silence leur répondit, ponctué par une brise légère qui faisait bruisser les feuilles sèches et rabougries des arbres sur les tertres autour d'eux. Ils perçurent à nouveau l'appel lointain, un peu plus articulé, cette fois-ci.

« On aurait dit de l'anglais », commenta Derry.

Un long silence s'installa à nouveau, interrompu par leur respiration courte à moitié étouffée par la tension.

« Hé, vous autres derrière le bus ! Pas un geste ! »

Andy entendit l'un des soldats chuchoter : « C'est un Ricain ? »

La voix s'éleva encore. « Hé les mecs ! Z'êtes américains ? Anglais ? »

Westley se tourna vers Andy. « Ah, putain. C'est des Ricains ! »

Andy mit ses mains en porte-voix. « On est anglais ! Tirez pas ! »

La réponse se fit attendre quelques secondes. Le même homme cria :

« Sortez à découvert, qu'on puisse vous voir. Et jetez vos armes !

– Vous croyez qu'ils disent la vérité ? demanda Westley.

– Je crois pas qu'on ait vraiment le choix, répondit Andy. J'y vais le premier. »

Andy prit une inspiration et se leva. Les mains en l'air, il s'écarta du bus, le visage grimaçant en attendant qu'une balle l'atteigne de plein fouet, mais personne ne fit feu.

Il entendit Westley marmonner : « Le combat est terminé, les gars. Venez. »

À contrecœur, ils sortirent à leur tour les mains levées, un par un, abandonnant derrière eux leurs armes déchargées.

Pour Andy, l'instant sembla durer une éternité, ainsi exposé : même dans l'obscurité, ceux qui se trouvaient en face devaient les observer en silence, les yeux rivés sur leurs mouvements, le doigt légèrement pressé sur la détente.

Au bout d'un moment, il reconnut le martèlement caractéristique des bottes militaires contre la chaussée. Une lampe s'alluma, le faisceau fut dirigé sur son visage.

« Vous êtes anglais ? demanda une voix grave à l'accent américain.

– Oui.

– Vous êtes combien ?

– J'en sais foutre rien. On était quinze avant que vous commenciez à tirer, mon pote, lâcha Andy.

– Merde, répondit la voix derrière la lampe. Désolé, vraiment. »

Peters était mort sur le coup. La volée de balles l'avait atteint à la tête, à la gorge et au torse. Il était inconscient avant même de glisser sur le volant. En revanche, Owen, qui avait été abattu dans l'allée centrale du bus, avait tenu le coup plus longtemps. Il avait rampé vers l'avant du véhicule, laissant derrière lui une traînée de sang qui séchait déjà.

Ils avaient eu deux autres victimes sur la route, le deuxième classe Craig et l'infirmier Denwood.

Westley s'occupa d'eux, ramassa leur plaque d'identification après que l'homologue américain de Benford eut examiné les quatre corps et qu'il eut confirmé leur décès. Avec quelques soldats, il souleva les cadavres et les aligna côte à côte sur le bord de la route.

Andy se rendit compte que Mike avait disparu. Il le retrouva au fond du bus, Farid dans les bras. Le vieil homme avait été touché à l'abdomen. Sa chemise à carreaux claire était noire de sang. Sur son ventre, du sang s'échappait d'un petit trou parfaitement rond en un flot régulier, aussi sombre que du pétrole à la lueur de la lampe torche. Mais sous lui, la flaque écarlate et les lambeaux de chair laissaient présager une blessure bien plus grave.

Mike leva les yeux vers Andy, hochant la tête en silence. « C'est pas bon signe », murmura-t-il.

Farid dévisagea Mike, le regard vitreux. Il parlait en arabe ; une conversation privée qui ne s'adressait à aucun d'eux. Il s'exprimait en courtes phrases ponctuées par des spasmes de douleur qui lui coupaient la respiration et imprimaient une grimace sur son visage.

Un soldat américain s'approcha dans l'allée centrale. Il dirigea le faisceau de sa lampe sur le visage du vieil homme.

« C'est qui, le...

– C'est notre interprète », coupa Andy.

Il ne voulait pas entendre l'euphémisme quelconque que le jeune sergent s'apprêtait à cracher.

« C'est notre ami », ajouta Mike.

Le sergent eut la sagesse de ne rien dire, se contentant d'acquiescer. Il fit volte-face et cria : « Infirmier ! On a un blessé ! »

Mike caressa le visage du vieil homme. « Hé, tu vas avoir de l'aide. Tiens le coup. »

Farid fixa son regard sur lui et parvint à esquisser un sourire.

« Je sais que tu es bon. Tu es bon à l'intérieur.

– Je suis un gars normal, rien de plus. Garde tes violons pour tout à l'heure, d'accord ? »

Farid posa une main ensanglantée sur son bras. « Dieu ouvre la porte à tous les hommes bons. »

L'infirmier se glissa derrière Andy et s'accroupit pour examiner le vieil homme. Il fut bref : après l'avoir doucement retourné pour regarder l'orifice de sortie, il leva les yeux vers son sergent, hocha à peine la tête avant de dire :

«Je peux lui donner de la morphine, mais je ne peux rien faire d'autre.

– Alors faites-lui l'injection», répondit le sergent.

Le médicament eut un effet presque immédiat, Farid s'affaissa, désormais insensible à la douleur. Il sourit. «Je vais voir ma famille bientôt. Mon fils...» Puis il chuchota en arabe.

«Va. Va retrouver ton fils et ta femme», murmura Mike.

66

3 h 25, heure locale

Sud de la Turquie

« Vous rigolez ? C'est loin ? demanda Andy, une fois descendu du bus.

– Non, je rigole pas. Et c'est pas loin, quelques kilomètres, à peine. La piste d'atterrissage n'est pas assez large pour les gros avions de transport et... merde, elle est pas tout à fait assez longue. Mais on arrive à faire circuler un flot régulier de C130.

– Vous pouvez nous faire partir d'ici ?

– Putain, j'en sais rien. On tombe sur pas mal de soldats errants comme vous, américains, anglais, parfois même des gars de l'ONU du monde entier. On a des avions qui vont et viennent comme des taxis. C'est un vrai foutoir. Un putain de foutoir. Et on a aussi toutes sortes de gens qui s'agglutinent devant la piste : des Turcs, des Kurdes, des Irakiens, ils veulent qu'on les emmène ailleurs. Comme si c'était mieux ailleurs.

– Et comment ça va, ailleurs ? On n'a eu aucune nouvelle depuis mardi. »

Le sergent lui jeta un regard incrédule. « Vous êtes pas au courant ? »

Andy hocha la tête.

« Pour résumer, c'est... la merde. On a eu des émeutes dans les magasins, chez nous. Mon État est sous loi martiale. Y a des camps d'internement partout. Et je suis sûr qu'on est mieux lotis chez moi que dans la plupart des autres coins.

– Des nouvelles de l'Angleterre ?

– Pas vraiment, mais j'ai entendu suffisamment d'infos pour savoir que vous avez trinqué pas mal. C'est le bordel partout.

– Seigneur.

– Bref, écoutez-moi, retournez dans votre bus et un de mes gars va vous guider jusqu'à la piste. Ne perdez pas de temps.

On garde le contrôle encore un peu, jusqu'à demain après-midi, peut-être. Et puis après, on se casse d'ici. »

Andy fit demi-tour pour remonter dans le bus.

« Dites, attendez ! le rappela l'Américain. Je suis désolé pour les... On a juste... On a essuyé pas mal de tirs et d'embuscades au cours de la semaine, vous savez... Mes gars sont sur les nerfs. »

Andy acquiesça mais ne répondit rien. *Désolé* ne réparait rien. Ça ne ramènerait pas à la vie les quatre jeunes soldats allongés sur le bas-côté, ni le vieil interprète irakien.

Il retourna au bus. Westley et Derry avaient transporté le corps de Farid et l'avaient placé près des quatre autres, épaule contre épaule. Ils ne l'avaient peut-être pas fait consciemment, ou peut-être que si, mais ce geste révélait quelque chose de ces gars. Andy se sentit fier de s'être battu à leur côté jusqu'aux frontières de l'Irak.

Bravo, les gars.

Il s'approcha de Westley.

« Ça va ?

– C'est déjà dur de perdre des potes sous les tirs ennemis... »

Il ne termina pas sa phrase mais Andy savait ce qu'il voulait dire.

Mais ça craint vraiment de les perdre sous un tir ami.

« Faites remonter les gars à bord. Les Ricains vont nous emmener à une piste d'atterrissage pas loin d'ici. »

Westley redressa le menton. « Sérieux ? »

Andy lui adressa un sourire épuisé. « Ouais. On dirait bien qu'on a notre billet de retour. »

67

4 h 00, heure locale

Sud de la Turquie

Une demi-heure plus tard, ils quittèrent l'axe principal pour emprunter une route plus petite – une seule voie dans chaque direction. En approchant de la piste, leur progression fut ralentie par des civils, la plupart à pied, portant leurs maigres biens sur le dos ou les traînant derrière eux.

Tajican klaxonna et le bus se fraya lentement un chemin entre le flot toujours plus dense de personnes pour approcher d'un périmètre érigé à la va-vite et éclairé tous les cent mètres par de puissants projecteurs. Derrière les barbelés se dressaient des marines américains postés à intervalles réguliers, prêts à tirer, le regard froidement fixé sur la foule qui grossissait à quelques pas d'eux.

Le soldat américain assis à côté de Tajican lui conseilla de ne pas arrêter le bus.

« Ils nous déborderaient en deux secondes », marmonna-t-il en observant la marée humaine devant le bus et contre ses flancs.

Andy était impressionné de voir Tajican conserver une allure aussi régulière, le visage crispé par la concentration tandis que des paumes et des poings heurtaient avec violence les parois du bus.

Quelque chose vola soudain par le pare-brise cassé : une pierre, un caillou... le projectile atteignit Tajican à la tête et le soldat porta les doigts à la blessure qui venait de s'ouvrir. Du sang lui roulait sur le dos de la main, sur le bras, et lui trempait la manche.

Mais il continua d'avancer avec calme.

Lorsqu'un autre projectile atterrit en un arc de cercle à l'avant du bus, le soldat américain décréta qu'il en avait eu assez. Il mit son fusil à l'épaule et tira une longue salve en l'air, au-dessus des têtes massées autour du véhicule.

La réaction fut instantanée. La route se dégagea devant eux.

« Appuie sur l'accélérateur, putain ! » cria l'Américain. Tajican s'exécuta et le bus roula à toute vitesse vers la clôture et l'entrée protégée par un véhicule blindé, garé en travers des quatre mètres ouverts dans les barbelés, qui s'écarta au dernier moment pour permettre au bus de passer, puis fit marche arrière avant que la foule s'engouffre dans la brèche.

Andy ne s'était pas attendu à une telle pagaille. Il avait eu l'occasion de voir quelques bases militaires américaines et britanniques de l'intérieur, depuis qu'il avait commencé à travailler sur le terrain en Irak : des ruches débordantes d'activité – un vrai bazar, pour les yeux inaccoutumés. Mais le désarroi qu'il découvrait à présent ne ressemblait en rien aux campements qu'il avait déjà vus.

Le ciel était encore sombre, mais les pâles lueurs de l'aube apparaissaient déjà. L'aérodrome était éclairé par des projecteurs installés sur des trépieds et déployés le long de la piste. L'endroit avait dû être remisé aux oubliettes depuis des années mais, au cours des dernières quarante-huit heures, il avait été ranimé à la va-vite et adapté aux besoins immédiats. Une tour de contrôle se dressait en retrait de la piste. Le bâtiment avait été dépouillé de ses équipements électriques depuis longtemps mais les militaires avaient improvisé pour l'occasion. Un camion avait été garé en bord de piste tandis que des hommes, perchés dans la tour, orchestraient le va-et-vient des avions à l'aide d'ordinateurs portables reliés au camion en contrebas par d'énormes câbles émergeant des fenêtres aux chambranles rouillés.

Le long de la piste, plusieurs centaines d'hommes étaient rassemblés en petits groupes, la plupart allongés à même le sol – véritable patchwork de soldats épuisés attendant leur tour de grimper à bord d'un avion.

Sur la piste, Andy observa un Hercules C130 atterrir tandis qu'à l'autre bout, un avion attendait son tour pour décoller. À mi-chemin entre les deux, un engin était chargé à la hâte de soldats qu'on avait réveillés sans ménagement et dirigés au pas de course vers la passerelle d'embarquement.

Le soldat américain qui leur avait fait office de guide mena Andy, Mike, Éric, Westley et ses hommes jusqu'à une tente plantée au milieu de l'aérodrome. Un pan de l'entrée était relevé. La lueur bleue de néons halogènes qui pendaient à la structure métallique parmi un entrelacs de fils électriques se répandait par l'ouverture à travers l'obscurité du petit matin.

Ils entrèrent. À l'intérieur se dressait un colonel des marines, l'air épuisé et prêt à prendre son quart de repos : un petit homme trapu, les cheveux poivre et sel coupés en brosse et la peau du visage tirée autour de ses yeux étroits.

« Colonel Ellory. On a récupéré ces hommes sur la route vers la frontière. Ils sont anglais. »

Ellory se tourna pour les dévisager. Il regarda brièvement Andy et les deux autres civils, puis Westley, à la recherche d'un insigne de grade. « Bon, il est où, votre officier supérieur ? »

Westley lui adressa un salut maladroit. « On l'a perdu, et notre sous-off aussi. C'est moi qui ai le plus haut grade, mon colonel. Première classe Westley. »

Ellory fronça les sourcils en s'efforçant de déchiffrer l'accent épais de Westley.

« C'est vous qui êtes responsable, mon garçon ?

– Oui, mon colonel. »

Il se tourna vers les autres.

« Et vous êtes ?

– Je suis ingénieur civil, Andy Sutherland.

– Mike Kenrick, ingénieur également.

– Éric Feillebois, ingénieur chez Ceneco Oil.

– Très bien, les gars. Voilà comment ça se passe. On essaie de rapatrier autant de nos hommes que possible. Le nombre d'avions est limité, et la quantité de carburant aussi. Tout le monde ne pourra pas rentrer. Nous donnons priorité au personnel militaire, et parmi les militaires, priorité à nos gars. C'est comme ça que ça se passe. Je sais que ça vous semble dégueulasse, mais... eh bien, c'est comme ça.

– Il y a des troupes britanniques sur place ? demanda Andy.

– Oui, quelques soldats. On a récupéré quelques paumés qui ont passé la frontière et sont arrivés par la route : quelques ingénieurs militaires, pas mal d'ingénieurs indépendants de toutes les nationalités imaginables. Ils sont mélangés, là-bas. Faut que vous tentiez votre chance auprès d'eux. Les Anglais et les autres ressortissants étrangers sont rassemblés en deux groupes à l'autre bout de la piste. »

Le colonel semblait en avoir terminé avec eux et s'apprêtait à porter son attention sur un autre sujet.

Andy enchaîna rapidement. « Combien de temps allez-vous faire fonctionner cet aérodrome ? »

Ellory soupira.

« J'aimerais pouvoir vous répondre : Autant de temps qu'il faudra. Mais on restera jusqu'à ce qu'on m'ordonne de tout débrancher et de quitter les lieux.

– Quelle est la situation ?

– Où ça ? Dans le Moyen-Orient ? Chez nous ? »

Mike haussa les épaules. « On a perdu le fil de l'actualité. »

Ellory passa la main dans ses cheveux grisonnants.

« Le Moyen-Orient est en train de sombrer. On a envoyé nos gars en Arabie saoudite pour essayer de sauver ce qu'ils pouvaient. Ces fils de putes de musulmans ont commencé par viser les raffineries. Ils en ont presque détruit l'intégralité avant notre arrivée. Et c'est plutôt malin, si vous voulez mon avis. Il y a beaucoup de pipelines et de puits inutilisés, mais ce n'est pas le cas des raffineries. Ces ordures ont choisi des cibles idéales. Et c'est pareil au Koweït et dans les Émirats. C'était pas un simple début de guerre civile religieuse. C'était une putain d'opération sacrément bien planifiée. Il y a eu des préparatifs militaires, dans cette affaire. Ils ont touché le Venezuela et les raffineries de Bakou. Ces enculés savaient très bien ce qu'ils faisaient.

– Qui ça ? C'est qui, les enculés ? demanda Mike.

– Merde. Vous vous foutez de moi ?

– Me dites pas que vous pensez à al-Qaida, lança Mike en riant. Parce que vous...

– Est-ce que j'ai vraiment l'air d'un con ? Bien sûr que non, je ne dis pas que c'est al-Qaida. Ils seraient incapables d'organiser un truc pareil. Et puis ce sont des putain de fantômes, de toute façon. Non. Mais je peux deviner qui est derrière ce bordel, continua Ellory en posant les mains sur son bureau pour étirer son dos raide et douloureux. Les Iraniens, ces fils de putes. »

Andy hocha la tête. Possible. Ils étaient peut-être derrière tout ça. Ils avaient les moyens de mettre en œuvre une action d'une telle envergure. Et ils avaient un mobile, aussi.

« Ouais, ça me semble très crédible, dit Mike. Après tout, on a interrompu leur programme nucléaire. Mais ça... ça a fait bien plus de dommages que n'importe quelle bombe nucléaire.

– Tout à fait, admit Ellory. Ils savent très bien qu'ils peuvent faire plus de mal à la planète entière en visant les points vulnérables de la distribution pétrolière. Et putain, ça nous a tous affectés. Mais je vais vous dire un truc : quand on aura remis de l'ordre dans cette merde, et croyez-moi, on va y remettre de l'ordre vite fait, ils feraient mieux d'aller se planquer, à Téhéran. Parce qu'on va leur balancer tellement de bombes sur la gueule qu'ils vont se retrouver transportés dans l'ère jurassique. »

Andy se demanda si de tels projets de représailles étaient déjà en préparation ou si le gouvernement américain, comme n'importe quel autre gouvernement, cherchait actuellement à limiter au maximum les dommages internes. Si les Iraniens étaient vraiment derrière tout cela, ils avaient intérêt à ce que le reste du monde ne retrouve pas suffisamment ses esprits pour porter son attention sur eux. Que leur implication ait été prouvée ou non.

« Merde, on aurait dû le voir venir, lança Ellory en hochant la tête. Bref, je n'ai pas le temps de discuter de ça avec vous. » Il pointa l'index vers Andy, Westley et les soldats qui patientaient à l'entrée de la tente. « Vous allez devoir tenter le coup avec les autres Anglais rassemblés au bout de la piste. » Il désigna Éric. « Quant à vous, allez rejoindre le groupe des ressortissants. »

Il montra Mike du doigt. « Vous, par contre, vous devez aller retrouver les autres ingénieurs civils américains, les ressortissants américains et les fournisseurs. »

Mike regarda Andy.

« Mais ces gars ont traversé de grosses épreuves, mon colonel, et...

– Je n'ai pas le temps de discuter de ça ! Si on avait assez de temps et d'appareils, on les évacuerait sans problème, mais nos concitoyens et notre personnel partent en premier. Maintenant, si vous voulez bien vous casser d'ici, j'ai un milliard de choses à faire. »

Le colonel leur adressa un signe de tête solennel et s'adressa à un sergent qui venait d'entrer en brandissant un bloc-notes.

Andy se tourna vers Westley. « Bon, on va lui obéir et trouver les autres Anglais. »

Ils sortirent dans la lumière du levant et se dirigèrent vers la section de Westley, rassemblée en un groupe dans le faisceau d'un projecteur à quelques mètres de là. Éric échangea une poignée de main avec Andy et Mike.

« Je m'en vais. Voir si je peux trouver d'autres Français. Faites attention à vous, hein ?

– Bon retour chez toi, mon vieux», répondit Andy.

Ils le regardèrent s'éloigner le long de la piste et passer devant des soldats silencieux au repos, certains assis, d'autres fumant, d'autres assoupis.

Westley marcha jusqu'à ses hommes et les fit se lever. Il laissa Mike et Andy observer les avions atterrir et décoller dans des rugissements de moteur. Dans le lointain s'élevaient les cris et les appels des civils massés devant le périmètre de barbelés.

«Bon, eh bien, c'est ici que nos chemins se séparent, professeur Sutherland, déclara Mike.

– Ouais, faut qu'on se donne rendez-vous l'année prochaine pour remettre ça.»

Mike éclata de rire.

Andy tendit la main.

«Je te donnerais bien mon adresse mail mais je ne suis pas sûr qu'on aura le Net, une fois rentrés chez nous.

– Non, tu as raison, répondit Mike en empoignant la main offerte pour la serrer.

– Mais bon, si jamais ce n'est pas la fin du monde, tu peux me joindre par mon site : www.surveillancepicpetrolier.co.uk

– Je ne manquerai pas d'aller y jeter un coup d'œil.»

Il observa Westley et ses hommes se préparer à partir, puis fit un geste dans leur direction :

«Tu sais, pour un gars qui avait jamais manié d'armes, t'as sacrément assuré pour sortir ces gars du pétrin.

– C'était pas suffisant. Quand j'ai dit à Peters d'éteindre les phares...

– Ce genre de conneries, ça arrive, Andy. Mais tu as mené le reste des hommes à bon port, c'est ce qui compte.»

Mike afficha un sourire au milieu de sa barbe noire. «T'as assuré.»

Ils laissèrent s'installer un silence gêné, sans trop savoir quoi ajouter mais sachant tout de même que la conversation n'était pas terminée.

«On a traversé pas mal de trucs ensemble, ces derniers jours, hein ? poursuivit Mike.

– Oui. Je suis sûr qu'on devrait vider notre sac, toi et moi. Genre : conversation avec mon psy.

– Il n'y a jamais assez de temps pour discuter. Ces trois derniers jours, tout ce qu'on a fait, c'était se battre, courir et rouler.

– Ouais. Bref. Je ne suis pas sûr d'avoir envie d'y repenser maintenant. J'ai une femme et deux enfants à retrouver au pays.

– S'ils ont la moitié de ton sens pratique, ils s'en seront bien sortis, Andy. Crois-moi.

– Et toi, Mike ? Tu dois bien avoir de la famille, une raison de t'inquiéter ?

– Nooon, y a juste moi. J'ai toujours fait passer mon boulot en premier.

– Ça doit faciliter les choses.

– Oui, beaucoup. »

Andy vit une tache de sang séché sur l'avant-bras de l'Américain.

« Je suis désolé pour Farid. J'aurais vraiment voulu qu'il s'en sorte.

– Ouais. Il disait des trucs plutôt sensés, non ?

– Je crois, oui.

– Et on a perdu de sacrés bons gars. Le lieutenant Carter, le sergent Bolton... »

Andy acquiesça.

« De bons soldats. » Mike jeta un regard en direction de Westley et de ses hommes qui se dirigeaient d'un pas épuisé vers l'autre bout de la piste.

« Tous. De très bons soldats. Vous savez vous battre, les Anglais.

– Ah, mais je suis pas anglais, moi.

– Bon, vous, les Néo-Zélandais aussi, répliqua Mike en lui collant une claque dans le dos.

– Fais attention à toi, Mike. J'espère que la situation n'est pas aussi merdique chez toi qu'elle doit l'être chez nous.

– Ce bordel va finir par s'arranger.

– Je n'en suis pas si certain. »

68

4 h 05 GMT

Paul roula plusieurs heures sur l'autoroute, passant dans l'obscurité aux abords de Birmingham qui se démarquait, non plus par les éclairages ou l'aura orangée permanente de la pollution lumineuse, mais par les immeubles en feu et les mouvements tremblotants des gens autour.

Des quartiers entiers de Coventry, en revanche, semblaient avoir du courant : ils parcoururent une portion déserte de la chaussée éclairée par une série de lampadaires installés sur l'îlot central. La distribution de l'électricité paraissait aléatoire aux yeux de Jenny, comme si des enfants avaient pris le contrôle d'un panneau électrique géant et s'amusaient à appuyer sur les boutons scintillant devant eux. Elle aurait pensé que la distribution serait équitablement répartie selon un emploi du temps précis, ou du moins, que certaines sections plus « sûres » – de façon peut-être un peu injuste – seraient alimentées en boucle au détriment des grandes agglomérations.

Mais non. Il n'y avait pas de schéma ou d'intention visible.

Au sud de Coventry, les lampadaires s'éteignirent et ils durent, une fois de plus, s'accoutumer à l'obscurité profonde. Paul repéra le panneau d'un hôtel Travelodge et fit bifurquer la voiture de M. Stewart sur la rampe d'accès.

« Qu'est-ce que vous faites ? demanda Jenny.

– Il faut que je dorme. Je n'ai pas fermé l'œil depuis lundi. Ce serait con d'avoir réussi à s'échapper pour finir encastrés dans la barrière centrale de l'autoroute. »

Jenny acquiesça. Il avait raison.

« On jette un coup d'œil. Si c'est encerclé par une foule en colère, on passe notre chemin, d'accord ? »

Ils roulèrent sur la bretelle jusqu'à un parking vide devant l'hôtel. Partout, de petits détails indiquaient que l'endroit avait subi les mêmes attaques que la station-service de Beauford : le parking était jonché de débris divers, des fenêtres du hall d'entrée étaient brisées, mais rien de plus. Le restaurant adjacent, en revanche, avait été exploré de façon plus méthodique. Toutes les vitres étaient cassées et une traînée de détritus et de nourriture piétinée en maculait le seuil.

« Eh bien, on dirait que la tornade est venue pour repartir aussitôt, commenta Paul.

– J'imagine que tous les endroits contenant de la nourriture et des boissons ont dû être vidés. Je me demande ce que les gens feront, quand ils auront englouti tout ce qu'il y a de disponible.

– Je suis sûr qu'on verra la police et l'armée dans les rues aujourd'hui. Il faut que ce soit aujourd'hui », déclara-t-il avec moins de conviction que la dernière fois, lorsqu'il avait assuré d'un ton brutal que la situation s'améliorerait.

Il fit une manœuvre pour se garer juste devant l'entrée de l'hôtel.

« Ça m'a l'air bon. »

Jenny leva les yeux vers les deux étages de petites fenêtres sombres où pendaient des rideaux. Ce serait agréable de dormir dans un lit et les chances de tomber sur une bande de fous furieux morts de soif semblaient plutôt réduites.

Aucun signe d'une présence quelconque aux alentours et elle se demandait où tout le monde avait bien pu passer. Soixante-quatre millions d'habitants sur cette petite île et depuis qu'ils avaient quitté la station-service, elle n'avait vu presque personne.

Ils sont tous réfugiés chez eux en attendant que les choses se calment. Seuls les fous comme nous et les gens mal intentionnés sont dehors en ce moment.

Paul descendit de voiture et entra le premier. L'intérieur était sombre. D'un noir d'encre, sans aucune lumière à travers les vitres en verre fumé du hall.

« Attendez », l'entendit-elle murmurer. Quelques secondes plus tard, un carré bleu pâle lumineux éclaira la pièce.

« Qu'est-ce que c'est ?

– Mon agenda électronique.

– Malin. »

En l'absence de toute autre lumière, ce petit carré semblait étincelant.

« Bon... l'escalier. » Elle vit la lueur bleue flotter à travers le hall, depuis le comptoir de la réception jusqu'à une porte. « C'est par ici », annonça-t-il.

Elle le suivit le long d'une volée de marches jusqu'à une autre porte qui déboucha dans un couloir.

« Vous avez l'air de connaître votre chemin, remarqua-t-elle.

– Ces hôtels se ressemblent tous. Et je m'y arrête souvent. Bon, voilà les chambres du premier. À vous de choisir. »

Jenny longea le couloir et passa devant une porte ouverte. Des éclats de bois qui dépassaient du chambranle prouvaient que la porte avait été forcée. Elle ne voulait pas dormir dans une chambre qu'on aurait fouillée. C'était... *angoissant*. La porte suivante avait été enfoncée, elle aussi, ainsi que les autres. En arrivant au bout du couloir, elle finit par en trouver une intacte, verrouillée.

« Je vais prendre celle-ci.

– Ça ne vous gêne pas de dormir seule ? J'en ai repéré une autre fermée à clé de l'autre côté du couloir. Je prendrai celle-là. »

Jenny réfléchit un instant. Elle n'était pas sûre d'avoir envie de passer la nuit dans la même chambre que lui... ni de dormir seule dans un hôtel désert.

« Bon, on devrait peut-être partager celle-ci.

– Je pense que c'est plus prudent », répondit Paul.

Il leva son agenda vers la porte pour en lire le numéro. « Numéro 23, ça vous va ? »

D'un seul coup de pied logé près de la poignée à carte magnétique, il ouvrit la porte qui claqua contre le mur. Le bruit résonna, inquiétant, dans le couloir vide.

L'intérieur était comme elle l'avait imaginé, bien rangé, propre, le lit avait été fait pour le client suivant. Elle tira le rideau, remonta le store et poussa la fenêtre. Une brise légère rafraîchit l'air chaud de la chambre.

Dans le ciel, les rayons grisâtres de l'aube offraient assez de lumière naturelle pour qu'ils se repèrent dans la pièce. Paul éteignit son agenda et le rangea dans sa poche.

« Bon, eh bien, dodo », annonça Jenny en s'asseyant sur le lit. Double.

Paul inspecta le minibar dissimulé dans un placard. « Ah, on a de la chance. » Il le trouva plutôt bien fourni. « Il y a plusieurs canettes de Coca, un soda au gingembre, de l'eau pétillante et un bel assortiment d'alcools : vodka, gin, rhum, whisky. Et même de la bière. »

Jenny sourit dans la lueur pâle du petit matin. Après les événements des derniers jours, son docteur lui aurait sûrement prescrit un bon rhum-Coca, même s'il était chaud et qu'ils n'avaient pas de glaçons.

« Je prendrai un rhum-Coca, s'il vous plaît.

– Très bon choix, m'dame. »

Elle entendit le cliquetis de la canette de Coca qu'on ouvrait et le gargouillis du rhum qui coulait dans un verre.

« Voilà. »

Le premier verre était fort. Elle en demanda un deuxième plus léger, mais Paul et elle n'avaient visiblement pas la même définition de l'adjectif *léger*.

« Alors, vous m'avez dit que votre mari avait prédit tout ça ?

– Eh bien, plus ou moins. Il avait rédigé un rapport... voyons voir, oui, en 1999, l'année où on a passé Noël à New York. À l'origine, c'était un essai rédigé dans le cadre de ses études universitaires aux États-Unis. Mais il avait été embauché pour le récrire. Il avait fait de nouvelles recherches et il avait mis à jour certains éléments avec les données qu'il avait pu rassembler entre-temps.

– Et c'était à propos de tout ça ?

– Je crois, oui. Andy était très secret, du genre confidentialité professionnelle et tout ça. Mais je sais que c'était en rapport avec le pic pétrolier, avec notre dépendance croissante vis-à-vis d'un pétrole issu de réserves de moins en moins nombreuses. À quel point cette dépendance nous rendait vulnérable si quelqu'un se mettait soudain en tête d'anéantir les quelques points d'acheminement de la planète pour nous tenir en otages. Il avait décrit comment une telle chose pourrait se produire... quels étaient les endroits vulnérables... tout ça. »

C'est à ce moment que son obsession a véritablement commencé. Non ?

Les commanditaires du rapport l'avaient payé très grassement. Une belle somme : ils avaient ainsi pu payer leur maison en une seule fois et inscrire leurs deux enfants en école privée avec l'argent restant.

« Mais après ce boulot... il a commencé à changer. Il est devenu, je ne sais pas... plus anxieux, plus sérieux. Il passait trop de temps à s'inquiéter de ce pic pétrolier. Il est devenu un peu parano, aussi. Sur des détails idiots : il craignait que son ordinateur soit espionné, il entendait des bruits dans le téléphone. C'était idiot. Je ne sais pas... Il était tellement marrant, avant. C'était agréable d'être avec lui. Et puis, comme je vous l'ai dit, il a changé après New York. Et depuis, ça empire peu à peu. Tellement, qu'en réalité j'étais en train d'organiser notre séparation quand tout ce bazar a commencé.

– C'est dommage. Et il est où, en ce moment ?

– Quelque part en Irak. Cela va faire plusieurs années qu'il y est envoyé régulièrement en mission. Il était là-bas quand tout s'est déclenché. Et mes enfants sont seuls à Londres. »

La voix de Jenny se brisa.

Merde, je devrais savoir que l'alcool me fait toujours cet effet.

« Ça va ? demanda Paul en posant une main sur son épaule pour la serrer doucement.

– Mais non, ça va pas. Je veux rentrer chez moi. Ils ont besoin de moi. »

Le bras de Paul glissa derrière sa nuque pour se poser sur son autre épaule. « Ne vous inquiétez pas, Jen. Je vais vous ramener chez vous saine et sauve. Je vous ai déjà amenée jusqu'ici, non ? »

Elle sentit ses doigts soulever son menton pour l'obliger à le regarder. Et à cet instant, elle comprit où tout cela risquait de la mener.

« Bon, écoutez... euh... Je crois que j'ai assez bu.

– Vous plaisantez ! Y a encore une bonne réserve et puis, merde, on l'a bien mérité après les emmerdes qu'on a dû affronter ensemble. Vous croyez pas ?

– Je pense qu'on en a eu assez tous les deux. Il faut rester lucide, non ? Qui sait ce qui pourrait arriver demain ? »

Jenny posa les pieds par terre. « Et vous savez quoi ? Je vais peut-être essayer de dormir dans une autre chambre... »

Une main se noua autour de son avant-bras. « Pourquoi ? Qu'est-ce qu'il y a ? »

Une étreinte fébrile et violente. Un peu douloureuse.

« Écoutez, je pense juste que ça vaut mieux.

– Quoi ? Allez ! On fait que discuter. Y a aucun mal à ça.

– Vous pourriez me lâcher, s'il vous plaît ? »

Sa main ne bougea pas. « Je veille sur toi depuis des jours. Je demande pas grand-chose, si ? Juste une petite... discussion. »

Sa voix était légèrement pâteuse. Il n'était pas ivre, juste un peu éméché. Ce n'était pas pire que les petites avances qu'elle avait dû contrer à la dernière soirée de Noël du bureau : inoffensives dans un lieu bondé, elles s'avéraient tout de même déconcertantes dans un hôtel désert.

« Je veille sur toi, répéta Paul. Je demande pas grand-chose, putain.

– Je crois que Ruth veillait mieux sur moi, rétorqua-t-elle en le regrettant aussitôt.

– Va te faire foutre.

– Ça vous embêterait de me lâcher ? »

Il obéit et elle se dirigea vers la porte. « On se voit dans quelques heures, quand vous aurez dessaoulé. »

Elle sortit dans le couloir et avança dans l'obscurité percée par la maigre lueur grise d'une fenêtre à l'autre bout. Elle choisit une porte sur la droite, à mi-chemin. Elle avait été enfoncée et quand Jenny entra dans la chambre, elle vit qu'elle avait été ravagée et le minibar vidé.

Parfait. Avec un peu d'espoir, tous les autres minibars de l'hôtel ont connu le même sort.

Elle n'avait pas aimé voir Paul ainsi, sous l'emprise de l'alcool.

Jenny repoussa la porte derrière elle. Après réflexion, elle tira un fauteuil pour le bloquer sous la poignée. Non pas qu'elle le jugeât nécessaire. Paul était comme les Roméo de son bureau : enhardis par quelques gouttes d'alcool, ils n'en demeuraient pas moins des lâches. Un « non » ou un « va chier » bien placé avait raison d'eux... la plupart du temps.

Non... il va sûrement boire jusqu'à l'évanouissement ou s'endormir en essayant de se branler.

Elle s'allongea sur le lit et sentit les larmes lui monter aux yeux : elle s'inquiétait pour Jacob et Leona, et pour Andy aussi, se rendant compte à quel point elle s'était mal conduite à son égard. Elle aurait aimé que Ruth, la femme robuste qui ne se laissait pas emmerder, soit à ses côtés en cet instant. Elle aurait tenu des propos raisonnables, elle l'aurait sûrement fait rire. Si Ruth avait été là, ce serait sûrement elles qui auraient fait une razzia dans le minibar et, sans vergogne, elles se seraient payé la tête de Paul.

Jenny ferma les yeux et s'endormit aussitôt.

69

6h29 GMT

Il faisait jour lorsque Jenny rouvrit les yeux. Elle pensa avoir dormi quelques heures. Un rai étincelant de soleil se faufilait par l'interstice du rideau et courait sur le lit et la moquette.

Elle avait une légère migraine, comme une minuscule gueule de bois, mais plus raisonnablement attribuable à son état d'épuisement général qu'aux deux rhum-Coca de la veille. Paul se sentirait bien pire, et il le méritait. Ce serait à elle de conduire, ce matin.

Son haleine empestait l'alcool. Il avait dû mettre une sacrée dose de rhum pour qu'elle le sente encore ainsi. Elle était suffisamment d'attaque pour se lever et aller secouer Paul. Le réveiller allait sans doute prendre un certain temps.

Elle s'assit sur le lit et l'aperçut.

Il était debout près du lit et la dévisageait en silence.

« Putain, mais...

– J'ai mis du temps à te retrouver », commença-t-il d'une voix épaisse et hésitante.

Il tanguait légèrement. « J'étais sûr que tu serais montée au deuxième étage. Mais t'étais là. Juste à côté de ma chambre. »

Il était complètement bourré. Il avait dû vider un autre minibar.

« Qu'est-ce que vous faites ici ? »

Il tendit la main pour l'attraper. « Putain ! Mais pourquoi tu joues les salopes coincées ? »

Jenny écarta sa main de son épaule, ses ongles éraflant sa peau au passage.

« On prenait un verre tranquillement. On est adultes, toi et moi. Y a aucune loi qui interdit qu'on, tu sais...

– Paul, écoutez. Je suis bien contente que vous m'ayez aidée à sortir de cette station-service... mais ça ne veut pas dire que j'aie envie de coucher avec vous, d'accord ? » déclara Jenny en se déplaçant lentement jusqu'au pied du lit.

Paul la regardait avancer, suivait le moindre de ses mouvements, appuyé au mur d'une main pour garder l'équilibre.

« Mais, je *mérite* quelque chose. J'ai été gentil... j'ai veillé sur toi. J'aurais pu te sauter dessus n'importe quand... mais je l'ai pas fait. Putain, merde ! Je me suis conduit comme un gentleman, non ?

– Oui, c'est vrai, répondit Jenny avant de se lever doucement. Et vous ne voulez pas gâcher cette attitude exemplaire, pas vrai ?

– Je veux juste baiser... C'est un crime ou quoi ?

– C'est un crime, Paul, si la personne avec qui vous voulez baiser ne veut pas baiser avec vous. »

Il éclata de rire. « Oh... je vois ce que tu veux dire. » Il fit deux pas en avant et se mit en travers de la sortie. « Alors, qu'est-ce qui cloche chez moi ? J'ai quoi, cinq ou six ans de moins que toi. J'ai tout mes cheveux... » Il fit une pause, rassemblant ses idées. Il tendit à nouveau la main vers le mur pour se stabiliser. « Je suis pas gros comme la plupart des mecs de mon âge... je suis bien sapé. Merde, quoi, je suis représentant à Medi-Tech Supplies UK... autrement dit, j'ai de la thune. » Il la dévisagea, sourcils arqués.

« C'est pas assez bon pour toi ?

– Non. Parce qu'en ce moment, la dernière chose dont j'aie envie, c'est de faire l'amour. »

Il recula, vexé et irrité. « C'est vrai que t'es une... pauvre conne coincée du cul, hein. Je pensais que t'étais cool... Je suis trop con. Tu sais quoi, ça fait vraiment lon... longtemps... très longtemps. Mon ex, c'était une sale allumeuse, elle m'arnaquait et dépensait mon argent, mais elle ne me laissait jamais la toucher. La salope. Je croyais que tu étais différente. Pas une putain d'allumeuse. »

Jenny recula sur le lit, elle n'avait plus la place de contourner Paul. « Le viol est un crime, Paul, déclara-t-elle en sachant qu'il serait impossible de le raisonner. Même en ce moment, avec le désordre ambiant, c'est un crime. »

Paul gloussa. « Oh, c'est vrai... mais tu sais quoi ? Je crois que cette semaine, les lois habituelles ne s'appliquent pas. C'est ce que les gens viennent de découvrir. Tu vois ce que je veux dire ?»

Jenny fit non de la tête.

« C'est pour ça que tout le monde adopte un comportement si antianglais. » Il gloussa à nouveau.

« Cette semaine, aucune loi en vigueur, mesdames et messieurs... Amusez-vous jusqu'à nouvel ordre.

– Bon. Oublions tout ça. Allez vous allonger et dormez un peu. On rentrera à Londres dès que vous vous sentirez d'attaque pour reprendre la route. »

Il fit la moue et réfléchit un instant.

Jenny se rendit compte à quel point elle avait été idiote de se mettre dans cette situation : seule avec un homme, un inconnu complètement ivre, alors que partout régnait l'anarchie. Elle aurait dû se douter qu'un tel épisode finirait par se produire au cours de leur trajet.

« Désolé, chérie... besoin de baiser... tu feras l'affaire. »

Il fit un autre pas en avant. Jenny recula pour garder ses distances, posant les pieds à terre de l'autre côté du lit.

« Réfléchissez à ce que vous êtes en train de faire », s'écria-t-elle. Elle détesta entendre sa voix trembler et monter ainsi dans les aigus. Un ton suppliant qui résonnerait comme un aveu de soumission à ses oreilles.

Il sourit et commença à défaire sa ceinture. « C'est peut-être un crime, chérie, mais qui sera au courant, hein ? »

Il posa un pied sur le lit et monta dessus, titubant dangereusement. « Attention, me voilààà ! » cria-t-il avant de retirer sa chemise.

Rien à foutre.

Jenny se jeta sur lui et le frappa au visage. C'était davantage un coup de poing qu'une claque, sa main s'était crispée. Il tomba à la renverse et roula au pied du lit dans un bruit sourd.

Sans prendre le temps de vérifier si elle l'avait mis KO ou si elle venait simplement de gagner quelques secondes de répit, elle se précipita dans le couloir.

Bon, et maintenant ?

Elle l'avait mis à terre. Mais elle l'entendait se remettre sur pied avec difficulté. « Espèce de salope ! hurla-t-il depuis la chambre. Je vais te choper, putain ! »

Qui sera au courant, hein ?

Ces mots la firent frissonner. Ce connard venait de franchir une limite. Il commençait à comprendre ce que tous les autres violeurs... les brutes... les pédophiles... les assassins potentiels avaient compris. La situation présente permettait tout. Paul pouvait céder à n'importe quel fantasme, persuadé qu'une fois l'ordre rétabli – s'il l'était un jour – il serait impossible de prouver son crime. Tout serait perdu dans la pagaille générale qui s'ensuivrait.

Et le crime, ce serait moi...

Elle imaginait... son cadavre abandonné dans un placard de l'hôtel, perdu à tout jamais, ou retrouvé d'ici quelques mois quand les opérations de nettoyage commenceraient.

Paul serait-il capable d'une telle chose ?

Peut-être. Elle ne le connaissait pas du tout.

Elle l'entendit tituber dans la pièce, heurter le fauteuil, jurer.

Bon, et maintenant ? Allez... et maintenant ?

Jenny décida de courir jusqu'à la voiture et d'abandonner Paul sur place. Elle ne pouvait plus lui faire confiance, pas même s'il se mettait à genoux pour la supplier de le pardonner, et même s'il jurait de ne plus jamais poser sur elle un tel regard libidineux.

Courir jusqu'au bout du couloir, puis au bas de l'escalier...

« Merde, les clés », murmura-t-elle.

Elles étaient dans la chambre de Paul, elle savait exactement où : sur le petit bureau à côté de la télé. Elle l'avait vu les y jeter quand ils étaient entrés dans la pièce à la lueur de son agenda électronique.

Elle courut jusqu'à la chambre 23. Derrière elle, il émergea à son tour dans le couloir, criant à son attention toutes les insultes qui traversaient son esprit imbibé d'alcool.

Elle entra dans la chambre et se rua vers le bureau. Elles n'étaient plus là.

« Non... non... » marmonna-t-elle tandis qu'un vent de panique désespérée soufflait soudain sur elle. Elle l'entendait arpenter le couloir d'un pas lourd à sa poursuite, chancelant d'un mur à l'autre, presque ivre mort. Jenny se dit qu'elle aurait la force de lutter contre lui. Il n'avait aucun équilibre, ses réflexes et son jugement étaient complètement ralentis. Mais il avait un atout majeur, comme n'importe quel homme face à une femme : la force brutale. S'il parvenait à mettre la main sur elle, elle aurait beau être plus rapide, cela ne lui servirait à rien. À rien du tout : la force brutale avait raison de tout.

« Allez, allez ! siffla-t-elle. Elles sont passées où ? »

Elle inspecta le bureau et les deux tiroirs avant de les apercevoir enfin sur le sol. Il avait dû les faire tomber pendant sa beuverie de ces dernières heures. Elle les ramassa et s'apprêtait à partir lorsqu'il surgit dans l'embrasure.

« A... Ah ! sourit-il en agitant l'index dans sa direction. Je t'ai vue ! chantonna-t-il comme un gamin qui jouerait à cache-cache à la récré.

– Paul, lança-t-elle d'un ton autoritaire. Votre conduite est inacceptable.

– T'es qui, toi ?... Ma mère ? »

Il éclata de rire et avança vers elle. Elle se rendit compte qu'elle tenait là sa dernière chance de le prendre par surprise. Elle se pencha et courut vers lui, tête la première, pour s'écraser contre lui comme un bélier. Ils tombèrent tous les deux dans le couloir.

Il avait la respiration coupée, mais il parvint à grogner : « Salope, salope, salope. » Il chercha à lui empoigner les bras mais Jenny les agitait frénétiquement et lui assénait des coups inefficaces dans le visage : claques et griffures qui n'infligeaient aucun dommage.

Il fit passer une jambe par-dessus celles de Jenny et la plaqua au sol en une prise vicieuse.

Oh, mon Dieu, il est en train de me bloquer.

Elle ne cessait de bouger les bras, mais il parvint à lui attraper un poignet, puis le second dans la foulée. Il roula et pesa de tout son poids sur elle. Son visage – imprégné de l'odeur pestilentielle de tous les alcools qu'il avait pu dégoter dans le minibar – était tout près du sien ; si près que le bout de son nez lui frôlait la joue.

« En quoi... est-ce que ça te posait... un problème, putain ? » chuchota-t-il.

Elle se débattit. Elle était incapable de formuler une réponse qu'il serait en mesure de comprendre.

« Hein ? Je voulais juste tirer un coup. Toi aussi... tu aurais pris ton pied. Maintenant... regarde à quoi on en est réduits. »

Jenny comprit qu'elle tenait là son unique et dernière chance.

Elle se tourna vers lui, vers cette haleine, vers ce visage... un visage qui, en d'autres circonstances, de loin, aurait pu lui sembler vaguement attirant, mais qui n'était désormais plus qu'un masque vicieux et hargneux – l'incarnation de la testostérone frustrée. Elle lutta pour repousser la sensation de dégoût et de colère qui bouillait en elle. Mais elle parvint à faire quelque chose qui lui semblait pourtant impossible en cette seconde...

Elle sourit.

« Bon, d'accord, allons-y », murmura-t-elle.

Comme si elle venait de prononcer une formule magique, le résultat fut immédiat. Il desserra l'étau de ses jambes.

« T'es sûre ? » marmonna-t-il d'une voix soudain différente, la furie envolée et remplacée par le ton courtois d'un gentleman qui attend un consentement.

Jenny s'efforça de conserver son sourire attentionné et acquiesça.

Il lui lâcha les poignets et sa main glissa jusqu'à sa braguette.

De sa main libre, elle aurait pu le frapper, le griffer, lui mettre un doigt dans l'œil. Mais elle était persuadée que cela n'aurait pas suffi. Il fallait qu'elle arrive à le mettre hors course.

Elle lui asséna un coup de boule. Son front vint s'écraser contre l'arête de son nez qui craqua bruyamment.

Il roula sur le flanc, les mains sur le visage. Du sang se mit à dégouliner en un flot régulier sur ses lèvres et son menton. Jenny se redressa brutalement et se mit à courir avant même que Paul, fou de douleur, laisse échapper un premier hurlement furieux.

Elle atteignit la cage d'escalier aux deux tiers du couloir, dévala les marches jusqu'au hall d'entrée et franchit la porte dans la lumière matinale. Elle se dirigeait vers la voiture de M. Stewart lorsqu'elle s'autorisa enfin à croire qu'elle avait réussi à lui échapper.

La forme particulière de la clé de voiture lui permit de la distinguer rapidement des autres. Les feux de détresse clignotèrent et la voiture bipa quand elle la déverrouilla pour s'installer au volant.

Elle n'allait pas chercher à insérer la clé dans le contact d'une main fébrile tandis que la menace courait vers elle, comme elle l'avait vu si souvent dans les films d'horreur. Non. Elle verrouilla les portes ; les quatre s'enclenchèrent simultanément, se bloquant en un *tchoc* rassurant.

Par le pare-brise, elle aperçut Paul qui sortait à son tour, un flot de sang écarlate maculant sa belle chemise luxueuse, une main sur son nez cassé et l'autre gesticulant pour l'arrêter.

Elle démarra.

Il se rua sur la voiture. S'il avait eu une batte ou une brique entre les mains, elle aurait fait marche arrière et aurait fui avant qu'il ait le temps de briser la vitre. Mais il n'avait rien. Rien que ses deux mains de gratte-papier. Efficaces pour pianoter des mails sur son Blackberry ou pour échanger une poignée de main en conclusion d'une affaire, mais peu utiles pour faire voler en éclats un pare-brise.

Il écrasa sa paume contre la vitre côté conducteur. « Putain ! Je suis désolé, Jenny. Je suis vraiment, vraiment désolé ! » La voix pâteuse avait disparu, l'adrénaline l'avait dessaoulé. Ses manières brutales avaient été remplacées par un regret sincère.

Elle l'observa à travers la vitre et hocha la tête.

« Je vous en prie ! Je... c'était l'alcool, supplia-t-il. Je... je suis lucide, maintenant ! Je ne sais pas ce qui m'a pris ! »

Ses mains laissaient une traînée sanglante sur le verre.

« Allez, Jen... Il faut qu'on se serre les coudes... Vous et moi. C'est... c'est la jungle, dehors ! »

C'est vrai.

Elle ressentit une pointe de culpabilité tandis qu'elle passait la marche arrière et sortait du parking. Il la suivit en titubant. Par-dessus les gémissements du moteur et de la boîte de vitesses, elle pouvait l'entendre crier, supplier, se lamenter. Mais elle ne se sentirait plus jamais en sécurité à ses côtés – avec ou sans alcool. Elle braqua le volant et roula vers le panneau qui indiquait la bretelle d'accès en direction de l'autoroute M1, et en direction du sud.

70

12 h 31, heure locale

New York, États-Unis

Son appel passa. Une unique sonnerie retentit avant qu'une voix masculine réponde à l'autre bout.

« Services financiers Cornell et Watson, que puis-je pour vous ?

– Je voudrais prendre rendez-vous, répondit-il à la hâte.

– Nous sommes complets dans l'immédiat, monsieur, j'en ai bien peur.

– Même le jour de Noël ? »

Une pause. « À quelle heure, monsieur ? »

Il soupira.

« Une minute après minuit.

– Un instant, s'il vous plaît. »

C'était un rituel nécessaire. Sinon, *ils* risquaient de les démasquer et de les détruire. D'autant plus qu'à présent, leurs ressources étaient bien plus limitées que celles de leur proie. Leur agence était petite, minuscule pour être exact... manœuvrée par une équipe d'une trentaine d'agents depuis les bureaux d'une société new-yorkaise très discrète.

Il entendit une voix d'homme.

« Putain ! On a cru que t'étais mort ! On essaie de te contacter depuis mardi !

– Si tu veux tout savoir, Jim, je me suis retrouvé en pleine zone de combat. Mon...

– Pas de noms, je te rappelle.

– ... mon putain de téléphone satellite a été réduit en miettes mardi et on m'a tiré dessus je sais pas combien de fois depuis que...

– On a du nouveau. Un putain de scoop qui vaut de l'or.

– ... cette merde a commencé. Du nouveau ? De quoi tu parles ?

– Notre cible, celle que tu suis en ce moment... C'est pas lui qu'il nous faut.

– Je ne suis pas avec lui en ce moment. On nous a séparés. J'attends que l'armée me trouve une place dans un vol en partance de Turquie.

– C'est sa fille. La cible, c'est sa fille.

– Quoi ? Mais de quoi tu parles, putain ?

– On pense qu'elle serait capable d'en identifier un ou plusieurs. »

Il sentit son pouls s'accélérer.

« Tu déconnes. Comment c'est possible ?

– Elle l'a appelé sur son portable, mardi matin. Tu l'as peut-être même vu parler au téléphone à ce moment-là ! »

Il essaya de se remémorer la matinée. Ils avaient lutté pour sauver leur peau dans cette cour aux murs roses. Un véritable enfer. Il ne se rappelait pas avoir vu Sutherland téléphoner, mais le déroulement de la journée n'était plus qu'une suite de souvenirs flous dominés par un sentiment de panique générale.

« Et écoute ça, on pense qu'elle en a vu plusieurs.

– Plusieurs ? Plusieurs membres des Cent Soixante ?

– Non, mieux... plusieurs des Douze.

– Bon Dieu ! »

Il jeta un coup d'œil inquiet autour de lui, dans la tente des télécommunications. Personne n'était assez près pour l'entendre, personne ne l'observait. Les soldats étaient trop occupés à surveiller le périmètre de barbelés ou à courir çà et là. Il baissa tout de même la voix.

« Il faut qu'on la retrouve.

– Je sais, on doit se déployer à nouveau, et très vite. *Ils* savent peut-être ce qu'on sait déjà. Ils sont peut-être déjà en train de la cerner pour agir.

– Il faut qu'on tente le coup.

– Oui.

– Elle est en Angleterre ?

– Exact, à Londres.

– Je peux essayer de prendre le prochain avion à destination de l'Angleterre. Je vais me débrouiller. Tu peux faire venir du renfort sur le terrain ?

– Ça va être difficile, compte tenu des circonstances. On va peut-être réussir à envoyer deux hommes pour t'aider.

– Fais-le. Fais-le tout de suite.

– On va le faire. »

Mike n'avait plus beaucoup de temps. Le colonel des marines lui avait accordé deux minutes, pas plus.

« Quelle est la situation chez nous ? demanda-t-il.

– Ici, à New York ? C'est la merde. Tout part en couilles, comme partout ailleurs. On a du courant quelques heures par jour, il y a des émeutes à chaque coin de rue. C'est pas génial. »

71

7 h 31 GMT

Guildford

Ash se réveilla aux premières lueurs de l'aube. La perspective de passer vingt-quatre heures de plus dans l'appartement de Kate à attendre son retour était insupportable. Il était d'une patience à toute épreuve, tant qu'il attendait avec la certitude d'arriver à ses fins, mais cette fois-ci, ce n'était pas le cas. La femme risquait de ne jamais revenir.

Elle essaierait tout de même, non ? Cet instinct de rentrer chez soi. En temps de crise, c'est ce que tout le monde cherche à faire. Rentrer chez soi.

Son retard pouvait être expliqué de façon rationnelle. Mardi après-midi, la situation était partie en vrille. Kate aura décidé, après avoir vu l'émeute et s'être rendu compte que les trains ne circulaient plus, de camper au travail pour la nuit. Mercredi, elle aurait espéré que l'ordre serait rétabli et qu'un service ferroviaire minimum aurait été mis en place. Mais sans succès. Il y avait sûrement une cantine à son travail. Une autre nuit de camping, avec des vivres et de l'eau en quantité suffisante. Jeudi, même chose. Sauf que les réserves de la cantine devaient commencer à manquer et tous les employés auraient hâte de rentrer chez eux. Il n'y aurait aucun bulletin d'informations à la radio, aucun signe de la police reprenant possession des rues. Vendredi, il serait devenu évident qu'elle et ses collègues ne pouvaient pas rester là indéfiniment. Les émeutes avaient dû se tasser, une fois l'intégralité des produits comestibles pillée.

Ash pensait qu'elle déciderait de rentrer au cours de la journée, elle partirait à pied en compagnie d'autres marcheurs inquiets et arpenterait les artères principales de Londres. Il lui faudrait quatre, cinq, voire six heures. Si aucun obstacle ne l'arrêtait ou ne la retardait en chemin.

Elle arrivera aujourd'hui.

Ash se dit qu'il prenait peut-être ses désirs pour des réalités. Mais il n'y avait pas vraiment d'autre alternative. Il pourrait peut-être retourner chez les Sutherland et attendre ? Inutile... Sutherland avait prévenu sa fille de ne pas rentrer. Il y avait d'autres noms dans leur répertoire, il pouvait les essayer un à un. Mais la plupart de ces gens – il avait vérifié sur une carte routière trouvée sur le guéridon de Kate – vivaient loin de Londres.

Il valait mieux attendre jusqu'au lendemain. Si elle n'était toujours pas revenue, il s'installerait alors chez les Sutherland. La fille, ou la femme, ou Sutherland lui-même, finirait bien par passer chercher quelques objets nécessaires... Ce bon vieil instinct, celui qui poussait à retourner chez soi, pouvait s'avérer très tenace.

Oui, ça irait. À la première heure demain matin, il rentrerait.

72

7h51 GMT

Shepherd's Bush, Londres

« Ne sors pas Lee, s'il te plaît ! » gémit Jacob en reposant ses couverts avec force. Ils tintèrent contre l'assiette. Il sauta au bas de sa chaise, contourna la table au pas de course et s'accrocha à son bras. « N'y va pas, s'il te plaît ! »

Elle baissa les yeux vers son petit frère, vers son visage tordu d'inquiétude.

« Écoute Jakey, ça ne craint rien. Les Méchants Garçons ne sortent que la nuit. On est en sécurité pendant la journée, continua-t-elle sans vraiment réussir à se convaincre elle-même.

– Mais la dernière fois que t'es sortie, t'es restée dehors pendant super longtemps. J'ai cru... j'ai cru que t'étais... morte.

– Tout ira bien, Jake. Je vais juste aller voir nos voisins. Tu pourras me regarder depuis la fenêtre de la chambre de Jill, d'accord ? Tu me surveilleras pendant ma petite tournée. »

Jacob la regarda en silence. Son visage était d'une pâleur maladive, il semblait bien plus vieux : sa peau était constellée de crevasses et de ridules causées par une inquiétude constante. Elle se demanda s'il se doutait de ce qui était arrivé à Dan. S'il avait deviné qu'il devait être étendu, mort, quelque part dans une ruelle...

Ne fais pas ça, Leona, pense à autre chose, à n'importe quoi.

Ce n'était vraiment pas le moment d'éclater en sanglots, pas à l'instant où elle essayait de rassurer Jake qui avait les nerfs à vif.

« Tout ira bien. Bon, allez, on finit nos pilchards, d'accord ? »

Elle voulait aller voir chez les Di Marcio, à quelques maisons de là. La nuit passée, la porte de leurs voisins avait été enfoncée. Leona avait entendu des bruits, des bruits effrayants. C'en avait été trop pour elle, elle avait pris Jacob dans ses bras et l'avait emmené avec elle dans la chambre du fond d'où on entendait moins le raffut occasionné par les pillards.

Quand ils eurent terminé leur petit déjeuner, elle sortit sur le perron et son cœur s'arrêta de battre un instant. Elle remarqua des lacérations dans la peinture verte de leur porte, autour de la serrure. Quelqu'un avait essayé de la forcer en silence. Elle se demanda si un ou deux membres du gang avaient voulu visiter une maison tout seuls, pendant que leurs collègues étaient occupés ailleurs. Ou était-ce quelqu'un d'autre ?

Peu importait : leur tour allait bientôt venir, ils seraient peut-être même les prochains. Les imaginer, tous, les Méchants Garçons, entrer dans leur maison, leurs cris rauques, les entendre briser ou voler les objets... et puis ils trouveraient Jacob, et ils la trouveraient elle...

Le temps lui était désormais compté.

Elle voulait absolument trouver d'autres personnes pour constituer un groupe. Elle était prête à partager les boîtes de conserve et l'eau qui leur restait. Les réserves ne dureraient pas aussi longtemps que prévu, mais elle échangerait volontiers une semaine de nourriture contre un groupe rassurant, un groupe d'adultes, si possible, de gens plus âgés.

Leona se remémora un rêve de jeunesse : vivre dans un monde peuplé uniquement d'adolescents – beaux, jeunes, vivants, énergiques et drôles. Elle avait écrit une rédaction sur ce sujet, à l'école. Un monde qui ne serait qu'une longue fête, sans personne pour donner des ordres, sans parents pour leur dire à quelle heure devait se terminer la fête ou leur demander de baisser la musique, ou leur conseiller quelle quantité d'alcool boire, ou les obliger à se lever tôt le lendemain matin afin de ne pas arriver en retard en cours.

Elle lâcha un rire faible. Eh bien, voilà, elle venait de voir son rêve devenir réalité sous ses yeux, au cours des dernières nuits. Mais ce n'était pas un rêve – c'était un cauchemar, et il lui rappelait un livre qu'elle avait lu en cours de littérature.

Sa Majesté des Mouches.

Elle longea la courte allée jusqu'au portillon. Les déchets commençaient à s'amonceler dans la rue. Il n'y avait pas que des bouteilles et des canettes, mais aussi des morceaux de meubles, des ustensiles de cuisine cabossés. Un matelas était posé en plein milieu de la chaussée, maculé d'alcool, de sang et d'autres choses qu'elle ne tenait pas franchement à identifier.

C'était leur tanière, là où ils baisaient.

Là où ils retrouvaient les filles du gang, les Schtroumpfettes.

La maison à droite de celle des Di Marcio avait déjà été ravagée, elle en était certaine. Elle les avait vus forcer la porte la veille. Mais son estomac se noua quand elle approcha de celle des Di Marcio. Ils avaient eu des visiteurs, eux aussi. Leona avait espéré pouvoir s'associer avec eux. Elle aimait bien M. et Mme Di Marcio, elle leur faisait confiance. Eduardo Di Marcio était chauffeur de taxi, un Portugais rondouillard dont le rire puissant était communicatif. Il était drôle, mais il savait aussi se défendre. L'année passée, il avait surpris deux gars en train de braquer une voiture garée en bas de leur rue. Des gamins de la cité White City, non loin de chez eux, qui avaient repéré leur rue tranquille. M. Di Marcio leur avait collé une dérouillée à tous les deux. Elle se rappelait vaguement que les gars avaient essayé de porter plainte, mais elle n'était pas certaine que l'affaire avait été portée devant les tribunaux. Mme Di Marcio était mince, toujours bien habillée, elle était cultivée et instruite. Leona regrettait de ne pas avoir accepté leur proposition de partir avec eux et Jacob, mardi dernier. Même si cela aurait impliqué de rater l'arrivée des parents.

La porte des Di Marcio avait été enfoncée.

Elle savait qu'ils n'étaient pas partis. Elle avait vu le rideau bouger, ce mercredi.

Elle se demanda s'ils avaient réussi à s'échapper. Quand la maison voisine avait été pillée, ils avaient peut-être décidé de partir en douce en espérant que quelqu'un les accueillerait chez eux en haut de la rue. S'ils étaient venus frapper chez elle, elle aurait ouvert sans hésitation.

Elle tourna la tête vers la maison de Jill. À l'étage, elle aperçut la petite tignasse blonde de Jacob. Il lui adressa un signe de la main. Elle lui répondit avant de s'engager dans l'allée des Di Marcio.

À l'intérieur, le désordre était effroyable. Le sol était jonché d'objets brisés : assiettes, plats, ustensiles coûteux, les chats en porcelaine qu'affectionnait tant Mme Di Marcio. Les murs étaient éraflés et des pans entiers du beau papier peint avaient été arrachés, remplacés par des graffitis. Dans la cuisine, tous les produits comestibles et les boissons avaient été consommés. Les Méchants Garçons s'étaient abattus là comme un vol de sauterelles.

Leona fut soulagée de ne voir aucune trace de sang ou de violence. Elle inspecta rapidement leur salon et leur salle à manger qui donnait sur une véranda et une petite terrasse au-delà. Tout avait été dérangé, bousculé, retourné ou brisé.

De plus en plus persuadée qu'ils s'étaient enfuis avant l'arrivée des Méchants Garçons, elle décida tout de même d'aller jeter un coup d'œil à l'étage. Elle tenait à s'assurer que les Di Marcio avaient pu sortir à temps. Elle grimpa l'escalier à la hâte, ne voulant pas s'effrayer inutilement en prenant son temps et en grimaçant à chaque craquement de marche.

Elle courut jusqu'au palier supérieur. Pour découvrir les jambes épaisses de M. Di Marcio étendues dans l'embrasure de la porte de leur chambre.

« Oh, mon Dieu, non », gémit Leona. Elle fit quelques pas en avant, contourna le corps et le vit, allongé à terre. Sa tête était contusionnée et meurtrie. Son visage enflé était presque méconnaissable sous les blessures. Mais il avait dû mourir d'hémorragie, causée par les multiples coups de couteau. Il en avait sur le torse, les avant-bras et les mains.

Il avait lutté contre eux à mains nues.

Elle l'imaginait capable de faire cela, parer les coups de ses poings épais, hurlant des injures en portugais. Mais ils l'avaient abattu, lacéré, s'étaient rués sur lui comme une meute de chiens mettant à terre un ours.

« Oh, monsieur Di Marcio », murmura-t-elle.

Elle savait qu'il s'était battu ainsi pour défendre sa femme. Le cœur lourd, elle imaginait ce qu'elle allait trouver dans la chambre si elle enjambait le corps de M. Di Marcio. Elle préféra s'en abstenir. Mais en relevant la tête vers le mur opposé, elle aperçut les jambes nues de Mme Di Marcio dans le miroir brisé d'une coiffeuse. Ses jambes égratignées et meurtries. Une tache de sang séché imprégnait le drap sous elle.

Elle se sentit gagnée par une vague de nausée qui passa rapidement, remplacée par un sentiment de rage irrésistible.

« Bande de connards ! » siffla-t-elle avec fureur. Si elle avait eu une arme entre les mains et qu'un de ces enfoirés s'était trouvé devant elle, elle n'aurait pas hésité à appuyer sur la détente, elle le savait.

« Bande de connards ! » hurla-t-elle. Sa voix résonna contre les murs, puis le silence retomba.

Non, pas vraiment.

Elle entendit un mouvement. Quelqu'un était à l'étage avec elle et, surpris par son cri, avait perdu l'équilibre et avait donné un coup de pied dans un objet qui avait roulé sur le parquet dans la pièce voisine.

Oh, merde, oh, putain, oh, non.

Courir ? Oui.

Elle fit volte-face, contourna les jambes de M. Di Marcio et se lança dans l'escalier. Elle dévala les marches, trébuchant et s'affalant presque. En bas, elle jeta un coup d'œil vers le palier supérieur mais ne vit rien. Elle n'entendit rien, non plus. Elle se précipita vers la porte et émergea dans la lumière matinale.

Elle traversa la rue au pas de course, slalomant entre les meubles cassés jusqu'à la maison de Jill. Elle atteignit le portillon, jeta un autre regard par-dessus son épaule et vit le rideau remuer à l'étage.

Oh, mon Dieu, il y avait quelqu'un.

Elle tambourina à la porte. Un instant plus tard, le loquet glissa et on lui entrouvrit.

« Qu'est-ce qui s'est pa... passé, Lee ? » demanda Jacob.

Elle le dévisagea et se rendit compte qu'il était temps de dire la vérité à son petit frère.

« On va être obligés de se défendre, Jake. »

Il ne répondit rien.

« D'accord... d'accord. » Son esprit s'emballa. « Tu as vu le film *Maman, j'ai raté l'avion!* pas vrai ? »

Il acquiesça.

« Bon, on va faire pareil, avec les pièges et tout ça. Comme dans le film... juste au cas où les Méchants Garçons tenteraient de rentrer chez nous.

– Mais ils essaieront pas, hein ? »

Leona se sentit trop fatiguée et trop effrayée pour trouver d'éventuels arguments positifs. S'ils venaient ce soir, Jacob devait être au courant.

« Ils vont peut-être venir cette nuit. »

Contrairement à ce qu'elle avait pu craindre, Jake réagit sans aucune nervosité. Il se contenta de hocher la tête et de murmurer : « Bon, alors il faut se préparer. »

73

16h23 GMT

Aux alentours de Londres

Sur l'autoroute au sud de Coventry, un barrage avait obligé Jenny à faire un détour par des nationales bordées de voitures abandonnées, de bus et de camions, ainsi que par quelques départementales – où les véhicules avaient été laissés en travers de la voie et lui bloquaient le passage. Elle s'était perdue deux fois avant de retrouver son chemin jusqu'à l'autoroute en direction de Londres. Elle avait passé la journée à jurer et à pleurer de frustration tandis que l'heure tournait et qu'elle n'arrivait pas à se rapprocher de ses enfants. L'aiguille de la jauge d'essence tremblotait depuis une heure, incertaine, au-dessus du zéro. Retrouver l'autoroute lui avait redonné courage et en apercevant la capitale qui s'étalait à l'horizon, elle se sentit encore plus enhardie... jusqu'à ce qu'elle tombe sur un nouveau barrage.

Jenny ralentit dès qu'elle la vit : une barrière qui traversait les voies et les bretelles menant à l'autoroute M25. Le barrage était constitué de blocs de ciment triangulaires posés côte à côte, évitant ainsi qu'un véhicule ne tente de s'y écraser pour forcer le passage. Derrière s'élevait une rangée de barbelés. En retrait, plusieurs soldats la regardaient approcher lentement.

Elle s'arrêta devant les blocs de ciment et mit pied à terre.

« Désolé, madame, vous ne pouvez pas passer », cria un des soldats de l'autre côté de la barricade.

Jenny sentit ses épaules tressauter de fatigue et de désespoir.

« Pourquoi ?

– C'est les ordres.

– Oh, je vous en prie. Quels ordres ?

– Personne ne doit passer, ni pour entrer ni pour sortir de Londres.

– Pourquoi ? »

Le soldat haussa les épaules. « C'est les ordres, madame. »

Elle bouillait d'une colère qui éclata avec tant de rapidité qu'elle la prit elle-même par surprise. « Putain ! Vous êtes ici, bande de cons, assis les doigts dans le cul pendant que les gens là-bas s'entretuent pour boire et manger », éclata-t-elle en faisant un geste en direction de l'autoroute.

Le soldat ne répondit rien, le visage impassible.

« On dirait la fin du monde ! Des femmes se font violer, des hommes se battent et s'assassinent. Et vous ne faites rien ! Vous restez assis là ! »

Le soldat la dévisageait toujours sans mot dire mais, sentant qu'elle méritait une réponse, il finit par dire : « Je sais que c'est dur, madame. Un conseil : rentrez chez vous et attendez que ça se tasse, que la situation s'arrange d'elle-même.

– Putain, mais c'est ce que j'essaie de faire ! »

Elle montra la ligne d'horizon découpée par les immeubles de Londres, derrière eux. « J'habite là-bas ! Je veux juste rentrer chez moi et retrouver mes enfants. S'il vous plaît, laissez-moi passer... Je vous en prie. » Sa voix commençait à se briser.

Elle fit quelques pas en avant jusqu'à atteindre les barbelés, à quelques mètres du soldat.

« S'il vous plaît », murmura-t-elle.

Le soldat regarda autour de lui, à gauche, à droite, puis lui dit à voix basse : « Madame, on ne peut pas vous laisser passer en voiture, et n'essayez même pas de prendre une nationale. Elles sont toutes bloquées. » Il baissa encore la voix. « Mais... à pied, c'est possible... d'accord ? »

Jenny inspecta les alentours. Il avait raison. Elle pouvait laisser la voiture sur la bande d'arrêt d'urgence, sortir de l'autoroute et marcher. L'armée avait coupé les routes, certes, mais Londres était une zone urbaine poreuse, on pouvait y accéder par d'autres voies : les pistes cyclables, les sentiers de randonnées, les ruelles entre les maisons, les terrains vagues infestés de déchets.

Elle acquiesça et le remercia pour son conseil. Elle remonta en voiture, fit demi-tour et reprit l'autoroute en sens inverse. Elle s'éloigna suffisamment pour être certaine qu'ils ne la voient pas et elle se gara sur le bas-côté.

« Bon, je vais traverser le nord de Londres à pied, pas de problème, annonça-t-elle à haute voix. C'est à combien de marche ? Un jour ? »

Un jour, si rien ne se met en travers de mon chemin.

Elle avait réussi à arriver jusque-là. Elle n'était plus qu'à vingt ou vingt-cinq kilomètres de chez elle. Pas si loin que ça. Elle décréta alors que rien ne l'arrêterait plus. Elle descendit de voiture et observa la zone industrielle de l'autre côté de la barrière. Elle était déserte. Aucun signe de perturbations...

À part qu'on est vendredi après-midi, et qu'un jour normal, des personnes travailleraient devant le portail de livraison, ou siroteraient une tasse de thé pendant la pause-cigarette. De la fumée sortirait de la cheminée de l'usine de carreaux en céramique. Un transpalette évoluerait devant ces entrepôts de distribution...

Jenny scruta le paysage immobile. Au-delà de la zone industrielle, vers le sud-est et vers Londres, la direction qu'il lui fallait prendre, elle voyait des colonnes de fumée qui s'élevaient, non pas des usines, mais des carcasses de voitures, des maisons et des boutiques où les émeutes avaient sévi pendant la semaine.

Il y a eu des dégâts, et il y a encore des gens.

Et il y a mes enfants.

Elle ramassa les deux dernières bouteilles d'eau qu'elle glissa dans son sac. Elle claqua la portière et franchit la barrière métallique en bordure de l'autoroute pour atterrir sur la pente herbue qu'elle dévala en direction des usines désertes.

« Bon, c'est parti », marmonna-t-elle.

Mardi ou mercredi, elle n'aurait pas osé s'engager seule dans un tel paysage, sans défense. Mais on était vendredi. Après les deux jours passés à la station-service et la nuit à l'hôtel, elle avait changé. Elle savait qu'en cas de besoin, elle pourrait se défendre, elle pourrait faire le nécessaire pour survivre.

Elle trouva un tuyau en métal non loin d'un bâtiment d'usine. Elle se pencha pour le ramasser, le soupesa d'une main, puis des deux, fit plusieurs mouvements, rassurée d'entendre le sifflement qu'il émettait en fendant l'air.

Ça fera l'affaire pour l'instant.

Si elle venait à croiser un homme qui s'avisait de tenter sa chance, elle frapperait d'abord et poserait des questions ensuite.

Elle regarda sa montre. Il était presque la demie. Elle devait avoir encore quatre heures avant que le soleil se couche à l'horizon. Elle trouverait alors un endroit sûr, un coin sombre où s'installer, le temps de laisser les fous et les bandes – ceux qui étaient désormais au sommet de la chaîne alimentaire, quels qu'ils soient – s'amuser la nuit.

Presque arrivée.

Demain dans la matinée, elle rentrerait enfin chez elle.

Leona et Jacob seront là, sans doute terrorisés mais vivants, sains et saufs.

D'un coup de tuyau métallique, elle frappa la paume de sa main avec un claquement satisfaisant.

« Bon, c'est parti », répéta-t-elle, sa voix résonnant contre le mur en tôle d'un des bâtiments industriels.

74

22 h 27, heure locale

Au-dessus de l'Europe

Andy regarda par le hublot du 727. C'était un avion civil, un appareil de la GoJet, une des plus grosses compagnies low-cost desservant plusieurs villes européennes. Il survolait la Hongrie, non loin de Budapest. Dehors, le paysage était d'un noir d'encre. Aucune lueur orange soulignant le tracé des principaux axes routiers, pas la moindre constellation minuscule marquant les villes ou les villages – rien que l'obscurité indéchiffrable.

L'avion était plein, tous les sièges occupés par des soldats de sections mélangées et dissoutes, dépourvus de leurs casques et de leurs armes. Parmi eux, des civils avaient embarqué, des ingénieurs comme Andy, ou des fournisseurs, pris au beau milieu de la tempête mais suffisamment chanceux pour avoir été ramassés au passage dans la vague erratique des rapatriements.

Westley était assis à côté de lui. Les six hommes – tout ce qui restait de leur section – étaient installés dans les deux rangées de trois sièges derrière eux. Ils dormaient à poings fermés.

« J'arrive pas à croire qu'on rentre chez nous », commença Westley. Il montra le hublot.

« Tu as vu quelque chose ?

– Rien, rien du tout. Je n'ai pas vu la moindre lumière depuis le décollage.

– C'est pas bon signe, hein ?

– Non.

– Tu crois que c'est aussi moche chez nous que... là-bas ? demanda-t-il avec un geste du pouce vers l'arrière.

– Je ne sais pas. Presque une semaine sans pétrole, je pense que ça va être horrible. Je ne sais pas comment ils l'auront supporté. J'aimerais bien qu'on ait quelques nouvelles.

– Un gars m'a dit qu'il y avait des bons coins et des mauvais. Dans des coins comme Londres, c'est un sacré bordel. Mais ailleurs, ça va mieux. »

Andy acquiesça. Il imaginait très bien à quoi devait ressembler Londres. Il ne serait pas facile d'y maintenir l'ordre. La ville était trop grande, trop peuplée. Dans les plus petites agglomérations, peut-être dans les villes-dortoirs autour des bases militaires, ou dans les régions encadrant les installations protégées par le gouvernement – les entrepôts de ressources et les divers lieux de stockage –, un semblant d'ordre serait imposé. Mais le reste du pays, surtout les larges zones urbanisées, serait laissé à l'abandon. Il imaginait les paysans en train de sortir leurs vieux fusils et les charger de balles réelles afin de sauvegarder jalousement leur récolte, et les commerçants – ceux qui n'avaient pas encore été victimes de pillage – se barricader dans leur boutique, armés de battes et de couteaux de boucher.

Combien de temps durerait cette situation ?

Un mois, d'après lui, peut-être deux. C'était le temps qu'il faudrait pour réparer les infrastructures détériorées, les raffineries sabotées et les pipelines explosés.

Il faudrait un moment avant que les transports de marchandises maritimes et aériens circulent à nouveau, chargés d'oranges d'Afrique du Sud, d'agneau de Nouvelle-Zélande ou de choux de Roumanie.

Les compagnies pétrolières... les intérêts commerciaux... dans son esprit, ils avaient été les premiers suspects. Mais les événements avaient mis à genoux le marché du pétrole, et de façon irréparable. Lorsque le monde entier se relèverait... s'il se relevait un jour, il serait hypersensible aux questions de dépendance pétrolière et de gestion des réserves déclinantes que recelait encore la planète. Tout cela n'était donc motivé par aucune raison économique – cela ne profitait à personne. Il n'y avait pas de gagnant dans l'affaire.

La seule façon de comprendre ce qui se tramait derrière tout cela, c'était de se projeter à quelques mois – ou à quelques années – dans l'avenir, pour voir qui s'en sortirait le mieux, qui aurait tiré profit d'un tel chaos. Andy ne voyait que les millions, les centaines de millions de gens, peut-être même les milliards, qui lutteraient pour survivre. Tout cela parce que quelqu'un avait empoigné le goutte-à-goutte pétrolier de la planète et l'avait serré de toutes ses forces.

Comme notre monde est fragile. Si fragile.

Il avait utilisé une métaphore dans son rapport, une image dont il était fier et qui illustrait parfaitement la situation de ce monde si dépendant. Arrêter le flot continu de pétrole, même l'espace d'un court instant, ressemblait à une embolie ou à un infarctus dans le corps humain. Cet étranglement ressemblait exactement à cela : à une crise cardiaque économique mondiale.

Ses paupières se firent lourdes. Le bourdonnement régulier du moteur qui les accompagnait dans leur voyage au-dessus d'une Europe plongée dans l'obscurité totale était un excellent sédatif. Sa semaine d'insomnie le rattrapait avec violence. Tandis que son menton touchait sa poitrine, sa dernière pensée fut pour Jenny et les enfants : ils s'en étaient sûrement mieux sortis que les autres, au cours de cette semaine.

75

22h05 GMT

Shepherd's Bush, Londres

Les Méchants Garçons revinrent, comme ils l'avaient fait depuis trois soirs, apparaissant en groupe de deux ou trois juste après les dernières lueurs du crépuscule, une fois l'obscurité installée. Ils n'étaient plus aussi bruyants, ils ne sifflaient plus, ne hurlaient plus.

Elle eut le sentiment que cette nuit ne serait pas une nuit de fête. Ils chercheraient le nécessaire : de quoi assouvir leur faim et leur soif. La petite avenue était leur garde-manger. Elle leur avait fourni de belles prises, depuis le début de la semaine. Ils reviendraient jusqu'à ce qu'ils aient pillé la dernière maison ; alors seulement partiraient-ils vers une autre rue.

Elle avait fait des allers-retours tout l'après-midi, utilisant les rares outils que Jill stockait dans le placard sous l'évier pour fabriquer les armes et les pièges les plus rudimentaires. Avec un peu d'espoir, ils seraient suffisamment dissuasifs pour éloigner le gang et le convaincre de s'attaquer à quelqu'un d'autre.

Tenir le coup encore une nuit.

Elle était persuadée que ses parents rentreraient le lendemain. Était-ce son instinct qui le lui soufflait ? Prenait-elle ses désirs pour des réalités ? Ou l'alternative – à savoir qu'ils avaient disparu à jamais – était-elle bien trop inimaginable à ses yeux ?

Après avoir découvert M. et Mme Di Marcio ce matin, et inquiète des probabilités qu'elle et Jacob soient les suivants sur la liste, elle avait compté les bâtiments dans la rue et avait soustrait le nombre de maisons déjà pillées. Il y avait vingt-sept maisons le long de l'avenue bordée d'arbres. Quinze avaient été visitées par le gang, dont la leur au numéro 25. Leona avait eu envie de jeter un coup d'œil à l'intérieur mais s'était remémoré l'avertissement de son père et s'était retenue. Elle était certaine que le gang avait exploré six maisons, situées au milieu de la rue, la nuit dernière. Les gamins ne semblaient pas vouloir se rationner : ils entraient et se servaient jusqu'à satiété. La maison de Jill et deux autres sortaient du lot, encore intactes parmi les coques vides des bâtisses voisines. Elles se remarquaient comme le nez au milieu de la figure.

Elle observa la bande se rassembler juste devant le portillon de Jill.

Leur attitude était différente des autres soirs. Ils n'étaient plus si arrogants, si véhéments. La gravité de la situation avait dû leur apparaître enfin. Ce n'était plus le moment de *se marrer un coup* en l'absence des forces de l'ordre. Les choses devenaient sérieuses. Il leur fallait mettre la main sur les réserves nécessaires à leur survie : nourriture et eau. Le butin de leur pillage de mardi soir – les bouteilles qu'ils avaient volées dans le magasin de spiritueux – avait été consommé rapidement. Les nuits suivantes leur avaient procuré à peine de quoi se sustenter. Trouver l'essentiel pour se maintenir en forme et en bonne santé devenait de plus en plus difficile. Quand ils auraient mis à sac la dernière maison, ils se retourneraient les uns contre les autres et le combat pour la survie s'intensifierait.

D'après ce qu'elle pouvait deviner derrière le store, ils étaient à jeun, assoiffés et affamés... et pour la première fois, un peu effrayés. Le groupe commençait peut-être à se désorganiser.

« Ils sont déjà de retour ? demanda Jacob en voyant son expression inquiète.

– Ils sont de retour. »

Son visage pâlit.

Leona s'obligea à sourire. « T'inquiète pas, Jake. On a nos armes secrètes. Tout ira bien. Tu te souviens comment il s'en sort bien, le petit garçon de *Maman, j'ai raté l'avion !* Il leur fait passer un sale quart d'heure, aux cambrioleurs, hein ? »

Jacob acquiesça et essaya d'égaler le courage de sa sœur.

Dehors, le groupe de Méchants Garçons grossissait. Les Schtroumpfettes n'étaient plus avec eux. Que fallait-il en déduire ? Qu'ils les avaient laissées à leur QG pour qu'elles soient en sécurité ? Parce qu'ils accomplissaient une tâche d'hommes – chasser et rapporter de la nourriture – tandis que leur boulot à elles consistait à s'allonger pour satisfaire les garçons ?

Ou pire, ils s'étaient lassés de ce sentiment de nouveauté et s'étaient *séparés* d'elles ?

Elle vit le plus âgé, celui qui avait poignardé et tué le gars, deux nuits plus tôt. Il était au milieu de la rue et portait une veste Nike. Il parlait avec animation, agitant les mains devant lui à la manière des garçons de la cité. Il avait clairement pris la tête du gang : les autres, plus jeunes, plus petits et moins confiants, acquiesçaient à chacune de ses instructions.

Elle se rendit compte qu'elle l'avait déjà vu quelque part. Et de très près.

50 Cent.

L'un des trois ados qui les avaient abordés mercredi, Dan et elle. Elle s'approcha de la fenêtre pour le détailler encore.

Oui. C'est lui.

C'était lui, en compagnie d'un des *wiggers* qui avait poursuivi Dan et qui – elle en était désormais certaine – l'avait tué.

Il pointa soudain le doigt vers Leona et toutes les têtes se tournèrent dans sa direction.

Merde.

Elle recula en espérant qu'ils ne l'avaient pas vue les espionner. 50 Cent fit un autre geste vers la maison d'en face et ils suivirent son doigt des yeux.

Ils choisissent quelle maison piller en premier. Plouf, plouf...

C'était exactement ce qu'ils étaient en train de faire.

Elle tendit la main vers son arme : une batte où elle avait planté plusieurs clous. Elle y était allée un peu fort et le bois avait commencé à se fendiller au bout. Elle l'avait entouré de cellophane pour stopper la craquelure et éviter qu'elle ne tombe en morceaux. Elle risquait de se désintégrer dès le premier impact mais c'était sa seule arme.

Jacob brandissait une petite batte en plastique. Leona y avait inséré des petits clous au milieu. Elle se disait qu'il pourrait infliger quelques dégâts s'il atteignait un assaillant au visage. Il s'était entraîné à la manier pendant l'après-midi. Leona avait eu peur qu'il se frappe avec et qu'elle soit obligée de lui bander la tête.

Ils auraient pu partir dans la journée – prendre quelques bouteilles d'eau avec eux et fuir. Mais pour aller où ? Non, elle avait décidé de rester. Leurs parents viendraient les chercher. S'ils partaient, ils risquaient de se retrouver seuls pour de bon.

Jacob s'agrippait à la batte en plastique et s'il ne l'utilisait pas comme une arme efficace, Leona voyait tout de même qu'elle lui donnait confiance – elle lui donnait l'impression d'être bien équipé. La petite batte serait son doudou, cette nuit-là.

50 Cent, le meneur insaisissable du gang, avait arrêté de parler. Dans le silence, il regarda vers Leona, puis vers l'autre maison. Ce serait lui qui prendrait la décision.

Non, je t'en prie... non.

Il fit un geste du menton en direction de la maison en face et Leona poussa un soupir de soulagement. Les Méchants Garçons tournèrent les talons et se dirigèrent vers l'autre porte d'entrée. Leona vit un rideau bouger et à cet instant, le nom de ses occupants lui revint en mémoire – les McAllister. Ils avaient emménagé là récemment, six mois plus tôt. Elle se souvint que sa mère avait parlé d'eux, « un couple très gentil avec un bébé et un enfant en bas âge ».

Elle imaginait M. McAllister juste derrière la porte, brandissant une arme artisanale qu'il avait fabriquée en vitesse, tremblant avec une telle violence que ses talons devaient heurter le sol. Mais motivé par un sentiment profond, un désir de combattre jusqu'au bout pour protéger sa famille comme l'avait fait Eduardo Di Marcio pour sa femme.

Le gang s'attaqua à la porte, donnant tour à tour des coups de pied près de la poignée.

Leona tourna la tête vers la porte de Jill, barricadée par de lourds meubles qu'ils avaient traînés là dans l'après-midi. Ils ralentiraient légèrement la progression des gars, mais ils ne les arrêteraient pas. Pas s'ils s'étaient mis en tête d'entrer ici cette nuit.

La porte des McAllister craqua. Le coup suivant fit exploser le bois autour de la poignée. Un choc final la fit valser à l'intérieur. La nuit dernière, les Méchants Garçons s'étaient déchaînés chaque fois qu'ils défonçaient une porte comme les clients d'un pub quand quelqu'un laissait tomber sa pinte au sol. Mais pas ce soir. Ils étaient plus silencieux. Plus concentrés, plus déterminés.

Elle les vit entrer en file indienne.

« Bouche-toi les oreilles, Jake. » Il obéit.

S'élevèrent alors les bruits effrayants et étouffés qu'elle attendait : le dernier combat de M. McAllister.

Il leur fallut une heure pour terminer ce qu'ils avaient commencé dans la maison. Une vingtaine de gars étaient entrés. Ils ne traînèrent rien dans la rue, cette fois, aucun meuble à fracasser, rien. Cela n'avait plus rien d'une fête un peu trop agitée. C'était bien plus paisible... une fois que les hurlements avaient cessé à l'intérieur, évidemment.

Le ciel était noir. Quand elle aperçut les faisceaux de lampes torches émerger à nouveau, elle sut que leur tour était venu.

« Jacob, monte dans notre cachette, chuchota-t-elle.

– Je veux pas y aller tout seul.

– Vas-y ! Dépêche ! »

Elle entendait la respiration saccadée de son jeune frère dans le noir, ou était-ce la sienne ?

« Allez ! » siffla-t-elle.

Leona sentit un bras la tâter dans l'obscurité et s'enrouler autour de sa taille.

« Ne meurs pas, s'il te plaît.

– Merde, enfin ! Je vais pas... mourir, d'accord ? Allez, vas-y. »

Le bras lâcha prise et des bruits de pas retentirent doucement dans les escaliers.

Dehors, la rue étroite se remplissait tandis que le gang sortait en file indienne. 50 Cent et quelques autres semblaient souffrir de blessures légères. Un ou deux d'entre eux lâchaient parfois un cri de douleur.

Un minuscule espoir l'envahit à l'idée que le jeune père avait blessé ses assaillants et était parvenu à les dissuader de combattre davantage avant de tomber à son tour. Mais ils se remirent à discuter et, au bout de quelques instants, elle vit le portillon de Jill s'ouvrir et un groupe de cinq ou six gars emprunter l'allée jusqu'à sa porte.

Elle serra la batte dans sa main.

Le premier coup résonna, assourdissant, un bruit mat qui fit vibrer la barricade de meubles empilés en équilibre précaire. Elle entendit un craquement distinct dès le deuxième impact.

Si seulement Dan était là.

D'autres coups atterrirent avec précision contre la porte et un faisceau de lampe torche finit par apparaître à travers le barrage de meubles. Ils avaient réussi à percer un trou dans le bois fragile. Elle alluma sa propre lampe qu'elle braqua sur la porte. Un visage apparut dans la partie inférieure de l'entrée.

« Allez-vous-en ! » cria-t-elle.

Le visage, visiblement surpris, disparut. Des voix s'élevèrent dehors ; ils ne chuchotaient pas, ils débattaient juste discrètement. L'un d'eux s'agenouilla et cria par le trou. C'était 50 Cent.

« Allez, ouvre la porte !

– Allez-vous-en, s'il vous plaît, gémit-elle. On a rien, ici. Rien du tout !

– C'est ça, ouais. Te fous pas de ma gueule. Ouvre. De toute façon, on finira par entrer. »

Elle ne répondit rien.

La voix derrière la porte tenta une autre approche. « Bon, si tu nous ouvres, et que tu partages tes provisions, on te laissera tranquille. »

Elle avait envie de lui répondre, de lui demander s'il était sincère. Mais elle savait qu'il lui faisait une promesse en l'air.

Son visage réapparut dans le trou. Elle braqua le faisceau de sa lampe sur lui et il plissa les yeux.

« À quoi tu ressembles, toi ? » demanda-t-il en l'éclairant à son tour de sa lampe. Le faisceau s'attarda sur son visage avant de descendre le long de son corps, puis remonter à nouveau. « Oh... je te reconnais. C'est toi, la salope qu'on a croisée au centre commercial. » Il éclata d'un rire amical et malicieux... enfin, qui aurait pu donner cette impression dans un contexte différent.

« Quand on entrera, je serai prem's sur toi. » Il passa la main par le trou et frappa sa lampe contre la barricade de meubles. « Tu crois vraiment que ça va nous empêcher d'entrer ? » Il rit à nouveau. Son visage disparut et elle l'entendit murmurer quelque chose aux autres.

Ils essaient de trouver un autre passage.

Les fenêtres du salon seraient l'alternative la plus probable.

Elle courut jusqu'au salon à l'instant où la première brique volait, éparpillant une pluie de verre sur le sol.

Le premier membre de la bande se hissait déjà avec prudence par le chambranle de la fenêtre quand il posa le pied sur la planche. Celle qu'elle avait fixée là dans l'après-midi, après l'avoir transpercée de clous.

« Aïe, merde ! Putain, y a un truc, putain... merde ! » hurla-t-il en rebroussant chemin.

Un autre gars se glissa à son tour par la fenêtre, tâtant la planche à deux mains. Il l'empoigna et l'arracha avant de la jeter dans le jardin.

« Sale petite vicieuse », hurla une voix dehors.

La fenêtre était de nouveau obscurcie par une forme courbée alors que quelqu'un essayait d'entrer. Elle comprit qu'elle allait devoir frapper.

La batte vint se loger sur le haut du crâne et plusieurs clous transpercèrent la casquette, perçant l'os dans un craquement sinistre. Le gars se convulsa et porta la main à sa tête pour découvrir ce qui s'y était accroché. Leona arracha la batte. Elle émit un grincement en se délogeant et le garçon tomba à la renverse.

Elle entendit certains s'exclamer : « Putain ! Cette salope a buté Steve. Elle a buté Steve. »

Une deuxième fenêtre vola en éclats, juste à côté de la première. Elle attendit, la batte levée au-dessus de sa tête, mais rien ne bougea. Elle distingua un objet obscurcir l'une des ouvertures. Il empêchait la lumière des lampes d'entrer et il avançait lentement au milieu du chambranle. Elle ralluma sa lampe torche et comprit que les gars poussaient un matelas dans l'ouverture ; un bouclier improvisé derrière lequel ils pouvaient s'abriter avant d'entrer en trombe.

Elle y asséna un coup de batte pour obliger les assaillants à lâcher prise. Les clous déchirèrent le tissu, laissant échapper la mousse blanche du rembourrage.

« Allez-vous-en, allez-vous-en ! cria-t-elle d'une voix perçante.

– Attentions, nous voilààà ! » chantonna quelqu'un dehors.

Cours à la cachette. Vite !

Leona n'avait pas fait attention à l'endroit où elle se tenait lorsqu'elle avait frappé le matelas. Elle était dos à l'autre fenêtre cassée. Une paire de mains lui attrapa soudain le poignet gauche et une autre se glissa sur son épaule. Elle hurla de douleur lorsqu'on lui empoigna les cheveux pour les tirer sans ménagement, lui arrachant presque une mèche entière.

Oh, mon Dieu, ils me tiennent !

Sa tête heurta le chambranle tandis que les mains la traînèrent sur les bris de verre dépassant du bois pour la faire sortir dans le jardin.

C'est alors qu'il surgit de nulle part, de l'obscurité du salon, visage blanc comme neige, yeux écarquillés pareils à des billes derrière ses lunettes, bouche ouverte hurlant sa rage. Elle sentit l'appel d'air et distingua une traînée de plastique bleu.

La petite batte s'écrasa contre l'avant-bras agrippé aux cheveux de Leona.

« Lâchez ma sœur ! » hurla Jacob. Il retira la batte, laissant apparaître plusieurs écorchures, et il l'abattit à nouveau. La main lâcha prise et disparut, la batte encore accrochée à sa chair.

Leona se baissa et plongea les dents dans les deux mains qui lui enserraient le poignet. Elles cédèrent à leur tour. Le matelas était déjà presque entièrement dans le salon ; elle savait que Jacob et elle avaient perdu l'effet de surprise. Les voyous finiraient par entrer, quoi qu'il arrive.

Elle se tourna vers Jacob, l'attrapa par la main et fit volte-face pour l'attirer hors du salon, vers l'escalier.

76

22 h 09 GMT

Londres

Lorsque le ciel commença à s'obscurcir, elle savait qu'il lui restait peu de temps. Elle décida qu'il était dangereux de marcher seule. Le tuyau qu'elle avait ramassé plus tôt avait été pour elle comme une bombe lacrymo surpuissante capable de mettre la mort KO d'un seul coup. Mais ç'avait été au beau milieu de l'après-midi, elle s'était sentie bien plus courageuse pendant la journée. À présent qu'il faisait nuit, chaque ombre annonçait la silhouette tapie d'une goule affamée attendant qu'elle s'approche pour lui sauter dessus

Le gros tuyau métallique semblait aussi efficace et menaçant qu'un de ces ballons de baudruche malléables qu'on façonne pour en faire des caniches aux enfants, pendant les fêtes.

Ses pieds étaient couverts d'ampoules douloureuses. Elle avait dû marcher quinze ou vingt kilomètres depuis Watford. Elle avait compté les gens croisés en chemin : 47, pas un de plus. Elle les avait aperçus pour la plupart derrière des fenêtres, protégés par des rideaux et des stores, d'autres fouillant dans des monceaux de produits abandonnés dans l'entrée des magasins, d'autres encore, tremblant dans la coquille sombre de leur maison.

Elle traversa la banlieue nord-ouest de Londres et entra dans Kenton. Elle vit alors les premiers cadavres, prostrés dans les caniveaux, à moitié ensevelis dans des ruelles jonchées de détritus, dissimulés derrière des poubelles. Elle commença à les compter, eux aussi.

Elle abandonna à 100.

Elle passa au nord-est de Wembley, repéra l'arche célèbre du stade dans le lointain et entra dans Edgware. Il était 22 heures et elle estima qu'il était prudent de trouver un coin discret où s'allonger et attendre le matin, bien que Shepherd's Bush fût à quelques kilomètres à peine. L'ironie serait des plus cruelles si elle se faisait attaquer à cinq kilomètres de chez elle.

Elle trouva une boutique de meubles dévalisée où certains articles avaient été traînés au sol avant d'être emportés. Cette pensée l'avait rendue perplexe : quelqu'un avait estimé le moment propice pour mettre la main sur un canapé en cuir qu'il convoitait depuis si longtemps. Mais elle était presque sûre que personne ne viendrait rôder dans la boutique. Il n'y avait ni nourriture ni eau. Elle serait donc relativement en sécurité.

Elle dégota un sofa confortable à l'avant de la boutique, d'où elle pouvait surveiller par la vitrine intacte la rue principale tout en étant dissimulée par les immenses coussins. Confortable et plus ou moins sûr, c'était l'endroit idéal pour se mettre en chien de fusil et observer le ciel s'assombrir avant l'arrivée de l'aube. Elle termina sa dernière bouteille d'eau.

Elle s'éveilla en sursaut. L'obscurité était totale. Les aiguilles phosphorescentes de sa montre indiquaient 22 h 31. Quelque chose l'avait tirée de son sommeil. Un bruit ? Elle n'entendait rien.

L'intérieur du magasin était d'un noir d'encre.

En revanche, elle pouvait distinguer la rue légèrement éclairée par la lueur pâle de la lune. Elle ne discernait rien de très précis, à peine la silhouette des bâtiments d'en face. Il n'y avait aucun mouvement. Mais quelque chose venait de la sortir d'un sommeil profond. Quelque chose qui avait dû la heurter de plein fouet pour qu'elle sursaute ainsi.

Elle eut soudain la sensation que cela ne venait pas de l'extérieur. Ni de l'intérieur non plus. C'était en elle. Une alarme s'était déclenchée, un hurlement strident et terrifiant émergeant d'un niveau des plus instinctifs de son être : quelque chose était en train d'arriver à ses enfants, en ce moment même.

« Oh, non », murmura-t-elle.

Son esprit adulte la réprimanda.

C'était un cauchemar, Jenny. Dieu sait que tu as le droit d'en faire, après tout ce que tu as traversé pendant la semaine.

Oui... un cauchemar. C'était ça. Mais la sensation était puissante : l'impression d'être chassée, traquée, d'échapper à une mort certaine.

Cauchemar classique, Jen. Ce n'est pas du tout ce que tu crois.

Ce n'est pas quoi ? L'instinct maternel ? Bien sûr que non. C'était le genre d'imbécillité qu'on lisait dans les articles débiles des journaux de bonnes femmes, ou dans les récits intimes qu'on trouvait au milieu des « magazines pour mamans », des histoires de mères qui avaient *senti* l'appel à l'aide de leur enfant.

Mais c'était si intense, si vrai, que Jenny se redressa et porta la main à sa poitrine. Elle sentait la douleur, quelque chose en elle qui la faisait souffrir, comme si un ulcère à l'estomac venait de remonter jusqu'à son cœur.

« Je vous en prie... je vous en prie », murmura-t-elle en pleurs. D'énormes larmes roulèrent le long de ses joues, tandis que de la main elle se massait le sternum.

Elle aurait voulu se précipiter dans la rue et courir vers leur maison. Elle devait être à quoi... huit ou dix kilomètres ? Elle pourrait y arriver en une heure. Mais dehors, il faisait nuit noire : quelle direction fallait-il prendre ? Elle risquait de partir en courant pour se retrouver, le lendemain matin, encore plus loin que prévu, perdue au milieu d'une banlieue anonyme de Finchley.

Tes enfants ont besoin que tu te conduises de manière intelligente, Jenny. Pas comme une idiote. C'était un foutu cauchemar. Rallonge-toi. Repose-toi. Rien qu'un cauchemar... rien qu'un cauchemar. Tu verras les enfants demain.

Jenny obéit. Elle se rallongea. Mais elle ne parvint pas à retrouver le sommeil.

77

22h11 GMT

Shepherd's Bush, Londres

Leona entraîna Jacob en haut de l'escalier.

Sur le palier supérieur, ils plongèrent dans la chambre de Jill. Dans le coin de la pièce se dressait un lavabo. Il n'était pas encore raccordé, c'était un de ses nombreux projets en cours – « Vous savez comment ça se passe, c'est difficile de trouver un bon plombier à Londres. »

Le lavabo avait été posé dans une alcôve et l'espace prévu pour contenir la future tuyauterie avait été masqué derrière des panneaux en contreplaqué et une petite trappe afin de garder le mur de la chambre présentable.

Leona savait qu'ils auraient tous les deux la place de s'y cacher, ils s'y étaient faufilés dans l'après-midi pour s'en assurer. Après réflexion, Leona avait sorti un torchon de sous l'évier de la cuisine qu'elle avait punaisé devant la trappe pour la dissimuler. Avec un peu d'espoir, les voyous ne penseraient pas à le soulever et à tirer la petite poignée en laiton.

Avec un peu d'espoir.

Elle souleva un coin du torchon et ouvrit la trappe. « Allez, entre. »

Jacob se glissa à l'intérieur. Elle entra à sa suite et se recroquevilla, les genoux contre le menton, les bras autour des jambes. Roulée en boule en position fœtale, elle arrivait tout juste à loger à ses côtés. Elle referma la trappe et espéra que le torchon ne s'était pas accroché à la poignée, mais qu'il s'était remis en place pour dissimuler leur cachette.

« On est en sécurité, Lee ? chuchota Jacob.

– On est en sécurité. Mais il ne faut faire aucun bruit, d'accord ? »

Elle le sentit trembler tandis qu'il acquiesçait sans un mot.

Les sons qui montaient du rez-de-chaussée indiquaient qu'ils étaient entrés. Elle entendit qu'on déplaçait leur barricade devant la porte, qu'on tirait les meubles avec fureur pour les jeter en travers du couloir. Elle entendit aussi les bruits de pas, les placards de la cuisine qu'on ouvrait et qu'on claquait tandis que les intrus cherchaient les produits de première nécessité : des boissons, alcoolisées ou non. Étancher leur soif passait désormais avant tout.

Ils n'auraient aucun mal à trouver les bouteilles de deux litres d'eau rangées dans le placard à balais et ils les boiraient rapidement.

Il y avait beaucoup de brouhaha dans la cuisine. Plusieurs voix s'élevèrent, furieuses, puis ils entendirent le bruit d'une bagarre. 50 Cent semblait être le chef de la bande, mais la hiérarchie n'était pas officiellement établie et il n'y avait pas d'accord précis quant à la redistribution des denrées saisies. Le premier arrivé était le premier servi.

Le bruit dans la cuisine s'estompa au bout de quelques minutes... ils venaient d'assouvir leur soif.

Et voilà, toute notre eau a disparu.

Dans des circonstances différentes, ce constat aurait été cauchemardesque à l'idée que leur prochain verre d'eau devrait être puisé dans la Tamise ou dans le récupérateur d'eau d'un toit quelconque, putride et infesté de microbes après avoir mijoté dans la chaleur intense de ces derniers jours.

Mais Leona avait la tête ailleurs, elle se concentrait pour ne pas être repérée d'ici dix, vingt ou trente minutes. Ce serait le temps qu'il faudrait aux Méchants Garçons pour trouver leurs réserves soigneusement rangées ; le temps qu'il faudrait pour qu'ils les dévalisent et décident vers quelle maison se tourner ensuite.

Mais ils veulent autre chose, non ?

Elle frissonna à cette pensée, ses bras et ses genoux s'agitant avec violence.

« Qu'est-ce qui se passe ? murmura Jacob.

– Chuuut. »

Ils voulaient autre chose que la nourriture et l'eau, non ? Ils allaient chercher une Schtroumpfette de remplacement, une autre esclave sexuelle. À moins d'un coup de chance, elle finirait comme Mme Di Marcio.

On aurait dû fuir.

Leona se rendit compte qu'ils avaient commis une énorme erreur à vouloir rester dans la maison. Ils auraient dû s'enfuir dans l'après-midi. Les gars au rez-de-chaussée – non, *gars* n'était plus le mot adéquat, Leona avait cessé de les considérer ainsi depuis quelques jours. Elle les voyait comme des bêtes sauvages, à présent : des ogres, des trolls, des démons. Ils lui rappelaient une meute de babouins qu'elle avait aperçue un jour, au cours d'une visite en famille au zoo des années plus tôt : des créatures aux idées fixes, régies par des instincts tout-puissants comme la soif, la faim, la colère... le sexe.

Oh, mon Dieu, on aurait dû partir cet après-midi.

Elle entendit des bruits de pas dans l'escalier, si nombreux... une douzaine ou plus gravissaient les marches pour la traquer. Ils savaient qu'elle était encore à l'intérieur. Ils le savaient et ils venaient s'amuser.

Si elle avait été plus futée, elle aurait laissé la porte de derrière entrouverte pour leur laisser penser qu'ils étaient sortis dans la nuit. Mais elle n'avait pas réfléchi, elle n'avait pas été maligne, et ils savaient qu'elle était encore là, quelque part. La maison allait devenir leur nouvelle cour de récré : ils joueraient à cache-cache... avec la récompense en prime, qui reviendrait au premier qui la trouverait et la tirerait de sa cachette tandis qu'elle se débattrait en hurlant.

La porte de la chambre s'ouvrit et elle entendit entrer quatre ou cinq d'entre eux. Ils ricanaient. Une fois leur soif assouvie, venait l'heure des jeux et des rires. L'impatience, l'excitation, le frisson de la chasse et la promesse d'un moment de détente quand ils auraient mis la main sur elle, quand ils l'auraient violée, les faisaient rire comme des gamins qui partageraient un secret coupable, une plaisanterie bien à eux.

Elle sentait les petits bras maigres de Jacob trembler contre elle en vagues intermittentes. Il respirait avec difficulté. Si les garçons n'avaient pas fait tant de boucan, ils l'auraient sans doute entendu.

« Pst... pst... pst... Minou, minou ! » lança l'un d'eux comme s'il essayait d'amadouer un animal de compagnie. Les autres s'esclaffèrent.

Leona grimaça lorsqu'un rai de lumière passa sur sa main. Une lampe torche balayait la pièce et venait de repérer l'interstice dans le panneau en contreplaqué.

Un nouveau ricanement... un ricanement à la *Beavis et Butt-Head*. Elle trouvait ce dessin animé amusant... avant. Pour une raison bien incompréhensible, leur rire imbécile lui avait paru hilarant. Mais ce son était désormais effrayant, comme le sifflement d'une lame sortant de son fourreau.

Sa gorge se serra de peur, elle avait retenu sa respiration bien trop longtemps et il fallait qu'elle expire. En soufflant doucement, elle laissa échapper un minuscule gémissement étranglé.

« Z'avez entendu ça ?

– Elle est ici.

– Merde, c'est sûr. »

Ils se séparèrent, ouvrirent les portes du placard, de la penderie... puis elle entendit une main frotter contre le torchon et manipuler la poignée en laiton.

Oh, mon Dieu, ça y est.

Leona se pencha et embrassa le haut du crâne de Jacob, elle savait qu'elle n'en aurait plus jamais l'occasion.

« Sois courageux, Jakey », lui murmura-t-elle à l'oreille.

Un cri au rez-de-chaussée.

Un autre cri désespéré, puis un hurlement.

« Qu'est-ce qui se passe ? fit une voix juste devant la trappe.

– Putain, j'en sais rien. »

Un vacarme épouvantable montait du rez-de-chaussée, comme si un taureau venait de se frayer un chemin chez eux et cherchait en vain la sortie.

Un coup de feu !

L'un des voyous hurla.

Puis une douzaine d'autres détonations.

Une voix qui criait : « Putain, c'est les Boomers ! Bande de branleurs ! »

Un vacarme encore plus violent, des bruits sourds.

Les gars dans la chambre étaient terrifiés.

« Merde, la bande des Boomers. Putain ! Ils ont des flingues !

– Merde, on est morts s'ils nous trouvent. »

Leona entendit leurs pas dans la chambre, puis le raffut de leurs chaussures dévalant les marches. Le tapage au rez-de-chaussée continua pendant cinq minutes : des cris, des hurlements, les bruits d'une rixe, et de temps à autre une détonation.

Le brouhaha sembla diminuer à mesure que le champ de bataille se déplaçait dans la rue. Les bruits de lutte continuèrent encore quelques minutes, puis s'éloignèrent dans l'avenue.

Et, enfin, le silence.

« Les Méchants Garçons sont partis, Lee ? murmura Jacob.

– Je crois que oui.

– On peut sortir ? »

Leona n'était pas encore prête à s'extraire de leur cachette. C'était horriblement inconfortable et étouffant. Elle commençait à avoir une crampe douloureuse dans les jambes, mais elle préférait être coincée là que debout, n'importe où ailleurs sur la planète.

« On pourrait peut-être rester encore un peu, non ?

– D'accord », répondit Jacob.

78

23 h 59 GMT

Guildford

Il avait pris ses désirs pour des réalités, et il avait eu raison. Il entendit des pas hésitants dans le couloir, dehors, puis quelques instants après, le tintement d'une clé dans la serrure. Ash s'écarta à la hâte : il ne s'était écoulé qu'une ou deux secondes entre le premier bruit de pas et le craquement de la porte, mais ce délai lui avait suffi pour se lever et se préparer à faire un sort au compagnon de voyage qu'elle aurait pu éventuellement inviter chez elle.

Mais elle entra seule et pressentit aussitôt, malgré l'obscurité totale, qu'il se tramait quelque chose. Avant même qu'elle ait eu le temps de faire demi-tour, il était sur elle, un bras autour de son cou, sa lame lui chatouillant la joue gauche, ses lèvres à quelques millimètres de son oreille.

« Kate, ça fait un bout de temps que je vous attends. »

Elle laissa échapper un cri que sa main vint étouffer.

« Je craignais que vous ne rentriez plus jamais chez vous, Kate. »

Elle se débattit dans ses bras.

« Doucement, ne remuez donc pas autant. Je risquerais de vous crever un œil avec mon truc. »

Les yeux de Kate se posèrent sur l'objet scintillant contre son visage et elle cessa de s'agiter.

« Voilà, c'est mieux. Bon, il faut qu'on discute, Kate. Alors installons-nous. On va mettre un peu de lumière pour que je puisse voir ce que je fais, d'accord ? »

Cinq minutes plus tard, il avait allumé une bougie parfumée trouvée dans la cuisine, qui brillait doucement dans une soucoupe. Kate était assise par terre, les mains scotchées dans le dos. Ash s'agenouilla devant elle, agitant sa lame comme un pendule devant son visage.

Il se rendit compte qu'il aurait pu gérer la situation bien plus intelligemment.

«Je vous en prie, je vous en prie», gémit-elle, les yeux rivés sur le couteau qui allait et venait devant elle.

Ash avait merdé. Et voilà, se dit-il... on croit être au top de ses capacités et on s'aperçoit qu'on peut encore commettre des erreurs.

Son erreur avait été de permettre à Kate de comprendre qu'il traquait la petite Sutherland. Il aurait pu – il aurait dû lui faire croire qu'il était après Jill. Kate ne se serait pas souciée du destin d'une amie de sa sœur. Elle avait avoué l'avoir rencontrée une ou deux fois, et Jenny parlait parfois de Jill... Mais de toute évidence, elle n'aurait jamais sacrifié sa vie pour protéger cette femme.

En revanche, elle semblait prête à beaucoup pour défendre la vie de sa nièce.

«Je... je ne s... sais pas où elle habite... je vous en prie...

– Est-ce qu'elle vit près de chez eux ?»

Une ébauche de réaction apparut sur son visage. Un réflexe insignifiant, involontaire, impossible à contrôler. Le genre de mouvement qu'attend avec impatience n'importe quel interrogateur aguerri ou négociateur de prise d'otages... ou même n'importe quel homme d'affaires : un signe bien plus capital et révélateur que le *bip* d'un détecteur de mensonges.

«Ah, donc elle vit près de chez eux», dit-il avec un sourire.

Kate fit non de la tête.

«Trop tard, Kate. Votre joli visage très expressif vient de me révéler la vérité. Bon, je pourrais aller éplucher l'annuaire pour voir toutes les J. Harriotts et sélectionner celles qui habitent près de chez votre sœur. Mais c'est une vraie corvée. Et vous savez quoi ? Je suis un peu pressé. Ce serait bien plus simple que vous me le disiez vous-même, non ?»

Kate hocha la tête.

Ash soupira. «Oh, zut.» De la lame de son couteau, il lui caressa la joue gauche, juste sous l'œil.

«Par quoi on commence ? Les doigts ? Ou peut-être votre visage. Qu'est-ce que vous en dites ?

– Je... je vous en prie... ne me faites pas de m... mal», murmura-t-elle.

Il se gratta les poils du menton – habituellement taillés en un bouc soigné mais qui, au bout de deux jours sans entretien, commençaient à prendre un air négligé.

« Vous avez un joli visage, Kate. Ce serait horrible de ne plus avoir de nez, non ? Ou de lèvre inférieure ?

– Oh... mon Dieu... non ! »

Il sourit et regarda son couteau. « Kate, cette petite lame a déjà pas mal travaillé au fil des ans. Elle a connu pas mal de gens importants... Peut-être en avez-vous déjà entendu parler, si vous lisez les journaux du dimanche. Croyez-moi, vous serez en bonne compagnie. »

Kate réprima un gémissement.

« C'est une lame très aiguisée. Il ne faudra pas que j'appuie beaucoup pour qu'elle entame votre peau et sectionne le cartilage de votre beau nez. »

Elle frissonna et une larme roula sur sa joue. Ash l'essuya d'un geste tendre. « Je crois que vous êtes prête à tout me dire, pas vrai ? »

Elle acquiesça.

« D'accord, je vous écoute.

– Qu'est-ce que vous allez faire à ma nièce ? » chuchota Kate.

Il estima qu'un mensonge pieux lui permettrait d'aller plus loin.

« On veut juste lui parler, Kate. Rien de plus. C'est en rapport avec le travail de son père.

– Vous... vous n'allez pas lui faire... de mal ?

– Ce n'est qu'une enfant. Pour qui me prenez... lâcha-t-il en lui jetant un regard mauvais. Écoutez, j'ai une sœur de son âge. Non, Kate, je ne vais pas lui faire de mal. Mais il faut que je lui parle de toute urgence. »

Kate regarda encore le couteau, à quelques millimètres de son visage.

« Qui êtes-vous ? » demanda-t-elle.

Les yeux d'Ash s'écarquillèrent de surprise. « Oh, alors, c'est vous qui posez les questions, maintenant ? » Il éclata de rire. Elle lui adressa un sourire anxieux en espérant que sa réplique ait joué en sa faveur.

« Puisque vous me le demandez, je suis dans les services secrets, mais je ne peux pas vous préciser dans quelle branche exacte, bien sûr. Je suis actuellement sur une affaire d'État de la plus haute importance. »

Il savait que cela semblait un peu tiré par les cheveux, mais elle était terrorisée et elle avait envie d'y croire, alors elle y croirait sûrement.

« Je... mais vous n'avez pas l'accent bri... britannique », murmura-t-elle, sceptique.

Ah ! Eh bien, ça valait le coup d'essayer.

Ash sourit.

« Vous avez raison, c'est vrai. Mais croyez-moi quand je vous dis que je vous mutilerai sans remords si vous ne me dites pas tout de suite ce que je veux entendre.

– Jill habite dans leur rue. »

Ash fit la moue.

J'en étais sûr.

« Où, exactement ?

– Une... une ou deux maisons plus bas, sur l'autre trottoir. »

Tu l'as vue, pauvre con. Tu l'as vue, non ? Qui déchargeait sa camionnette... et plus tard, qui regardait par la fenêtre de la maison, qui te regardait droit dans les yeux.

Il jura dans sa barbe. Ç'aurait pu être elle. À deux reprises, il avait été trop loin pour la reconnaître, mais en y repensant, oui, c'était bien la fille de la photo. Elle avait changé de couleur de cheveux, et elle était peut-être plus mince que sur le cliché. Il se souvint même de s'en être fait la réflexion, d'avoir noté qu'elle lui ressemblait vaguement. Mais bon sang, qui serait suffisamment idiot pour se cacher à cinquante mètres de sa propre maison ?

Merde.

Il aurait pu l'avoir la veille.

Kate le dévisagea d'un regard intense, remarquant les signes de colère et de distraction sur son visage.

« Qu'allez-vous f... faire de m...

– Oh, la ferme ! » lâcha-t-il d'un ton irrité avant de faire glisser sa lame contre la gorge de la jeune femme et de reculer pour éviter le jet de sang qui gicla en arc de cercle et aspergea la moquette beige immaculée.

Il essuya son couteau tandis qu'elle se ressaisissait et comprenait ce qui venait de lui arriver. Elle s'agita sur le sol pour essayer de se libérer de ses entraves. Pourquoi, au juste ? Ash n'en savait rien ; porter les mains à la blessure béante de son cou n'aiderait pas franchement.

Il baissa les yeux vers elle et lui adressa un sourire. « Je n'ai rien contre toi, Kate. Mais j'ai des principes : je préfère laisser des cadavres derrière moi, plutôt que des gugusses qui ne savent pas tenir leur langue. »

Elle tenta de lui répondre, mais ne put que gargouiller. Elle tomba en avant, le front contre la moquette. Le sang coulait à flots et sa blessure s'ouvrit davantage.

« C'est bien, comme ça tout ira plus vite. » Il s'arrêta près de la porte. « Pas la peine de me raccompagner, merci. »

SAMEDI

79

4h21 GMT

Aéroport d'Heathrow, Londres

Ils atterrirent à Heathrow quelques minutes après 4 heures du matin.

Andy avait émergé d'un profond sommeil vingt minutes avant l'heure d'arrivée. Son corps avait dû sentir le changement de pression, ou il avait été réveillé par les discussions impatientes qui s'étaient multipliées autour de lui. Il regarda par le hublot tandis que l'avion effectuait une descente en paliers, et il ne vit que l'obscurité totale, le néant, la même absence d'activité humaine qu'ils avaient constatée plus tôt en survolant l'Europe.

Au cours de l'approche vers Heathrow, il remarqua enfin une bande de lumière soulignant la trajectoire de la piste et, dans le ciel, les feux de navigation d'avions qui s'apprêtaient à atterrir ou qui venaient de décoller.

Le commandant de bord n'avait pas pris une seule fois la parole : le voyage s'était déroulé dans un silence étrange. Ils se posèrent lourdement, rebondirent une fois avant de rouler sans heurts pour sortir de la piste principale et suivre un camion militaire, au lieu d'un véhicule de l'aviation civile.

L'avion atteignit enfin sa zone de débarquement au beau milieu d'un mélange d'appareils militaires, de C130 Hercules, de Tristar et d'avions de transport civil. Andy entendit le pilote parler pour la première fois.

« Euh... Ici le commandant Andrew Melton, votre pilote. Vous êtes à bord d'un GoJet sous juridiction militaire. Nous sommes de retour chez nous, au Royaume-Uni », annonça la voix épuisée dans les haut-parleurs de la cabine. Quelques soldats laissèrent échapper une clameur étouffée.

« Mais... euh... comme vous l'aurez certainement deviné, les choses ont pas mal changé en Angleterre, depuis une semaine. Le contrôle aérien vient de m'informer que l'aéroport d'Heathrow est sous surveillance militaire, et ce depuis deux jours. »

Andy regarda les passagers sortir d'un avion voisin, un EasyJet 727. C'était pour la plupart du personnel militaire, mais il crut voir des civils parmi eux, quelques femmes et un ou deux enfants.

Des vacanciers qui avaient eu beaucoup de chance. Beaucoup.

La priorité dans l'ordre d'évacuation britannique avait été donnée aux militaires. L'effort intense s'était concentré sur eux, et non sur les civils bloqués à l'étranger pendant leurs congés : il fallait rapatrier les troupes en Angleterre. Vu l'état actuel des choses, Andy comprenait que cela avait une certaine logique.

« Les passagers militaires devront être traités les premiers. Les passagers civils passeront ensuite. Je ne sais pas exactement ce qu'ils impliquent par "traités", mais ils m'ont demandé d'employer ce terme. »

Westley adressa un hochement de tête à Andy.

« On dirait bien que nos chemins se séparent ici.

– Ouais. »

Par le hublot, ils observèrent la scène baignée d'une lumière artificielle. Les passagers récemment débarqués avançaient en file indienne sur le tarmac en direction du terminal. Pour les guider et les surveiller, des soldats armés avaient été placés là. On aurait cru des gardiens de prison encadrant une rangée de forçats.

Le pilote reprit la parole. « J'ignore de quelles informations vous disposez exactement, mais depuis le début de la crise lundi, un comité d'urgence a été placé à la tête du pays et la loi martiale a été instaurée. Je ne sais pas très bien ce que cela implique concernant ce que nous sommes autorisés à faire ou pas, mais les choses sont à n'en pas douter différentes... euh... une seconde... »

Les haut-parleurs cliquetèrent tandis que le pilote changeait de fréquence et ils n'entendirent plus qu'un long sifflement.

« Bien, lança de nouveau la voix du pilote. Une passerelle de débarquement est mise en place. Quand les portes s'ouvriront, merci de laisser descendre le personnel militaire en priorité. »

Andy entendit la passerelle se coller doucement contre l'avion. Quelques instants plus tard, les portes de l'avion s'ouvrirent avec un bruit métallique. Le raffut de la piste envahit la cabine : le vrombissement des moteurs des avions rangés de chaque côté du leur, le hurlement lointain d'un appareil prêt à décoller et le ronflement sourd d'un autre en train d'atterrir.

Westley détacha sa ceinture de sécurité et se leva dans l'allée centrale, s'étirant avec lassitude et jetant un regard au reste de sa section.

« On se remue, les gars. Hé, Derry, réveille-toi, grosse feignasse. »

Les allées s'emplirent de soldats, la plupart vêtus simplement de leur T-shirt vert olive, leur chemise camouflage nouée autour de la taille ou jetée négligemment sur leur bras. Andy jeta un coup d'œil circulaire, il restait une vingtaine de passagers : des civils, des ingénieurs comme lui, pour la plupart.

À l'avant de la cabine, un officier apparut : « Très bien, les gars, on y va. Un camion vous attend en bas de la passerelle. »

Westley se tourna vers Andy et lui tendit la main. « Voilà, on y est. »

Andy lui serra la main. « Ouais. Prends soin de toi, d'accord ? On a échappé à des tas d'emmerdes, c'est pas pour que tu te fasses renverser par un chariot à bagages. »

Westley éclata de rire.

« Entendu, chef.

– Et tu sais quoi ? Je vais peut-être même t'autoriser à m'appeler Andy au lieu de chef. »

Le première classe sourit.

« Désolé, c'est l'habitude.

– Prends soin de toi, Westley. »

Il haussa les épaules.

« Ah, on a traversé le pire du pire, hein ? Qu'est-ce qu'il pourrait y avoir de plus ici ?

– Ouais, t'as raison.

– Quand la situation se sera améliorée, on ira prendre un verre, hein ?

– Ce sera ma tournée, pour toi et toute la section », assura Andy.

Westley s'esclaffa. « Tu risques de le regretter. » Il lui lâcha la main.

« Fais gaffe à toi, Sutherland.

– Pareil pour toi. »

Westley acquiesça, sourit et s'agita, gêné. Ils avaient dit tout ce qu'il y avait à dire. Il se tourna pour faire face à ses hommes. « Allez, les gars, on obéit à l'officier, on se bouge ! » aboya-t-il.

Les soldats passèrent devant Westley et adressèrent un salut de la tête à Andy.

« Bonne chance, les mecs », lança Andy en les regardant avancer vers le nez de l'appareil.

Westley s'apprêtait à leur emboîter le pas quand il s'arrêta brusquement, fit volte-face et se pencha sur le dossier du fauteuil devant Andy. « Oh, au fait, je t'ai laissé un petit cadeau, murmura-t-il. Tu en auras sûrement besoin. » Il lui adressa un clin d'œil et rejoignit ses hommes. Andy le suivit des yeux avant de baisser le regard vers le siège à sa droite. Il n'y vit rien. Il observa ensuite le porte-magazines au dos du fauteuil de la rangée suivante : le sac hygiénique pour le mal de l'air était gonflé.

Andy devina ce qui s'y cachait. Il laissa passer les derniers soldats dans l'allée étroite avant de sortir le sac et de regarder à l'intérieur.

Ouais.

Il attrapa le pistolet de service et les deux chargeurs qu'il glissa dans la poche de son short.

80

10h03 GMT

Shepherd's Bush, Londres

Leona remua dans l'obscurité totale. L'espace d'une seconde, elle se demanda où elle était, puis elle se rappela. Elle essaya de bouger les bras et les jambes, mais ils étaient engourdis et lorsqu'elle y parvint enfin, elle sentit comme une explosion de punaises et de clous dans ses quatre membres. Elle ouvrit la trappe et la lueur pâle du matin pénétra dans leur cachette. Elle se rendit compte qu'elle avait réussi à s'endormir.

« Allez, Jakey », lança-t-elle à son petit frère.

Il se réveilla aussitôt, son bâillement réduit à un couinement épuisé. Elle sortit et aida Jacob à s'extirper du trou puis, craignant que des membres de la bande soient encore dans les parages, ils avancèrent à pas de loup jusqu'au couloir.
Elle inspecta chaque pièce. Personne. Les chambres avaient été mises à sac, évidemment.

Ils parcoururent les différentes pièces sur la pointe des pieds. Partout, le même désordre indescriptible. Le salon, la cuisine et le bureau de Jill étaient sens dessus dessous. Comme si la maison avait été doucement soulevée à quelques mètres du sol pour être lâchée ensuite. Leona remarqua une série de cratères sur le mur du salon et comprit qu'il s'agissait d'impacts de balles. Elle vit quantité de sang sur les plinthes et le parquet de l'entrée, comme si un corps avait été traîné ou qu'un blessé grave avait essayé de ramper.

La barricade qu'ils avaient construite avec la table de la cuisine, des chaises et deux commodes avait été repoussée et la porte pendait au gond supérieur. Elle pivotait encore en émettant un léger craquement.

Elle découvrit deux cadavres dans la cuisine. Ils étaient plus jeunes qu'elle, sûrement dans les 15 ou 16 ans. Avec leur visage de porcelaine, leurs yeux fermés, comme endormis, ils avaient presque l'air angéliques, allongés ainsi côte à côte dans une mare de sang qui s'était répandue sur le sol pendant la nuit. D'autres balles avaient percé des trous dans le bois des placards. Sous ses semelles, des bris de verre crissaient contre le carrelage.

Jacob entra avant qu'elle ait eu le temps de l'en empêcher.

« Oh !

– Jake, sors d'ici... allez. »

Jacob ne bougea pas d'un pouce, hypnotisé par les deux cadavres.

« Ils sont morts ? demanda-t-il avec une pointe de fascination.

– Oui, Jake, ils sont morts.

– Quelqu'un leur a tiré dessus ?

– Ouais. »

Elle compta une douzaine d'impacts dans la cuisine. Quelqu'un s'en était donné à cœur joie. L'un des gars tenait encore un couteau de boucher ; à côté de l'autre, elle remarqua une batte de base-ball.

Pas très équilibré comme combat.

Elle les reconnut tous les deux, ils faisaient partie du groupe qui hantait leur rue depuis plusieurs nuits. Elle pensait que les Méchants Garçons avaient dû se battre contre un autre groupe – sûrement un gang rival de White City.

Mais les autres avaient des flingues.

Elle fit sortir Jacob, le traînant presque pour l'éloigner des cadavres qu'il observait encore, comme fasciné.

Puis elle le vit dans l'embrasure de la porte, étendu parmi les mauvaises herbes dans le jardin de Jill. Il avait remué légèrement.

« Va dans le salon et n'en bouge pas, ordonna-t-elle à Jacob.

– Pourquoi ?

– Je vais juste jeter un coup d'œil dehors.

– Fais attention, Lee », murmura-t-il en passant dans le salon pour s'asseoir devant l'énorme écran de télé brisé et le scruter avec intensité, espérant sûrement qu'il s'allume.

Elle sortit de la maison et avança avec prudence vers le corps qui s'agitait lentement sur le sol.

Elle le reconnut.

50 Cent.

De près, elle remarqua qu'il avait été touché à l'épaule, son T-shirt blanc imbibé d'un rouge sombre presque brun. Il était prostré sur un lit de graviers collés dans un mélange d'hémoglobine séchée. Il était faible, il avait perdu trop de sang pendant la nuit pour vivre encore longtemps. Elle aurait cru que les autres membres de la bande seraient venus chercher leur leader.

Ce n'était visiblement pas le cas.

Où était passée la notion de loyauté au sein des bandes, le lien fraternel indéfectible dont parlaient tous les rappeurs quand ils évoquaient leurs potes ? C'était plutôt un groupe de bêtes sauvages qui acceptaient de coopérer tant qu'ils évoluaient sous le regard intimidant du chef de meute. Mais quand les jeux étaient faits, ils fuyaient tous, laissant le petit merdeux se vider de son sang sur le gravier.

Il tenait un pistolet à la main et essaya en vain de le soulever pour le braquer sur elle, mais il n'en avait plus la force et il se contenta de le faire crisser sur le sol.

Il leva les yeux vers elle, reconnut son visage et sourit. « Ma chérie, grogna-t-il avec difficulté. Aide-moi. »

Leona s'agenouilla près de lui et s'empara de l'arme. Il s'y accrocha, mais elle parvint sans grande difficulté à lui faire lâcher prise.

« J'ai besoin d'aide », répéta-t-il, sa voix réduite à un ronronnement pâteux.

Le moment propice était venu.

« Tu m'as reconnue hier soir, non ? C'est toi qui m'as demandé une clope au centre commercial. »

Le gars ne répondit rien.

« Qu'est-ce que vous avez fait de mon copain ? »

50 Cent lui adressa un hochement de tête presque imperceptible. « Il s'est enfui. »

C'est alors qu'elle remarqua l'ankh entre les plis sanglants de son T-shirt.

Le pendentif de Dan.

Leona sut alors qu'elle n'avait pas besoin d'entendre ses mensonges pour comprendre ce qu'il était advenu de Dan. D'un mouvement rapide qui étouffa le moindre débat intérieur, elle posa le canon du pistolet sur la tête de 50 Cent, ferma les yeux et appuya sur la détente.

Une puanteur insoutenable flottait dans l'air chaud : un mélange de chou pourri et de plastique brûlé. Elle vit quelques colonnes de fumée à l'horizon. Londres n'était pas en proie aux flammes, mais deux ou trois de ses quartiers périphériques se consumaient lentement. L'odeur de brûlé, en revanche, arrivait jusqu'à eux. Au bout d'un moment, Leona préféra respirer par la bouche.

Ils remontèrent Uxbridge Road où s'amoncelaient bien plus de détritus qu'elle n'en avait vu mercredi, lors de sa dernière sortie. Elle aperçut plusieurs tas de vêtements sur les monceaux de poubelles. Des cadavres ! Elle s'efforça de détourner l'attention de Jacob lorsqu'ils passèrent à proximité. Il ne fallait pas qu'il voie ce genre de chose, pas de si près. Ils longèrent Shepherd's Bush Green, atteignirent le rond-point qui était habituellement envahi de voitures, de camionnettes, de camions qui klaxonnaient et avançaient au ralenti ; ce n'était plus qu'un îlot de verdure surmonté d'une immense sculpture bleue inutile équipée d'un thermomètre. Des corbeaux s'étaient perchés au sommet et observaient les alentours, patients.

Où sont passés les pigeons ?

Le monde aviaire reflétait-il le monde humain ? Les corbeaux se comportaient-ils comme les bandes pendant que les pigeons se cachaient en tremblant ?

« J'ai peur, marmonna Jacob.

– Faut pas. On a ça, maintenant, répondit-elle d'un ton serein en soulevant son T-shirt de quelques millimètres pour dévoiler la crosse du pistolet coincé dans la ceinture de son jean.

– Je peux tirer ? Une seule fois.

– Non.

– Mais toi, t'as essayé.

– Le coup est parti tout seul quand j'ai ramassé le flingue, mentit-elle en sentant un frisson désagréable – le début de quelque chose qui hanterait ses rêves pendant les années à venir.

– Je peux le porter un peu ?

– Non. »

Ils traversèrent le rond-point en direction de Holland Park, où le prix des maisons affichait toujours un zéro supplémentaire et où les bâtiments étaient bien plus majestueux que leur humble foyer de Shepherd's Bush. Elle remarqua que le quartier avait été moins touché par les émeutes et les pillages. La rue, bien que jonchée de débris, était plus praticable qu'au rond-point précédent. Les habitants devaient posséder suffisamment de choses pour ne pas être obligés d'avoir recours au pillage. Chaque maison devait être équipée d'un garde-manger bien garni. Les racailles qui traînaient habituellement autour du quartier devaient être entrées dans ces demeures à trois étages pour faire un sort aux caves à vin.

«Je suis sûre qu'on va trouver de quoi boire et manger par ici, déclara Leona. Ça semble plus en ordre que chez nous.

– C'est un quartier de gens très riches, commenta Jacob.

– Oui, et ils ont toujours l'air de mieux s'en sortir quand il y a un problème.»

Cinq minutes plus tard, ils repérèrent une petite boutique blottie dans une impasse, la devanture décorée de paniers de fleurs suspendus : très rustique, très joli et encore intact malgré la semaine de chaos. Le rideau de fer avait été baissé dès les premiers signes de troubles et, mis à part la vitrine légèrement fendillée et quelques coups à l'endroit où quelqu'un avait tenté d'entrer de force, la boutique n'avait pas été visitée.

«Il y aura de la nourriture ? demanda Jacob.

– Je pense qu'il y aura tout ce qu'il nous faut. N'approche pas.»

Elle leva le pistolet et visa le lourd cadenas en bas du rideau. Elle grimaça en appuyant lentement sur la détente.

Jacob piailla de joie et sauta à pieds joints lorsque la détonation retentit. Le cadenas se brisa en plusieurs morceaux et la vitrine explosa.

«Ouais ! hurla Jacob alors que la fumée se dispersait et que les bris de verre tombaient encore. Mortel !

– Reste dehors.»

Elle remonta le rideau et entra, brandissant l'arme devant elle pour balayer l'intérieur sinistre d'une main tremblante.

«C'est bon, cria-t-elle à Jacob. La voie est libre.»

Il vint la rejoindre.

C'était une toute petite épicerie qui faisait également office de boulangerie-pâtisserie. La viande était avariée, Leona le sentait, et des taches de moisissure s'étalaient sur la plupart des pains. Mais il y avait une quantité importante de boîtes de conserve sur les étagères et deux grands frigos pleins de bouteilles et de canettes, chaudes évidemment, mais ça ferait l'affaire.

Elle sortit une bouteille d'eau et but de longues gorgées, puis la tendit à Jacob. Il fit non de la tête.

«T'as pas soif ?

– Si, mais je veux un Coca. »

Sur la pointe des pieds, il tendit la main vers le haut du frigo et attrapa une bouteille d'un litre.

« Maman ferait une crise cardiaque si elle te voyait boire ça. C'est rien que du sucre et des produits chimiques. »

Jacob haussa les épaules et dévissa le bouchon avant d'avaler plusieurs gorgées.

« J'y crois pas, déclara-t-elle, un immense sourire étalé sur le visage. On a trouvé une vraie mine d'or.

– On laisse tomber les pilchards », ajouta Jacob en s'essuyant la bouche du dos de la main avant de roter.

Leona jeta un regard vers le rideau ouvert. « Allez, on prend ce qu'il nous faut, vite. Les gens auront forcément entendu la détonation. »

Ils trouvèrent un caddie en tissu à carreaux, un de ces machins un peu miteux qui semblaient être l'apanage des vieilles dames aux cheveux argentés. Ils y glissèrent toutes les bouteilles et les conserves qu'ils purent. Leona dégota plusieurs paniers en métal et y chargea davantage de provisions. Elle confia les deux plus légers à Jacob. Tant pis s'il aurait du mal à les porter jusqu'à chez eux. Elle termina de garnir son caddie et empila encore par-dessus deux autres paniers pleins à ras bord.

Ils sortirent et aperçurent plusieurs personnes qui s'approchaient d'un air méfiant, attirés par le coup de feu et l'explosion de verre. Près d'eux, un couple de personnes âgées les observait.

« Est-ce que la boutique est... euh... ouverte ? » demanda le vieil homme.

Jacob sourit et lança d'une petite voix aiguë : « Ouais, c'est journée portes ouvertes. »

Le couple leur adressa un hochement de tête reconnaissant et s'engouffra dans le magasin.

« Il faut y aller, dit Leona. Ça va bientôt grouiller de monde. »

Au bout de l'impasse, ils s'engagèrent à droite dans Holland Park Avenue, en direction du rond-point de Shepherd's Bush. Ils croisèrent des gens qui reluquèrent leur chargement avec intérêt et se précipitèrent dans la direction d'où Leona et Jacob venaient.

« Il faut qu'on fasse attention quand on approchera de la maison. Quelqu'un essaiera sûrement de nous piquer nos trucs. »

Elle tapota la bosse sur sa hanche ; le métal lourd et froid était rassurant.

Ils passèrent à nouveau devant les grandes demeures et Leona remarqua plusieurs personnes sortant sur les balcons ou soulevant leurs rideaux avec curiosité. Les rues étaient peut-être désertes, mais il y avait encore beaucoup de monde, caché ici et là. Du moins, dans ce quartier.

Ils arrivèrent à proximité du rond-point où les corbeaux étaient encore perchés sur le thermomètre bleu géant et scrutaient les alentours d'un air nonchalant. Leona vit une silhouette au milieu de la chaussée qui traversa l'îlot de verdure d'un pas rapide. La femme en jupe blanche portait ses chaussures à la main et leur tourna le dos avant de disparaître derrière le rond-point. Ses cheveux, ses mouvements, tout lui semblait si familier.

« Maman ? » appela-t-elle d'une petite voix. La femme continua son chemin. Leona voyait encore sa tête de l'autre côté de l'îlot.

« Maman ! » hurla-t-elle. Le cri rebondit contre les hauts bâtiments encadrant la rue et la femme s'arrêta net.

Elle fit volte-face et scruta les alentours.

Même à deux cents mètres, le visage réduit à un ovale pâle lointain, Leona la reconnut.

« MAMAN ! »

La femme regarda autour d'elle sans parvenir à identifier la source des cris. Leona lâcha le caddie et agita frénétiquement la main. Le mouvement attira l'attention de la femme et, une seconde plus tard, Leona entendit une voix qui ressemblait à n'en pas douter à celle de sa mère : un mélange de surprise, de joie et de tristesse.

« Leona ? lança-t-elle d'un ton plus interrogatif que surpris.

– Oh, mon Dieu... C'est bien maman, Jake ! C'est maman. »

Jacob laissa tomber ses paniers, les conserves rebondirent sur l'asphalte mais peu leur importait. Elle attrapa son frère par la main et courut vers le rond-point sans remarquer que son visage s'était contracté comme celui d'un bébé et qu'elle pleurait à présent toutes les larmes de son corps, en chœur avec son petit frère.

Ils s'enlacèrent tous les trois, véritable nœud de bras et de visages affectueux.

« Oh, mon Dieu, oh, mon Dieu ! sanglota Jenny en les serrant de toutes ses forces. Grâce au ciel, vous êtes sains et saufs ! »

Leona s'efforça de formuler une réponse, mais ses mots sortirent en un miaulement incompréhensible.

« Maman ! s'écria Jacob. Tu m'as manqué, tu m'as manqué.

– Mon Dieu, toi aussi, tu m'as manqué, mon chéri. J'avais tellement peur pour vous.

– On a fait une bataille, déclara Jacob. C'était flippant. »

Jenny scruta le visage de Leona et sa fille acquiesça, les lèvres tremblantes, les joues baignées de larmes.

« Leona ? Ma chérie ? »

Elle s'essuya le visage de sa manche.

« Ouais, on s'est fait attaquer. On a failli... on a failli...

– On a failli mourir, maman, intervint Jacob avec sollicitude. Mais on a un vrai flingue, maintenant. »

81

11 h 35 GMT

Aéroport d'Heathrow, Londres

Ç'aurait pu être un matin d'été ordinaire dans la salle des départs du terminal 3, pensa Andy. Elle n'avait pas changé depuis son passage deux semaines plus tôt alors qu'il s'apprêtait à embarquer pour l'Irak et faire son rapport sur les pipelines et les stations de pompage au nord du pays. Mais cette fois, les boutiques et les restaurants étaient fermés, leurs rideaux de fer tirés et, au-delà de l'immense baie vitrée donnant sur les pistes, le tarmac était une véritable ruche bourdonnante d'activité.

Il voyait des soldats épuisés descendre d'avions militaires et civils ; un méli-mélo de sections, certains en uniformes kaki, d'autres vêtus de la version camouflage plus chaude. Tant de soldats à l'air perdu, anéanti : les ports du sud de l'Angleterre avaient dû ressembler à cela au lendemain de la bataille de Dunkerque.

Dans la salle d'attente, Andy estima que se massaient environ deux cents personnes – des civils, des hommes pour la plupart, mais aussi quelques femmes et une poignée d'enfants. Des hommes d'affaires pris par les événements ou des vacanciers, un ensemble de citoyens britanniques chanceux qui avaient pu profiter des divers efforts mis en place pour rapatrier le personnel militaire. Ils avaient l'air écrasés de fatigue, déshydratés. Nombre d'entre eux étaient étendus et dormaient sur les longues banquettes bleues.

On les faisait patienter dans cette salle depuis plusieurs heures sans aucune explication. S'ils n'avaient pas été exténués, une émeute aurait éclaté depuis bien longtemps. On leur avait promis que quelqu'un viendrait leur parler de la suite des événements. Et quelqu'un finit en effet par arriver : une femme, accompagnée de deux policiers armés et d'un jeune homme portant un bloc-notes. Elle arborait un émetteur radio à la ceinture et un badge aux allures officielles à la poitrine.

« S'il vous plaît ! cria-t-elle. S'il vous plaît ! »

Les personnes présentes dans la salle, y compris Andy, se levèrent et se rassemblèrent autour d'elle.

« Nous sommes désolés de vous avoir fait attendre si longtemps. » Elle paraissait agitée, énervée et aussi épuisée que les gens inquiets qui l'entouraient.

« Nous allons vous conduire dans des zones sécurisées où nous pourrons vous ravitailler en nourriture et en eau le temps que la situation actuelle se tasse.

– Qu'est-ce qui se passe, dehors ? » demanda quelqu'un derrière Andy.

La femme, responsable de la sécurité au service d'urgence civile, ainsi que l'indiquait son badge, hocha la tête. « J'ai bien peur que les choses soient quelque peu désorganisées à travers tout le pays. Les autorités ont installé plusieurs zones sécurisées que nous pouvons contrôler plus facilement et où nous pouvons distribuer les rations de façon ordonnée. À l'extérieur de ces zones, c'est... « Elle hocha de nouveau la tête... » Eh bien, ce n'est pas reluisant.

– Où sont ces zones ? Combien y en a-t-il ? Quelle est leur importance ? »

Elle tourna la tête pour regarder en direction de l'interlocuteur qui venait de poser la question. « Je ne sais pas exactement combien il y en a. Mais dans la capitale, le Millennium Dome sert de point de rassemblement d'urgence et de centre de ravitaillement. Nous avons également un autre espace de ravitaillement et de distribution à Battersea, et encore un autre à Leatherhead. Ces zones sont surveillées et protégées par la police et l'armée afin de nous assurer que...

– Protégées ? Contre qui ? » demanda Andy du fond de la salle.

Elle tourna à nouveau la tête pour lui faire face et s'accorda un instant de réflexion avant de répondre. « Nous avons des réserves stockées dans les zones sécurisées qui nous permettront de nourrir une partie de la population pendant un certain temps. Mais pas la totalité de la population, malheureusement. »

La foule s'agita, des murmures et des chuchotements inquiets se firent entendre.

« Est-ce qu'il y a eu des morts ? » demanda quelqu'un.

Quelle question conne, pensa Andy.

Elle acquiesça.

« Nous avons essuyé de nombreuses émeutes, une vraie période d'instabilité et de chaos. L'alimentation en eau ne fonctionne plus depuis plusieurs jours. Les gens boivent de l'eau croupie et tombent malades, et oui... il y aura des victimes. Nous avons vu les mêmes images que diffusent habituellement les informations au lendemain de catastrophes naturelles comme les tsunamis : maladies infectieuses, nourriture avariée, eau nauséabonde... Jusqu'à ce que le pétrole coule à nouveau, l'approvisionnement en eau potable et en nourriture posera un problème majeur.

– Quand est-ce que le pétrole va recommencer à circuler ? » demanda quelqu'un d'autre.

Elle haussa les épaules. « Je n'ai pas de réponse toute faite à cette question. » Elle leur adressa un sourire qui se voulait rassurant. « Mais quand il reviendra... nous serons en mesure de sortir de cette crise. Et tout sera mis en place pour une distribution efficace de médicaments et de vivres aux plus nécessiteux. En attendant, nous faisons notre possible pour aider un maximum de gens à traverser cette crise dans, comme je vous l'ai dit, les zones sécurisées. »

Elle fit un geste en direction du jeune homme à ses côtés. « Il nous faut votre nom, quelques informations, nous jetterons un coup d'œil à votre passeport, si vous l'avez encore sur vous... et quand nous en aurons terminé, des camions militaires vous emmèneront soit à Leatherhead, soit à Battersea. Je vous demanderai donc de vous mettre en rang dans le calme, pour que nous puissions commencer. »

La foule s'exécuta et forma une longue file d'attente. Le jeune homme s'installa sur un tabouret et un second lui servit de bureau improvisé. Vêtus de gilets pare-balles et portant leur mitraillette avec détachement, les deux policiers armés reculèrent, sentant la foule bien trop harassée pour présenter le moindre risque.

Son rôle désormais terminé, la femme trouva un endroit au calme entre deux plantes artificielles en pot et, ignorant le panneau derrière elle, alluma une cigarette.

Andy s'approcha d'elle. De près, il voyait à quel point elle était fatiguée et stressée : elle avait des poches sous les yeux et un tremblement nerveux agitait sa main lorsqu'elle portait sa cigarette à ses lèvres.

Elle posa les yeux sur lui lorsqu'il combla les derniers mètres. Elle failli lui adresser un sourire signifiant nous-avons-la-situation-bien-en-main... mais décida finalement que cela lui demanderait trop d'efforts.

« Besoin d'aide ? demanda-t-elle en exhalant la fumée par le nez.

– Est-ce que j'ai le choix ?

– Pardon ?

– Est-ce que j'ai le choix ? Si je ne veux pas aller dans vos zones sécurisées ?

– Vous ne voulez pas y aller ? »

Sa surprise était totale. « Mais enfin, pourquoi ? »

Elle aspira une longue bouffée de sa cigarette.

« Il faut que je retrouve ma famille. »

Elle haussa les épaules. « Ça, je peux le comprendre. »

Andy pivota :

« Tous ces gens, fit-il avec un geste vers la file d'attente qui s'était formée au milieu de la salle. Tous ces gens vont mourir dans vos zones sécurisées. Vous le savez, non ?

– Comment ça ?

– Vous avez combien de gens rassemblés à Battersea, à Leatherhead et au Dome ?

– Bon, écoutez, j'en sais rien... je suis seulement coordinatrice départementale.

– Approximativement.

– Merde, mais j'en sais rien, lâcha-t-elle, bien trop fatiguée et à bout de nerfs pour se laisser entraîner dans une telle conversation.

– Cent mille ? Un million ?

– Ouais, peut-être un demi-million dans l'agglomération de Londres, et ailleurs aussi. Bon, on fait de notre mieux...

– Je n'en doute pas. Mais est-ce que vous avez assez de nourriture et d'eau pour subvenir à leurs besoins pendant six mois ? Neuf mois ? Peut-être même une année entière ?

– Quoi ? » demanda-t-elle, les sourcils arqués, perplexe.

Elle exhala un rideau de fumée.

« Mais de quoi vous parlez, putain ?

– De la reconstruction.

– Écoutez, dit-elle en faisant tomber la cendre de sa cigarette dans l'un des pots avant de jeter un regard indifférent au panneau INTERDIT DE FUMER. Il ne faudra pas un an avant que le pétrole circule à nouveau. Des pipelines ont explosé, des raffineries ont été endommagées, c'est tout. Voilà ce qui s'est passé, rien de plus. »

Andy acquiesça.

« Alors combien de temps il faut, pour remettre tout ça en état ? Je suis sûre qu'il y a déjà des gens qui y travaillent. On aura du pétrole d'ici deux semaines, d'accord ? Maintenant, est-ce que vous pourriez me lâcher, retourner dans la file et me laisser fumer tranquille ? » Elle lui adressa un haussement d'épaules en guise d'excuse. « La semaine a été sacrément longue. »

Andy fit un pas en avant et baissa la voix.

« Il y a des gens dans les hautes sphères, des gens censés être responsables, qui se montrent vraiment trop naïfs à croire ainsi que tout rentrera dans l'ordre d'ici deux semaines.

– Bon... et alors ? Vous voulez qu'on vous laisse partir ?

– Ouais. Je préfère tenter ma chance en dehors de vos zones sécurisées. »

Elle écrasa sa cigarette et jeta le mégot dans le pot. « Très bien, si vous tenez tant que ça à mourir. Je vais demander à un de nos gars de vous escorter hors de notre périmètre. » Elle détacha l'émetteur-radio de sa ceinture et adressa un message rapide à mi-voix.

« Quelqu'un va venir vous chercher bientôt.

– Merci, répondit Andy avant de faire demi-tour pour se rasseoir.

– Attendez. »

Il se retourna vers la femme.

« Vous pensez vraiment qu'il va falloir si longtemps que ça ? Six mois ?

– Évidemment. Le pétrole pourrait très bien couler à nouveau d'ici la semaine prochaine, mais d'où viendra notre nourriture ? Le fermier brésilien qui fait pousser le café, le fermier ukrainien qui fait pousser les patates, le fermier espagnol qui fait pousser les pommes... réfléchissez un moment. Ces fermiers-là, est-ce que leurs exploitations tournent encore ? Est-ce qu'ils sont encore vivants, ou bien blessés, ou malades ? Ou mieux... est-ce que leurs récoltes n'ont pas pourri sur place, faute d'essence pour faire marcher le tracteur ou la moissonneuse ? Et tous les acheteurs, les usines de traitement, de transformation, les distributeurs... tous les maillons de la chaîne qui permet d'acheminer la nourriture depuis la terre jusqu'au supermarché du coin ? Est-ce que les entreprises fonctionnent encore ? Est-ce qu'elles existent encore, ou bien leurs locaux ont-ils été pillés et brûlés ? Et qu'en est-il de leur main-d'œuvre ? Les employés sont-ils encore vivants ? Ou bien sont-ils chez eux à vomir leurs tripes parce qu'ils ont bu l'eau dans laquelle ils chient ? »

La femme ne broncha pas.

« Voilà, c'était juste quelques questions qui m'ont traversé l'esprit et que quelqu'un, dans les hautes sphères, devrait se poser aussi. Il n'est pas simplement question de distribuer des bouteilles d'eau et des barres de céréales énergétiques pour les deux semaines à venir. Le pétrole s'est arrêté de couler... et même si ça ne dure qu'une toute petite semaine, le système entier est foutu.

– Ce n'est certainement pas si dramatique.

– C'est un énorme échec du système. Tout a planté. Le monde n'a jamais été préparé à se remettre après une telle panne.

– Et vous préférez tenter votre chance dehors ? Il n'y a plus de nourriture, plus rien. Tout ce qui pouvait être pillé a déjà été emporté. Vous ne croyez pas que vous agissez un peu bêtement ?

– Dans six mois, le Millennium Dome et toutes les autres zones sécurisées... seront transformés en camps de la mort. »

La femme lui jeta un regard incrédule. « Allons donc. »

Andy vit deux policiers armés entrer dans la salle et se diriger vers eux.

« Ah, dit-elle, les voilà. » Elle posa la main sur son bras. « Écoutez, vous ne préférez pas rejoindre les autres dans la file d'attente ? Je peux leur demander de repartir. Londres est un endroit dangereux. »

Il voyait que sa demande était un acte de pure compassion. Elle voulait bien faire.

« Merci, mais je préférerais retrouver ma famille et m'éloigner au maximum des *autres humains*. Le dernier endroit où je voudrais me trouver d'ici six mois, c'est bien dans un espace clos en compagnie de milliers de gens. »

L'escorte arriva et la femme leur demanda de le guider hors du bâtiment et de lui faire franchir le périmètre de sécurité autour du terminal.

Elle lui souhaita bonne chance et ils se séparèrent.

82

14 h 32 GMT

Shepherd's Bush, Londres

« Pourquoi ? demanda Jenny en dévisageant sa fille. Pourquoi est-ce que c'est si important de ne pas rentrer chez nous ?

– C'est ce que papa m'a dit.

– Je sais qu'il te l'a dit, mais il pensait que Jill serait là pour veiller sur vous. Je pense que c'est pour ça qu'il a voulu que tu viennes ici. »

Jenny regarda les deux cadavres dans la cuisine, la mare de sang et les traînées écarlates sur les murs et les placards.

« On ne peut pas rester ici. Je ne veux pas que Jacob en voie davantage...

– Il faut qu'on reste ici, maman. On ne peut pas rentrer chez nous. »

Jenny l'attrapa par les épaules et l'obligea à lui faire face. « Pourquoi ? »

Leona hocha la tête. Jenny devinait qu'elle voulait lui dire quelque chose.

« Bon, on ne peut pas parler tranquillement ici », décréta Jenny en baissant les yeux vers les cadavres. Elle mena ses enfants à l'autre bout de la maison, jusqu'à la véranda qui avait moins souffert du saccage. Elle fit asseoir Leona dans un fauteuil en rotin ct s'installa sur un autre. Jacob grimpa sur ses genoux et se serra contre elle. Elle se mit à le bercer sans même y penser.

« Allons, Lee, ça n'a aucun sens. »

Leona garda le silence un moment tout en observant Jacob. Ses paupières se faisaient lourdes et au bout de quelques minutes, le son régulier de sa respiration leur indiqua qu'il dormait à poings fermés.

« C'est dangereux chez nous, commença Leona à voix basse.

– Quoi ? C'est pas plus dangereux qu'ici.

– Maman, je crois qu'au téléphone, papa a essayé de me dire que... que quelqu'un me traquait.

– Quoi ?

– Un homme, ou des hommes, je ne suis pas sûre.

– Bon sang, mais de quoi est-ce que tu parles ? »

Leona s'affala dans le fauteuil.

« Tu te souviens de notre voyage à New York ?

– Bien sûr. Comment oublier un Noël aussi extravagant ?

– C'était notre cadeau, mais aussi un voyage d'affaires pour papa, pas vrai ?

– Oui, tout à fait.

– Papa avait rédigé un truc important qu'il devait remettre à quelqu'un de tout aussi important. »

Jenny acquiesça. Elle savait que l'affaire était baignée d'un halo de confidentialité et qu'Andy avait été sur les nerfs pendant tout leur voyage. Elle s'était demandé à l'époque s'il n'y avait pas quelque chose de... *d'inhabituel* dans cette mission.

« Je crois que c'est en rapport avec tout ça. Tout ce qui se passe actuellement. »

Jenny hocha la tête une fois encore. Jacob marmonna, dérangé par son mouvement. Elle eut envie de lui répondre que c'était un ramassis d'idioties. Mais quelque chose l'en empêcha. Ce que suggérait Leona était ridicule... mais si elle disait la vérité, Jenny comprenait mieux certains détails de ces huit dernières années. La paranoïa d'Andy, en y repensant, avait commencé à New York ; son obsession pour le pic pétrolier, pour le secret, sa lente prise de distance avec le monde autour de lui... tout avait commencé à cette époque.

Et n'oublie pas, Jenny, que sa spécialisation a toujours eu un rapport avec l'étranglement de la distribution mondiale du pétrole... phénomène qui nous affecte en ce moment.

« Maman, reprit Leona. Papa n'était pas censé voir les hommes pour qui il travaillait. Sa mission était importante à ce point-là. C'est ce qu'il m'a dit.

– *C'est ce qu'il t'a dit ?* Et pourquoi est-ce qu'il ne m'a jamais rien dit, à moi ? Pourquoi est-ce que je découvre tout ça seulement maintenant ?

– Parce que c'est pas papa qui les a vus... c'est moi.

– Quoi ?

– Dans l'hôtel de luxe... Tu te souviens que j'étais remontée chercher quelque chose ? Je me suis trompée de chambre, je suis entrée dans celle d'à côté. J'y ai vu des hommes. Et je savais qu'ils étaient importants. Important du genre... chefs d'État ou je ne sais quoi.

– Oh, mon Dieu.

– Et avec cette histoire de pétrole, je crois qu'ils... »

La voix de Leona trembla. « Je crois qu'ils préfèrent me savoir morte. »

83

21 h 00 GMT

Cabinet du comité COBRA, Londres

Malcolm observa les deux autres membres du comité COBRA. « Je crains que nous ne courions le danger de perdre le contrôle de la situation. »

Ils le dévisagèrent d'un air grave.

« Plus la situation stagne ainsi et plus il nous sera difficile de recoller ensuite les morceaux.

– La situation stagnera, Malcolm, autant qu'il le faudra, répliqua sir Jeremy Bosworth. Nous n'avons pas le choix. »

Malcolm soupira.

« Je sais, je comprends que nous sommes tous dans le même bateau, mais les dégâts causés ne sont pas répartis équitablement, messieurs. Nous subissons des conséquences bien plus rudes qu'ailleurs. Je m'inquiète qu'une fois le résultat atteint, il ne reste plus rien à sauver de ce pays.

– Vous exagérez, Malcolm, rétorqua l'autre homme, Howard Campbell. Il nous faut garder notre calme le temps des opérations.

– Moi, exagérer ? Je n'en suis pas sûr. Vous avez tout de même conscience de ce qui se passe à l'extérieur, non ?

– Bien sûr, ce n'est pas beau à voir, répondit sir Jeremy.

– Les zones sécurisées que nous avons mises en place pour concentrer les ressources et la main-d'œuvre ne prennent pas la tournure que nous espérions. Nous n'avons pas assez d'hommes pour les entretenir et les surveiller : nous n'avons pas assez de soldats dans le pays.

– Les soldats sont presque tous rentrés des pays étrangers où nous étions engagés militairement, non ?

– Ils sont nombreux à être encore bloqués hors de nos frontières. Et même si nous étions parvenus à les rapatrier tous, nous n'aurions pas eu assez d'hommes pour mener tout cela à bien.

– Nous avons beaucoup de réservistes volontaires, ils peuvent se mettre à notre disposition, non ?

– Mais ils sont peu nombreux à s'être présentés spontanément, et parmi les quelques milliers que nous avons pu regrouper, beaucoup ont déjà abandonné leur poste. J'ajouterai également que nous perdons beaucoup de policiers.

– C'est compréhensible, commenta Jeremy. Les gens veulent retrouver leur famille. »

Malcolm le dévisagea.

« Et ça ne vous préoccupe pas ?

– Si, bien sûr, c'est préoccupant. Mais il faut que nous continuions à garder à l'esprit la vision d'ensemble. Ça a toujours été l'élément capital : la vision d'ensemble.

– Bon, je vais être honnête. Je suis inquiet : quand ils seront enfin contents de voir que le but a été atteint, il nous faudra beaucoup trop de temps pour remettre le pays sur pied.

– Ce n'est pas le moment d'avoir la trouille, Malcolm, lâcha Howard.

– Mais je n'ai pas la trouille, putain. Je voudrais juste qu'il reste quelque chose à gouverner, une fois qu'on en aura terminé avec tout ça !

– Allons, Malcolm, ne nous disputons pas comme de vulgaires politiciens. Nous valons bien mieux.

– Vous avez raison. »

Il leur sourit. « Je suggère juste que nous commencions à mettre la pédale douce. Nous avons pris plus de vitesse que prévu. »

Jeremy haussa les épaules. « Je dois admettre que j'ai été surpris de voir les émeutes de mardi. Votre homme, Charles, a fait un sacré boulot pour effrayer ainsi la population. »

Howard les dévisagea tous les deux. « Vous savez qu'on ne peut pas faire ça. On ne peut pas mettre en place la moindre tentative de reconstruction tant que nous n'en avons pas reçu l'ordre. Vous vous êtes *engagés.* »

Malcolm saisit la menace masquée derrière ce simple mot. Ils n'étaient pas enclins à laisser un collègue jouer en solo.

« Je ne parle pas d'initier une procédure de reconstruction. Je crois juste que nous avons été un peu trop... zélés, cette semaine. Nous avons atteint les résultats escomptés bien plus vite que n'importe lequel de nos collègues ailleurs. J'en accepte l'entière responsabilité. J'avais sous-estimé la fragilité de notre pays. »

Howard se pencha et posa une main douce et rassurante sur le bras de Malcolm. « Nous savions que ce ne serait pas facile, nous avons tous accepté. Les générations futures nous jugeront, nous trouveront durs, impitoyables et cruels. Mais elles comprendront, Malcolm. Elles comprendront. »

84

21 h 15 GMT
Londres

Hammersmith sans une seule lumière ? Le coin ressemblait à une de ces villes fantômes de cinéma. D'ordinaire, le samedi soir, les rues débordaient de gens sortant du métro et traversant le centre commercial pour envahir le trottoir, et n'hésitant pas à s'engager sur la chaussée encombrée de voitures. À cette heure, les pubs seraient déjà pleins et recracheraient sur le trottoir des jeunes éméchés se demandant où continuer la soirée.

Les lieux n'auraient jamais dû ressembler à cela : de grands bâtiments sombres et silencieux, l'entrée du centre commercial pareille à la bouche sinistre d'un abîme sans fond.

Une odeur persistante flottait dans l'air. Une odeur qu'il avait commencé à sentir au nord-est d'Heathrow, en traversant Hounslow. C'était la puanteur d'un sac-poubelle déchiré par un renard et moisissant au soleil depuis quelques jours. Il avait arpenté les rues de Kew où il avait détecté une autre nuance, un léger relent de décomposition. L'odeur des premiers cadavres. Andy en avait dénombré une douzaine, à peine. C'était peut-être encourageant. Quand il avait imaginé Londres en proie à un tel scénario, il s'était représenté un tableau sinistre : des rues jonchées de morts et d'agonisants, des caniveaux débordant des fluides putréfiés de ceux qui, poussés par la soif, auraient bu l'eau de la Tamise, des systèmes réfrigérants des climatiseurs, ou même pire.

Quand il arriva à Hammersmith, il sentit une odeur de merde humaine qui vint s'ajouter à toutes les autres.

Évidemment. Les chasses d'eau ne fonctionnent plus. Ça va faire plusieurs jours que ça stagne dans les canalisations. Sympa.

Andy avait croisé une cinquantaine de personnes depuis qu'il avait quitté le périmètre sécurisé autour du terminal 3 d'Heathrow. Ils semblaient malades, affichant les symptômes d'une intoxication alimentaire après avoir sans aucun doute consommé des aliments avariés ou bu de l'eau croupie.

Le soleil se couchait. La lueur du crépuscule colorait légèrement le ciel sans nuage.

Son pied heurta une boîte de conserve qui ricocha à grand bruit sur l'asphalte, le faisant sursauter et effrayant quelques oiseaux qui s'envolèrent dans un bruissement d'ailes affolé.

Il sortit le pistolet, cadeau du première classe Westley. C'était agréable de sentir le métal entre ses mains, il fallait bien l'avouer. Il n'aurait jamais pensé pouvoir apprécier cela avec tant d'intensité : la puissance incontestable d'une arme à feu chargée.

« Merci, Westley », marmonna-t-il.

L'obscurité s'installait, mais il était presque arrivé, il ne restait que trois ou quatre kilomètres jusqu'à la maison. Il remonta Shepherd's Bush Road en direction du Green, longea le supermarché Tesco à sa gauche. Dans les derniers rayons du jour, il aperçut des personnes qui, tel un vol de mouettes dans une décharge, fouillaient un tas de détritus dans le parking.

Quelques minutes plus tard, il arriva en vue du parc triangulaire de Shepherd's Bush et des magasins qui le bordaient. C'était son quartier, il était si près du but.

Il s'était laissé aller à espérer qu'une fois arrivé, il découvrirait une enclave de la banlieue londonienne où les habitants auraient gardé leur sang-froid, où ils auraient bloqué les rues et se seraient partagé leurs réserves. Après tout, c'était le quartier de la BBC. Il était entouré de cités malfamées, mais se composait de nombreuses rues où logeaient des classes moyennes soi-disant raisonnables, des journaleux et des cadres : le *Guardian* s'y vendait aussi bien que le *Sunday Sport*.

Mais cela n'avait été qu'un rêve insensé. En proie à la faim, cols bleus ou cols blancs étaient prêts à faire n'importe quoi pour survivre. Qu'ils appartiennent à la classe moyenne ou à la classe ouvrière, qu'ils lisent les journaux sérieux ou la presse populaire, il suffisait de gratter le vernis pour voir que tous étaient pareils.

Il longea le Green et bifurqua à gauche dans Uxbridge Road. Il aperçut ce à quoi il s'attendait réellement : les rues jonchées de débris, les vitrines des magasins détruites... un ou deux cadavres.

Il se mit soudain à courir. À l'idée qu'il était à moins de cinq minutes de chez lui, il ne ressentait plus aucune fatigue malgré ses vingt-cinq kilomètres de marche. Le cœur battant à tout rompre, Andy fut envahi par la terreur à la pensée de ce qu'il risquait de trouver en ouvrant la porte de chez Jill.

« Oh, mon Dieu, faites qu'ils soient sains et saufs », murmura-t-il.

Le bruit de ses pas résonnait dans la rue déserte tandis qu'il accélérait encore le rythme et répétait en boucle sa prière païenne et hypocrite.

Faites qu'ils soient sains et saufs, faites qu'ils soient sains et saufs, faites qu'ils soient sains et saufs.

Quand il arriva à l'angle d'Uxbridge Road et de St. Stephens Avenue, il sprintait de toutes ses forces et son cœur lui remontait dans la gorge.

C'est alors qu'il les vit, debout devant lui, lui barrant le passage. Trois personnes : des hommes, d'après leur silhouette sombre. Ils restaient là, comme s'ils l'attendaient depuis toujours.

Andy sortit son pistolet et le brandit à deux mains. « J'ai un flingue, alors reculez et laissez-moi passer, putain ! » hurla-t-il.

Pas de réponse. Les trois formes noires restèrent de marbre. Celui du milieu s'avança lentement vers lui. Andy arma le pistolet dans un cliquetis métallique et mit l'homme en joue. « Si vous faites un pas de plus, je vous explose la cervelle, mon pote. »

La silhouette sombre s'arrêta net. « Professeur Sutherland ? »

85

21h51 GMT

Shepherd's Bush, Londres

Jenny était assise en haut de l'escalier. Le pistolet que Leona avait trouvé reposait sur ses genoux. Les enfants avaient protesté un moment, mais elle avait réussi à les convaincre de monter dormir. Ils étaient exténués et avaient besoin de repos. Quand elle leur avait promis de monter la garde sur le palier du premier étage, ils avaient cédé et avaient accepté de la quitter.

Elle était fatiguée, elle aussi, mais elle avait l'esprit trop préoccupé. Elle ne trouverait jamais le sommeil. La confession de Leona lui posait désormais problème.

D'un côté, elle venait d'introduire une nouvelle donnée à l'équation, plus effrayante que tout: la pensée que des personnes louches traquaient peut-être sa fille, mues par une idée fixe: la tuer. D'un autre côté, elle était furieuse que le travail d'Andy ait mis en danger la vie de leur fille, de leur famille. Elle était furieuse qu'il ne se soit jamais confié à elle, qu'il ne lui ait jamais avoué avoir brièvement croisé le chemin de dangereux individus. Elle était furieuse qu'il ait fait promettre à sa fille de ne rien dire. Et enfin, elle était triste qu'il ait vécu seul pendant si longtemps avec cette inquiétude qui l'obnubilait et le préoccupait. Voilà qui expliquait beaucoup de choses... cela éclairait même certains tics qu'Andy avait développés au fil des ans: son habitude insupportable de réécouter la tonalité du téléphone après avoir raccroché, la tournée rituelle des fenêtres et des portes du rez-de-chaussée avant d'aller se coucher. Jenny l'avait même soupçonné de contracter une forme mineure de trouble obsessionnel du comportement.

À présent, elle comprenait.

Seigneur.

Elle frissonna. Des racailles traînant dans les rues, c'était une chose. Mais que Big Brother les observe, c'en était une autre.

« Professeur Andrew Sutherland ? demanda la silhouette sombre devant lui.

– Je vous ai dit de rester où vous êtes, ou je vous colle un trou dans la tête ! »

Andy aurait aimé que Westley lui offre aussi un viseur infrarouge. Le contour des trois formes se fondait dans l'obscurité du crépuscule et les hommes l'observaient peut-être à travers leurs propres lunettes de vision nocturne et le tenaient actuellement en joue.

« Calme-toi, Andy. »

La voix lui rappelait quelqu'un. Aucun doute.

« Vous êtes qui ? Je vous connais.

– Salut, Andy. C'est moi. »

Mike ? Sa voix lui rappelait vraiment celle de l'Américain.

« C'est toi, Mike ?

– C'est moi, oui. Comment tu vas ?

– Qu... qu'est-ce que tu fous ici ? demanda-t-il avant d'observer les deux autres silhouettes. Et qui est avec toi ? »

La forme obscure au milieu du groupe, celle qu'il pensait être Mike, fit un autre pas en avant et Andy sentit le poids d'une main se poser sur son arme et pousser doucement le canon vers le sol.

« Il faut qu'on parle, Andy, et il faut qu'on parle très vite. C'est à propos de ta famille. »

Ces mots lui glacèrent le sang.

« Oh, mon Dieu. Qu'est-ce qu'il y a ? Qu'est-ce qui s'est passé ? Ils vont bien ? »

Mike hésita. « On ne sait pas. C'est ta fille, Leona. C'est pour elle qu'on s'inquiète. C'est à elle qu'il faut qu'on parle. »

Andy scruta la silhouette devant lui.

Oh, mon Dieu. Il est avec Eux !

Andy leva son arme. « Recule ! Ou je tire. Je déconne pas. »

Mike avança lentement. « Andy, mon ami, je suis désolé mais moi aussi, j'ai un flingue braqué sur ta tête. Et... » Mike éclata de rire. « Je sais aussi que tu vises comme un pied. Baisse ton arme ou je vais être obligé de repeindre la chaussée avec ta cervelle. »

Andy était certain que les deux autres le tenaient aussi en joue. Il baissa son pistolet.

Mike s'adressa d'un ton sec à ses acolytes. « Amenez-le à l'intérieur. »

Ils le désarmèrent, le saisirent par les bras et le traînèrent de l'autre côté de la rue étroite, passèrent le portillon d'un petit jardin pour entrer dans une maison saccagée au cours des derniers jours. Ils le laissèrent tomber sans cérémonie dans un fauteuil.

Il ne voyait rien tant il faisait sombre. Il sentit quelqu'un lui frôler les jambes, puis une petite lanterne s'alluma soudain – une lampe au sodium qui émettait une pâle lueur bleu clair. Mike était accroupi devant lui, son arme encore à la main ; s'il ne pointait pas le canon sur lui, il ne l'écartait pas non plus.

« Andy. Est-ce que tu as vu le film avec Keanu Reeves et Laurence Fishburne... *Matrix* ? »

Andy acquiesça.

« Tu te souviens de la pilule bleue ? »

Il acquiesça de nouveau : le moment où l'on demande à l'un des personnages, celui incarné par Keanu Reeves, d'oublier tout ce qu'il sait et de se préparer à une nouvelle réalité. La pilule bleue était une métaphore visuelle.

« Ouais, bon... qu'est-ce qu'elle a, cette pilule ?

– Eh bien, je crois que tu t'apprêtes à vivre ton instant pilule bleue. »

Jenny l'entendit distinctement : dans l'obscurité, quelque part dans le hall d'entrée au rez-de-chaussée, le frottement caractéristique du tissu contre le tissu, un bruissement imperceptible ; quelqu'un ou quelque chose en mouvement.

Elle retint sa respiration et tendit l'oreille.

Un instant plus tard, elle l'entendit de nouveau, suivi d'un infime craquement d'une latte du parquet.

Elle attrapa le pistolet posé sur ses genoux et le pointa vers le palier inférieur.

« Je vous entends », déclara-t-elle. Sa voix, réduite à un murmure, lui sembla pourtant exploser dans le silence total de la nuit.

Le craquement et le frottement s'interrompirent aussitôt. C'était d'autant plus effrayant pour Jenny car cela venait confirmer que *quelqu'un* était entré, que les bruits n'étaient pas le fruit de son imagination.

« Je... je suis armée et je pointe le canon vers vous », murmura-t-elle à nouveau.

Sa réplique fut accueillie une fois encore par un silence de marbre.

Elle perçut un autre mouvement au bas de l'escalier.

« Arrêtez-vous ! siffla-t-elle. Ou je tire.

– Madame Sutherland ? » demanda une douce voix masculine.

Entendre son nom sortir ainsi de l'obscurité la déstabilisa.

« Qui est là ? Qui êtes-vous ?

– Qui je suis n'a aucune importance, répondit la voix. Je suis venu pour une bonne raison. Je suis venu car à cent mètres d'ici, des hommes arrivent pour tuer votre fille.

– Quoi ?

– Ils viennent la chercher, vous savez, ils arriveront d'ici quelques secondes à peine.

– Mais vous êtes qui, putain ?

– Comme je viens de vous le dire, qui je suis n'a aucune importance. Il faut que je fasse sortir votre fille avant qu'il soit trop tard. »

« Je crois que tu t'y attendais un peu, Andy, déclara Mike. Tous ces trucs qui se déroulent partout dans le monde.

– Mon rapport. C'est inspiré de mon rapport. »

Mike sourit. « Oui, ton rapport. Et tu as déjà dû te demander à qui tu l'avais remis, à l'époque. Tu cogitais dur à l'arrière du camion en Irak, Andy, hein ? »

Andy gardait les yeux rivés sur le pistolet à quelques centimètres de lui. Serait-il assez rapide ?

« Bon, tu as donné ton rapport à de bonnes personnes. Qu'est-ce qu'ils t'ont dit quand ils t'ont contacté pour la première fois ? Qu'ils étaient experts en sécurité et qu'ils travaillaient pour plusieurs clients anonymes de l'industrie pétrolière ?

– Oui, c'est à peu près ce qu'ils ont dit.

– Ça ne t'a jamais effleuré l'esprit que ce pouvait être des terroristes ? Des intermédiaires mandatés par une quelconque puissance étrangère malintentionnée ?

– Je ne leur aurais pas livré le rapport si ç'avait été le cas.

– Non, j'imagine que non, malgré l'argent. C'était une sacrée somme, non ? »

Andy haussa les épaules.

« Ils tiennent à leur anonymat. C'est capital, pour eux, surtout à présent qu'ils ont réussi leur coup : mettre le monde à genoux. Des millions de gens vont mourir de faim, tu sais.

Il y aura des centaines de guerres à petite échelle où beaucoup d'autres trouveront la mort. De vieilles rancœurs seront réglées, des rivalités ressurgiront tandis que la planète essaiera de gérer cette instabilité temporaire. Pour eux, ce n'est pas le moment idéal pour être identifiés au grand jour. Et c'est bien leur problème... parce que ta fille en est capable. »

Andy dévisagea Mike. « Alors t'es avec *eux*, c'est ça ? »

« Allons, madame Sutherland, baissez votre arme. Nous n'avons pas de temps pour ce petit jeu.

– Alors, qui... qui est dehors ?

– Des gens, de mauvaises gens : ceux qui sont derrière le désastre ambiant. Tout est lié, vous savez, tout se recoupe.

– Et vous ?

– Moi ? Moins vous en saurez et mieux vous vous porterez. Disons que j'ai été engagé, d'accord ?

– Engagé pour... pour faire quoi ?

– Pour trouver votre fille et la protéger, bien sûr. Écoutez, ce n'est pas le moment. Gardez votre arme, mais enclenchez la sécurité. Faisons-la sortir d'ici et mettons-la à l'abri, vous pourrez alors retirer la sécurité, braquer votre arme sur moi et me poser toutes les questions qui vous trottent dans la tête. »

Il était persuasif. Dieu savait à quel point elle voulait que la voix au rez-de-chaussée soit celle d'un sauveur, et non pas celle du bourreau de sa fille.

« Est-ce que je peux vous faire confiance ?

– Qu'est-ce que vous voulez que je vous dise, madame Sutherland ? Que non ? C'est une question idiote, étant donné la situation actuelle. Étant donné que nous n'avons plus beaucoup de temps. »

C'était une question idiote.

« Madame Sutherland ? Est-ce que je peux monter chercher votre fille ? »

Elle entendit craquer une marche sous son poids.

« Restez où vous êtes !

– D'accord. Je suis là, je ne bouge pas. »

Ô Seigneur, comme elle aurait voulu lui faire confiance.

Il a dit que je pouvais garder mon arme, non ? Il l'a dit. S'il avait voulu faire du mal à Leona, pourquoi m'encourager à garder mon arme ?

Elle s'apprêtait à baisser le canon du pistolet et accepter son aide lorsqu'un détail lui vint à l'esprit.

« Comment saviez-vous que Leona était ici, et pas chez elle ? »

Mike observa Andy. « Tu déconnes ? »

Ils entendirent trois détonations successives.

Et puis merde.

Andy tendit la main et attrapa la lanterne qu'il lança contre le mur. Elle se brisa et la pièce fut plongée dans l'obscurité. Les trois hommes reculèrent, surpris. Andy se redressa. Il bouscula Mike, le projeta sur le dos, puis il se précipita contre l'un des deux hommes pour sortir dans le couloir et, par la porte ouverte, s'enfonça dans la rue éclairée par la lune.

Ses semelles martelaient l'asphalte et il contourna un matelas avant de slalomer entre les restes d'une table, de chaises et d'objets ménagers éparpillés sur la chaussée.

Il jeta un regard vers leur maison à gauche. Elle avait été forcée comme tous les autres bâtiments, la porte était grande ouverte et leurs affaires avaient été jetées et abandonnées dans le jardin.

Devant lui, à droite, se dressait la maison de Jill.

D'un coup de pied, il ouvrit le portillon et remonta l'allée en quelques secondes. La porte était fermée. Il voyait qu'elle avait été abîmée, un grand trou irrégulier avait été creusé dans le bois. Il se rua dessus, épaule en avant. Le dernier gond céda et la porte tomba à grand bruit sur le sol du couloir.

« JENNY ! » hurla-t-il, sa voix rebondissant contre les murs. Aucune réponse, rien que le silence qui lui glaça les sangs à mesure qu'il comprenait : il avait été si près du but pour sauver sa famille.

Mais il venait d'entendre l'œuvre du bourreau : une balle pour sa femme, et une pour chacun de ses enfants, tout était terminé.

C'est alors qu'il s'éleva, presque imperceptible... un sanglot en haut de l'escalier. Andy ne voyait rien, mais le son s'amplifia et se précisa, sembla descendre les marches jusqu'à se trouver à côté de lui. Dans la faible lueur de la lune, il vit deux mains pâles s'avancer vers lui.

« Oh, mon Dieu, Andy ! s'écria Jenny en l'étreignant avant d'enfouir son visage contre son épaule. Andy ! Andy ! » Ses larmes étaient incontrôlables.

« Jenny. Jenny... et les enfants ? »

Elle leva les yeux vers lui.

« Ils vont bien, tous les deux.

– J'ai entendu des coups de feu. »

Elle s'apprêtait à lui répondre quand le faisceau d'une lampe torche s'arrêta sur eux ; des bruits de pas résonnèrent dans la rue, ils venaient dans leur direction.

« Oh, mon Dieu ! s'écria-t-elle avant de lâcher Andy pour brandir le pistolet.

– Donne-le-moi. »

Elle lui tendit l'arme et il la pointa juste au-dessus du faisceau qui tressautait vers eux.

« C'est qui, ces gens ? murmura-t-elle lorsque la lampe s'arrêta soudain de bouger et que les bruits de pas cessèrent.

– Je ne sais pas encore.

– Andy ! cria Mike depuis l'obscurité derrière le portillon. Ne sois pas idiot, on est trois et tu es seul. Baisse ton arme. »

Andy n'était pas prêt à se rendre. En l'espace d'une minute, il avait été certain que sa famille venait d'être assassinée, puis il avait découvert qu'ils étaient tous sains et saufs, mais qu'ils risquaient à présent de tomber sous les coups de ces hommes.

« Mais t'es qui, Mike ? lança-t-il d'une voix rauque.

– On est les gentils, Andy, les gentils. Crois-moi, répondit l'Américain hors d'haleine après sa course.

– Il a dit qu'il y avait des hommes dehors qui traquaient notre fille, cria Jenny.

– Il ? demanda Mike. Qui ça, il ? »

Andy la dévisagea.

« Il était là il y a quelques secondes, sur les marches. Il disait qu'il venait protéger Leona. Je lui ai demandé de rester où il était... » Sa voix se brisa.

« Mais il ne m'a pas écouté... j'ai tiré... et il s'est enfui.

– Andy ! s'écria Mike. *Ils* sont ici, ils savent où elle est. Il faut que tu me fasses confiance, maintenant. »

Andy ne baissa pas son arme.

« Bon, si on voulait vraiment tuer ta fille, je serais pas en train de discuter avec toi : je serais déjà en train d'enjamber vos cadavres. Réfléchis un peu. »

Sur le palier supérieur, Jacob s'écria : « Papa est rentré à la maison ? »

86

22h25 GMT

Shepherd's Bush, Londres

Ils s'installèrent tous dans le salon saccagé, illuminé par deux bougies parfumées que Jenny avait trouvées dans la cuisine. Andy et sa famille étaient assis sur le canapé en cuir taché et lacéré, Mike avait pris place sur l'unique chaise en bois de la cuisine qui n'avait pas été réduite en miettes.

« Il y a du sang frais en bas de l'escalier. Je crois que vous avez fait mouche, déclara-t-il.

– Il avançait, il ne voulait pas s'arrêter, murmura Jenny.

– Vous avez bien fait, rétorqua Mike. Si vous lui aviez laissé faire quelques pas de plus, vous et vos enfants seraient... »

Il regarda les yeux écarquillés de Jacob.

« Disons qu'il aurait atteint sa cible.

– Moi ? » marmonna Leona.

Mike acquiesça.

« Écoute, Mike, si c'est vraiment ton nom... » déclara Andy d'une voix hésitante.

L'Américain sourit.

« Mike, c'est mon vrai prénom.

– Je ne sais pas du tout qui tu es. Je croyais le savoir en Irak... mais je n'en ai plus aucune idée, aujourd'hui. Tout ce que je sais, c'est que des connards influents veulent ma fille. Qui sont-ils, Mike ? Et qu'est-ce que toi et tes potes venez faire là-dedans ? demanda-t-il en jetant un coup d'œil vers l'un des hommes qui montait la garde dans le couloir.

– Je peux t'en dire bien plus sur nous que sur eux. C'est pour ça que ta fille nous est précieuse.

– Alors, parle-moi d'abord de vous.

– Je travaille pour une... appelons ça une *agence*. Un petit organisme qui appartenait au FBI, il y a bien longtemps.

À présent, nous fonctionnons grâce à des financements privés, ce qui nous permet d'évoluer en toute discrétion. On ne fait qu'une seule chose, dans notre agence, Andy, une seule chose... on essaie de *les* trouver. »

Il se frotta la barbe en cherchant comment continuer.

« Eux... *Ils*... ils n'ont même pas de nom ; ils sont très malins. Ils n'ont ni logo ni devise, ils n'ont pas de siège social, ils n'ont aucun pays d'attache, ils n'ont aucune étiquette politique, ils n'adhèrent à aucune idéologie. Ils ne sont que richesse et influence. Ils forment un club. Nous... ma petite agence a été créée il y a quarante ans, Andy, en 1963 pour être exact, juste après que ce club a décidé qu'ils avaient mis la mauvaise personne à la Maison-Blanche.

– Mon Dieu... Kennedy ?

– C'est son frère, Robert, qui a mis en place notre équipe après l'assassinat. C'est pour ça que ces connards l'ont allumé, lui aussi. Depuis, on doit travailler dans l'ombre.

– Merde, murmura Andy.

– Ouais. Il y a huit ans, tu as travaillé pour un groupe de gens très influents et très dangereux. Il est impossible de percer l'aura secrète qui les entoure. En quarante ans, on a appris peu de chose : tout juste qu'ils sont cent soixante membres, dont douze qui prennent les décisions capitales.

– Vous devez bien avoir une idée de leur identité, non ?

– On peut essayer de deviner. C'est tout ce qu'on a été en mesure de faire, depuis ces années. On a été en contact avec un informateur, rien de plus : si tu suis la politique européenne, tu connais sûrement son nom... il nous a parlé deux fois, très brièvement, avant qu'ils lui règlent son compte. »

Son regard glissa d'Andy à Leona. « Et voilà, on arrive à vous deux. Andy, tu as fait affaire avec *eux*. Tu as été en contact direct avec les Douze. Est-ce que tu avais la moindre idée de l'identité de tes interlocuteurs ? »

Andy haussa les épaules. « Je me disais que c'étaient des dirigeants d'une boîte pétrolière. »

Mike pouffa de rire. « Le monde est une pyramide de pouvoir. On fait souvent l'erreur de croire que le gouvernement est au sommet de cette pyramide. C'est une grave erreur. Les gouvernements sont de simples outils que les Douze manipulent à leur guise. Il y a des sociétés qui sont la propriété de plus grosses sociétés, qui elles-mêmes sont la propriété d'immenses sociétés.

Plus elles sont importantes, et moins les gens connaissent le nom des dirigeants. Ces énormes sociétés sont la propriété de banques, qui sont contrôlées par des banques plus grosses dont, une fois encore, on connaît rarement le nom des responsables... Et pour finir, ces banques sont entre les mains d'actionnaires : des actionnaires très riches et très secrets. Si je voulais deviner qui sont les Douze, je commencerais à chercher par là. »

Il adressa un sourire à Leona avant de poursuivre.

« Mais on dirait bien que tu as vu plusieurs d'entre eux. Encore mieux, tu en as reconnu un : quelqu'un que tu as vu à la télé juste avant que les choses partent en vrille, pas vrai ?

– Oui, mais je ne sais pas qui c'est, je ne connais pas son nom.

– Peu importe. Ce qu'on va faire dans l'immédiat, c'est t'emmener dans un endroit sûr. On te montrera des photos et tout ce que tu auras à faire, c'est nous dire lesquels tu as vus. »

Il se tourna vers Andy.

« Dans la tête de ta fille se trouve actuellement l'information la plus importante au monde. Cela rend Leona très précieuse à nos yeux, mais pour eux, elle représente un vrai danger.

– Et l'homme qui était ici ? demanda Jenny. Il était des leurs ? »

Mike resta prudent.

« Il est parti, mais peut-être pas bien loin. On va attendre patiemment le lever du jour.

– Mais s'il revient ? demanda Andy.

– Mes hommes surveillent la porte de devant et celle de derrière. Ils sont bien équipés et bien entraînés : ils ont des viseurs à infrarouge et des gilets pare-balles. Ils sont très compétents. »

Jenny hocha la tête.

« Vous savez, je l'ai presque laissé monter. Il était si convaincant.

– Et il est aussi redoutable, intervint Mike. Je crois qu'on le connaît. Enfin, du moins, on connaît ses œuvres. C'est leur meilleur homme de terrain, je suis sûr qu'ils l'ont déjà employé à maintes reprises. Il travaille seul, en parfaite autonomie. Je ne l'ai jamais vu, mais j'ai été témoin du résultat de son travail. »

Il fit une pause. « Pas joli à voir. J'aimerais tant qu'on en sache plus à son sujet. »

Jenny se tourna vers Andy. « Alors on est en sécurité ? Je veux dire, les enfants... toi et moi ? »

Andy lui serra la main. «Je crois que oui, répondit-il d'une voix fatiguée. On a survécu au pire, Jen.»

Mike se leva et tapota l'épaule d'Andy. «Votre mari s'est révélé être un vrai baroudeur, en Irak. Un fin penseur et un très bon homme de terrain. Si vous ne me faites pas encore confiance, vous pouvez vraiment vous fier à lui.»

Jenny regarda son mari.

«Je te fais confiance. Je suis désolée de ne pas l'avoir fait avant... tous ces événements.

– Vous devriez dormir, si vous y arrivez. On partira au petit matin, annonça Mike. On va vous emmener dans un endroit sûr.

– D'accord. On va rester au rez-de-chaussée, si ça ne pose pas de problème.

– Parfait. C'est bien, vous serez tout près de moi, je pourrai garder un œil sur vous plus facilement. Essayez de dormir. Je vais aller voir comment vont mes gars.»

Mike sortit et les laissa se blottir les uns contre les autres sur le canapé. Jacob, qui dormait à demi, posa plusieurs questions auxquelles ni Andy ni Jenny ne purent répondre correctement. Ils se serrèrent et, après quelques mots chuchotés et des larmes de soulagement partagées, Jenny, Leona et Jacob s'endormirent.

Andy sentait l'épuisement l'envahir rapidement. Le chœur des respirations régulières et parfois agitées de sa famille et le murmure lointain de Mike et de ses collègues étaient suffisamment réconfortants pour qu'il s'abandonne et les rejoigne dans le sommeil.

87

23h36 GMT

Shepherd's Bush, Londres

Cette pouffiasse avait eu de la chance : une de ses trois balles l'avait touché. Elle lui avait fêlé la clavicule et était ressortie dans son dos. Il pouvait sentir ses chairs déchirées et le sang couler par l'orifice.

Il aurait pu grimper en haut de l'escalier, achever la femme d'un coup de lame, puis éventrer les enfants en un clin d'œil. Mais il savait que les détonations avaient attiré les hommes dehors.

Il se serait retrouvé coincé à l'étage, sans issue.

Ash avait battu en retraite, était ressorti par la porte de devant et s'était accroupi au milieu des détritus amoncelés dans la rue. Le père, Sutherland, était passé à quelques mètres de lui, suivi des trois autres, quelques secondes plus tard. N'importe qui aurait pu le repérer au milieu de la pagaille ambiante en regardant attentivement, mais aucun d'eux ne l'avait vu. Il était demeuré immobile, conscient que le moindre de ses mouvements attirerait l'attention sur lui, et il les avait observés dans l'obscurité.

Quand le grand Américain, *Mike*, avait réussi à convaincre Mme Sutherland, ils étaient rentrés... et il avait pu bouger. Dans la maison d'en face, il avait sorti des vêtements d'une armoire qu'il avait déchirés pour se faire un bandage. Il l'avait noué en diagonale, l'avait serré autour de son cou et sous son aisselle gauche, grimaçant à chaque mouvement de son bras. Cela n'arrêterait pas le saignement, mais le ralentirait.

La balle avait sectionné les nerfs et les tendons de son épaule gauche, son bras pendait désormais contre son flanc, inerte. Si elle l'avait atteint au bras droit, celui qui maniait son couteau, les choses auraient été un peu plus problématiques.

Assis dans l'obscurité de la maison, il avait évalué la situation.

Trois contre un.

Ils arboraient tous un viseur infrarouge et un gilet pare-balles ; il avait un couteau.

Ash avait souri. Ils n'avaient aucune chance.

Il les savait nerveux, ils sursauteraient à la moindre ombre mouvante. La réputation d'Ash le précédait toujours, ces hommes connaissaient bien son travail. Cela jouait toujours en sa faveur : leurs nerfs auraient raison d'eux. Il devinait ce qu'ils s'apprêtaient à faire – ils resteraient dans la maison jusqu'aux premières lueurs de l'aube, plutôt que de risquer une sortie dans la nuit. Un homme serait en faction dans la véranda à l'arrière du bâtiment pour surveiller le jardin, l'autre serait devant la porte d'entrée.

Ils savent que je suis blessé. Il doit y avoir du sang sur le sol. Ce qui les rendra peut-être un peu plus confiants... voire même un peu trop téméraires ?

Un autre sourire. Il n'avait peut-être qu'un seul bras, mais il ne ferait qu'une bouchée d'eux. Il s'attendait d'ailleurs – puisqu'ils le savaient blessé – à ce qu'ils soient suffisamment idiots pour essayer de le piéger, de le capturer vivant, si l'occasion venait à se présenter. Ce serait leur point faible. Ils étaient fébriles, impatients de le choper au plus vite, cela ne faisait aucun doute.

Il savait ce qui lui restait à faire.

« C'est forcément le même mec, celui qu'ils envoient toujours, murmura Mike à l'homme qui montait la garde à ses côtés devant la porte d'entrée. J'aimerais bien qu'on en sache plus sur ce fils de pute. »

Il scruta la rue plongée dans un silence interrompu parfois par le doux murmure d'une brise soufflant dans les branches des arbres qui formaient une arche au-dessus de la chaussée.

« Tu crois qu'il va revenir ? demanda Blaine à voix basse avant d'inspecter les alentours à travers son viseur infrarouge.

– Bien sûr qu'il va revenir. Tu sais très bien à qui on a affaire.

– Ouais, j'espérais un peu qu'ils auraient mis quelqu'un d'autre sur le coup.

– C'était trop risqué pour eux, Blaine. Ils allaient forcément envoyer ce mec pour nettoyer. »

Blaine acquiesça et se lécha les lèvres, nerveux.

« Détends-toi. Au final, il a beau être fort, ce n'est qu'un homme.

– Parfois, je me le demande vraiment.

– Comment ça ?

– S'il est vraiment humain. »

Blaine lui adressa un sourire gêné.

« Enfin, dans le dossier, quelqu'un l'a surnommé le Fantôme.

– Celui qui a inventé ce surnom est un vrai con. Ce mec, c'est juste un mec qui travaille pour son compte et qui a eu beaucoup de chance. Du moins, jusqu'à aujourd'hui. La femme d'Andy l'a touché au moins une fois. Ce qui m'inquiète, c'est que ce connard ait pu se planquer quelque part pour mourir caché. Ç'aurait été bien de lui mettre la main dessus. Il doit en savoir un paquet sur *eux*.

– C'est un peu la honte, non ? Ce sera un civil sans aucune expérience, et une femme par-dessus le marché, qui aura mis le Fantôme à genoux.

– Blaine, si tu l'appelles encore une fois comme ça, je te bute, murmura Mike en plaisantant à demi. Bon, maintenant tu la fermes et tu te concentres.

– D'accord. »

Ils gardèrent le silence presque une minute lorsque Blaine ouvrit la bouche pour poser une autre question.

« Chuuut... moins de blabla, plus de surveillance, marmonna Mike.

– D'accord, chef. »

À cet instant, Mike vit un léger mouvement derrière la fenêtre, à l'étage de la maison d'en face. Il tapota l'épaule de Blaine.

« Droit devant, fenêtre de gauche au premier. »

L'homme leva son viseur infrarouge. « Merde, ouais... j'ai vu un truc bouger. »

Mike devait prendre une décision rapide.

Il est à l'étage. Il est bloqué, il ne peut descendre que par les escaliers – ou par la fenêtre, en risquant de se casser une jambe. Il est déjà blessé, il a peut-être même pris deux ou trois balles. On a une chance d'abattre cet enculé ce soir. Et si on le chope vivant, on pourra même le faire parler. Un petit bonus.

« On peut le prendre au piège si on se dépêche.

– Putain, t'as raison.

– Couvre-moi ! » siffla Mike.

Il traversa la rue en évitant le bric-à-brac tandis que Blaine gardait la fenêtre en joue. Mike lui fit signe de le rejoindre contre le mur à côté de la porte ouverte. L'homme parcourut la distance en silence et vint s'accroupir près de lui.

« Il y a encore du mouvement dans la pièce. Il mijote quelque chose.

– Bon, on suit la procédure d'exploration en intérieur... sauf qu'on sait déjà qu'il n'est pas au rez-de-chaussée. Je prends la tête. »

Blaine acquiesça.

Mike entra le premier, le pistolet et le viseur dirigés vers la cage d'escalier étroite menant à l'étage.

Ces maisons sont toutes construites sur le même modèle : petite salle de bains à l'étage, le palier se dédouble, trois portes de chambres sur la gauche, un placard pour le chauffe-eau de l'autre côté.

Il s'engagea dans l'escalier et s'arrêta pour écouter d'éventuels bruits à l'étage. Tout était silencieux, mis à part de petites rafales de vent qui entraient parfois en gémissant par les fenêtres brisées. Il fit signe à Blaine qui gravit les marches quatre à quatre sans un bruit, se glissa devant Mike et monta encore un peu – presque jusqu'au palier supérieur.

Ils attendirent une réaction qui indiquerait qu'ils avaient été repérés. Rien que le silence, entrecoupé par le bruissement des sacs plastiques que le vent poussait doucement dans la rue.

Mike passa à nouveau devant son homme. Arrivé en haut, il brandit son arme à droite, puis à gauche, scrutant le couloir à travers sa lunette.

Si c'était bien le fantôme... alors c'était un fils de pute sacrément discret. Ils savaient si peu de chose sur lui, mis à part que son arme de prédilection était un long couteau à lame fine et qu'il avait été décrit par les rares personnes à l'avoir vu – et à avoir survécu – comme un homme originaire du Moyen-Orient. Il n'avait pas de nom, et pourtant il en avait des millions : il utilisait un nouveau pseudonyme à chaque mission. Il travaillait exclusivement pour *eux*. Mike connaissait trois affaires qui portaient sa signature. Le pompier de Ladder 57 qui avait découvert des charges d'explosif intactes parmi les décombres de Ground Zero et qui avait trouvé la mort suite à une prétendue agression au couteau en pleine rue. Le ministre de Saddam Hussein qui souhaitait faire une révélation accablante au monde entier, mais qui avait préféré se trancher la gorge. Et le banquier russe qui soutenait l'utilisation de l'euro au détriment du dollar dans le commerce du pétrole de Tengiz. Tous victimes d'une blessure fatale par arme blanche. Tous victimes de ce mec, Mike en était certain.

Il fit signe à Blaine et lui montra la salle de bains. L'homme se faufila avec adresse devant lui. Après avoir compté jusqu'à trois en silence, il entra pour inspecter la pièce.

« RAS », murmura-t-il.

Mike estima qu'il était désormais inutile de garder le silence. L'homme devait savoir qu'ils étaient entrés dans la maison.

« On sait qui vous êtes, lança Mike. On a entendu parler de votre boulot. »

Aucune réponse.

« Vous êtes leur homme, vous ne travaillez que pour eux. On vous observe depuis un moment. »

Silence.

« On va vous tomber dessus et on risque de vous tuer dans le feu de l'action. Si vous sortez sans arme, au moins, on pourra discuter. »

Seul lui répondit le claquement d'un rideau dans la chambre donnant sur la rue.

Merde.

Mike avait espéré l'attraper vivant. Il était trop dangereux, ils ne pouvaient pas se permettre la moindre erreur. S'ils voulaient vraiment lui tomber dessus, ils allaient devoir agir vite et chercher à le tuer rapidement.

D'un geste de la main, il indiqua à Blaine qu'il se chargeait d'inspecter la chambre suivante. Ils firent un nouveau compte à rebours silencieux, il enfonça la porte, entra et balaya la pièce du canon de son arme. Rien à signaler.

Blaine se chargea de la suivante. Toujours rien.

Par élimination, donc... dans la dernière chambre.

« J'y vais, murmura Mike. Couvre mes arrières, je veux que tu sois juste dans mon dos quand j'entrerai.

– Pigé, Mike. »

Il prit une profonde inspiration, fit un compte à rebours à partir de cinq en tendant la main pour que Blaine, accroupi derrière lui, puisse voir ses doigts se replier l'un après l'autre.

Trois... deux... un...

Mike colla un coup de pied dans la porte et entra en trombe, s'arrêtant contre le mur d'en face. Il pointa son arme aux quatre coins de la pièce, gauche, droite, inspectant les lieux en plusieurs mouvements saccadés. Son regard fut immédiatement attiré par un mouvement près de la fenêtre. Un drap recouvrait une lampe halogène ; le vent le secouait doucement, agitant le tissu. Voilà ce qu'ils avaient aperçu par la fenêtre depuis la maison des Sutherland.

« Et merde ! RAS ! »

Ils avaient été bernés, ça ne faisait pas de doute. Ce connard les avait attirés jusqu'ici.

« Blaine ! On retourne à la maison ! Grouille-toi ! »

Mike fit volte-face et s'apprêta à sortir de la chambre. Sur le pas de la porte, en haut de l'escalier, il vit le corps de Blaine allongé au sol comme s'il faisait une sieste.

C'est alors qu'il sentit le coup violent dans ses reins. Une explosion de douleur l'envahit et il pensa tout d'abord qu'un poing habile venait de heurter un nœud de nerfs ultrasensible. Mais lorsqu'il porta la main à son flanc, ses doigts effleurèrent un objet saillant et humide.

« Oh, putain », grogna-t-il. Quelque chose venait de se loger dans les cinq centimètres qui séparaient les plaques avant et arrière de son gilet pare-balles.

« Oui, murmura une voix à son oreille. Le coup est fatal. Il ne vous reste que cinq minutes à vivre. Si vous restez tranquille à terre, peut-être que vous gagnerez une ou deux minutes. »

Ses jambes cédèrent sous lui. Il chancela et sentit le couteau ressortir, puis une main l'empoigner sous chaque aisselle pour l'allonger au sol avec douceur.

88

23 h 54 GMT

Shepherd's Bush, Londres

Ash s'agenouilla près de l'homme. Il alluma une lampe torche et inspecta la blessure. Le sang giclait de manière saccadée.

« Comprenez-moi bien, murmura Ash d'une voix calme. Votre mort sera assez douce. La partie douloureuse est terminée. Il ne faudra pas longtemps pour que vous vous vidiez de votre sang. Je suis désolé de ne pas avoir fait en sorte que cela soit instantané », déclara-t-il avec une pointe de regret.

L'homme leva les yeux vers lui, le visage empreint de colère et de stupéfaction. Ash comprenait sa colère : se faire surprendre ainsi... piégé et embroché.

« Vous devez être Mike, je l'ai deviné par simple déduction. Oui, c'était un piège idiot. Un drap sur une lampe et la complicité d'une brise légère.

– Putain de piège à la con.

– Permettez-moi de vous demander : est-ce que vous croyez en Dieu ? »

Mike éclata d'un rire de défi et grimaça.

« Ça non, putain.

– Peut-être que le moment est venu de trouver la foi, non ? Histoire de prendre quelques précautions.

– Vous savez... j'ai un ami qui m'a assuré... que Dieu acceptait les athées... mais qu'il ne laissait pas entrer les vrais connards. »

C'était assez drôle, il aimait le cran de l'Américain face à la mort. C'était admirable.

Mike émit un grognement inintelligible.

« Vous voulez savoir ce qui est advenu de votre collègue dans la maison ? Oui, j'ai bien peur qu'il soit mort, lui aussi. Je l'ai tué en premier. Vous ne l'avez pas entendu tomber ? Vous deviez être trop occupé à papoter dans la chambre. »

Mike lui attrapa la main.

« Laissez... partir... la famille, s'efforça-t-il de dire entre deux halètements.

– Désolé, ils sont sur ma liste », répondit Ash.

Puis il lui adressa un sourire où pointait une étincelle de compassion tandis que l'Américain respirait avec difficulté. « Nous savons que vous nous surveillez depuis longtemps – vous et votre humble agence. Ce qui est drôle, c'est que nous vous traquons, nous aussi. »

Eux... ils étaient au courant ! Ils avaient donc décidé de pourchasser ceux qu'ils considéraient comme des empêcheurs de tourner en rond, tandis que, de son côté, la minuscule agence cherchait à faire de même. Deux prédateurs qui s'étaient poursuivis aveuglément pendant plus de quatre décennies, leurs traces imperceptibles imprimées dans l'histoire récente.

Pour être honnête, l'agence n'était pas un adversaire à la mesure des gens qui avaient chargé Ash de nettoyer derrière eux. Quelle force pouvaient représenter une vingtaine d'agents présents sur le terrain ou installés derrière leurs bureaux et disposant d'une caisse noire qui leur permettait à peine de vivoter ? Que pouvaient-ils contre toute cette richesse, cette influence et cette puissance qui mettaient en place les chefs d'État, entamaient et concluaient les guerres, initiaient et contrôlaient les cycles économiques mondiaux... La concurrence était déloyale, un combat moderne entre David et Goliath.

Mais cet agent avait fait du beau travail, il avait identifié et trouvé le maillon faible de la chaîne, le traître... le gendre, l'héritier présomptif d'un des membres les plus importants – l'un des Douze. Le jeune homme, un banquier, n'était qu'un pion des échelons inférieurs et il avait soudain eu les foies. Il avait donné à l'agence suffisamment d'informations pour que leurs déductions les mènent jusqu'au professeur Sutherland.

Mais tous les tracas actuels qui l'obligeaient à parcourir ce petit pays merdique auraient pu être évités s'ils l'avaient laissé achever la fillette dans l'hôtel new-yorkais.

Hypocrites.

Ils s'apprêtaient à organiser une série d'événements qui entraîneraient la mort de centaines de millions de gens et pourtant, ils n'avaient pas eu le cran d'assister à celle d'une seule enfant. Il se rendit compte qu'il avait davantage en commun avec l'homme allongé devant lui qu'avec l'élite privilégiée et choyée qui l'employait.

« Vous avez failli les dévoiler au grand jour. Vous avez failli gagner, mon ami. La fille aurait pu identifier trois des Douze. »

Ash avait conscience de jouir d'un statut unique... il en savait bien plus que n'importe quel membre des Cent Soixante. On avait placé en lui une confiance presque sacrée car il faisait office de guetteur personnel. Il connaissait les douze hommes, ils n'étaient pas courageux. Ils étaient faibles.

Il aurait suffi à cette petite agence déterminée et tenace de connaître l'identité d'un seul d'entre eux. Ils auraient trouvé un moyen d'atteindre cet homme, de le faire parler, cela n'aurait pas été difficile.

« Vous étiez proches du but, continua Ash.

– Allez vous faire foutre, grommela Mike. On sait tout de vous, bande de sacs à merde. »

Mike essaya de bouger, d'attraper son arme qu'il avait laissée tomber à quelques pas de lui. D'un coup de pied nonchalant, Ash l'écarta.

« Restez tranquille ou vous saignerez plus vite. Je veux que vous sachiez tout, mon ami. Parce que... eh bien, parce que vous l'avez mérité. »

L'Américain ne pouvait rien faire d'autre qu'acquiescer faiblement.

« Vous savez tout de nous ? » Ash éclata de rire. « Vous ne savez rien. Ce que vous savez, c'est le peu que vous avez pu gratter du vernis en surface. Vous croyez qu'un groupe d'industriels obèses en costumes de luxe est derrière tout ça, non ? Il faut remonter bien plus haut. Vous pouvez remonter les rênes du pouvoir depuis les banques qui possèdent des banques, qui possèdent des banques, jusqu'à douze noms. »

Mike fronçait les sourcils et se débattait dans un brouillard toujours plus épais pour comprendre ce qu'il entendait.

« Le monde est entre les mains de douze familles gérées par douze hommes. Certains d'entre eux ont des noms connus de n'importe quel pékin, d'autres noms sont toujours restés dans l'ombre du secret. Et croyez-moi quand je vous dis que leur influence, même avant notre époque, était impressionnante. » Il se pencha au-dessus de Mike et s'approcha de son visage. Les pupilles de l'Américain commençaient à se dilater tandis qu'il perdait lentement connaissance.

« Ces gens... on peut voir leurs empreintes au cours de l'histoire, Mike, des empreintes partout, comme sur une scène de crime. Prenons la Seconde Guerre mondiale, par exemple... »

La respiration de Mike s'interrompit.

« Oh, oui, fit Ash avec un sourire. C'était leur tentative lamentable d'endiguer l'expansion du communisme. Ils n'ont jamais aimé les soulèvements populaires. Ce sont eux qui ont fait Hitler, ils lui ont balisé le parcours... Tant qu'il obéissait, il était inattaquable. Mais bon, évidemment, il s'est mis à improviser et tout le reste, comme on dit, appartient à l'histoire.

– La guerre ?

– Oui, bien sûr, ce sont eux qui l'ont orchestrée. »

Un gargouillis inaudible s'échappa de la bouche de Mike.

« Vous saviez que la guerre de Sécession était une lutte de pouvoir entre des membres des Cent Soixante ? C'était le fruit d'une simple mésentente entre deux groupes d'hommes d'affaires. Quant à votre guerre d'Indépendance ? C'était encore eux qui s'efforçaient de garder la mainmise sur les colonies depuis l'Angleterre. Ils ont perdu la guerre. Mais au bout du compte, ils ont fini par *acheter* le pays, par divers investissements. »

Ash émit un petit rire. « Votre histoire, Mike, l'histoire américaine... vous ne voyez donc pas ? Elle a été écrite par un cartel de familles européennes. Les guerres, les centaines de milliers de jeunes soldats morts au combat, la pauvreté, les difficultés, la Grande Dépression, les deux guerres mondiales... Tout cela n'était, pour finir, qu'une lutte au sein de l'élite : ce n'était que les conséquences douloureuses de leur influence. »

Mike essaya de parler. Un filet de sang noirâtre coula de la commissure de ses lèvres jusque dans sa barbe.

« Pourquoi... tout ça ?

– Tout ce qui nous arrive actuellement ? » l'interrompit Ash.

Le mourant acquiesça, mais ce ne fut qu'un faible mouvement de la tête. Ash baissa les yeux vers sa lame, elle avait besoin d'être nettoyée. Il l'essuya contre la manche de chemise de Mike.

« Ils en ont décidé ainsi, Mike, c'était quelque chose qu'il fallait faire : une correction, un ajustement, un peu de ménage. Ils ont voulu *rectifier le tir.* »

Ash fit une pause.

« On arrive à épuisement, vous savez ? Il y a bien moins de pétrole que l'on croit... Oui, bien moins que les quantités annoncées au public. *Ils* ont décrété que nous étions trop nombreux à vouloir des produits de luxe, trop nombreux à vouloir de grosses voitures, de grandes maisons, du pétrole et de l'énergie en quantité infinie. Ça ne pouvait pas durer éternellement. Ils l'avaient su bien avant tout le monde. Et ils savaient aussi qu'il y aurait des guerres, des guerres affreuses, et quelques bombes nucléaires balancées ici et là... afin de mettre la main sur les minuscules réserves de pétrole restantes. Et quelques bombes nucléaires balancées ici et là, ce n'est vraiment pas souhaitable. Ils savaient que nos besoins économiques, notre soif de pétrole nous pousseraient à l'autodestruction. Et j'imagine que, de leur point de vue, eux qui avaient tant lutté... disons depuis le Moyen Âge... ils ne tenaient pas à voir leurs efforts ainsi réduits en poussière. Vous comprenez à quel point c'est énervant, non ? »

Il glissa sa lame dans le fourreau fixé à sa cheville.

« Alors, au cours d'une réunion en 1999, ils ont pris cette décision. Cette décision de percer l'abcès, si vous me permettez une expression aussi grossière. Ils ont préféré effectuer une sélection au sein de l'humanité avant que nous allions trop loin. Vous voyez, Mike, les gens pour qui je travaille sont... je ne sais pas... ils sont pareils à des gardiens, ils pilotent en silence, ils maintiennent l'équilibre, ils s'assurent que les énormes rouages du monde continuent de tourner. Ils ont fait ça pour notre bien à tous... parce qu'il fallait le faire. »

Il observa le visage de l'Américain. Il y avait encore de la vie dans ses yeux ; Mike l'entendait, il en était certain.

« Alors la décision a été prise en 1999, juste à la fin de l'année... » Ash émit un petit rire. « Au moment où, tout en attendant le grand bug du nouveau millénaire, les gogos se préparaient à fêter un nouveau siècle passionnant, à organiser leurs immenses fêtes et à soigner leur gueule de bois du lendemain. Ils ont décidé de mettre tout cela en place pour une seule raison : préparer l'humanité avant de fermer les robinets de la planète. »

Ash frôla Mike doucement. « Vous voyez, le problème avec le pétrole, c'est qu'il est devenu notre oxygène, notre sang... c'est un *mécanisme de contrôle parfait*. Si vous ouvrez un peu plus les robinets, le monde s'affaire et s'agite ; si vous les fermez, le monde s'arrête brusquement de tourner. C'est comme l'accélérateur d'une moto : un outil parfait. »

L'Américain laissa échapper un soupir mêlé de gargouillis, un son qu'Ash connaissait, celui du dernier souffle d'un homme.

« Il leur a fallu du temps pour tout organiser, c'est un projet de grande envergure, voyez-vous. Et vous savez, depuis 1999... » Il baissa les yeux vers Mike. Ses pupilles étaient dilatées et il fixait le plafond d'un regard absent. Il ne l'entendait plus.

« Tout, et je dis bien *tout* – depuis le début, lorsque deux avions de grandes lignes se sont écrasés dans le centre de New York –, *tout*, mon ami, a été fait dans un seul et même but : préparer le monde pour cet événement... pour la sélection. »

L'Américain était mort.

« Dommage », souffla Ash avant d'écouter la brise siffler dans le couloir et la cage d'escalier. Il aurait voulu que cet homme au bord du gouffre l'écoute, qu'il comprenne le pourquoi des événements, peut-être même qu'il approuve, qu'il convienne de la nécessité de ces mesures mises en place pour le bien de l'humanité. Mais dans l'esprit moribond de l'Américain, la majeure partie de son discours avait dû être incompréhensible.

« Dommage. »

Il lui ferma les yeux et se releva en lâchant un grognement de douleur. La femme de Sutherland lui avait déchiqueté la clavicule et s'il avait noué un bandage efficace autour de la blessure, il savait qu'il n'allait pas bien : une hémorragie interne s'était déclenchée.

La tête lui tournait un peu.

Mauvais signe, ça.

Il lui restait encore quelques détails à régler.

DIMANCHE

89

00h01 GMT

Shepherd's Bush, Londres

Andy se réveilla. Quelque chose venait de troubler son sommeil : un bruit, un mouvement d'un de ses enfants ? Il ouvrit les yeux et attendit qu'ils s'accoutument à l'obscurité tandis qu'il restait assis, immobile, l'oreille tendue.

Il n'y avait que le vent dans la rue. Mike et ses collègues étaient silencieux, il n'entendait plus leurs murmures discrets et prudents.

C'est inquiétant.

Il se dégagea du nœud de membres entrelacés sur le canapé et marcha sur la pointe des pieds jusqu'à la porte du couloir. Il regarda à gauche et vit les rayons de lune qui projetaient les ombres vacillantes des branches et des feuilles sur le parquet de l'entrée, à travers la porte ouverte.

Où est Mike ?

Il tourna à droite. Le couloir menait à la véranda, à l'arrière de la maison. Il se demanda s'ils s'étaient tous regroupés là. Si c'était le cas, ça l'angoissait sacrément : laisser ainsi l'entrée sans surveillance ?

Des pas légers et silencieux le menèrent jusqu'à l'embrasure de la porte de derrière. Ses yeux, désormais habitués à l'obscurité ambiante, ne repérèrent aucune silhouette d'un homme montant la garde.

« Hé ! Ho ! murmura-t-il. Y a quelqu'un ? »

Aucune réponse. Il frissonna. Il sut alors que quelque chose venait de se produire. Il porta la main au pistolet glissé dans son pantalon. La crosse de métal rugueuse sous sa paume le rassura légèrement.

Puis il sentit le courant d'air d'un mouvement derrière lui.

Il fit volte-face, l'arme levée, prêt à tirer.

« Merde, papa ! C'est moi ! » gémit Leona.

Il soupira. « Bon sang, Lee, j'ai failli te faire un trou dans la tête. »

Elle sourit et haussa les épaules.

« Désolée, murmura-t-elle. Qu'est-ce que tu fais debout ?

– Je ne trouve ni Mike ni ses gars. »

Elle resta bouche bée, les yeux écarquillés. « Oh, mon Dieu », s'écria-t-elle un peu trop fort.

Il porta un doigt à ses lèvres pour la faire taire.

Il n'y avait pas eu de lutte. Une détonation nous aurait forcément réveillés. Peut-être qu'ils vérifient quelque chose dans le jardin ?

Il fit un autre pas dans le couloir et son pied glissa sur quelque chose. Il baissa les yeux et remarqua une tache sombre sur le sol.

« Tu as une lampe torche avec toi ? » murmura-t-il.

Leona acquiesça.

« Dirige-la vers le parquet. »

Elle l'alluma et eut un mouvement de recul devant la mare de sang écarlate à leurs pieds.

« Oh, merde ! » siffla-t-elle.

Andy lui prit la lampe des mains et balaya la véranda. Le faisceau se posa sur un homme de Mike recroquevillé en position fœtale derrière le fauteuil en rotin.

Ils sont ici !

« Reste derrière moi ! » lui chuchota-t-il à l'oreille. Il éteignit la lampe, fit demi-tour et longea le couloir vers le salon d'un pas lent et prudent, brandissant l'arme devant lui pour la pointer de gauche à droite en mouvements saccadés.

Andy savait qu'il n'y avait qu'une chose à faire : réveiller Jenny et Jacob, sortir de la maison, et courir, courir... courir encore. Il braqua l'arme vers l'étage supérieur, vers un abîme obscur qui aurait pu dissimuler n'importe quoi.

Ils atteignirent la porte ouverte du salon. Il entendait Jacob remuer, sa respiration calme et ensommeillée s'était muée en de petits halètements tremblants.

« Jenny, il faut qu'on parte tout de suite », chuchota-t-il en rallumant la lampe.

Le halo lumineux éclaira Jacob, debout. Un avant-bras sombre entourait ses épaules frêles et, au-dessus de sa tignasse blonde, Andy devina le visage d'un homme qui lui adressait un sourire mauvais. La pointe d'une longue lame était appuyée contre le cou pâle de son fils, imprimant une petite fossette qui menaçait de faire jaillir le sang si le moindre gramme de pression supplémentaire y était appliqué.

Jenny était à genoux sur le sol et se balançait, trop effrayée pour pleurer, trop effrayée pour respirer.

« Lâchez votre flingue, Andy Sutherland », ordonna l'homme d'une voix calme.

Andy maintint le canon braqué sur l'homme.

Si tu baisses ton arme, tu peux dire adieu à la négociation.

« Pas question, mon pote », rétorqua Andy.

Jenny se tourna vers lui. « Quoi ? Andy ! Mais putain, lâche ton arme, enfin ! »

Il la fit taire d'un geste de la main. « Je ne peux pas, Jenny. Si je lui obéis, on mourra tous. »

L'homme sourit. « Votre mari garde la tête froide en dépit de la situation, madame Sutherland. »

Il dévisagea Andy. « Ça nous laisse l'occasion de discuter un moment, au moins. Je crois que l'idée me plaît bien. Vous pouvez m'appeler Ash, au fait. »

Il n'est pas pressé. Ce qui veut dire...

« Et les autres ? demanda Andy avec un hochement de tête en direction de la porte. Ils sont quelque part dehors... morts ?

– Ils étaient un peu trop déterminés à m'attraper vivant.

– Alors tout ça, c'est à cause de ce que ma fille a cru voir ?

– Ce qu'on *sait* qu'elle a vu. Cette charmante jeune fille, dit-il en désignant Leona de la pointe de sa lame et écartant le couteau du cou de Jacob l'espace d'un instant, cette jeune fille en sait beaucoup trop et représente un véritable danger. Quand les choses se remettront peu à peu en place...

– Vous vous foutez franchement le doigt dans l'œil, railla Andy, si vous croyez que les choses vont se remettre en place. »

Ash arqua un sourcil.

« Quoi ? Vous le pensez vraiment ? lâcha Andy avec une incrédulité sincère.

– Ils feront en sorte que le pétrole coule à nouveau, lorsque le moment sera venu. »

Andy soupira. « Ça ne marche pas comme ça. Je pensais avoir été assez clair dans mon foutu rapport. Tout le monde sera perdant. On ne se remet pas d'un tel choc. Je ne connais pas les sinistres connards qui vous ont embauché, mais ils ont merdé sur toute la ligne. »

La lame reprit sa place contre le cou de Jacob.

« Peu importe. C'est vous le *grand expert.*

– Ouais... ouais, ça, on peut le dire. J'ai passé suffisamment de temps à réfléchir à tout ça, pendant ces dernières années.

– Quoi qu'il en soit, j'ai trouvé ma cible. »

Sa lame pivota à nouveau, quittant le cou de Jacob pour désigner Leona. « ... Elle. »

Leona éclata en sanglots. « Oh, non, s'il vous plaît... »

Ash haussa les épaules et afficha une moue compatissante.

« J'ai bien peur que si, ma chère. Quelle que soit l'issue de cette situation, je ne peux pas te laisser partir d'ici vivante. En revanche, je peux m'arranger pour que ce soit rapide et indolore.

– Ô, Seigneur ! Oh, mon Dieu ! Andy, empêche-le. Empêche-le ! hurla Jenny.

– Je ne vois vraiment pas comment vous pourriez m'arrêter », rétorqua Ash.

Andy remarqua le bandage imbibé de sang noué autour de son épaule.

Est-ce qu'il fait une hémorragie ? Est-ce que je peux essayer de le retenir encore un peu jusqu'à ce qu'il s'évanouisse ?

« De toute façon, c'est terminé. La machine s'est emballée. Peu importe pour qui vous travaillez, ils ne parviendront plus jamais à rétablir la situation. Ils sont foutus, on est foutus, et même vous... vous êtes foutu. Peu importe ce qu'a vu ma fille, ça n'a plus d'importance. Parce qu'une fois le système bloqué comme il l'est actuellement, il est impossible de faire demi-tour.

– J'ai l'impression que vous racontez n'importe quoi.

– Ah, oui ? Combien de temps faudra-t-il pour que le pétrole d'Arabie saoudite circule à nouveau ? Combien de temps pour remettre en service les raffineries de Bakou, de Paraguaná ? Plusieurs mois, à mon avis. Ce qui laisse largement le temps pour que la situation dégénère encore : pour que la Chine et la Russie y voient une occasion de se taper dessus, pour que le moindre conflit frontalier explose, pour que l'économie américaine s'effondre. N'oubliez pas que leur économie se maintient à flot depuis trente ans grâce à la valeur de trillions de pétrodollars. Tout ça vient d'être anéanti à tout jamais.

– Alors je devrais épargner votre petite fille ? »

Oh, putain, est-ce que je suis en train de le convaincre ?

« Vous savez, le monde avait peut-être besoin de tout ça », déclara Andy.

Ash lui jeta un regard méfiant.

« Notre planète peut subvenir aux besoins de... combien ? Deux, trois milliards d'humains ? On était sur le point d'atteindre les huit milliards avant que tout se déclenche, continua Andy. Je ne sais pas qui est derrière tout ça, et je ne sais pas pourquoi ils ont décidé de le faire. Mais... peut-être qu'un tel événement était nécessaire ?

– Bien sûr que oui », confirma Ash d'une voix pâteuse et lente.

Présente bien les choses, Andy.

« Alors, écoutez-moi. Disons que, oui, je suis d'accord avec vos employeurs. Hum ? C'était pas très sympa, mais au moins, le sacrifice a été mondial : tout le monde a payé les pots cassés. Pas uniquement, par exemple, le tiers-monde. »

Ash acquiesça.

« Je comprends à présent que c'était nécessaire. Alors, même si on sait qui est derrière ces événements, on ne va pas le crier sur tous les toits. » Il se tourna vers Leona. « Pas vrai, ma chérie ? »

Leona hocha la tête avec force.

« Non, n... non.

– Je vous en prie... ce n'est pas si important qu'elle meure. »

Ash chancela légèrement.

« Vous m'avez presque convaincu. Mais j'ai un contrat à remplir.

– Un contrat ? Vous vous rendez compte que l'argent qu'on vous doit, s'il est encore en vigueur aujourd'hui, aura perdu toute sa valeur d'ici la semaine prochaine, non ? »

Ash fronça les sourcils, irrité. « Ce n'est pas une question de fric, putain. »

Andy remarqua qu'il commençait à bafouiller.

« Mais alors pourquoi ? Pourquoi est-ce que ma fille doit mourir ? »

Ash soupira, desserrant son étreinte autour du couteau qui s'éloigna de la peau fragile de Jacob. Il serra les lèvres, pensif. « C'est une question de fierté professionnelle, voyez-vous. Il s'agit de terminer le travail commencé. »

Seigneur. Ce n'est pas une question d'argent ou de conviction...

« C'est pour cette raison que je connais leurs identités... celle des Douze, les hommes les plus influents de la planète. C'est parce qu'on peut compter sur moi. C'est parce que je finis toujours mon travail, que je réussis toujours. Je suis le meilleur *free lance* qui soit. Le meilleur de tous. C'est important pour... »

C'est une question de fierté. Je n'arriverai pas à le raisonner...

«... moi. C'est ce que je suis. Je suis devenu le meilleur. Je l'ai mérité. Alors voilà, je n'en ai rien à foutre de votre fils. J'ai tué des enfants bien plus jeunes, bien plus innocents, croyez-moi. Ça glisse sur moi comme l'eau sur les plumes d'un canard.»

Ash chancelait tant qu'il manqua perdre l'équilibre un instant.

«Écouter vos suppliques passionnées ne m'intéresse pas, ça ne vous aidera pas une seule seconde. Et puis merde... vous savez quoi ?»

Ash attendait une réponse.

«Quoi ?

– Je commence même à m'emmerder un peu.»

Merde, est-ce qu'il faiblit ? Est-ce que c'est sa blessure qui parle ?

«Alors voilà comment ça va se passer. Vous lâchez votre arme et vous pourrez récupérer votre petit Tom Pouce sain et sauf. En échange, je prendrai votre fille.

– Oh, mon Dieu, non... ! s'écria Jenny.

– La ferme ! cracha Ash en perdant pour la première fois son calme. L'autre solution : je l'achève en un clin d'œil, puis je me jette sur vous, Sutherland, et je vous éventre avant que vous ayez eu le temps de dire ouf. Après, bien sûr, je pourrais prendre tout mon temps pour m'occuper de votre femme et de votre fille. Alors, qu'est-ce que vous en dites ?»

Ash chancela imperceptiblement. «C'est l'heure de prendre une décision. Je vous laisse, voyons voir... oui, disons cinq secondes. Cinq...»

Leona s'accrocha Andy et se mit à hurler.

«Papa ! S'il te plaît ! Ne le laisse pas me tuer !

– Quatre...»

Les yeux de Jacob étaient exorbités de peur.

«Trois...»

À terre, Jenny sanglotait ; Leona tomba à genoux.

«Deux...»

Andy comprit qu'il n'avait désormais plus le choix.

90

Il tira.

La balle manqua son fils de quelques millimètres et vint se loger dans la poitrine d'Ash, le projetant contre le mur derrière lui. Il entraîna Jacob dans sa chute, la lame toujours sur son cou. Andy se rua à travers le salon, conscient que pendant ses trois longues enjambées, l'homme aurait tout le temps de plonger son couteau d'un mouvement convulsif de la main.

Au milieu de la pièce, il lâcha la lampe torche qui tomba au sol, le faisceau rebondissant en tous sens.

Il se jeta dans la direction où l'homme s'était affalé et atterrit sur le corps de Jacob qui se débattait. Dans l'obscurité, Andy tâtonna à la recherche du couteau, avant que la lame atteigne sa cible et prenne la vie de son fils.

Jenny entendait les deux hommes lutter dans le noir ainsi que les sanglots étouffés de Jacob, probablement coincé entre les membres emmêlés d'Andy et ceux du tueur. Elle imaginait la lame à quelques centimètres de la gorge ou du visage de son fils. Elle ramassa la lampe et la dirigea vers les hommes en lutte.

À la lueur du faisceau, elle voyait les jambes de l'homme et celles d'Andy s'agiter et fouetter l'air. Émergeant de cette masse, elle aperçut le bras de Jacob qui assénait de petits coups inefficaces et imprécis contre les deux torses adultes.

Les hommes ahanaient sous l'effort. Soudain un éclat de métal jaillit au beau milieu des membres enchevêtrés. Andy avait saisi le couteau par la lame. Elle lui lacérait les doigts et des gouttes de sang aspergeaient le mur du salon.

L'homme se tourna sur le flanc et entraîna Andy. À force de se tortiller, Jacob était parvenu à s'extraire légèrement de la mêlée. Jenny fit un pas vers lui, attrapa sa main qui dépassait et tira de toutes ses forces. Il roula au sol avec elle, libéré de leur étreinte.

« Allez, Andy ! cria-t-elle, à présent que Jacob n'était plus dans la trajectoire de la balle. Tire ! »

Les hommes roulèrent derrière le canapé. À la lueur vacillante de la lampe torche, Jenny ne voyait plus que deux paires de jambes qui fendaient l'air... et beaucoup de sang sur le mur.

« Oh, mon Dieu, maman ! s'écria Leona. Il va tuer papa ! Il va tuer papa ! »

Jenny regarda autour d'elle, dans l'espoir que le pistolet ait été projeté d'un coup de pied à bonne distance des hommes en lutte. Un éclair envahit soudain la pièce comme si un pétard venait d'y être allumé, accompagné d'une puissante détonation.

Les deux paires de jambes s'immobilisèrent. Jenny les observa un instant, incapable de bouger, n'osant pas regarder derrière le canapé.

« Andy ? » murmura-t-elle.

Les jambes de l'homme – Ash – se mirent à remuer en de petits mouvements saccadés. Celles d'Andy restaient inertes.

« Andy ? » s'écria-t-elle.

Les jambes d'Ash s'immobilisèrent.

« Et merde. »

La voix d'Andy.

« Et merde, grogna encore Andy.

– Papa, ça va ? cria Leona d'une voix tremblante.

– Bon Dieu, c'est dégueulasse », soupira-t-il.

Jenny regarda ses jambes repousser celles d'Ash tandis qu'il se relevait, puis elle vit ses mains ensanglantées et déchiquetées se poser sur le dossier du canapé.

« Empêche les enfants de venir, Jenny, marmonna-t-il. J'ai la cervelle de ce mec étalée sur mon T-shirt. »

Son visage apparut et il se redressa, grimaçant en regardant son torse luisant de matière sombre.

« Papa a gagné, chuchota Jacob avec un soupçon d'admiration dans la voix. Il a battu le méchant.

– Oh, mon Dieu, Andy ! »

Jenny ne put rien ajouter d'autre. Les *Oh, comme je t'aime...* viendraient plus tard. Elle ne pouvait faire qu'une seule chose dans l'immédiat : sangloter de soulagement.

Andy quitta des yeux les débris du crâne d'Ash éparpillés sur son torse et adressa un sourire idiot à sa famille.

« J'aurais dû penser à me changer avant. J'adorais ce T-shirt. »

Leona et Jenny parvinrent à sourire à travers les larmes. Jacob affichait une expression de fierté incontestable, puis il inspecta la mixture sanglante avec un mélange de fascination et de révulsion.

« C'est quoi, ça ? » demanda Jake en montrant une tache écarlate qui s'étendait rapidement en bas du T-shirt.

Andy baissa les yeux et aperçut le manche fin du couteau qui dépassait de son bas-ventre.

« Oh, génial », parvint à marmonner Andy avant de s'effondrer.

Épilogue

Cela va faire dix-huit mois aujourd'hui. Dix-huit mois depuis que le monde s'est effondré.

Andy me manque. Il me manque terriblement. Il manque aussi à ses enfants.

Je ne sais pas comment nous avons survécu, comment nous avons réussi à continuer. Tout est flou dans ma mémoire, nous avons vécu au jour le jour. Je me souviens que nous avons quitté Londres à la suite de cette soirée. Leona a été obligée de me traîner hors de la maison, hors de la chambre où nous avons laissé Andy.

Leona a été un véritable roc. De mon côté, je n'ai été bonne à rien pendant longtemps. Elle nous a fait sortir de la capitale et nous avons trouvé une communauté prête à nous accueillir.

Des gens bienveillants, très différents – des passionnés de reconstitution historique : le genre de personnes que l'on voyait au Festival du Patrimoine anglais et dans d'autres événements où ils rejouaient les batailles de la Première Révolution. Des gens normaux, avec un boulot et un emprunt immobilier (avant l'effondrement), mais menant une existence parallèle pour tenter de faire revivre le passé, d'apprendre les gestes quotidiens d'une époque où nous n'étions pas encore dépendants du pétrole. Des gens très différents, comme je n'en avais jamais croisé auparavant : ils maîtrisaient déjà de nombreuses connaissances pour survivre, des connaissances élémentaires comme... fabriquer du savon, faire du pain à partir de grains de blé fraîchement récoltés. Des choses simples, voyez-vous ?

Il y a tant à faire, nous sommes très occupés, ce qui n'est pas plus mal.

Nous avons plusieurs radios à dynamo au sein de la communauté et, de temps à autre, nous écoutons les émissions du service mondial de la BBC. Une semaine après les événements, une amélioration avait été envisagée. On réparait les pipelines et des gouttes de pétrole recommençaient à couler. Mais tout était trop délabré, quasiment irréparable.

Nous avions entendu d'horribles histoires à propos de la vingtaine de « zones sécurisées » établies par le gouvernement. Les réserves s'étaient taries à la fin du deuxième mois et les gens, coincés à l'intérieur, s'étaient entredéchirés. Le même schéma, d'après ce que nous avons pu entendre, s'est déroulé à travers le monde entier. L'Amérique, je crois, a été touchée très sévèrement.

Les mois qui suivirent furent préoccupants... une guerre éclair entre la Chine, l'Inde et la Russie éclata pour la domination des champs pétrolifères de Tengiz. Elle commença avec des chars et des régiments d'infanterie, pour dégénérer dans un lâcher de bombes nucléaires. Puis le conflit s'épuisa soudain. Un vent de sagesse avait peut-être soufflé au dernier moment. À moins que les troupes n'aient décidé d'elles-mêmes d'arrêter le combat. Ou alors les armées avaient épuisé toutes leurs réserves de pétrole...

Le soir, la communauté se rassemble souvent pour discuter et essayer de comprendre qui se cache derrière tout cela. Car il est devenu évident, bien sûr, que ce qui s'est passé a été provoqué de manière délibérée. Les théories sont multiples et très variées. L'une, parmi les plus courantes, veut que la crise ait été le fruit d'un complot musulman pour mettre fin au style de vie occidental décadent. Ou une tentative américaine de déstabiliser tous ses concurrents économiques en une seule frappe... Jusqu'à ce que les événements se retournent contre leur instigateur.

Aucune de ces théories ne me convient, mais je ne m'y connais pas suffisamment en politique pour avancer une meilleure hypothèse. Andy aurait su. Il savait tout sur le sujet.

Nous sommes très occupés en ce moment, comme je le disais. Il y a beaucoup à faire, les champs à semer, à entretenir, à récolter. Nous creusons un puits pour atteindre la nappe phréatique et nous possédons quelques animaux qu'il faut soigner. Jake a été nommé responsable en chef des poules : il les nourrit et ramasse les œufs. Quand il sera un peu plus grand, il devra aussi apprendre à les tuer, à les plumer et à les vider.

Leona lutte autant qu'elle le peut à présent. Elle s'est montrée forte lorsque j'ai eu besoin d'elle, mais elle a désormais du mal à faire face. Je sais que son père lui manque, et les événements qui se sont déroulés avant mon retour à la maison l'ont traumatisée. Elle pleure beaucoup.

Andy manque aussi à Jacob. Mais il est fier de son père et il dit à tous ceux qui veulent l'entendre que son papa était un superhéros. Je suis heureuse qu'il se souvienne ainsi de lui.

Bref, nous sommes en vie et mes enfants finiront par s'en remettre. Les choses reprendront peu à peu leur cours. Toutes ces villes désertes, ces maisons brûlées, ces magasins pillés... un jour, les gens les réintégreront. Quand tout s'arrangera, je pense que la vie sera très différente.

Pour employer une phrase fétiche d'Andy... « l'âge du pétrole est terminé ».

Tout comme les autres ères – l'âge de pierre, l'âge du bronze, celui des locomotives à vapeur –, celle-ci est passée aussi. Espérons qu'elle sera remplacée par un monde moins avide, moins obsédé par la propriété : babioles et bibelots, gadgets et bling-bling. Je me demande ce que penseront les enfants de mes enfants lorsqu'ils feuilletteront les catalogues fanés et jaunis de vente par correspondance qu'ils trouveront forcément un jour. Tous ces objets fonctionnant à l'électricité : les énormes frigos américains, les extravagants radiateurs de plein air, les brosses à dents électriques haute technologie à tête rotative, les ouvre-boîtes automatiques.

Seigneur, étions-nous devenus paresseux à ce point ?

C'est une question qu'aurait posée Andy, n'est-ce pas ? Mon Dieu, comme il me manque.

Il faut à présent que je dise quelque chose à voix haute.

Je suis certaine que tu ne l'entendras pas, Andy, tu n'es plus. Et personne ne croit à ces âneries selon lesquelles tu nous regarderais depuis le paradis. Tu n'es plus, un point, c'est tout. Mais j'ai besoin de dire ces mots, même si ce n'est que pour moi-même...

Je regrette ce qui s'est passé. Je t'ai toujours aimé, je l'ai juste oublié un instant. Tu es revenu nous chercher, tu nous as sauvés. Nos enfants te garderont à jamais dans leur cœur comme un héros.

Et moi aussi.

Je t'aime, Andy.

Mot de l'auteur

La Théorie des dominos est née il y a quatre ans, à la suite d'une phrase répétée en boucle par deux membres d'un forum Internet. Ils débattaient avec passion d'une question géologique et une expression revenait sans cesse : Pic Pétrolier. À la voir écrite ainsi avec deux majuscules, j'ai pensé que c'était un terme technique fréquemment utilisé dans les milieux spécialisés. Curieux, j'ai interrogé Google.

C'est ainsi – je me permets ici un lieu commun affligeant – qu'a débuté un voyage ponctué de maintes découvertes. Dans le monde virtuel de la Toile, des centaines, peut-être même des milliers de sites sont dévolus au pic pétrolier. Je devrais expliciter ces termes avant de poursuivre. Pour faire simple, ils évoquent le moment où la totalité du pétrole facile d'accès aura été puisée, ne laissant en terre que la matière brute, difficile à extraire et encore plus difficile et coûteuse à traiter. De nombreux débats opposent les géologues et autres experts de l'industrie pétrolière quant aux quantités actuellement disponibles en sous-sol. Les suppositions vont du scénario pessimiste affirmant que le pic a déjà été atteint et que nous consommons les dernières réserves à la vitesse grand *V*, jusqu'aux théories naïvement optimistes assurant qu'il nous reste environ cinquante ou soixante ans de ressources inexploitées. Je ne tenterai pas ici de trancher le débat. Tout le monde s'accorde sur le fait que nous sommes devenus bien trop dépendants de cette matière première. Si vous lisez ceci, que vous venez de terminer ce livre, je n'ai pas besoin de réitérer les avertissements qu'Andy donne à sa famille. La mondialisation suivant tranquillement son cours, les nations sont désormais interdépendantes et sont soumises à d'innombrables servitudes : nous importons nos saucisses de tel pays lointain, nos baskets de tel autre pays lointain, nos télés grand écran d'un autre pays lointain... et ainsi de suite.

Que nous soyons sur le point de manquer de pétrole ou que le monde s'apprête à subir un affrontement entre idéologies religieuses, ou encore une confrontation économique – et peut-être militaire – entre les nouvelles et les anciennes superpuissances; que le climat planétaire soit au seuil d'un changement dramatique qui mettrait en péril la vie de millions de gens et entraînerait une migration massive; quel que soit le scénario qui nous attend, le fait que nous soyons si dépendants – et nous le sommes, en Angleterre – des importations d'aliments et de produits manufacturés à l'autre bout de la Terre... eh bien, disons que nous allons vraiment au-devant des ennuis.

La Théorie des dominos est un ouvrage que j'ai eu envie, non, que j'ai eu *besoin* d'écrire depuis... je dirais depuis le 11 Septembre. Ce n'est pas un livre sur le pic pétrolier: ce phénomène était seulement mon point de départ. C'est un livre sur notre paresse et notre vulnérabilité. Sur notre dépendance au système en place. Sur le peu de responsabilité que nous acceptons de prendre quant à nos actions, à nous-mêmes et à nos enfants. Au cours des deux ou trois dernières décennies, nous avons *brisé* notre société – que cela se soit produit sous le gouvernement Blair ou celui de Thatcher, je ne saurais le dire. Mais le fait est là: nous l'avons brisée.

Et, conséquence de tout cela, les attentats épouvantables du 7 juillet 2005 à Londres. L'augmentation des agressions armées et des bandes en Angleterre. Les légions d'enfants désœuvrés qui apportent des couteaux à l'école. Les médias qui nous serinent jour et nuit le même message: « Oubliez vos voisins, prenez ce qui vous revient de droit. » Les émissions de téléréalité qui portent aux nues l'accession rapide à une célébrité éphémère au mépris du concept démodé de *la réussite par l'effort.* Les sociétés qui privent leurs salariés de leur retraite. Un Premier ministre qui nous trompe et décide de prendre part à une guerre injustifiée. Les politiciens de tous bords qui donnent la priorité à leurs propres intérêts et à leur petite personne. Tous ces éléments, je crois, sont les craquelures visibles de notre société brisée, et laissent supposer des fissures bien plus profondes et bien plus dangereuses sous la surface. Il ne faudra qu'un événement, un catalyseur, pour que l'ensemble s'effondre.

Mince... voilà que j'ai transformé mon texte en harangue. Ce n'était pas dans mes intentions. Enfin, peu importe, ce « mot de l'auteur» est ma seule chance de dire ce que j'ai sur le cœur sans avoir à me préoccuper de l'intrigue, des personnages ou du rythme de la narration.

J'ose espérer qu'une once de ce livre restera en vous, une fois que vous l'aurez refermé. Je souhaite qu'Andy Sutherland ait accompli quelque chose : que le monde vous paraisse légèrement différent à présent – plus fragile, plus vulnérable. Après tout, un homme averti en vaut deux.

Je ne sais pas... Est-ce que je rêve ? Ou avez-vous la même impression ? Le sentiment que quelque chose se trame, que quelque chose se profile à l'horizon ? Un peu comme si quelqu'un cherchait à *rectifier le tir* ?

Le pic pétrolier : vous voulez en savoir plus ?

Au cours de mes recherches pour la rédaction de ce livre, j'ai découvert de nombreux sites Internet sur le sujet. L'éventail allait des pages les plus arides et encombrées de statistiques destinées aux professionnels de l'industrie, aux sites de survie les plus saugrenus ponctués de bannières publicitaires vantant armes automatiques et abris nucléaires. Mais voici l'un des mieux présentés qu'il m'ait été donné de voir – un site qui explicite cette question de façon abordable, mais qui donne à réfléchir : http://www.lifeaftertheoilcrash.net.

Si mon livre a éveillé votre curiosité et si vous souhaitez explorer cette piste à votre tour, vous pourriez faire bien pire que de commencer par là.

Alex SCARROW
12 septembre 2007

Remerciements

Un certain nombre de gens méritent d'être mentionnés pour l'aide qu'ils m'ont apportée dans la réalisation de ce livre. Je ne tiens pas à les livrer ici dans un ordre particulier, alors je plonge tête la première.

Robin Carter pour ses relectures intensives et ses commentaires précieux. Oui... son nom apparaît dans le livre, comme vous, lecteurs, avez pu le constater. Pour des raisons légales évidentes, je dois aussi déclarer que toute coïncidence... et que toute ressemblance... serait purement... blablabla. Un supernom pour un personnage, en tout cas. Je veux aussi remercier Andy Canty pour la correction sur épreuves et ses commentaires. Encore un autre prénom qui figure dans le roman ! Quel drôle de monde plein de coïncidences.

Toute ma reconnaissance à quelqu'un que je ne peux nommer ici, pour des questions de sécurité, et qui m'a donné de précieux renseignements de terrain sur l'Irak. Je lui adresse ma gratitude dans l'anonymat, car les choses doivent en être ainsi.

Je tiens à remercier ma femme, Frances, pour avoir lu le premier jet. Je dois aussi m'excuser pour l'avoir fait pleurer avec la seconde version. Ses remarques furent nombreuses et variées ; vous ne saurez jamais vraiment à quel point elles m'ont été précieuses. Papa (Tony) et frangin (Simon), merci à vous deux pour vos encouragements. Un remerciement également à Jerry Stutters pour les détails militaires.

Enfin, merci à mon éditeur, Jon Wook, et à mon agent, Eugenie Furniss, pour avoir travaillé à mes côtés et m'avoir aidé à affiner cette histoire et à en avoir fait quelque chose de meilleur encore.

Mis en pages par DV Arts Graphiques à La Rochelle.
Imprimé en France par CPI Bussière
à Saint-Amand-Montrond (Cher)
en mars 2010.
N° d'édition : 1563. — N° d'impression : 100698/1.
Dépôt légal : mars 2010.
ISBN 978-2-7491-1563-4